U0055310

挑燈看劍：
武俠小説史話

從台港諸大師到當代新高手

林遙 著

|目錄|

第十章

伐鼓撞鐘海內知

——台港新派武俠小說總論

第一節 新派武俠小說發展的社會背景

20世紀30年代，受西方新文藝思潮影響，以瞿秋白、鄭振鐸、沈雁冰為首的著名左翼作家，先後撰文批判武俠小說，從其內容到形式都給予徹底否定。左翼作家認為，武俠小說既不能直接反映當時鬥爭形勢，幾個俠客的反抗也不能喚起民眾的覺醒。

1932年7月，還珠樓主《蜀山劍俠傳》刊載的

《續劍俠傳·黃瘦生》

當月，時任燕京大學和清華大學中文系教授的鄭振鐸在《論武俠小說》的文章中提出，武俠小說「使本來落伍退化的民族，更退化了，更無知了」。

結論是：這類文藝作品也就不允許存在。在文中，武俠小說的作者們遭到他的指責和告誡：「在如今三不管的時候——政府不管，社會不管，良知不管——你們是在橫行無忌著，誠然的。但總有一個時候，將會把你們這一切謬誤行為與思想，整個的掃

蕩而去靡有孑遺的。而這一個時候，我們相信並不在遠。」[1]

　　1933 年 2 月，作家茅盾（沈雁冰）《封建的小市民文藝》一文發表在上海《東方雜誌》，對當時的武俠小説作家向愷然（平江不肖生）的武俠小説《江湖奇俠傳》及改編電影《火燒紅蓮寺》大加批評，稱其為「封建勢力對於動搖中的小市民給的一碗迷魂湯」，認為武俠小説是「純粹的封建思想的文藝」。[2]沈雁冰、鄭振鐸看待武俠小説的觀點，在當時頗有權威性，現在看來是值得商榷的。

　　這些作家沒有認識到武俠小説是平民意識的產物，又片面地、機械地把文藝作品劃為革命與不革命兩大範疇，更沒有從文學藝術、民族文化的角度去認識武俠小

茅盾發表在《東方雜誌》1933年 第30卷第3期，批評武俠小説的文章

1. 鄭振鐸，《論武俠小説》，見《海燕》，上海新中國書店，1932 年 7 月。
2. 茅盾《封建的小市民文藝》，載《東方雜誌》第三十卷第 3 號，1933 年 2 月 1 日出版。轉引自《茅盾選集》，人民文學出版社，1959 年。

說。當然，也應該看到，民國時期的武俠小說因其數量太大，魚目混珠，粗製濫造的武俠小說大量出現，在一定程度上也勢必引起新文藝宣導者的反感。

1949 年，新中國成立後，政府給武俠小說貼上「陳腐」、「封建」和「落後」的資本主義標籤，毅然將之扼殺。12 月 27 日，政務院發佈《出版總署辦公廳計畫處關於最近北京市私營圖書出版業情況》內部文件，指示：「有計劃有組織地配售新出版物，逐漸『減少』和『消滅』神怪、色情、武俠、翻版讀物。[3]

1949 至 1964 年，沈雁冰出任新中國文化部部長。1954 年，鄭振鐸出任文化部副部長。文化界的動向受到高漲的政治熱情影響，嚴峻的意識形態下，武俠小說被視為洪水猛獸，逐漸遭到了清除的命運。

1956 年 1 月 13 日，文化部發出了《關於續發處理反動、淫穢、荒誕圖書參考目錄的通知》。通知第二條稱，「朱貞木、鄭證因、李壽民（還珠樓主）、王度盧、白羽、徐春羽專門編寫含有反動政治內容或淫穢、色情成分的神怪、荒誕的『武俠小說』」，要求各省市文化局在審讀圖書時，應對上述作者編寫的圖書特別加以注意。[4]

3.中國出版科學研究所、中央檔案館編《新中國出版史料第一卷：1949》，中國書籍出版社，2002 年。
4.中國出版科學研究所、中央檔案館編《新中國出版史料第八卷：1956》，中國書籍出版社，2002 年。

　　民國時期曾經聲名顯赫的武俠小說作家們，開始轉變熟悉的
創作題材和風格。20世紀50年代初，白羽連載於香港《大公報》
上的《綠林豪俠傳》，寫的是農民起義，武俠小說變成了階級鬥爭
小說。1958年9月9日至11月14日，還珠樓主連載於廣州《羊城
晚報》的《遊俠郭解》，一改奇幻之風，變為嚴肅的歷史小說。

　　武俠小說在台灣地區也難逃厄運。國民黨政府敗退後，為全
力反攻大陸，一切文藝活動都成為政治宣傳工具。

　　20世紀50年代初，所有「有礙民心士氣」的作品包括武俠小
說，以「戒嚴法」之名受到查禁。隨後，大陸和香港出版的以及在
台翻版的新、舊武俠小說皆遭受「暴雨專案」的全面取締。[5]

　　「暴雨專案」大規模掃蕩武俠小說是在1960年2月15日到17
日，隔天《中華日報》第3版作了粗略估算，僅僅15日當天就查
禁了12萬餘冊之多，其中以台北市最多，前兩天就高達7萬餘
冊。為時3天的查禁雖然告一段落，但整個專案卻一直在暗中持
續實施。從1977年出版的「查禁圖書目錄」中仍然有「暴雨專案
查禁書目」來看，「暴雨專案」最少實施了17年之久。

　　台灣武俠小說的查禁實際上從1952年就已經開始，還珠樓

---

5. 1949年5月，台灣當局頒佈了「戒嚴令」，宣佈台灣全省「臨時戒嚴」……國民黨當局十
分注意對輿論的控制。根據「戒嚴時期出版物管理辦法」，要查禁的出版物標準包括：
「為共匪宣傳者」，「詆毀國家元首者」，「淆亂視聽，足以影響民心士氣或危害社會治安
者」，「挑撥政府與人民情感者」等八條。並規定：「凡在本地區印刷或出版發行之出版
物，應於印就發行時，檢具樣本一份，送台灣警備總司令部備查」。實際上，國民黨的
禁書政策「漫天撒網與漫無邊際」，只要書籍報刊的內容稍不利於國民黨統治，不管是否
在八條禁書標準之列，一律查禁。遭查禁的書，往往「立即墮人萬劫不復之地，永不翻
身。」見茅家琦主編，《台灣三十年1949—1979》，河南人民出版社，1988年。

主、王度盧、鄭證因、平江不肖生等留在大陸的舊派武俠作家的作品已陸續遭到查禁。

台灣武俠小說早期取法「舊派」武俠小說甚多，如諸葛青雲的《墨劍雙英》私淑還珠樓主，成鐵吾的《年羹堯新傳》取法文公直、陸士諤的歷史武俠。

到「暴雨專案」實施，連香港地區的武俠小說作家也一體查禁，台灣的武俠小說創作，一度失去了香港「新派」武俠小說的參照。台灣武俠作家在此種環境下，不得不擺脫歷史，別闢蹊徑，形成了「去歷史化」的特色，凸顯出的濃厚虛構意味。[6]

這段時期，海峽兩岸政治氣候均十分嚴峻，相對而言，香港擁有較為寬鬆的文化環境。新中國成立後，香港作為殖民地的地位依然沒有改變，西方國家將之作為反對東方社會主義陣營的陣地，因此香港的社會政治環境十分特殊。

1949 年前後，大部分南來的左翼作家返回大陸，投入到新時代的革命和建設中，20 世紀 40 年代以來左翼力量一統文壇的局面因此改變，文學在香港湧現出了新的氣息。

右翼文人由於懷疑和不滿新政權的統治，由大陸湧入香港，受到美國新聞處和亞洲基金會的支持，創辦了一批呼應台灣「反共戰鬥文藝」的雜誌，主要有《人人文學》、《大學生活》、《中國

---

6. 林保淳，《台灣查禁武俠小說之「暴雨專案」始末探析》，《西南大學學報（社會科學版）》，2018 年 3 月第 44 卷第 2 期。

學生周報》等，而《大公報》、《新晚報》、《文匯報》三大報副刊則成為左翼作家予以反擊的基地。[7]

　　儘管擁有「左」、「右」兩股互相抗衡的文化勢力，作為英屬殖民地的香港並不受國、共兩黨任何一方的控制。因此，香港的意識形態相對其他地方而言較為寬鬆，武俠小說也不受排斥抑或查禁。

　　香港這樣得天獨厚的開放條件，武俠小說的傳統、「五四新文學」的思

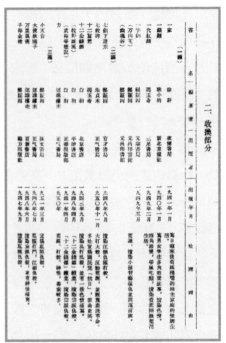

20世紀50年代的小說查禁目錄，還珠樓主、白羽、朱貞木、鄭證因等人的著作正在其中

想、泛西方化的社會環境在此交匯。20世紀50年代初，香港遂成武俠小說繼續發展的唯一陣地。

　　當時，中共中央對於香港「新派」武俠小說的興盛樂見其成，指示香港《文匯報》不要太政治性，而該照顧讀者興趣，提供一

7.李如，《神州劍氣升海上，武林群雄逐台港──論台港武俠小說流變》，安徽大學碩士學位論文，2006年3月。

些武俠小說。

　　另外，南洋各地的親共報紙紛紛效仿香港，以武俠小說招徠讀者，而且幾乎都是轉載《大公報》和《新晚報》的武俠小說，後來更有同天見報，甚至南洋搶先的情況出現。

　　這些報紙大都跟當地新華分社往來密切，有些甚至像香港《大公報》、《文匯報》一樣，由新華分社直接領導。其中以新加坡報紙和泰國報紙動作最大，緬甸、馬來西亞次之，寮國、越南、柬埔寨又次之。

　　如此至1960年前後，各地報紙無論政治上的傾向如何，一概登有武俠小說，包括親蔣政權的報紙都不得不向讀者低頭，培養出另外一批武俠小說名家。[8]

　　武俠小說在香港發展異常迅猛，除政治原因外，還離不開香港商業化的都市環境。停戰後，香港作為轉口貿易港的地位得到恢復，截至20世紀50年代末，在香港的出口總值中，製造業產品的出口額占了70%，表明此時的香港已朝著工業化城市邁進。

　　20世紀60至70年代，香港經濟發展速度空前，隨著華人工業、新興金融集團的崛起，新興的中產階層由此產生，隨之而來的是龐大的工薪階層和市民階層的湧現。[9]

　　台灣經濟在這一時期也發展迅速。20世紀50、60年代前期還

8.私家偵探，《海外統戰促生香港新派武俠》，見《北京晚報》2015年5月8日。
9.盧受采、盧冬青，《香港經濟史》，人民出版社，2004年。

處於農業經濟社會的台灣，到了 20 世紀 60 至 70 年代，已經從傳統的封閉農業社會轉變為開放的現代化資本主義社會，產生了新興的中產階層。[10]

　　20 世紀 80 年代開始直到今天，台港經濟發展一直沒有停滯。香港的國際金融和國際貿易中心地位逐步形成，台灣也不斷實現經濟提升，社會風氣更加民主和開放。經濟快速發展，隨之而來的是節奏加快的生活，以及負擔更重的工作、心理壓力，「速食」式的小說成為大眾渴望的休閒性消費品。

　　處於現代社會中的人們，焦慮心理日重，武俠小說中引人入勝的故事情節、紛紛擾擾的江湖圖景，相對於思想性、批判性和揭露性較沉重的「純文學」而言，武俠小說則給人閱讀的輕鬆感。人們借武俠小說滿足精神需求，在假想式的滿足和替代式的補償中，實現對現實生活的超越。武俠小說特殊的功能，符合現代社會大眾的消費口味，遂成為人們的精神補給。

　　武俠小說雖然在 20 世紀 50 年代的大陸被禁止出版，這種文學類型卻沒有消失，它在台灣和香港的土地上開花結果，成為台港文學的一個重要類型，武俠小說也由此進入一個新的發展階段。

　　台港武俠小說承續了民國時期武俠小說餘韻，脫胎換骨，被人們譽為「新派武俠小說」，在 20 世紀 50 年代末至 60 年代初達到高潮，其影響力持續至今，並為 21 世紀大陸新武俠的出現奠定了

---

10. 史全生，《台灣經濟發展的歷史與現狀》，東南大學出版社，1992 年版。

基礎。

第二節　新派武俠小說的發展概況

　　1954 年，梁羽生有感於香港武術界在澳門一次頗為轟動的擂台賽，且受香港《新晚報》主編羅孚先生邀約，在香港《新晚報》上連載武俠小說《龍虎鬥京華》，致使《新晚報》銷路大增。

　　一年後，金庸開始連載《書劍恩仇錄》，此書別開風氣，語言新穎，既有歷史影子，又有藝術創造，讀者群反響強烈。梁羽生和金庸的成功，對小說創作界產生了刺激，改弦更張、從事武俠小說創作者與日俱增，到 1956—1957 年，台港及海外各大報刊紛紛仿效，爭相刊載武俠小說，逐步形成了一個規模龐大的「新派」武俠小說創作群體。

香港《新晚報》上刊登的武俠小說預告，從此拉開了新派武俠小說興盛的序幕

　　除了梁羽生、金庸，香港還湧現出蹄風、金鋒、張夢還和牟松庭等一批武俠小説作家，牟松庭和蹄風初次寫作武俠小説的時間甚至還早於梁羽生和金庸。

　　蹄風小説的主題多為「清宮演義」，有曲折離奇的故事情節和緊張熱鬧的武打場面，堪比金庸、梁羽生的早期作品，大有平分秋色的光景，令人遺憾的是，其新文學技巧有所欠缺，與武俠大家相比還有一定距離；金鋒的作品多以歷史背景為基礎，善於描繪邊疆的風土人情，極具吸引力；張夢還文字功力雄厚，小説文情並茂，錯落有致，對聲音和景物的描繪精彩倍現；牟松庭的作品風格古茂，文筆洗練，呈現出見識廣博之態，小説演武敘事、注重情義，對行軍佈陣的描繪、對人間百態的嘲諷，可謂精彩絕倫；而相對遜色、成就較小的武俠作家，還有江一明、避秦樓主、風雨樓主、石沖等人。

　　與此同時，台灣的武俠小説發展另有天地。在時間上，台灣武俠小説和香港對比開端較早，先於香港兩年。

　　因為台灣政府對民國時期武俠小説的封殺，普通讀者渴求新的作者和新的作品，1952 年，郎紅浣的《古瑟哀弦》開始在台灣的《大華晚報》連載，故事背景選擇清代，描繪俠客悲歡離合的生活，其細膩的手法和奇詭的佈局，頗有王度廬的餘韻。只是作者創作生涯過短，沒有形成香港梁羽生的影響，但在台灣武俠小説的開啟上，郎紅浣功不可沒。

　　20 世紀 50 年代末，台灣興起西化的社會浪潮，隨之而來的是

武俠小說作家將西方現代觀念融入小說創作中，引領著 20 世紀 60 年代的武俠小說走向西化。

　　1958 年前後，政治空氣略有鬆動，先後登上武俠文壇的作家有臥龍生、司馬翎和諸葛青雲，三人被稱為台灣武俠小說的「三劍客」，他們的創作量極其豐富，為台灣武俠小說揭開了嶄新篇章。

　　在表現手法和創作技巧上，作家們將傳統的技巧、手法與西方文學的心理描寫相結合，獨闢蹊徑，在繼承傳統的同時加入偵探推理小說的優點，重視對江湖人物鬥智、鬥勇和鬥力的刻畫，為小說構造出曲折有致的情節。

　　20 世紀 60 年代，武俠小說在台灣地區迅猛發展，小說名家層出不窮，作品數量更是難以盡數。根據不完全統計，當時有三百多位大小作家涉足武俠小說創作領域。

　　除成名於 20 世紀 50 年代的作家外，陸續還湧現出大批新銳作家，如上官鼎、陳青雲、秋夢痕、墨餘生、東方玉、曹若冰、慕容美、雲中岳、孫玉鑫、蕭逸、高庸、田歌、司馬紫煙、易容、憶文，以及陸魚、秦紅、東方白、古如風、獨狐紅、柳殘陽、于東樓等。他們多數靠武俠小說創作謀生，武俠作品數量恢宏，在不同時期各領風騷。

　　20 世紀 60 年代後期，台港武俠小說盛極而衰，開始走向創作低潮。在香港，完成《鹿鼎記》的金庸宣告封筆，從此不再進行武俠小說創作，同時期先後停止武俠小說創作的還有張夢還、蹄

風、金鋒、高峰、倪匡和江一明等人。

　　而在台灣，由於武俠小說的專門出版社如春秋、真善美等停業或不再出版武俠類作品，武俠小說的創作十分蕭條，幾近停頓。恰逢其時，古龍提出「求新、求變、求突破」的創作原則，希望力挽狂瀾，扭轉頹勢，新派武俠小說因此開拓出別樣生機。

　　進入 20 世紀 80 年代中期，古龍去世，台港武林日漸凋敝。到 20 世紀 90 年代，台港地區的文化消費極度繁榮，彼時「社會開始踏入所謂的『分眾時期』，影視、電子傳媒的發達，對小說等文學傳媒造成極大擠壓；大量武俠及動作連環漫畫的興起，以一種簡化的、趣味性的圖畫形象取代文字功能，深受青少年讀者的歡迎：電視、電腦、遊戲機、MTV代替了從前通過閱讀而獲得的消遣和思想。」[11]

　　在社會環境的影響下，單一的文學教化功能無法滿足人們的需求，人們更強烈地期待文學作品的商品化、消費化。武俠小說的敘事策略，在該時期也進行了調整，逐漸削弱了精神審美等過去備受推崇的要素，而傾向於純娛樂和藝術快感的目標，故事情節幾乎千篇一律，後工業社會特點以及平面化、娛樂化的後現代原則日益凸顯。

　　1990 年後，黃易的武俠小說風格獨樹一幟，在華語世界一度風靡，吸引了數以百萬計的讀者。黃易的小說出現了玄幻武俠之

---

11. 吳秀明、陳潔論，《「後金庸」時代的武俠小說》，見《文學評論》，2003 年第 6 期。

路，使武俠小說創作風氣為之一變。

　　自台港新派武俠小說發端以來，許多作家創作了大量優秀作品，武俠世界更加多姿多采，武俠小說的內涵也不斷提升。武俠小說的發展，在不斷創新和突破中向前推進，煥發出了延綿不絕的生命力。

第三節　新派武俠小說的文學性

　　台港新派武俠小說能從民國舊派武俠小說中「脫胎換骨」，主要有三方面的具體表現：

　　其一，在文體上，既傳承和發揚了傳統章回小說的優點，又對西方小說進行了借鑑，心理描寫增多，表現手法中的結構、視角、層次等也由單一向多方位發展。

　　其二，在人格追求上，新派武俠小說裡的主人公嚮往獨立精神，較之明清武俠小說中依仗明君清官庇佑的俠客，有了更加獨立自主的思想。

　　其三，在思想上，儒釋道等各家學說被大量引用，使新派武俠小說中的俠客有了精神支撐，中國傳統文化在武俠世界中顯得生機勃勃，小說主題不僅符合讀者「正義得到伸張，邪惡得到懲處」的期望，還對人性的多元化提出了探討。

　　這些成績是民國時期武俠小說尚未達到，或說其思想、藝術境界還不具備如此規模，之所以取得這些成績，離不開 20 世紀中

國的「文學現代性」。所謂「文學現代性」即指啟蒙性的現代意識以及審美的現代性品格。作為一種社會意識形態，文學必然背負起反映社會政治思想內容的職責，推動社會教化和大眾啟蒙。

中國「文學現代性」的發展主要在「五四新文學」革命後。「五四」之後，新文學產生了現代價值觀，形成了以理性、科學、個性解放為核心的現代性，所具有的現代品格與傳統封建文藝大相徑庭，並對西方文學的藝術表現手法和文學精神進行借鑑。通俗文學是相對「五四新文學」提出的文學觀念而言，范伯群把它概括為：

中國近現代通俗文學是指以清末民初大都市工商經濟發展為基礎得以滋長繁榮的，在內容上以傳統心理機制為核心的，在形式上繼承了中國古代小說傳統為模式的文人創作經文人再創造的作品；在功能上側重於趣味性、娛樂性、知識性和可讀性，但也顧及「寓教於樂」的懲惡揚善效應；基於符合民族欣賞習慣的優勢，形成以廣大市民層為主的讀者群，是一種被他們視為精神消費的，也必然會反映他們的社會價值觀的商品性文學。[12]

透過范伯群的界定，可知通俗文學兼備傳統和現代兩種特

---

12. 范伯群，《中國近現代通俗作家評傳叢書》，南京出版社，1994 年。

徵，在當時環境下，傳統是其主要依託，與新文學相比，還存在內容上、形式上的滯後性。通俗文學包括武俠小說，因此受到了新文學的抨擊，而台港新派武俠小說則順應了新的時代潮流，在繼承傳統上容納現代，武俠小說也可以稱之為中國現當代小說發展進程中的有機組成部分。

一、理性批判

其一，批判封建忠君觀念。在封建倫理道德觀念中，忠君觀念位居首要地位，是皇權思想的支柱。忠君源於皇帝鞏固政權的需要，而忠君教育純粹是愚民政策，忠君精神的推崇從本質上講是奴才精神的倫理化。

台港新派武俠小說多以古代中國為歷史背景，然而作家們不再推崇效忠官府、皇帝的官方俠士，對忠君觀念和皇權思想進行了否定。比如梁羽生，他在作品中表示「俠客的家國意識中絲毫沒有對於當朝政權的認同，他們所要捍衛、所要挽救的，乃是人民的國家，群眾的國家，而非皇權的國家，或權臣的國家。」[13] 這樣的國家民族意識，具有鮮明的現代性。

金庸也是忠君觀念的否定者，他筆下的俠客忠於國家和民族，但並不為皇帝效勞。除了否定君權，金庸還進一步對封建統治階級的官僚機構也予以否定。

13.費勇、鐘曉毅《梁羽生傳奇》，廣東人民出版社，1996年。

在金庸筆下，官
僚大多昏庸無能、貪婪
腐朽，他們精通為官要
訣，懂得如何利用權謀
保護自己的地位，他們
媚上欺下，貪贓枉法，
無惡不作，他們棄國家
和民族於不顧，面對異
族的侵略貪生怕死、軟
弱無能、一退再退。

古龍雖然沒有在
作品中表明具體歷史背
景，但個體自由的思想
卻在其筆下展現得淋漓
盡致，徹底突破了君權
的束縛。溫瑞安筆下，

金庸小説《鹿鼎記》插圖，姜雲行繪。主人公韋小寶和康熙皇帝初識，以摔跤開始

俠客雖以捕快的身分出現，但他們擁有強烈的自主精神，並非朝
廷的走狗。黃易所寫的俠客則更不受制於皇權，體現了現代人的
自我追求觀念。

其二，批判封建文化庇護下人們膨脹的慾望。中國人的思想
體系裡，以「官本位」為核心的人生觀、價值觀根深蒂固。人對慾
望的追求無可厚非，但要適度，過分追名逐利必將對人的心靈產

生異化。

　　江湖世界象徵現實世界，現實世界裡的中國人渴望「升官發財」，而江湖世界裡的人們則渴求「一統江湖」，奪得「巨大寶藏」。在「一統江湖」和「武林盟主」思想中，蘊藏著權謀、貪婪和慾望，實際上是平等、民主思想的欠缺。對他人的奴役剝削，江湖仇殺，武林紛爭皆由此而來，更有甚者會將自己異化成「非人」。

　　金庸的《笑傲江湖》（1967）最為典型，作者在《後記》裡寫道：「這部小說通過書中一些人物，企圖刻畫中國三千年來政治生活中的若干普遍現象……不顧一切地爭奪權力，是古今中外政治生活的基本情況，過去幾千年是這樣，今後幾千年恐怕仍會是這樣。」[14]

　　金庸通過小說中的江湖世界，映射出現實政治中爭權奪利的現象，江湖人物便是現實中政治人物的象徵，借此揭露出在慾望的膨脹和對權力的追逐下，人們如何喪失最基本的道德和尊嚴。與現實相同，物慾橫流的江湖世界裡，俠客們擺脫不了「貪」、「嗔」、「癡」的慾望。

　　為了滿足對財富的慾望，江湖人士在尋寶過程中互相廝殺，生命賤如螻蟻。古龍《絕代雙驕》（1966）裡的「十大惡人」，因為貪婪而殘殺彼此，落得同歸於盡的結局。這樣的例子不一而足，

---

14. 金庸，《笑傲江湖》，香港明河社，1984 年。

在台港新派武俠小說裡俯拾皆是。

其三，批判傳統文化中種種不合現代理念的法則。《神鵰俠侶》（1959）的《後記》裡，金庸指出其創作目的是「企圖通過楊過這個角色，書寫世間禮法習俗對人心靈和行為的拘束。」[15] 楊過和小龍女不惜和天下人為敵，堅持「師生戀」，郭靖不顧父母、師長的反對，爭取和黃蓉自由戀愛，他們都否定了傳統禮法和習俗，擺脫包辦婚姻的束縛，體現了個性解放和追求身心自由的思想，符合「五四」以來的現代精神。金庸和黃易還反思了漢民族為本位的狹隘大漢族主義。

金庸《天龍八部》裡的丐幫幫主蕭峰，原本是漢族人心中的英雄，待到契丹人的身分被揭穿，他成為漢族武林唾棄的對象，儘管如此，在最後的危急時刻，蕭峰通過犧牲自己以求宋遼兩國的和平。中華民族是一個大家庭，意識到這一點，是先進的現代民族意識。黃易的《大唐雙龍傳》（1996）裡，體現了民族大融合的思想，在歷史的進程中，各個民族實際上是取長補短、互相融合的，漢夷之分不是那麼重要。

「以牙還牙，以眼還眼」是武俠小說裡傳統的復仇法則，到了台港新派武俠小說中，這種法則遭到了質疑。金庸的《笑傲江湖》（1967）裡的林平之，在瘋狂的復仇中受到摧殘，在復仇過程中，自己也完成了異化。古龍《邊城浪子》（1972）裡的葉開，用

15.金庸，《神鵰俠侶》，香港明河社，1984 年。

寬恕和仁慈代替了復仇，沒有因為復仇而喪失理性，避免了傷害
自己和他人。

二、文學美感

其一，小說以「文學是人學」的現代觀念塑造人物。表現人物
性格是現代小說的重要特徵之一，台港新派武俠小說塑造的人物
栩栩如生，不僅主人公各具特色，就連反派、配角等人物也綽約
多姿，精彩絕倫，展現了人性的複雜性和深刻性。

如黃易《大唐雙龍傳》（1996）裡的「邪王」石之軒，既是一個
大魔頭，為非作歹，禍害蒼生，同時又是一個慈祥的父親，情意
綿綿，良知未泯，人格分裂在他身上表現得極為明顯，他的內心
在善惡兩種力量的交織下痛苦不堪。

相比單純的正面人物或反面人物塑造，這樣的寫法讓小說更
具深度，更顯內涵。除了描寫人物的正常心理狀態，台港新派武
俠小說還大量展示了人物的病態心理，將傳統的正與邪、善與惡
二元對立的局面打破。

小說展現的不僅僅是簡單的武功爭鬥，更深層次的是人性的
對抗。作家的筆觸更有深度，從簡單的動作敘述轉向靈魂剖析，
讓讀者在感受善的同時，學會理性分析惡的由來。

其二，中國傳統小說的「單線串珠」結構基本被掃除。作為
小說點綴，一些新派武俠小說雖然也使用章回，但已沒有實質功
能。實際上，新派武俠小說採用了西方現代文學的網狀結構，小

說由多重矛盾、多條線索構成，彼此縱橫交錯、相互制約，共同作用於小說整體。

與這種結構相對應，大多台港武俠小說內容複雜、字數宏大，比如金庸的《天龍八部》（1963），字數百萬有餘，筆下三位主人公來自不同國度和民族，小說背景環境涉及古代中國的廣大地域，包含的武林門派和人物更是數量恢宏，只有採用網狀複式結構，小說要表現的內容才有可能得到滿足。

其三，在文字語言上兼採中國傳統小說與新文學之長，小說語言通俗傳神、簡潔明快。武俠小說受內容所限，過於現代化的詞語無法運用，但卻能取其神韻，透出「新文學」的語言的氣息。台港新派武俠小說採用平白易懂，又避免歐化的語言，既保持新鮮活潑，又將比「新文學」更濃厚的民族化特色表現出來。

金庸在武俠小說運用了具有中國古典白話小說的語言，句子長短不一、錯落有致，或長達十餘言，或短至四五字，富於音韻美和節奏美，中國文字的特點得到了極大發揮，「五四」以來「新文學」語言歐化的惡習得到糾正，刺激了中國文字的現代生命力，使漢字的韻味得以重新展現。[16]

此外也應看到，台港新派武俠小說的作品也有其良莠雜陳的一面，大部分武俠小說都沒有達到上述境界。造成這種現象的原因，在於台港新派武俠小說，從誕生之初，其商品屬性就十分濃

---

16. 嚴家炎，《金庸小說論稿》，北京大學出版社，1999 年。

重。作為商品，必然受到市場規律的牽制，導致內容和形式不得不迎合讀者的需求，小說情節內容大同小異，甚至有大量暴力和色情段落出現。

在武俠小說的刊載過程中，一些報紙、雜誌、出版社的經營者也起了推動作用。為了獲取更大的利益，經營者對俗劣的武俠小說進行大肆吹捧，沒有負起社會文化傳播的責任。大部分武俠小說作家為牟利而創作的態度，也成為武俠小說品質低劣的又一重要因素，他們受名利所趨，產生了胡編亂造、討好讀者的低級趣味，創作態度十分不嚴謹。

第四節　新派武俠小說名家舉隅

台港新派武俠小說在全盛期，前後出現的作者大約三百餘位，累計出版作品約有三千餘部，可謂蔚為大觀，除梁羽生、金庸、臥龍生、諸葛青雲、司馬翎、古龍、溫瑞安、黃易諸人，各領一時的風潮外，不少名家在武俠小說發展歷史上，留下了屬於他們個人的濃墨重彩的一筆。這些作家比之這八位作家的地位或稍遜，作品品質或略欠，但都文筆不凡，頗具特色，在讀者群中佔有一席之地，風靡一時，本節擇其重點作家及作品略作舉隅。

一、新派群雄劍起香江

香港的早期武俠小說多以「廣派」風格為主，待以梁羽生、金

庸為旗手的「新派」武俠小說一出，其他武俠小說作家爭相效仿，
盡皆摒棄粵語，回歸正宗武俠小說創作道路，在香港曾流行一時
「廣派」武俠小說從此沒落，眾多作家紛紛轉為白話文寫作武俠
小說。與台灣武俠小說作家大多專職武俠小說寫作不同，香港專
職武俠小說作家不多，多為兼職創作，可稱「雅好」。

香港「新派」武俠小說中，蹄風、牟松庭、張夢還等人小說較
為流行，現列舉部分香港武俠小說作家，聊作寫照。

楊劍豪，生卒年不詳，本名李欽漢，原香港《商報》體育版
編輯。據香港《商報》記者余江強撰文記述，金庸創辦《明報》，
便不再替香港《商報》寫武俠小說。1959 年 5 月 19 日，是《射鵰
英雄傳》的最後一天刊出。《商報》想請梁羽生助陣，奈何梁羽
生正在大公報上連載《萍踪俠影錄》，無法分身。匆忙之際，《商
報》總編輯張學孔、副刊編輯李沙威、編輯主任張初商量讓自己
報社的編輯李欽漢頂上，並在報上先發預告。

李欽漢當時只是體育版編輯，連故事題目都沒有。《商報》集
體幫忙，張初起書名叫《赤心紅俠傳》，李沙威取筆名叫楊劍豪。
李欽漢儘量模仿金庸文字和敘事手法，一寫兩年，創作了《赤心
紅俠傳》和《鴛俠盟》，後皆發行單行本。金庸曾經很看重他的寫
作，向《商報》建議讓李欽漢脫產，集中寫作武俠小說，可惜李
欽漢要兼顧許多工作，沒有再寫武俠小說。李欽漢筆耕不輟，寫
了大量散文、影評、小說等，是寫作多面手。

唐斐（1929—）本名吳筠生，又名吳宜，現名吳羊璧，生於

廣東澄海，在汕頭市長大，1948 年到香港謀生。他用的筆名有許多，散文多用雙翼、林泥、章玉，小說多用雙翼、史賓、意妮，其中幽默小說用魯嘉、武俠小說用唐斐。「吳羊璧」是最早用的筆名，後來做身分證時就用了這個名字。吳羊璧的武俠作品有《龍鳳劍》、《兒女俠情》、《飛俠火娘子》、《黃河異俠傳》、《綠野神刀》等。

林夢，生卒年不詳，本名羅治平，《晶報》編輯，出版的武俠小說有《俠侶恩仇記》、《風塵騎俠傳》、《芙蓉劍》、《峨嵋三劍俠》等。他的舊日同事容若評論其作品：「論原著，林夢的文采，比不上其他幾部刊於《晶報》副刊的武俠小說的作者——如寫得比林夢早的江一明（原名顧鴻）、蹄風（原名周照），寫得比林夢晚的伴霞樓主（原名童彥子）、南宮烈（原名王余）。」容若所提到的幾位作家，作品還可以找到，其後都有再版，可惜林夢的作品迄今未見再版。

其小說內容，可以找到根據林夢作品改編的電影《峨嵋三劍俠》和續集《天山神俠》，香港峨嵋影業公司出品，導演李化。兩部電影出品於 1962 年，均為實景拍攝，《峨嵋三劍俠》取景四川峨嵋山，《天山神俠》則取景廣東肇慶的七星岩、鼎湖山、羅浮山等地，在當時的確使香港觀眾大開眼界。電影拍攝獲得成功，兩年後，李化再次改編林夢原著小說，拍攝了《武當飛鳳》。

散髮生（1912—1988），原名曾紀勳，又名晉階，湖南益陽人，其父曾傳范，原為華興會會員，經黃興介紹，加入同盟會，

參加過 1911 年廣州黃花崗起義，一生致力共和。

曾紀勳中山大學哲學系畢業，聰明好學，年少即小有名氣，長期從事文學創作，初期以寫國際政治論文為主，在廣東時主編過《一三雜誌》，曾受中共地下黨領導，擔任過抗日宣傳隊長，也曾當過杜聿明的秘書。1948 年，曾紀勳移居香港後，做過商人，也做過記者，同時也是作家。

曾紀勳以筆名「散髮生」在《商報》、《星島晚報》等各種報紙連載發表武俠小說，著述甚多，曾自謙「近幾十年以寫章回小說糊口」，但結集成書甚少。《武俠與歷史》上曾連載其作品《髩髵仙蹤》、《冷劍磨情》等頗為精彩。

以「阿蓀」筆名的蕭思樓（蕭郎）曾寫過《好好先生散髮生》文章，是極其少見記述散髮生的文章，盛讚散髮生：「時下連載武俠小說的回目，對仗工整，應許散髮生為高手，平江不肖生與還珠樓主，俱有不及。長篇連載小說，散髮生在故事的首尾呼應上，人物刻畫深刻，以及情節的安排巧妙，俱有一氣呵成之妙……」

散髮生後期武俠小說寫作可能不如前期，筆名「金依」的張初在《兩本失傳的佳作》文中寫道：「還有散髮生也為《商報》寫過多篇武俠小說，只是當時他老了，眼又半盲，沒有什麼特色，他早期的武俠小說也不錯的。」

雖然武俠小說沒有結集出版，但散髮生的兩部非武俠小說出版後受到眾多好評，一部是《新紅樓夢》，一部是《新水滸傳》。

《新水滸傳》以宋江為敘事中心，分為上中下三集：《江湖行》、《替天行道》、《離山記》。

該書最初連載於《明報》，結集出版時，金庸親自作序：「散髮生兄這部《新水滸傳》著力描寫了宋江，尤其著力於三點，如何從晁蓋手中奪權，如何籠絡部屬，如何極好色而似不好色然。」這是金聖歎的《水滸》，未必是施耐庵的《水滸》，是一部更加現代化的《水滸》，似乎更加深入的挖掘了一個大領袖靈魂深處的醜惡，與眼前世事對照，自有它強烈的興味。」除了小說，散髮生亦工於散文、詩詞、楹聯等。

蹄風（1909—1981），本名周叔華，廣東南海人，中山大學經濟系畢業。在廣州時，任職於電報局。1948 年，先隻身來到香港，任香港米業商會秘書，後舉家遷居香港。米業商會的工作，不需要固定時間上下班，周叔華工餘時間寫作，包括武俠小說和馬經。「蹄風」是寫武俠小說時所用筆名，寫馬經的筆名

蹄風《猿女孟麗絲》報載本

是叔子。1959 年，香港《武俠世界》創刊，蹄風是第一任主編。

　　蹄風早期著有短篇武俠小說《血戰古兜山》、《勇闖十二關》、《海南俠隱記》等。[17]當新派武俠小說崛起之後，蹄風另闢蹊徑，創作了《猿女孟麗絲》和《天山猿女傳》等以邊疆民族傳說為題材的小說，吸引了一批讀者，名聲漸起。

　　1956 年，蹄風相繼推出一系列以「清宮」為主題的作品，有《遊俠英雄傳》（台版名《四海英雄傳》）、《龍虎恩仇記》、《清宮劍影錄》、《遊俠英雄新傳》和《武林十三劍》等，小說敘述青龍會召集大批奇士、劍客，協同江南八俠抵抗「魔王」雍正，以及清朝皇室內部爾虞我詐的奪儲爭鬥，洋洋灑灑達百萬字。憑藉曲折離奇的故事情節和緊張熱鬧的武打場面，小說紅極一時。

　　蹄風以其「清宮派武俠小說」與金庸、梁羽生的早期作品平分秋色，幾呈鼎足而立之勢。蹄風在鄭證因作品影響下，創作了《遊俠英雄傳》，小說開頭暢述武術源流，同時議論內外家功夫，作品還詳細敘述了清初秘密幫會的活動情形。

　　此系列小說對大量野史、傳說加以吸收，格局很大，但文學性不強，近似說書，整體枝蔓橫生。1961 年後，蹄風停止了武俠小說寫作。

　　高峰（1922─1998），原名甄誠，廣東樂昌人。1959 年開始寫

17.葉洪生，《「清宮派」武俠名家──蹄風及其他》，見《論劍──武俠小說談藝錄》，學林
　　出版社，1997 年。

作武俠小說，他延續蹄風「清宮」這一主題，出版作品有《高原奇俠傳》、《蟠龍劍客傳》、《一劍震神州》、《掌風劍影錄》等，大多為長篇，著作甚豐。這些書中，僅見《高原奇俠傳》有台灣大美出版社出版，其餘均未見再版。《高原奇俠傳》場面宏大、情節曲折、人物眾多，但行文流暢，線索清晰，佈局錯落有致。

葉洪生稱：「觀其《高原奇俠傳》、《蟠龍劍客傳》、《五嶽豪俠傳》諸作，文情不俗，略似蹄風『清宮派』小說。」[18]《高原奇俠傳》文筆優美，小說從青海巴顏喀喇山寫起，從京城到南海，中原風光歷歷在目，尤其高原勝景一覽無餘。其情節比蹄風作品緊湊，故事進程速度快，補述前塵往事簡潔明快，回目仍為對仗，但明顯學養不及梁羽生。

江一明（1920—1985），原名顧鴻，廣東新興縣楓洞村人。已知有筆名賀原、夏侯晚潯、顏黃世等。新中國成立前夕，江一明來到香港，一直在書店、報社等出版界任職。江一明寫過許多種類型的小說，但以武俠小說為主，亦以武俠小說留名。

當時正值武俠小說熱，據江一明自己回憶，當時「新晚報開了先河，報紙銷路大增，其他報刊競相仿效，於是，金庸在《香港商報》寫《射鵰英雄傳》，梁羽生在《大公報》寫《七劍下天山》，江一明在《晶報》寫《珠海騰龍》，牟松庭在《文匯報》寫

---

18. 葉洪生，《「清宮派」武俠名家——蹄風及其他》，見《論劍——武俠小說談藝錄》，學林出版社，1997年。

《關西刀客傳》等，熱鬧非凡，為一時之盛」。[19]大陸最常見，可能也是唯一所見的江一明的武俠小說，有《邪派高手》一書。江一明自承武俠小說學自梁羽生，《邪派高手》由深山學藝、智鬥權奸、護鏢救難、抵抗山賊、勇鬥惡霸幾部分組成，故事框架幾似拼盤，確與梁羽生早期小說相似。

江一明說：「該小說發表之初，原擬兩年內結束，後來，讀者的來信與老編的要求，使我改變了初衷，中途加料，寫了三年多，現在看來，覺得還算完整，沒有脫節的痕跡。[20]《邪派高手》文筆通俗流暢，對話稍顯囉唆，但寫小兒女情態逼真，栩栩如生。

牟松庭，生卒年不詳，原名邵元成，字慎之。除寫作武俠小說的筆名牟松庭之外，尚有署名寫作雜文、歷史小說的筆名高旅等八十餘個。牟松庭長期從事新聞工作，還是文史專欄作家、詩人，中國作家協會會員。

牟松庭的首部武俠小說是 1952 年《香港商報》創刊時連載的《山東響馬全傳》。商報老編輯張初回憶說，當時金庸和梁羽生還未開始寫武俠小說，這本《山東響馬全傳》寫得很好，人物生動，武打場面熱鬧又細緻，氣氛營造也特別好，登了差不多一年，但生不逢時，並不為人所注意。[21]

《山東響馬全傳》1956 年由三育圖書公司結集出版，書名改為

---

19. 賀原（江一明），《邪派高手·序言》，貴州人民出版社，1988 年。
20. 賀原（江一明），《邪派高手·序言》，貴州人民出版社，1988 年。
21. 張初，《在「梁羽生講武論俠會」上的發言》，香港《香港文學》，2002 年第 3 期。

《山東響馬傳》，牟松庭還專門寫了序言，序言寫道「余少長齊魯，壯遊四方，瓜棚豆架，槳聲蹄影，生涯百變，每聞父老嫋嫋談江湖俠聞，黨會秘密，擊節悲歌，輒涕泗滂沱，不能自已，乃有《山東響馬全傳》之作，欲盡網羅放失之意，嘆無變化腐朽之功，篤志寫實，乃慚乏方。古人垂首拈帶，刻畫琢磨之能事，不敢望也。」

牟松庭《山東響馬傳》初版書影

20世紀90年代初，《香港商報》又重新刊登早期一些名家作品。牟松庭又把《山東響馬全傳》整理交給張初，結果當時《香港商報》更換老闆，報紙風格大變，不但沒有把牟松庭的小說刊登，反而連書稿都弄得不知所終。

牟松庭諸書中，數《紅花亭豪俠傳》（台版名《洪門英烈傳》）最為有名，葉洪生說他：「演武敘事，軍情尚義，行軍佈陣，反諷世態，無不精彩紛呈！作者兼有《水滸》與《三國》筆法

之長，行文不測，豪氣逼人！惜其作品不多，否則成就當在梁羽生之上，而可與金庸比肩。」[22] 評價可謂甚高。

張夢還（1929─2008），原名張擴強，又曾署張孟桓，原籍雲南大理，生於四川省隆昌縣安富鎮信義祥（安富鎮現屬重慶市榮昌縣）。1948 年 7 月 7 日，張夢還考入陸軍軍官學校第二十二期炮兵科。這期是抗戰勝利後的第一期，在四川雙流入伍，時任校長關麟征。[23]

張夢還 1949 年 2 月 12 日畢業，1950 年來到香港，1951 年開始小說創作，以《蜀道青天》、《暴風》（署名張孟桓）等四川本土剿匪抗日小說以及《金腰帶》、《大力神》、《湖底少年》等書蜚聲文壇，曾任《明報》編輯，1965 年，張夢還赴星馬作賽馬騎師，名噪一時。

1957 年，張夢還在《武俠小說周報》發表《沉劍飛龍記》，此書分為二十三回，四十萬字。同時期金庸正在發表《射鵰英雄傳》，據稱雙方力拚，戰況激烈，被傳播界稱為「龍鵰大戰」。《沉劍飛龍記》一書「文情跌宕有致，狀聲狀物均極見精神」，堪稱傑作，但其最大敗筆是虎頭蛇尾，結局倉促。

張夢還筆名為「夢還」，私淑還珠樓主之意頗為明顯，所以

---

22. 葉洪生，《「清宮派」武俠名家──蹄風及其他》，見《論劍──武俠小說談藝錄》，學林出版社，1997 年。
23. 張夢還（張擴強），《懷念恩師關麟征將軍》，見黃埔軍校同學會網站，黃埔歲月，由台灣陸軍軍官校二十二期同學會季刊供稿。

《沉劍飛龍記》結尾也具有還珠樓主「仙俠」之風，本來招式分明的武林恩怨，結尾卻以劍仙乘龍而去結束，讓人瞠目。張夢在寫作之餘，還擔任過香港退伍軍人協會副理事長、黃埔軍校同學會理事、香港黃埔軍校同學會會長。

倪匡（1935—），原名倪聰，字亦明，籍貫浙江寧波，出生於上海，與金庸、黃霑和蔡瀾並稱為「香港四大才子」。倪聰筆名甚多，除倪匡外，還有衛斯理、沙翁、洪新、魏力、岳川、衣其等。倪匡之子倪震也是作家、媒體人，倪震妻子是影星周慧敏，倪匡妹妹則是香港小說家亦舒。

倪匡著述甚豐，小說題材涉及武俠、科幻、奇情、偵探、神怪、推理、文藝等各種類型，同時還有大量雜文、評論、劇本。倪匡的寫作速度，也十分驚人，每小時可寫8000字，曾同時為12家報紙寫連載，從不拖稿、欠稿。倪匡自言：

稿量最多的時候，我同時要寫十二篇武俠小說，在牆上拉一個繩子，拿小夾子把每個要寫的故事夾在繩子上。今天該寫這個了，就把這個摘下來，一口氣寫上十二天；明天該寫那個，就把那個摘下來寫上十二天，每次寫大概不到兩萬字。我寫二萬字不用五個小時，很輕鬆，還可以有空搓麻將牌。我也不知道怎可每天寫這麼多，這是我唯一吃飯的本事。一般來說我一個小時可寫九張五百字的稿紙，除去空格標點，最多三千字。最高紀錄是一小時四千五百字，那是所謂「革命加拚命」

的速度。[24]

1958 年，倪匡開始寫武俠小說，筆名為「岳川」，陸續寫下《六指琴魔》、《巨靈掌》、《無情劍》、《一劍情深》、《血掌魅影》、《玲瓏雙劍》、《情天劍痕》、《紅塵白刃》等二十餘部長篇武俠小說和《鐵拳》、《冰天俠侶》等四十餘部中短篇武俠小說。

金庸頗為欣賞倪匡的才思。1963 年金庸開始創作《天龍八部》，在《明報》和《南洋商報》連載，金庸曾數次離港外遊，小說連載不能斷，便請倪匡代筆寫了 4 萬餘字，內容包括《天龍八部》（1963）第八十九回到九十二回（舊版）的內容，主要為游坦之和阿紫的故事，倪匡因為討厭阿紫，於是把阿紫寫瞎，金庸不得不在後文中安排虛竹為阿紫復明。金庸在 20 世紀 70 年代修訂《天龍八部》（1963）時，徵得倪匡同意，刪去了倪匡代筆的段落，但因為後文金庸寫了阿紫復明後，又毀去雙目，抱著蕭峰跳崖的情節，故此仍然保留了阿紫眼睛失明的情節。

從目前發現的資料上看，倪匡還與金庸合著過武俠小說。1966 年《明報》連載的《血影》和 1967 年在《明報》連載的《長鋏歌》，寫明由「金庸」和「岳川」著。此後《明報周刊》出版，雜誌上又赫然出現「金庸」和「倪匡」合著的武俠小說。不過據倪匡所言，作品乃他一人執筆，只是藉「金庸」之名推銷而已。

---

24. 倪匡，《我是怎樣寫故事的？》，搜狐網站 http://www.sohu.com/a/159413047_693248

　　倪匡除了為金庸代筆《天龍八部》（1963），也曾替諸葛青雲代筆部分《江湖夜雨十年燈》（1963），替古龍代筆部分《絕代雙驕》（1966）。

　　1963 年，在金庸的鼓勵下，倪匡開始用筆名「衛斯理」，以「自傳」的口吻寫一系列男主角為「衛斯理」的小說，第一篇名為《鑽石花》，在《明報》副刊連載。

　　最初倪匡要寫的是現代都市武俠小說，但至第三篇小說《妖火》起，衛斯理系列正式走向科幻系列。衛斯理系列《藍血人》一書於 2000 年入選「二十世紀中文小說一百強」，成為倪匡科幻小說的代表作。

　　20 世紀 60 年代末，香港武俠電影大行其道，倪匡轉而從事劇本創作，主要為香港邵氏兄弟電影公司編劇。邵氏公司出品的 400 多部武俠片裡，有 261 部是倪匡編劇，如果再加上他為台灣、東南亞的電影公司片商所寫的，數量還要翻幾番。倪匡曾為李小龍寫了《精武門》，陳真這個人物，就是倪匡「無中生有」原創出來的角色，人物形象從此廣為流傳。

　　倪匡寫「劇本」其實也是小說式的，他的每個武俠劇本基本就是一部中短篇武俠小說。當年與他合作最多的邵氏大導演張徹，每次拿到倪匡的「劇本」，就自己在文字上面劃線，一段劃線就是一個分鏡頭。

　　倪匡後來曾自撰一副對聯，上聯是「屢替張徹編劇本」，下聯就是「曾代金庸寫小說」，以此自賞。

　　倪匡認為小說最要緊是「好看」，平生最為欣賞還珠樓主的《蜀山劍俠傳》。1973—1978 年，倪匡改編《蜀山劍俠傳》，把原書四百多萬字重新編校，刪去一半以上，又續了數十萬字，為「蜀山」故事補寫了結局，名為《紫青雙劍錄》。《紫青雙劍錄》共十卷，前八卷是原著的濃縮，後兩卷是倪匡所續結局。倪匡為此付出極大心力，可惜刊出後「叫好不叫座」。

　　倪匡還是較早進行金庸武俠小說研究的人，寫作《我看金庸小說》大受歡迎後，「一看」、「再看」，直到「五看」才告一段落。

　　倪匡並非以武俠小說著稱於世，但在香港「新派」武俠小說多樣化發展的和武俠文化推廣上，取得了很大的成績。

二、台灣綻放武俠先聲

　　郎紅浣（1897—1969）原名郎鐵丹[25]，祖籍長白山，北京旗人，滿洲老姓鈕祜祿氏，祖上世代為武官，據其後人所言，其名乃是御賜，取「鐵券丹書」之意。郎紅浣自幼隨其父宦游至福州，住在官祿坊，不幸三歲喪母，九歲喪父。

　　為其出書的國華出版社序言介紹：「郎先生少遭家難，流浪天涯，足跡遍中國；閱人既多，所學亦博，於拳擊劍術尤精。」若論台灣武俠小說創作的先行者，則非郎紅浣莫屬，其開創之功，不

---

25. 郎紅浣之名，眾多資料顯示為郎鐵青，此說有誤。經其子女更正，郎鐵青乃郎紅浣二弟之名，郎紅浣本名郎鐵丹，見台灣紀錄片《武俠 60 之郎紅浣篇》。

本社出版長篇俠情小說介紹

郎紅浣先生巨著——大華晚報連載長篇俠情小說
（一）古瑟哀絃（上下冊）各六元
（二）碧海青天（上下冊）各六元
（三）玉翎雕（上下冊）各十元
（四）瀛海恩仇錄（上下冊）各十元
（五）莫愁兒女（上中冊）各十元
　　　莫愁兒女（下冊）十二元
（六）珠簾銀灼（上中下冊）各十元
（七）劍胆詩魂（上中下冊）各十二元
上列七部巨著在郎先生妙筆下一口氣寫盡多少英雄俠骨兒女柔情結構精細情節離奇人物描寫活躍紙上允稱傑作本社應讀者之要求已連續印成單行本存書無多欲購從速。

國華出版社對郎紅浣作品出版單行本的預告

能磨滅，特闢若干文字，著重說明。[26]

　　據郎紅浣《病中小記》一文所記，他在 1950 年，得筆記小說作家高拜石介紹，在《風雲新聞週刊》上發表到台灣後的第一篇武俠小說《北雁南飛》，講述南明延平郡王鄭成功驅逐荷蘭人、收復台灣的故事，但因故沒有寫完。後來應《大華晚報》總編輯薛心鎔之邀，從 1951 年 3 月 24 日，動筆撰寫《古瑟哀弦》、《碧海青天》二部曲，開始其十年左右的武俠小說創作生涯。

　　郎紅浣的小說在王度廬「悲情武俠」的基礎上，雜以新的寫法，對武俠小說的創新比香港的梁羽生更早。台灣地區在 1955 年以前，武俠小說創作由郎紅浣一人獨撐大局，其後臥龍生等名

26.葉洪生、林保淳，《台灣武俠小說發展史》，遠流出版公司，2005 年。

家輩出，郎紅浣漸難支持，至 1960 年，郎紅浣寫完最後兩部作
品《黑胭脂》（1959）與《赫圖阿拉英雄傳》（出版名《四騎士》
1960）後，擱筆不寫。其作品中的情節、人物，後有獨孤紅一脈
相傳。

　　除《古瑟哀弦》（1951）、《碧海青天》（1951）二部曲外，
郎紅浣尚有「五部曲」的作品，按故事發展的順序，先是《玉
翎鷳》（1956）和《瀛海恩仇記》（1952），接著是《莫愁兒女》
（1953）[27]、《珠簾銀燭》（1954）、《劍膽詩魂》（19S5）。《玉翎
鷳》故事雖在前，創作時間卻是最後。小說時代背景則跨越清代
康熙、雍正、乾隆三朝，講述三代英雄兒女的悲歡故事，前後呼
應，格局壯闊，絕非網上流傳的所謂《古瑟哀弦》六部曲。

　　郎紅浣小說多以清朝為故事背景，寫滿、漢之爭與宗室恩
怨，文筆清新脫俗，文字跡近白描，對白皆為北京話，生動傳
神，大有「京味兒」小說餘韻，乍睹彷彿老舍和王度廬的筆下文
字。郎紅浣承襲《紅樓夢》小說故事，尤善寫小兒女情態，悲歌
斷腸，忽張忽弛，跌宕起伏，引人入勝。

　　《莫愁兒女》（1953）中，郎紅浣寫傅紀寶與喜萱一對小兒女
分別一段：

27.台灣皇鼎文化出版社 1982 年以「雲中岳」之名盜印郎紅浣作品，將《莫愁兒女》拆為
　《莫愁兒女》、《鹿苑書劍》兩部。坊間流傳郎紅浣《鹿苑書劍》一書，實為《莫愁兒女》
　後半部。

　　銀燭三拔，雞鳴四起，這時候大環樓上只剩下喜姐姐和寶兄弟，淒涼相對，忍不住淚下如繩……

　　紀寶蓦地下跪，抱著喜姐姐兩隻膝蓋說：「姐姐你別哭吧……」

　　喜萱道：「你……你也不要哭，天快亮了，我們該多講兩句話……寶，我……我們那年……那一天……再能相見呀！」

　　她忍不住彎下腰緊緊的攬住寶兄弟哭出聲音來。

　　紀寶已經扛起鋪蓋下樓，邊走邊叫：「姐姐，你也不要送我……」

　　喜萱那裡肯不送？她不是走是滾，滾到樓下，紀寶只得留步等她。

　　……

　　今年春來得早，橋畔幾株柳樹已經飄拂著千百新條嫩葉，春風不勁，水流嗚咽，抬頭望耿耿星河天欲曙，低頭看冷落郊原車馬稀。

　　紀寶到此躊躇下馬，拱拱手攔住喜姐姐馬頭，噙著一泡淚水說：「遠了，遠了，姐姐您請回去吧……」

　　喜萱忽然滾下鞍橋，雙膝點地抖著牙齒叫：「兄弟，但願你此去平安……」紀寶大哭拜倒下去。

　　……

　　紀寶伸雙手接去皮酒壺說：「哥哥……姐姐再見啦……」

扭翻身上馬過橋，剛剛馬落橋下，背後一陣馬蹄聲急。

回頭看來的是喜萱，急忙叫：「姐姐，你何苦……」

喜萱馬急闖過去兜回來，她咬下左邊手一根長指甲，遞給紀寶，哭道：「兄弟，你留著做個紀念吧！」

她把指頭上點點滴滴的血抹在胸前，又說：「兄弟，看，這件衣服上有你的眼淚，我的血……我將永遠惦掛著你。」

紀寶一聽，那眼淚就真是沒有辦法停止，他怔怔地講不出話……他拿掌中徑寸長的指甲藏到懷裡，叩手說：「姐姐，我走啦！」[28]

喜萱送傅紀寶遠行，從府中一直送到盧溝橋，場景連變，運筆如風，喜萱姑娘下馬上馬之間，心情跌宕，又咬下指甲相送一節，分明自《紅樓夢》中晴雯相別寶玉一段化出，卻更為哀感動人，大見作者慧思。

郎紅浣身為旗人，對於滿族的生活習俗、穿著打扮乃至皇室的典章文物、器皿用具，描寫極為精到，非如一般小說的虛構。

郎紅浣的小說的缺點，在於敘事語言平實，缺乏轉折變化。晚期作品如《黑胭脂》（1959）等書，受到後起之秀臥龍生、司馬翎等人小說武功奇幻的影響，摻入奇門遁甲、神仙術數、飛劍法寶等素材，反而破壞了他一貫平實的英雄兒女情懷的小說風格，

---

28. 郎紅浣，《莫愁兒女》，國華出版社，1955年。

使人大感遺憾。

郎紅浣的小說一直未獲得應有的重視，但作為台灣第一位職業武俠作家，郎紅浣起到了極強的示範意義，促使見獵心喜的後輩紛紛仿效，為無新書可看的讀者提供了新的武俠故事，堪稱台灣武俠小說的拓荒者。

成鐵吾（1902—1980），原名成鳳彩，鐵吾是其字，江蘇興化人，其父為老同盟會員，民國初年曾任陝西省民政廳長。成鐵吾因出身官宦世家，較早進入政界，20 世紀 30 年代中後期，曾任江蘇省興化縣參議會議長。成鐵吾約 1949 年到台灣，在新中國出版社工作，囿於家庭困境，開始在《中央日報》、《上海日報》（香港）上連載武俠小說。[29]

成鐵吾創作時間略晚於郎紅浣，雖通曉武技，卻更多承襲趙煥亭、文公直的歷史武俠，兼續還珠奇幻仙俠遺韻。代表作《年羹堯新傳》，洋洋灑灑近三百萬字，有評語「文筆細膩，對話奇妙，設謀定計，引人入勝」。其舊派清宮風格，與香港蹄風遙相呼應，下啟獨孤紅武俠小說系列。其他作品還有《呂四娘別傳》（1956）、《江南八俠列傳》、《花城恩怨》（1960）、《山澤異人傳》、《太華三女俠》、《龍江風雲》等。

成鐵吾另化名海上擊筑生，著有《南明俠隱》（1959）、《大寶

---

29. 成湯口述、成英姝編輯整理，《我曾是流亡學生》，聯合文學出版社，2009 年。成湯為成鐵吾之子。

法王》兩書，另「淡江武俠小說書目」中，還有《獅谷逃龍》、《青鋒奇俠》二書存目。《南明俠隱》（1959）一書近八十萬言，被讚為「最肖《蜀山》之作」。

孫玉鑫（1918─1988），原名孫樹榕，山東青島人。1949年5月，孫玉鑫參加國防部特勤署所屬的特勤隊（大致相當於大陸文藝宣傳隊），乘船至台灣，合併於國防部康樂總隊，即後來的藝術工作總隊[30]。

1953年9月15日至10月18日，孫玉鑫在《自立晚報》上連載了三十四期的《風雷雌雄劍》，雖然沒有結集成書，但可算是台灣早期從事武俠小說創作的作家了。

孫玉鑫後來撰寫《龍虎日月輪》及《太湖臥龍傳》二書，未能終卷，後半部分故事轉入《滇邊俠隱記》。其代表作品有《萬里雲羅一雁飛》（1961）、《血手令》（1961）、《威震江湖第一花》（1968）、《不朽英雄傳》（1969）、《復仇谷》（1970）等。

孫玉鑫在1972年以後少有新書問世，最後一部作品可能是《鐵頭和尚》（1980，《民族晚報》連載），但未得確證。孫玉鑫大概算台灣第一代武俠老作家中創作生命最長的一位，前後共有三十二部作品問世。

孫玉鑫的小說佈局奇詭，文筆流暢，注重推理，尤善於處理交叉式人物對話及肢體語言，但其早期作品受還珠樓主的小說影

---

30. 司馬芬，《中國電影五十年》，皇鼎文化出版社，1983年。

響頗深，敘事演武多半神怪化，1962 年之後的作品採用了西方現代文學的一些技法，作品大有改觀。孫玉鑫於 1988 年去世，享年七十歲。

　　龍井天（1918—？），原名魏龍襄，山東夏津人，山東高唐中學畢業。抗日戰爭期間，曾任山東高唐縣政府秘書、保安團政治部主任等職，抗戰勝利後，轉入新聞界工作，歷任山東《民國日報》主筆、《正報》總編輯。

　　1949 年去台灣，先後服務於《全民日報》、《公論報》及《聯合報》，擔任編撰工作。龍井天所撰武俠小說與當時的作家頗有不同，是用文言文寫作。

　　大致在 1957 年，龍井天應《民族晚報》之邀，以「潛齋述異」為欄目陸續發表《劍吟粉香》等十六篇文言武俠小品，饒有古風，後結集成《九州異人傳》一書。[31]

　　龍井天後來又在 1959 年連載發表了武俠小說《乾坤圈》、《太陰教》（未出版），因而知名，但其書今多已不存。據其《華齋志異·序》稱：「退之途窮，儒者之坎坷堪哀；留仙說鬼，書生之孤憤可知。流亡海隅，每比飄萍；緬懷家鄉，輒墮淚雨……」大概可以窺見其創作武俠小說多半寄託其漂泊身世和思鄉之情。

31.葉洪生、林保淳，《台灣武俠小說發展史》，遠流出版公司，2005 年。

三、群雄逐鹿各有情懷

伴霞樓主（1927—？），原名童昌哲，四川人。曾在《成功晚報》副刊擔任編輯，每天下班已是日近黃昏，經常能看見彩霞盈天，因而取筆名「伴霞樓主」。伴霞樓主 1957 年開始武俠小說創作，作品一推出就大受歡迎。

當時臥龍生、諸葛青雲和司馬翎在武俠小說界被譽稱為「三劍客」，加上伴霞樓主，合稱「四霸天」。伴霞樓主在名編輯王潛石的策劃下，合辦了台灣第一本大型武俠雜誌《藝與文》。

1962 年，伴霞樓主出走香港，這本獨一無二的武俠雜誌瞬息之間風流雲散。1963 年，伴霞樓主重回台灣，開辦奔雷出版社，主要出版自己寫作的小說。1970 年以後退隱江湖，後不知所終。[32]

伴霞樓主的小說多在五十萬字以內，與當時武俠小說作者動輒百萬字的字數相比，堪稱小品，其代表作《劍底情仇》（1957）、《神州劍侶》（《劍底情仇》前傳，1958）、《青燈白虹》（《劍底情仇》後傳，1959）三部曲，故事連貫，渾然一體，可稱為大長篇。

伴霞樓主筆下文字生動流暢，輕鬆俏皮，尤其善於描寫一些世外奇人的遊戲風塵、插科打諢，讀起來饒有趣味。武功打鬥描寫則如石破天驚，出神入化。寫小兒女之間的情事則好事多磨，這可能是伴霞樓主也與同時寫作言情小說有關，「常於緊中出閒

---

32. 葉洪生、林保淳，《台灣武俠小說發展史》，遠流出版公司，2005 年。

筆，笑中帶淚，殆為他人所不及。」其最後一部作品是 1971 年出版的《風雲夢》。

司馬紫煙（1941－1991），原名張祖傳，（生年據《台灣武俠小說發展史》）安徽人，台灣師範大學國文系畢業，畢業後即服兵役，在通訊部隊做電訊員。張祖傳大學期間就已開始創作小說，服役期間，有閒置時間，便加入到武俠小說的創作隊伍中。

1961 年，寫作《環劍爭輝》，以本名張祖傳出版，但並未引起重視。1962 年，諸葛青雲應邀為香港《明報》創作《江湖夜雨十年燈》，臨時改筆名為司馬紫煙，卻因分身乏術，需要尋找代筆之人，得春秋出版社出版商呂秦書介紹，找到張祖傳續寫《江湖夜雨十年燈》，諸葛青雲見他續的有模有樣，大為欣喜，將此一筆名轉贈給張祖傳，遂以「司馬紫煙」之名鳴世。一說此名由金庸所取，與諸葛青雲乃是對仗。[33]

當時司馬紫煙還在軍中服役，軍隊裡沒有書房，連可以坐下寫字的桌椅也沒有。能夠有桌椅的地方，就只有電訊室。據說當時的電訊室裡安置了五十支真空管，室內溫度經常高達攝氏四十度。司馬紫煙在電訊室裡一邊寫稿，一邊揮汗如雨，在這種別人不能抵受的環境裡，完成了這部作品。

1972 年以後，司馬紫煙寫作重心轉移到歷史小說及動作小說上，以筆名「司馬」寫作歷史小說，以筆名「朱陽」寫作民初動作

---

33. 葉洪生、林保淳，《台灣武俠小說發展史》，遠流出版公司，2005 年。

小說，[34] 武俠小說則越寫越少，其最後一部作品可能是《鷥與鷹》
（1982 年，《台灣時報》連載）。

不久司馬紫煙移民中美洲的多明尼加共和國，至 1991 年去
世，享年僅五十歲。司馬紫煙小說著重於描繪人性，擅於寫景、
寫情，對書中人物的心理，刻畫入微。1977 年，司馬紫煙代古龍
接寫《圓月彎刀》，筆法之新，讓人讚嘆。其曾言：「我們每個武
俠作家都以如臨深淵，如履薄冰的心情來認識自己的責任……傳
統中的忠孝節義，只有在武俠小說中能夠獲得鮮明的刻畫於深入
的表揚，多多少少也會在讀者心中起影響的……」[35] 是台灣武俠作
家中少有的對武俠小說創作抱有認真態度的作家之一。

獨孤紅（1939—），本名李炳坤，河南開封人，台灣師範大
學國文系畢業，比司馬紫煙低兩屆，但做過同宿舍的舍友。李炳
坤畢業後做過中學教師及電台廣播工作。1963 年，李炳坤讀大四
時，由於武俠小說讀得較多，見獵心喜，撰寫了武俠處女作《紫
鳳釵》，但並未出版。小說文筆不凡，獲得了諸葛青雲肯定。

1965 年，諸葛青雲為大美出版社寫作《血掌龍幡》一書，寫
完第一集後，諸葛青雲因事不能繼續寫作，便請李炳坤代筆續
完。由於書中男主角複姓獨孤，諸葛青雲乃贈以「獨孤紅」為筆
名，祝其一炮而紅，旗開得勝。1966 年，第一部正式掛獨孤紅名

---

34. 胡正群，《細說武俠小說作者 · 司馬紫煙篇》，《民生報》，1978 年 6 月 12-16 日，署名
過來人。
35. 葉洪生、林保淳，《台灣武俠小說發展史》，遠流出版公司，2005 年。

字的《紫鳳釵》由大美出版社印行，與同期春秋出版社出版的《雍乾飛龍傳》共為他的成名作。

獨孤紅的小說文筆清新流暢，搖曳生姿。小說語言和部分人物故事，因襲老作家郎紅浣之處甚多，也用北京話作為對白，頗為生動傳神。[36]

從 1967 年起，獨孤紅又陸續推出《滿江紅》三部曲（《滿江紅》（1967）、《丹心錄》（1968）、《玉翎鵰》（1969），《丹心錄》晚出，卻為《滿江紅》前傳），成為其代表作品。獨孤紅小說多以明、清兩代帝都北京為故事背景，運用北京地區的俏皮話甚多，亦有京味小說之風。小說主人公多為書生，文才、武功天下無雙，女主角也是廣有才情，故此千人一面，重複之處甚多。

獨孤紅科班出身，喜歡戲劇，寫作中，他將戲劇的要素與定律，應用到小說創作中，成名作《雍乾飛龍傳》寫鷹王和江湖人物勾心鬥角、生死相搏一段，環環相扣，使用的就是戲劇手法。也由於他深諳戲劇的創作，在 1970 年代台灣武俠小說陷入低潮期時，獨孤紅應臥龍生之邀，進入中華電視台當編劇，以寫電視劇本為主，武俠小說創作為輔。大陸觀眾比較熟知的電視劇《一代女皇》、《怒劍狂花》都是由其擔任編劇。

獨孤紅作品約近六十部，寫完《京華遊龍》後（1985 年，《中華日報》連載），於 1988 年封筆，在 2005 年又重做馮婦，出版了

36.葉洪生、林保淳，《台灣武俠小說發展史》，遠流出版公司，2005 年。

《關山月》一書。

慕容美（1932─1992），本名王復古，江蘇無錫人。學歷不詳，早年參加國民黨青年軍，隨之到台灣，從事稅務工作多年。王復古青年時期愛好文學，常向台灣各報副刊投稿，曾用「勞影」、「筆鳴」等筆名發表中短篇小說，才華橫溢，引起文壇注意。

據王復古自言，他早年受知於國民黨文宣系統的高官張道藩，獲過「中華文藝獎金委員會」（1950─1956）獎勵。本來無意從事武俠小說創作，1957 年左右，因讀俄國作家庫普林的代表作《愛瑪》而深受感動，精心撰寫了描繪娼妓生活的小說綱要，投寄到《中華日報》副刊，不料這篇小說沒有來得及發表，就在台北各女作家的爭相傳閱下遺失了。王復古為此耿耿於懷，從此與「純文學」絕緣。[37]

退出文壇後，王復古一心想在武俠小說寫作中出人頭地。1960 年，他先以「菸酒上人」為筆名，撰寫武俠小說處女作《英雄淚》及《混元秘笈》兩書，但並未獲得重視。後來更換筆名「慕容美」，1961 年出版《黑白道》，1962 年出版《風雲榜》諸作，大受讀者歡迎，成為當時大美出版社的王牌作家之一，與東方玉、秦紅齊名。莫容美的小說詩情畫意、奇趣橫生，以其文筆、才情及小說藝術而言，當時與臥龍生、司馬翎、諸葛青雲分庭抗禮，因

---

37. 慕容美自述其棄文就武始末，見 1983 年 5 月 4 日致葉洪生信件。轉引自葉洪生、林保淳，《台灣武俠小說發展史》，遠流出版公司，2005 年。

此有「三劍一美」的美譽。在台灣知名武俠作家中，慕容美可能是唯一將武俠小說創作當成「副業」的名家。

1972 年後，慕容美鮮有新作問世，直到 1979 年，慕容美提前退休，才開始專心寫書，但與其他同行相較，其作品數量並不算多，最後一部作品大概是《拾美郎》（1983 年，《台灣日報》連載），不久，慕容美因中風輟筆，在 1992 年病故，享年六十歲。

東方玉（1923—2012），本名陳瑜，字漢山，浙江餘姚人。上海誠明文學院中文系畢業，先後做過國防部青年愛國團聯絡主任、中國青年反共救國團秘書等職務。

在職期間，東方玉應邀為《台灣新生報》撰寫武俠小說處女作《縱鶴擒龍》（1960），書中充滿政治影射色彩，不料一舉成名。陳瑜從此辭去政治職務，專事武俠小說創作，被捧為「自由中國武俠權威作家」。[38]

東方玉代表作品有《北山驚龍》（1964）、《武林璽》（1969）、《九轉簫》（1967），還有曾在大陸流行一時的《飄華逐劍飛》（1985）（大陸出版名《東方第一劍》）等。東方玉舊體詩功底深厚，曾創辦《嶺梅詩刊》，頗具國學修養，因此他的小說文筆流暢，構思巧妙。

不過東方玉的成名多半因其政治因素，名過其實，其作品故事情節一成不變，主人公陳陳相因，尤其使用「易容術」更換身

---

38. 葉洪生、林保淳，《台灣武俠小說發展史》，遠流出版公司，2005 年。

分，不一而足，頗多自我重複。由於他黨政關係深厚，在1960至
1989年間，東方玉幾乎包辦了《台灣新生報》及《中國時報》的所
有武俠連載專欄。

1990年，東方玉封筆，作品多達五十餘部。晚年東方玉以寫
詩、練氣功自娛，歷任中華甲辰書畫協會秘書長、世界詩人大會
總顧問、世界氣功學會理事等職，安享晚年，2012年去世。

蕭逸（1936—2018），本名蕭敬人，山東菏澤人，其父蕭之
楚為北伐、抗日名將。1949年，蕭敬人隨全家遷居台灣。蕭敬人
自幼對文學很有興趣，初中二年級時，曾發表過題為《黃牛》的
短篇小說，投稿於《野風》、《半月文藝》等較有影響力的文學雜
誌。建國中學畢業後，蕭敬人就讀於海軍軍官學校，兩年後因志
趣不合，退學在家。

1959年，蕭敬人入讀中原理工學院化學系（今中原大學），
以蕭逸為筆名撰寫武俠小說。1960年，明祥出版社印行蕭逸的
《鐵雁霜翎》、《七禽掌》，一舉成名，極受讀者歡迎。

蕭逸後來加盟真善美出版社，被該社出書廣告力捧為「青年
天才作家」，與古龍齊名。[39] 在蕭逸創作勢頭正盛之時，卻介入了
「紀翠綾事件」[40]，致使1965年以後的創作一度中綴，改行從事電

---

39. 葉洪生、林保淳，《台灣武俠小說發展史》，遠流出版公司，2005年。
40. 紀翠綾事件，紀翠綾是演員魏平澳的妻子，二人於1956年結為夫妻，據傳因蕭逸介
　　入，引發桃色事件，導致二人離婚。見胡正群《細說武俠小說作者‧蕭逸篇》，《民生
　　報》，1978年6月25日，署名過來人。

影、電視編劇工作。

　　1973 年蕭逸復出，撰寫仙俠小說《長嘯》等四部，仿照還珠樓主，大寫劍仙鬥法。1976 年，蕭逸舉家遷居美國，定居洛杉磯，仍創作不輟。除武俠小說外，其他著述體裁、題材也較為廣泛，有雜文、散文近千篇。

　　蕭逸的武俠小說典雅婉約，自承受還珠樓主與王度廬影響頗深。早期作品如《鐵雁霜翎》（1960）、《七禽掌》（1960）等，文風哀婉纏綿，能看出對王度廬《鶴驚崑崙》（1940）、《寶劍金釵》（1938）的借鑑。

　　20 世紀 70 年代後期，蕭逸「逐漸理出一條屬於自己的寫作方式」[41]，小說注重氣氛的營造和人性的衝突，使他的武俠小說獨具特色。蕭逸代表作品為《七道彩虹》（七部獨立的中篇）、《馬鳴風蕭蕭》（1977）、《含情看劍》（1985），以及《笑解金刀》（1989）和《甘十九妹》（1980）等。

　　三十餘年間，蕭逸前後共寫下五十多部長、中、短篇武俠小說，創作生命甚長。蕭逸在 20 世紀 80 年代，成為第一位進軍大陸的台灣武俠作家，其作品由中國友誼出版公司正式引進出版，比起台灣其他武俠名家被各類偽書冒名盜版幸運得多。

---

41. 林二白、展琳，《俠歌——蕭逸先生訪問錄》：「從《甘十九妹》和《馬鳴風蕭蕭》開始，我便有種覺悟，想將寫作路線趨向有關人性的描寫，闡釋人性中種種的問題。就我個人來說，我並不贊成時下所說的突破，我覺得人性本身就是一個突破，只要作者能夠觀察深刻、闡釋精細、照顧到別人且忽略的層面，那你便隨時都在突破。」原載台灣《新書月刊》，見蕭逸《甘十九妹》附錄，中國友誼出版公司，1986 年。

2018 年 11 月 19 日，蕭逸因癌症末期，醫治無效，逝世於美國洛杉磯，享年 83 歲。

高庸（1932—2002），本名王澤遠，四川西充人，曾就讀於重慶巴蜀中學及廣益中學。其父王纘緒，是四川軍閥，曾任陸軍上將、四川省主席。王澤遠自幼養尊處優，嗜讀各種雜書，學業一度中輟。抗戰勝利後，王澤遠赴上海求學，因內戰爆

蕭逸《甘十九妹》書影，遠景出版社出版，梁實秋題寫書名

發，十六歲從軍，隨海軍至台灣，隸屬潛艇部隊。

1955 年王澤遠退伍，一度當過電器修理工，後來經營租書店，開始與武俠小說結緣。1959 年，王澤遠得知出版社武俠小說缺稿，取筆名「令狐玄」，撰寫了處女作《九玄神功》，試投當時的清華出版社未果，後由明祥出版社出版。王澤遠以「令狐玄」筆名，又陸續寫出了《鏽劍瘦馬》（1959）、《血影人》（1960）、《殘劍孤星》（1960）等書。

王澤遠最初是玩票心態，所寫小說情節詭怪離奇，粗製濫造，銷路並不理想。1962 年，王澤遠痛定思痛，改筆名為「高

庸」，參加大美出版社的「武俠小說革新運動」徵文比賽，以《感天錄》入選，從此踏上武俠小說創作征途，開始認真寫作。高庸的代表作《天龍卷》，1966 年連載於新加坡《南洋商報》，香港《武俠世界》轉載時改書名為《空門三絕》，轟動一時。

1976 年，高庸受臥龍生之邀到中華電視台當了編劇，協助臥龍生製作連續劇。1977 年高庸封筆，發表最後一部作品《魔劍恩仇》（1977，《中國晚報》連載），至此，他一共寫下二十餘部武俠小說（加計令狐玄部分）。[42] 高庸的小說文筆洗練，長於敘事，刻畫人物頗見功力。其創作時代正逢古龍的新派武俠小說方興之際，高庸在作品構思上頗為新穎，卻並未失之偏鋒，奇正之際，揮灑自如，極成一家之風。如《天龍卷》（1966）中傳功不立派的作風和將武林秘笈公諸於世的做法，又如《紙刀》（1970）中桃花源般的秘谷和玄妙的暗器紙刀，都隱含相當巧思。1996 年，高庸從華視退休，2002 年去世，享年七十歲。

柳殘陽（1941 — 2014），本名高見幾，山東青島人，員林崇實高工畢業。其父在軍中任職，擔任過中部警備司令部警備處長，因此在家中藏有許多當時因「暴雨專案」而禁止流行的武俠小說。高見幾也因此有比當時一般民眾更多閱讀武俠小說的機會，由此與武俠小說結上不解之緣。

高見幾少年時好勇鬥狠，混過幫派，對黑幫的內幕知之甚

42.葉洪生、林保淳，《台灣武俠小說發展史》，遠流出版公司，2005 年。

詳。1961 年，高見幾以「柳殘陽」為筆名撰寫武俠處女作《玉面修羅》，獲選四維出版社「周年紀念特選佳作」，從此走上武俠小說創作道路。[43]

柳殘陽早期作品文情跌宕，主人公大多有一股嫉惡如仇、憤世嫉俗的狠勁，頗受讀者歡迎。1966 年，柳殘陽寫出代表作《梟霸》(1966)、《梟中雄》(1967) 系列故事，以青龍社大魁首燕鐵衣主持江湖正義為主線，改弦易轍，形成「鐵血江湖」風格。

此後作品，柳殘陽專以江湖黑道組織或個人的謀生方式為描寫對象，主角甫一出場就是第一流高手，沒有「武林九大門派」，也沒有從小練功學藝、循序漸進的套路，自成一派。其筆下描寫打鬥場面多為屍首累累、血肉橫飛，致使社會評價兩極分化。1990 年左右赴美，宣告退休，2000 年後曾短暫復出，寫作《天劫報》和《日從西起》，2014 年病逝，享年七十三歲。

雲中岳（1930—2010），本名蔣林，廣西南寧人。中央軍校二十四期畢業，在陸軍特種部隊服役，擔任教官。蔣林自幼習武，有一身技擊功夫，具有豐富的實戰經驗。

1963 年，尚在部隊服役的蔣林一時技癢，利用業餘時間，以「雲中岳」為筆名撰寫武俠處女作《劍海情濤》，向黎明出版社投稿，不料出版後，大為暢銷。蔣林受此鼓勵，第二年以少校軍銜提前退役，應四維出版社之邀，專心武俠小說創作，與四維出版

43. 葉洪生、林保淳，《台灣武俠小說發展史》，遠流出版公司，2005 年。

社的另一名家柳殘陽齊名。

雲中岳作品《古劍懺情記》（1966）獲得四維出版社「成立六周年紀念特選佳作」，有後來居上之勢。雲中岳文筆洗練，尤其精通明史，對於明代典章文物制度及風俗民情的嫻熟程度，已經不在一般治明史的學者之下。

雲中岳的每部武俠小說凡涉及史料部分皆有根有據，這在當時台灣絕大多數武俠小說作家唯恐觸犯政治禁忌、在小說中紛紛逃避史實的創作態度上，堪稱異數。雲中岳運用史料與武術技擊，大走寫實主義風格，自成一派。1973年以後，台灣武俠小說創作陷入低谷之際，雲中岳改寫中、短篇武俠小說，結果愈戰愈勇，源源不絕。

後期作品大多發表在香港《武俠春秋》半月刊與台灣《武藝》雜誌，然後由皇鼎出版社出版發行。至20世紀末，雲中岳一共寫下八十多部作品（包括中短篇）。雲中岳自認為《京華魅影》（1988）是其「最愛」，為平生戎馬生涯寫照，其早期《大地龍騰》（1966）、《八荒龍蛇》（1968）、《草莽芳華》（1972）等書皆屬上乘佳構，最後一部作品是2000年出版的《烈火情挑》。雲中岳創作生命達37年，在台灣武俠小說作家中，無人能出其右。[44]

陳青雲（1928—1999），本名陳昆隆，雲南雲龍縣人，1946年，保送進入雲南省行政幹部訓練團，1947年，在昆明學習度量

---

44. 葉洪生、林保淳，《台灣武俠小說發展史》，遠流出版公司，2005年。

衡檢驗，後又進入獸醫訓練班。1948 年，考入昆明北校場 26 軍通訊幹部訓練班受訓。1949 年，調職至蒙自。1950 年，隨軍隊前往越南金蘭灣。1953 年，抵達台灣高雄。1960 年，因健康原因退役。1975 年，任台中科教中心主任。1983 年，辭職，專心於小說創作。

　　陳青雲寫的第一部武俠小說是《殘人傳》（1961），但實際上出版的第一部書是 1962 年的《鐵笛震武林》。《鐵笛震武林》以其鮮明的風格引起極大反響，到寫作《鬼堡》（1964）時，已經廣受讀者歡迎。陳青雲的武俠小說，被稱為「鬼派」，陳青雲也被稱作「鬼派第一人」。

　　「鬼派」是台灣地區武俠小說發展過程中，頗具特色卻評價甚低的一派。「鬼派」作品的風格，大致來講是「陰森恐怖」、「血腥殘酷」。

　　「鬼派」最早由台灣學者葉洪生提出：「所謂鬼派武俠小說是指這類作品水準低劣，內容嗜血嗜殺，非鬼即魔。彼等通常以屍山骨海、斷肢殘軀開場，陰風慘慘、鬼哭神號，令人不忍卒睹；而其所練武功則必邪門怪異，荒謬絕倫！如陳青雲《殘肢令》、《血魔劫》，田歌《血河魔燈》、《武林末日記》等，皆屬此類濫惡之作；對青少年讀者的心靈戕害至鉅，固不待言。」[45]

　　在他看來，「鬼派」是台灣武俠小說發展過程中的「負面教

---

45. 葉洪生、林保淳，《台灣武俠小說發展史》，遠流出版公司，2005 年。

材」、「濫惡有如毒草」。葉洪生儘管對「鬼派」批判，卻也不得不
承認，「鬼派」在台灣武俠小說史上，是「不可忽視的存在」。葉
洪生對「鬼派」的評斷，有相當大的影響力，凡是論及台灣武俠小
說有關「鬼派」的文字，幾乎都囿於他的概括，儘管不無可商榷的
部分，但還是掌握到了部分的重點。

陳青雲的武俠小說，的確具有「鬼派」的特點，小說有鬼魅
陰森、殘酷血腥的氛圍及畫面，可以投某些「聞詭而驚心」的讀者
之所好。持平而論，陳青雲初始寫作，走的是「鬼派」的路線，
但 1970 年《石劍春秋》後，《索血令》（1970）、《殘紅零蜨記》
（1971）、《復仇者》（1972）等作品，開始有意識轉變，語言古
樸，注重整體佈局，又借重古龍的筆法，鬥智鬥力，以懸疑推理
取勝，後期作品描寫較深刻，思想更為精闢。可惜彼時武俠小說
整體創作頹勢大顯，未引起太大大矚目。

陳青雲作品極多，作品號稱有百部之多，實際上，約在 50 部
上下，因出版商更改書名、誤掛作者，甚至冒名偽作者極多。其
最後一部作品是 1989 年的《怪俠古二少爺》，交由大陸花城出版
社出版。1999 年去世，終年 71 歲。

四、新型武俠劍走偏鋒

台灣武俠小說的發展，大約在 20 世紀 70 年代後便進入衰退
期，而古龍的創作全盛期大致從 1968 年開始，因此 20 世紀 70 年
代，台灣武俠小說可說僅剩古龍一人獨撐大局。古龍小說的「新

派」之稱，也是在此時打響，以此與其他武俠作家的創作風格相
區別。但是在台灣武俠作家中，也有數位名家的作品，既有別於
傳統武俠小說的創作，又與古龍崇尚詩意化、散文化、哲理化的
行文風格不同，有的互為影響。

陸魚（1939—），本名黃哲彥，台灣苗栗人，台灣大學物理系
畢業，美國馬里蘭大學物理博士，生平不詳。有記載其早年是一
位寫現代詩的詩人，曾自費出版過《哀歌二三》和《端午》兩本詩
集[46]。

1961 年，黃哲彥就讀大四時，撰寫了武俠小說處女作《少年
行》，投稿至真善美出版社。真善美出版社發行人宋今人讀後大為
驚嘆，特別為這部書寫了一篇介紹，向讀者大力推薦，對其文筆
之洗練、情致之纏綿、寫景之逼真、武技之巧妙，以及書中無處
不在的人情味、幽默感，讚不絕口。

《少年行》一書，文筆優美，在小說結構上，拋棄了當時常見
的章回體格式，在武俠小說中出現了一章下面套三子題的結構，
實為首創。《少年行》後，1966 年，香港梁羽生進行創作嘗試，
寫作《飛鳳潛龍》，武俠小說再次出現陸魚這種「母章子題」的
格式，像是在報紙連載時每期的小題目，不知梁羽生是否故意為
之，單行本並沒有刪掉。

到 1976 年，古龍寫《白玉老虎》，也採用了這種格式，但古

---

46. 葉洪生、林保淳，《台灣武俠小說發展史》，遠流出版公司，2005 年。

龍每章的插題不限次數，作者更有發揮的空間。至 1985 年，溫瑞安寫作「說英雄，誰是英雄」系列時，進一步在「母章子題」的基礎上，增添了「篇」或「卷」。因此，陸魚在小說結構上的創新，走在了同期武俠作家之前。

　　在寫作技巧上，陸魚也改變了當時常規武俠小說的敘事手法，開篇直入主題：

　　元江派掌門人哥舒瀚，因為聽到點蒼派掌門人謝世英也在金陵的消息，就按著江湖上的規矩，要求會見，並蒙天下第一大派掌門天南一劍謝世英以對手相看，約定在九月望日月圓時分，在蔣山之麓持劍相會。[47]

　　同時期的武俠小說，慣於使用中國傳統小說的敘事手法，開篇扯閒話，對小說的主題躲躲閃閃。陸魚的寫法則「單刀直入」，讓人耳目一新，符合現代小說寫作的要求。

　　陸魚更巧妙使用「倒敘」的寫作技巧，利用回憶交代前情，明顯借鑑西方現代小說「意識流」的技巧，正文「楔子」末尾：

　　哥舒瀚……沉思了起來。過去的哀樂，都在時間中凝

---

47. 陸魚，《少年行》，真善美出版社，1961 年。

固,結晶析出,清楚得像山川草木,歷歷地呈現在他眼前。[48]

這一回憶,長達兩章,直到第三章:

猛聽一聲:「老夫來遲,有勞久候!」
像困獅怒吼般的聲浪,如雷貫耳,把哥舒瀚驚醒過來。
他是在蔣山之麓出神起來了。[49]

小說這才拉回現實,這樣的寫法,在當時的武俠小說創作中,著實罕見。

《少年行》小說的封面上特意標明「新型俠情小說」,陸魚的寫作,對於同時期古龍以及整個「新派」的形成,影響很大。

可惜陸魚的《少年行》寫至第三十章便告結束,書末雖然預告書中未了情節,將有續集,但陸魚明顯沒有繼續寫下去。陸魚第二部號稱是「新型武俠」的作品是1962年推出的《塞上曲》。此後,陸魚進入軍中服兵役,後又出國留學,結束了武俠小說的寫作,但《少年行》在武俠小說發展史上的文學成就,不應磨滅,特此說明。

易容(1932—),本名盧作霖,曾用筆名「唐煌」,湖北武漢

---

48. 陸魚,《少年行》,真善美出版社,1961年。
49. 陸魚,《少年行》,真善美出版社,1961年。

人。其幼小離家失學，十六歲時進空軍通信學校初級班，曾任通訊員，二十歲時普考及格，轉任公職。1955 年進政治大學圖書館工作，得以博覽群書。1960 年考上中興大學法商學院合作經濟系。1961 年，正讀大二的盧作霖因經濟原因，用「唐煌」筆名撰寫武俠小說處女作《血海行舟》，獲得春秋出版社發行人呂秦書賞識，為其出版該書。

1962 年，臥龍生的《天香飆》寫到四十四章時，《公論報》因故停刊，由春秋出版社發行的單行本也不得不停止。臥龍生當時風頭正勁，各方約稿不斷，分身乏術，表示不能再寫。呂秦書便邀請盧作霖代續《天香飆》，不料盧作霖妙筆生花，越寫越精彩，小說備受讚譽。

1963 年，盧作霖獨立創作的《劫火音容》出版，同年又為臥龍生代筆續寫《素手劫》。盧作霖小說開始獲得真善美出版社發行人宋今人的重視和大力引薦。

1964 年，以筆名「易容」寫作《王者之劍》，在真善美出版社出版，受到臥龍生、司馬翎等人讚賞。盧作霖再接再厲，在 1967 年創作完成《河嶽點將錄》、1968 年創作完成《大俠魂》等書，皆由真善美出版社出版發行，名噪一時。

此後盧作霖急流勇退，宣告封筆，擔任台中市埔里高中教師，專事教書工作，直到 1992 年退休。盧作霖個性內向、略帶拘謹，小說較為嚴謹，因為他以代筆續書起家，所以作品風格、武功絕藝、談情說愛較為偏向臥龍生、司馬翎，加上盧作霖個人學

養、文字俱佳，才華橫溢，作品雖然為數不多，素為行家所重。宋今人愛才，每以易容小說未獲讀者看重而感到惋惜。[50]

　　上官鼎，為劉兆藜、劉兆玄、劉兆凱三兄弟集體創作的筆名，隱喻三足鼎立，其中以劉兆玄為主要執筆人。劉兆玄（1943—），湖南衡陽人，空軍上將劉國運之子，台灣大學化學系畢業，加拿大多倫多大學化學博士，擔任過台灣清華大學校長、東吳大學校長、交通部部長、行政院院長等要職，2010年1月14日接任中華文化總會會長。

　　劉氏兄弟自幼喜讀武俠小說，1959年夏，劉兆玄考上台北師大附中，為掙零用錢，便拉上四哥兆藜、六弟兆凱，以「上官鼎」筆名合寫武俠處女作《蘆野俠蹤》，向新台書店投稿，幸獲採用，於是受到很大鼓舞。

　　不久，見到新台書店貼出「急徵武俠小說快手」告示，才知剛出道的古龍寫完《劍毒梅香》四集十四回後，不告而別，因全書未完，出版社無奈，公開徵求代筆。劉兆玄兄弟此前已有寫書的經驗，就大膽應承，代古龍續寫《劍毒梅香》（1960）。

　　上官鼎代表作是《鐵騎令》（1961）、《沉沙谷》（1961）與《七

50. 見《台灣武俠小說發展史》注釋：2000年6月23日盧作霖致葉洪生傳真信函，提及到「盧氏信中每以自己當年不該為臥龍生『補破鍋』而未能『用心創作』為憾事」。其「言外之意」：不外是盧氏想及當年之事，因是為臥龍生小説代筆續書，所以極盡模仿之能事，縱然是事後獨立創作了三部作品，但故事佈局、情節架構和筆法文風仍擺脫不了臥龍生小説的影響，與臥龍作品過於相像，終未能自出機抒，形成屬於自己的獨特的風格特色，更遑論成為一代武俠名家。數十年後到了晚年再論及此事，多少是有些「心有不甘」。

步干戈》（1963），小說文情並茂，著重表現手足之情、朋友之義，極富「英雄出少年」的浪漫精神、理想色彩，在當時的武俠小說中殊為少見。

可惜作品因由三兄弟輪流寫作，文筆忽好忽壞，水準也不一致，常有自相矛盾的情節發生，這與他們當時寫武俠小說不過是一時技癢、志不在此有關。

上官鼎的作品大致有十部，皆為作者就讀高中、大學時期所寫，最後一部作品是 1966 年的《金刀亭》，1968 年，因為劉兆玄出國留學而未能寫完。在台灣武俠作家中，劉兆玄出道時年齡最小，只有十六歲，堪稱是絕無僅有，而三兄弟以武俠小說的豐厚稿酬完成大學學業，進而出國深造，均取得博士學位，可稱武俠小說寫作上的一段佳話[51]。

2014 年，劉兆玄距 1968 年封筆相隔 46 年後，再次用「上官鼎」筆名出版武俠小說《王道劍》，以明朝「靖難之變」為創作背景，揭秘明建文帝失蹤大懸案，帶出一段悟王道、悟武功的武林故事。《王道劍》出版後即受到廣泛好評。

此後，上官鼎創作不輟，2015 年，寫作 30 萬字的抗戰長篇小說《雁城諜影》，從 5 位高中女生的視角來描寫抗日戰爭中最重要的戰役之一「衡陽保衛戰」。

2016 年，上官鼎又推出現代動作小說《從台灣來》，時代跳

---

51. 葉洪生、林保淳，《台灣武俠小說發展史》，遠流出版公司，2005 年。

躍到 21 世紀，三位主角來自台
灣，旅居世界不同角落，故事發
展從烏克蘭到黑海沿岸，牽涉到
世界各大強權國家的政治角力。

2018 年初，上官鼎出版科幻
政治小說《阿飄》，將視角投射
到總統府、立法院、美國白宮和
五角大廈，敘述政治制度崩壞、
權錢交易的民主亂象。

秦紅（1936—），本名黃振
芳，台灣彰化人。黃振芳的父親
從事燈籠業，家庭人口眾多，

《七步干戈》書影，風雲時代出版

生活艱難，排行老八的黃振芳在小學畢業後，不得不出外謀生，
曾在民間印刷廠及台灣省菸酒公賣局幹基層工作。黃振芳自幼好
讀雜書，常常以自己學業中斷，沒有能接受完整的正規教育為遺
憾，所以他利用業餘時間，廣泛涉獵各種文史書刊自修，對於文
學尤其感興趣。他曾參加由台灣師範大學教授李辰冬所辦文藝函
授班，學習過近代文學理論和文藝創作方法，然後寫了很多純文
學作品，向報刊投稿。

四十年後他在接受訪談時回憶說：「這些非正式的文學訓練
對於我的武俠小說創作有一些影響。像我特別喜歡莫泊桑的短篇
小說，所以我自己寫小說時也就特別注重結構和那種出人意料之

外、卻又合情合理的結局。」[52]

1962 年，大美出版社提倡「武俠小說革新運動」，以重金徵求新人新稿加入該社創作陣營。黃振芳當時感覺從事文藝創作出路太窄，又聽說寫武俠小說收入豐厚，可迅速改善生活，就抱著不妨一試的心理，取「秦紅」為筆名，花了八個月的時間寫出武俠處女作《無雙劍》進行投稿。小說獲得了該社發行人張子誠的賞識，請他繼續寫下去，並邀聘為該社基本作家。

1963 年 7 月，秦紅筆法新奇、充滿諧趣的《無雙劍》正式出版，被破格列入第二屆武俠徵文佳作獎，從此展開二十多年的職業武俠作家生涯。秦紅因為具有現代文學創作功底，小說的表現手法非常新穎，從小說體例、格式、文字、對話以及思想觀念、新生事物等，他都使用了現代小說的觀念，下筆不落俗套。同時，秦紅的小說文筆輕鬆幽默，敘述簡潔流暢，親切感人，故事佈局巧妙，高潮迭起，較為吸引人。

秦紅自承：「我的武俠小說當然是以『忠孝節義、鋤奸扶弱』為主涵，但比較注重消遣娛樂的效果，因為幾十年前的台灣社會情況比較特殊，精神和物資遠不及現在，而武俠小說的內容剛好可滿足那時節的需求，亦即填補那時節心靈上的空虛。」[53] 1974 至 1976 年，秦紅一度輟筆，復出後，改寫武俠中篇，總共寫下

---

52. 林保淳，《風塵異人隱市井——訪武俠名家秦紅》，中華武俠文學網，2003 年 9 月 29 日，署名「knight」。
53. 秦紅原作，顧臻整理，《我和武俠小說》，見《品報》第 28 期，2014 年 10 月 1 日。

四十餘部作品，其最後一部作品是 1986 年萬盛出版社的《獨戰武林》，隨即封筆，改行經商。

奇儒（1959—），本名李政賢，1985 年開始投入武俠小說創作，以《蟬翼刀》一書成名。1985 年的台灣武俠小說創作，在古龍的濡染之下，無論人物性格、情節結構、場景設置，都有明顯的「仿古龍」傾向。奇儒的武俠小說創作，除了承襲古龍風格，善於推理外，其故事場景跳躍變幻，寫景狀物詩情畫意，展現出相當功力。

《蟬翼刀》（1985）中，在插敘天蠶絲、蟬翼刀、紅玉雙劍前代恩怨情仇的段落裡，奇儒以細膩的文藝筆調，從三個不同的視角，融抒情與敘事為一爐，纏綿悱惻、哀婉動人。《蟬翼刀》（1985）一舉成名後，奇儒陸續創作了十四部作品。奇儒塑造的蘇小魂這一人物，既不風流，也不瀟灑，甚至貌不驚人，卻具備了俠客應有的特點，機智靈敏，急公好義，武藝高強。

蘇小魂上續前代天蠶絲、紅玉雙劍、蟬翼刀的情仇，下開蘇佛兒、魏塵絕、李嚇天、談笑、王王石，乃至百年之後的諸多英俠，蘇小魂始終都是一條主線，隱隱約約地貫串其中，使奇儒構築起屬於自己的江湖世界。

奇儒小說為人稱道的還在武器的設計上。層出不窮的「奇門兵器」新穎別致，蟬翼刀、天蠶絲、臥刀，還有可以佈滿孔隙、可拆可組的「凌峰斷雲刀」，匪夷所思。

奇儒是台灣佛教「佛乘宗」的第三代傳人，佛學造詣深厚，

1988 年，奇儒自謂「武俠兇殺之意太重，有違佛法慈悲之念」，因此封筆，不再寫武俠小說。此後十年，奇儒一心向佛，到 1999 年，奇儒似乎悟通佛法和武俠矛盾，重新出山，寫作小說《凝風天下》。

《凝風天下》強調人與自然環境的關係，昭示人與自然的和諧，小說處處是對現世生活的觀照，而又處處妝點出詩情畫意，以禪學論武，以禪意抒文，人文與自然的水乳交融，盡顯悲憫情懷，從中寄寓出奇儒的理想，為武俠小說的境界另開一扇大門。[54]

1975 年以後，香港受古龍小說改編的武俠電影的影響，掀起「古龍熱」，在香港地區的後起武俠作家紛紛群起效尤，奉古龍為「新派」領袖，亦步亦趨，務求形似。這期間，香港有「新三劍客」（與台灣之前的「三劍客」相區別）：黃鷹、龍乘風、西門丁最為知名，亦領一時風騷。

黃鷹（1956—1992），本名黃海明，又名黃明，另有筆名「盧令」，廣東中山人，出生於北京，童年來港。讀中學時開始撰寫武俠小說，其創作風格受古龍影響頗深，以接寫古龍《驚魂六記》成名，代表作《天蠶變》、《大俠沈勝衣》系列，其中《大俠沈勝衣》被改編為電視劇，流傳甚廣。除武俠小說，黃鷹還撰寫有「殭屍系列」小說，被稱為「鬼王」。

---

54. 林保淳，《觀音有淚，淚眾生苦——我看奇儒的武俠小說》，原載《中央日報》副刊，1999 年 4 月 1—2 日，見《縱橫今古說武俠》，五南圖書出版公司，2016 年。

　　黃鷹在偵探、推理上深得古龍真傳，是公認傳承「古龍風格」最逼真、最傳神的武俠小說作家。黃鷹的武俠小說，文字優美，意境優雅，設想奇絕，節奏明快，直追古龍的作品。但作為一位作家，其作品終生成為另一位作家的影子，不能不說是一種悲哀。

　　黃鷹本人才華橫溢，除了寫作小說，還創作影視劇劇本，涉足出品人、監製、導演、演員等多種職業，此外，還曾以筆名「盧令」為環球出版社出版的書刊畫插圖。[55]

　　黃鷹極好鬼神，在小說中不厭其煩地運用「鬼神」為噱頭吸引讀者。他曾操刀電影《殭屍先生》系列，風靡大江南北。黃鷹總共寫了大約四十餘部武俠小說，最後一部作品可能是《天蠶變外傳》（1991，《武俠世界》刊載。）

　　1992年，黃鷹被發現死於家中，直到屍體發霉才被發現。1999年，電視製作人蕭若元接受採訪時揭出真相，黃鷹拍攝「殭屍電影」資金不濟，借了高利貸，後來血本無歸，被追債的人打死在家中。一代鬼才，如此下場，令人感嘆。

　　龍乘風（1952—），本名陳劍光，廣東興寧人，學歷僅止於高中。陳劍光自小嗜讀武俠小說，是個標準的「武俠迷」。1975年，陳劍光二十三歲時，創作武俠小說處女作《寺月島風雲》，向一家

---

55. 馬雲，《畫家・作家・編劇家黃鷹》，見李文庸《中國作家素描》，遠景出版公司，1984年6月。

刊物投稿，署名「龍乘風」，不久收到稿費，但作品卻沒有刊出。

1977 年起，《武俠世界》雜誌開始連載他以「雪刀浪子」龍城壁為主角的系列小說。該系列共寫了六年，五十餘個故事，每個故事十萬字左右，介乎中篇與長篇之間，很受讀者歡迎。

龍城壁系列小說是龍乘風的代表作，敘述「雪刀浪子」龍城壁憑藉一腔俠義精神和風雪之刀，摧毀海魔教、地獄鏢局、無敵門、萬殺門等黑惡勢力的故事，小說筆法肖似古龍，成為「仿古龍」派的一位重要作家。

除了龍城壁系列小說，龍乘風還寫有以「獵刀奇俠」司馬縱橫為主角的系列小說（1982）、《虯龍倚馬傳》（1985）、《岳小玉傳》（1985）、《鐵血成吉思汗傳》（1990）等書。這些作品，都是先在《武俠世界》上連載，然後由環球出版社出版單行本。龍乘風父親是香港飲食行業的鉅子，龍乘風出身富裕家庭，是位典型的「紈絝子弟」，投資多種生意，寫作全憑興趣，進入 20 世紀 90 年代，龍乘風生意虧本，欠下鉅款，賣掉家中的酒樓也不能償債，從此失蹤。[56]

西門丁（1949 —），本名王余，福建泉州人，1959 年隨母到香港，因故輟學，學過油畫，辦過廣告公司，做過代理商，後以導遊為業。1978 年王余以西門丁為筆名，撰寫五萬字小說《仇

---

56. 龍乘風生平，據西門丁口述，諸葛慕雲記錄，《問答西門丁》，見震煌昀庭的博客 http://blog.sina.com.cn/s/blog54bd96b70100zgq5.html

謎》向《武俠小説周刊》投稿，得到刊用。1980 年，西門丁偶見
《武俠世界》雜誌徵稿，以八萬字的《小鎮風雲》投寄，兩月後得
到回覆，由此開始武俠小説創作。同年，西門丁的「雙鷹神捕」系
列問世，屬於懸疑推理類型的武俠小説，每個故事篇幅八萬字左
右，頗為符合當時快節奏的社會發展形式，推出後廣受讀者歡迎。

　　西門丁此後每月都寫出三十萬字，全盛時期，使用高健庭、
南宮烈、端木翊斐、葉展彤等不同筆名發表不同類型作品，風靡
東南亞華人世界。這些作品，大都交由香港環球出版社出版，前
後達百餘冊。[57]

　　西門丁的小説以精巧構思見長，故事緊湊、佈局精密，不以
引經據典顯示學問，而以人物性格、情節發展及結局，表達對人
生的看法。西門丁讀書涉獵廣，工具書多，歷史知識扎實，又因
其在旅行社工作，跑遍大江南北，其筆下故事發生的場景，大部
分曾遊歷過，所以寫來更為生動真實。高頻度、短平快的寫作方
式也使西門丁的小説頗多重複，讀起來固然緊張有趣，但故事情
節和人物形象單薄。

　　自 1987 年開始，西門丁不再全職創作，而是重操舊業開了一
家旅行社，他曾言，「當時再寫下去也走不出死胡同，好似一部
車，無入油會死火。我轉做旅行社，遊不同地方，開闊視野，對

---

57. 西門丁口述，顧臻、渠誠整理，《記香港作家西門丁》，見《品報》第 27 期，2014 年 7
　　月 1 日。

我寫小說反而有利。」

　　此後西門丁寫作速度減緩，最後的作品可能是《鐵血染鏢旗》（2007，《武俠世界》刊載）。由於媒體傳播的原因，相比起同時期的黃鷹、龍乘風，西門丁對於很多大陸讀者來說仍屬籍籍無名，其實在「新三劍客」中，西門丁的小說寫作態度和文學水準都在黃鷹、龍乘風之上，不免有明珠蒙塵之感。

第十一章

秀出天南筆一支

——一代宗師梁羽生

第一節　演武說劍，書生羽生

梁羽生（1924—2009），原名陳文統，廣西蒙山縣人，中國作家協會會員。梁羽生出身於書香世家，家業頗豐，生活富足。他家位於廣西瑤山附近的鄉下，風光旖旎，適合遊歷。由於受家庭背景、地理環境的影響，梁羽生自小便熟讀古文，而且對詩詞很感興趣，八歲就能背誦《唐詩三百首》，打下了堅實的古典詩詞基礎。

《劍俠傳・洪州書生》

1943 年，一批廣州學者來到蒙山避難，其中太平天國史專家簡又文以及敦煌學研究者、詩書畫名家饒宗頤，都曾在他家借宿，期間梁羽生得以向他們請益歷史和文學。梁羽生又是武俠小說的熱心讀者，和人談論起武俠小說，往往口若懸河，神采飛揚。豐厚的歷史知識和文學素養，加之對武俠小說的濃厚興趣，為梁羽生後來的武俠小說創作提供了先天條件。

梁羽生在抗戰勝利後到廣州嶺南大學就讀國際經濟專業。因

為對中國傳統詩詞和文史的喜愛,畢業後,他在校長的介紹下,進入《大公報》工作,擔任副刊助理編輯,不久加入社評委員會。1950 年底,梁羽生被調任至香港《大公報》新創的附屬刊物《新晚報》。

梁羽生博聞廣識,多才多藝,除了武俠小說外,他還曾用梁慧如、陳魯、李夫人等筆名寫過大量散文、文藝評論、文史隨筆和棋話。因其對白羽的武俠小說大為欣賞,他的「梁羽生」筆名,據說就是蛻變自「梁慧如」和「白羽」。梁羽生寫的棋話被認為是一絕,讀來比親臨現場觀棋還要精彩。[58]

1987 年,梁羽生僑居澳大利亞雪梨,2009 年 1 月 22 日,八十五歲的梁羽生因病逝世。

《龍虎鬥京華》是梁羽生的首部武俠小說。1954 年,香港武術界的門派之爭熱度驟升,太極拳的吳公儀和白鶴的陳克夫約定以打擂台的方式一決高下,比賽地點設在澳門。比賽結果,陳克夫的鼻子被吳公儀打中,這場決鬥在三分鐘左右便宣告結束。此事受到香港傳媒的大肆渲染,賽前賽後皆大做文章,一時被傳得沸沸揚揚。

時任《新晚報》總編的羅孚,認為這是一個拉攏讀者的絕佳機會,決定打破長久以來香港大報不登武俠小說的規矩,讓陳文統這個平日喜讀武俠小說、又好填詞作詩的廣西老鄉,在《新晚

---

58. 費勇、鐘曉毅,《梁羽生傳奇》,廣東人民出版社,1996 年。

報》上連載武俠小說。陳文統原想拒絕，但連載武俠小說的廣告已然登出，他只好趕鴨子上架，取名「梁羽生」即寫即登，從1月開始，直寫到同年8月，他的首部武俠小說《龍虎鬥京華》創作完成，由此走上了武俠小說的創作之路。

今天看來，梁羽生的《龍虎鬥京華》相比其後期的作品，難免顯得比較稚氣，敘述單薄，結構鬆散，人物形象比較單一。然而，用特定的歷史眼光來看，這部不太成功的作品已然注入了新的思想和意識，在武俠小說的發展過程中開一代風氣之先。

小說在連載期間反映奇佳，梁羽生自此名聲大振。1954至1983年，從處女作《龍虎鬥京華》到封筆作《武當一劍》，梁羽生在三十年間，以筆為耕、從未中斷，創作了三十五部武俠小說，總計百餘冊。其重要作品，早期有《七劍下天山》（1956）、《白髮魔女傳》（1957）和《萍踪俠影錄》（1959）等，中期有《雲海玉弓緣》（1961）、《女帝奇英傳》（1961）及《大唐遊俠傳》（1963）等，至晚期，則有《彈指驚雷》（1977）、《武林天驕》（1978）和《武當一劍》（1980）等，新派武俠小說一代宗師的地位由此奠定。

梁羽生對武俠小說有一套自己的理論。他曾在許多場合發表過自己對武俠小說的見解，有的意見很有深度，十分精闢，對文藝理論界存在的偏見以及武俠小說創作界存在的問題一一進行了剖析。

梁羽生明確肯定了武俠小說在文學中的地位和價值。在中國作家協會第四次代表大會上，梁羽生發言說：「文學形式本身並無

高下之分，所謂高級與低級，只取決於作者本人的見識、才力和
藝術手腕。」[59]

　　在梁羽生看來，中國武俠小說歷史悠長，根深葉茂，到了新
派武俠小說，則更顯示出思想內容進步、歷史見解新穎和藝術技
巧成熟等優點，排斥武俠小說，不把它納入文學範圍，顯然有失
公平。

　　他認為武俠小說是小說流派的一種，並反駁說：「有些人總是認為武俠小說一概不足取，那樣，怎麼能讓人放心地寫，放心地出，放心地讀，放心地評呢？」[60]

　　梁羽生在武俠小說的主題把握、時代精神的反映和典型人物創造上，見解獨到。他認為：「集中社會下層人物的優良品質於一個具體的個性，使俠

梁羽生書法，「文心俠骨，統攬孤懷」，聯首
嵌梁羽生名字「文統」兩字

59. 羅立群，《開創新派的宗師——梁羽生小說藝術談》，學林出版社，1996 年。
60. 馮立三，《與香港作家一夕談——中國作協第四次會員代表大會側記》，見《光明日報》
　　1984 年 1 月 3 日。

士成為正義、智慧、力量的化身，同時揭露反動統治階級的代表人物的腐敗和暴虐，就是所謂的時代精神和典型性。」[61]

梁羽生對武俠小說的創作態度是嚴謹的。1977 年，梁羽生應新加坡寫作人協會之邀發表演講，並在其中透露了自己對武俠小說的創作觀點：「武是一種手段，俠是一個目的，通過武力的手段去達到俠義的目的，所以，俠是最重要的，武是次要的⋯⋯寫武俠小說的作者，知識面越廣越好，他不一定要專，也就是說，十八般武藝不是要你件件精通，但起碼你要懂得三招兩式，懂得越多當然越好。比如寫武俠小說，這是古代的東西，那你多少要懂得一點歷史。」

他還根據自己的經驗，鼓勵新加坡寫作人：「在技巧方面，台港老作家的技巧可能比你們熟練，但是技巧並不是重要的問題，重要的在於主題思想，看看是不是健康的文藝，是高級趣味或是低級趣味，技巧是次要的。」[62]

對待武俠小說，梁羽生有明智的態度和公允的看法。20 世紀80 年代，盲目而氾濫的「武俠小說熱」在大陸一度興起，對此，梁羽生曾潑過冷水。

他於 1985 年在《文學報》上憂慮地表示：「有的部門作了統

61. 馮立三，《與香港作家一夕談──中國作協第四次會員代表大會側記》，見《光明日報》1984 年 1 月 3 日。
62. 梁羽生，《從文藝觀點看武俠小說》，新加坡寫作人協會上的講話，1977 年。此次講話經會員趙寧摘錄，同年 9 月刊於協會主編的《文學月報》第十二期。

計，至少有五十多家小報發表我和他人的武俠小說。不少地方的一些報紙轉載我的武俠小說，有的加以改寫，都未經作者同意。據說有的把兩個回目合併成一個回目，甚至有的不是我寫的武俠小說卻標上我的名字，以矇騙讀者。我認為，反映現實生活的作品應當在文學園地佔主要地位。但最近有些小報，從第一版到最後一版全部刊載我或其他作者的武俠小說，這樣的路不是越走越窄了嗎？」[63] 在這些意見中，可以看出梁羽生對待武俠小說認真而且負責的態度。

梁羽生的武俠小說不僅內容豐富，卷帙浩繁，而且具有鮮明的主題，政治色彩較強烈，封建社會的階級矛盾、民族矛盾是其主要表現的內容，總體傾向趨於寫實。然而武俠小說的特色又使他難以全面地展示歷史環境中的社會、經濟形態，他又不執著追求超脫本體與具象的虛幻性描述，形式與內容的矛盾使他的作品在現實性方面深拓不夠，在虛幻性方面寓意不足，缺乏哲理性的藝術詮釋。

梁羽生小說中的人物形象，在價值取向上，有著強烈的道德色彩，務求人物的完美，正邪人物嚴格區分，抨擊反面人物，歌頌英雄俠客為國家、為民族、為正義勇於犧牲、前赴後繼的精神。

梁羽生反對塑造正邪難辨的人物，是「因為有些武俠小說，不但武功寫得怪異，人物也寫得怪異，不像正常的人，尤其不像

---

63. 羅立群，《開創新派的宗師──梁羽生小說藝術談》，學林出版社，1996 年。

一般欽佩的好人，怪而壞，武藝非凡，行為也非凡，暴戾乖張，無惡不作，卻又似乎受到肯定，至少未被完全否定。這樣一來，人物是突出了，性格是複雜了，卻邪正難分了。這也是新派武俠中的一派。當然，從梁羽生的議論看得出來，他是屬於正統派的」。[64]

梁羽生堅持武俠小說以俠為本，但他的「俠義精神」與傳統的「俠義精神」有不同的特點和表現。

梁羽生小說的武功描寫誇張有節，精彩紛呈。有的小說中還注意到武功敘述的美學性，將武功、詩意融合一體，神奇的劍術與優美的詩句相輔相成，劍式配合著詩意，詩韻暗合著劍招，吟誦之間，輕身漫步，殺招頻起，讀來很有美感。但從總體看，梁羽生武俠小說中的武功描述有單調、呆板、過長之弊，至於在武功描寫上發掘人性，開闊意境，則更加不足。

梁羽生小說的情節一開頭就引人入勝，在矛盾交織中推動情節發展，起伏不斷，高潮跌宕，小說善於描寫宏大的場面，堪稱整體情節之精華。然而，各部小說的情節變化不大，近似雷同，看多了便有似曾相識的感覺，顯得有些才氣不足。

---

64. 柳蘇，《俠影下的梁羽生》，見《讀書》，1988年，第3期。

第二節　名士氣度，文采風流

　　梁羽生具有豐厚的傳統文學修養，高於眾多同期的武俠小說作家，他畢生從未間斷過詩詞寫作，文史功底相當深厚。對於自己在文史詩詞上的才華以及名士風度，梁羽生自己也是頗為自得，並將這種詩詞文化，融入到他的武俠小說的創作之中去。

　　梁羽生的武俠小說，巧妙地將中國傳統的文化思想、文學藝術以及民族感情、民俗民情、山河風光、歷史環境融匯一體，繪製出一幅極具中華民族風格的藝術畫圖。他的武俠小說裡有著濃烈的中國式的名士氣息，神話、民俗、軼聞、典故，均被作者用優美純淨的語言娓娓道出，情節中又糅合進詩詞曲賦，有時更以禪意表達情懷，通俗質樸中散發著書卷芳馨，典雅文靜中又融入民歌俗語，激烈的打鬥中更雜以纏綿愛情，張弛互補，意趣橫生，文采飛揚。

　　在梁羽生筆下，俠客們多具有文采風流的形貌。梁羽生武俠小說裡的人物出場，總是容貌超塵，衣帶飄飄，給人以天外飛仙之感。如《白髮魔女傳》中，容貌清麗的練霓裳出場：「眾人眼睛一亮，廳門開處，走近一隊少女，前面四人，提著碧紗燈籠，後面四人，左右分列，擁著一位美若天仙的少女，杏黃衫兒，白綾束腰，秋水為神，長眉入鬢，笑盈盈的一步步走來。」[65]

---

65. 梁羽生，《白髮魔女傳》，中山大學出版社，2012 年。

　　《雲海玉弓緣》（1961）裡的谷之華則在面對三大邪派高手的危急關頭出場，年紀輕輕的她如孩子般清純，在這樣的危急時刻顯得不以為意。小說中描繪「一串銀鈴似的笑聲從山上飄下來」，但見「這少女正站在對面山坡的一塊岩石之上，衣袂飄飄，似欲凌風而降」。[66]

　　不僅女俠如此，男俠亦然。《冰川天女傳》（1959）裡的金世遺遭世人遺棄而裝瘋賣傻，「原貌」恢復後，儼然一位翩翩公子之姿：穿著一身整潔的青布衣裳，長袖臨風，頭上束著方巾，乍眼看來，似是一個瀟灑不羈的書生。[67]

　　諸如此類的描寫在梁羽生的小說裡俯拾皆是。可以看出，在人物形貌的描寫上，梁羽生通常重視容顏的雅致，所用筆調十分清淡，與衣袂飄揚的場景配合，顯出特有的文人氣質。

　　與外在形貌相配合的是，梁羽生幾乎每部小說都有一兩位言行狂放的人物。不過這種狂放，是指其行為異樣，與傳統禮教格格不入。它重視表達人的獨立意識，在不損害大眾利益的前提下，有所節制地將自我情感盡情釋放。這一特點，明顯是梁羽生從歷史上魏晉名士風度繼承而來。此外，梁羽生小說裡有很多俠客都有口無遮攔、行為怪異的言行表現，面對不公平之事，必定大加嘲諷。這些表像看似消極，但本質上是對冷漠世俗的反抗和

66. 梁羽生，《雲海玉弓緣》，中山大學出版社，2012年。
67. 梁羽生，《冰川天女傳》，中山大學出版社，2012年。

對底層百姓的關懷。

《雲海玉弓緣》（1961）裡的金世遺，因年少時曾被親人遺棄，儘管後來師父對他愛護有加、悉心調教，也無法消除他的心理陰影，所以他時常會「故意把衣裳撕破，打散頭髮，又在面上抹了污泥，打扮成一個乞丐模樣」，「他變容易貌之後，臨流照影，自暴自棄的心情令他覺得甚為痛快」；不僅如此，他桀驁不馴，經常作弄武林人士，以此為樂，得了個「毒手瘋丐」的「美譽」。然而當俠女谷之華遭

梁羽生1956年10月5日發表在香港《新晚報》上的文章——《談新派武俠小說》，文中是「新派武俠小說」稱謂第一次被公開使用

到岷山派驅逐之時，他卻正義凜然、拔刀相助，為她討回公道，對岷山掌門曹錦兒的血統論厲聲駁斥：

不錯，我是外人，不過，你處事不公，我便要仗義執言，不讓你欺負一個孤苦伶仃的女子！

父母有罪，嬰兒無罪。她在襁褓之中便離開父母，孟神通

所做的事情，豈應責怪到她的身上？那三篇少陽玄功秘訣，她本來可以隱瞞不報，但她卻交給了你們，讓你們去對付她的生身之父，這等苦心，你還忍苛責她嗎？試想，若沒有這三篇少陽玄功秘訣，你們哪一個打得過孟神通？[68]

如此狂放的言語，恰是人物性格本質的體現，是作者用反襯的手法展現了俠客的品行，這種人物其實是中國傳統文人形象的延續。梁羽生小說中還有《萍踪俠影錄》（1959）裡的張丹楓、《白髮魔女傳》（1957）裡的練霓裳以及《冰川天女傳》（1959）裡的陳天宇等人，都屬於這類人物。而這些人物言行「狂放」的原因，乃是基於對世事的洞察和自身強烈的獨立意識。

相對許多新派武俠小說家而言，梁羽生的古典詩詞造詣十分突出。在他的每部小說裡，「文備眾體，詩、詞曲賦歌謠諺語對聯盡含其中」[69]相比之下，同時期的金庸則要略遜一籌。

熟諳傳統文化的優勢，使梁羽生的小說氣息典雅，在武俠小說富有張力和動感的題材上，賦予人物以氣質濃厚的文雅感。

梁羽生小說裡的人物大多文氣十足，對詩詞歌賦以及琴棋書畫有超強的鑑賞力，小說裡以琴會友、以樂對敵，或以詩詞直抒胸臆的描寫俯拾皆是。

---

68. 梁羽生，《雲海玉弓緣》，風雲時代出版公司。
69. 羅立群，《開創新派的宗師──梁羽生小說藝術談》，學林出版社，1996 年。

　　梁羽生習慣在每部的小說開頭題上一首詩或詞，而整首詩詞已經包含了故事的主題，這既賦予整部小說以詩意，同時也能給讀者以比照閱讀的興趣。

　　在小說情節的推進過程中，梁羽生也喜歡筆鋒一轉，帶出一首詩作，襯托人物的心境或環境氛圍，使之更為細緻、更有韻味。

　　《鳴鏑風雲錄》（1968）第二十回寫辛十四姑彈《詩經》小雅中的《白駒篇》：「皎皎白駒，食我場苗。縶之維之，以永今朝。所謂伊人，於焉逍遙。皎皎白駒，在彼空谷。生芻一束，其人如玉，毋金玉爾音，而有遐心！」暗示出她內心的一段情愛心事。

　　《散花女俠》（1960）第十五回中：「這時已是月過中天，在萬籟俱寂之中，忽聽得有人長嘯，朗聲吟道：『不負青鋒三尺劍，老來肝膽更如霜！』一人彈劍而歌，漸行漸近，竟就是鐵鏡心的師父石驚濤！』[70]兩句詩即把老俠客石驚濤的形象烘托得令人閱後難忘。

　　中國古代向有「詩言志」的傳統，這在梁羽生的作品中得以充分體現。梁羽生用詩詞來表達偉大志向，甚或男女情愛，平添了一份朦朧之美，以及一種曲折的情愫。

　　除了直接引用詩詞，梁羽生的文字也頗富詩質，小說中的一些句子，妙用詩詞的句法，寫來朗朗上口，言簡意賅。

　　寫景的如《聯劍風雲錄》（1961）中：「繡檻雕欄，綠窗朱戶，

---

70. 梁羽生，《散花女俠》，風雲時代出版公司。

迢迢良夜，寂寂侯門。月影西斜，已是三更時分，在沐國公的郡馬府中，卻還有一個人中宵未寢，倚欄看劍，心事如潮。」[71]

《廣陵劍》（1972）裡寫道：「像一支鐵筆，撐住了萬里藍天。巨匠揮毫，筆鋒鑿奇石，灑墨化飛泉。地點是在有『山水甲天下』之稱的桂林，是在桂林風景薈萃之區的普陀山七星岩上。」[72]

《遊劍江湖》（1969）中：「這時正是紅草成熟的季節，一望無際的荒原，都在茂密的紅草覆蓋之下，紅如潑天大火，紅如大地塗脂……」[73]

梁羽生雖然沒有去過天山等地，但寫及這些地方的景色，卻相當準確而美麗。雖是淡淡幾筆，就如電影的蒙太奇一樣，顯現在讀者的眼前。

詩意的描寫，並不僅限於景物，在描摹人物心理活動時，也往往會收到奇效，比如《散花女俠》（1960）裡于承珠的內心獨白：

張丹楓、鐵鏡心、畢擎天的影子又一次的從她腦海中飄過，自從來到義軍軍中之後，她和鐵畢二人朝夕相見，已是不止一次的將他們二人與自己師父比較，又將他們二人比較，越來越有這樣的感覺，如果把張丹楓比作碧海澄波，則鐵鏡心不

71. 梁羽生，《聯劍風雲錄》，風雲時代出版公司。
72. 梁羽生，《廣陵劍》，風雲時代出版公司。
73. 梁羽生，《遊劍江湖》，風雲時代出版公司。

過是一湖死水，縱許湖光瀲灩，也能令人心曠神怡，但怎能比
得大海的令人胸襟廣闊；而畢擎天呢？那是從高山上沖下來的
瀑布，有一股開山裂石的氣概，這股瀑布也許能沖到大海，也
許只流入湖中，就變作了沒有源頭的死水，有人也許會喜歡瀑
布，但卻不是她。[74]

　　這裡連用比喻，將一個十七歲少女的心理糾結凸顯而出，同
時也使得鐵、畢兩個人物形象更加鮮明。

第三節　人民俠客，肩荷重任

　　「俠義精神」是武俠小說必然要表現的內容。何為「俠義」？
在不同的時代裡有不同的解釋。梁羽生的「俠義精神」，注重的是
「對大多數人有利的」的行為標準。
　　《龍虎鬥京華》（1954）裡俠客雲中奇的一段話，可以視作梁
羽生「俠義精神」的典型表述：

　　憑幾個人的武功本領，就算你有天大的本事，也不能推翻
一個根深蒂固的皇朝。用暗殺嗎？殺了一個貪官，還有無數
貪官。何況未必暗殺得著。試看歷史上，哪一件轟轟烈烈的

74.梁羽生，《散花女俠》，風雲時代出版公司。

事，不是一大群人才能幹得出來的？[75]

　　由此可見，作為香港左翼範圍的作家，梁羽生也明顯借用了傳統左翼作家的某些觀點。

　　瞿秋白曾言，無產階級的英雄就「必須真切的理解群眾的轉變，群眾的行動，群眾的偉大的作用」。[76]梁羽生也進行了官與民兩個對立的政治群體的社會劃分，人民作為被統治階級佔據著人口的大多數，因而他稱之為「大多數人」。然而，「一大群人」和「群眾」是不盡相同的。梁羽生畢竟寫的還是武俠小說，兩者雖然形似，但所指卻還是略有區別的，梁羽生只是在他的武俠小說裡，借鑑了人民的概念。

　　構成梁羽生的「一大群人」的，既有農民、綠林好漢，也有鏢師、手工業者和商人等，相比左翼文學的工農大眾而言，其構成人員更加寬泛，階級性也沒那麼濃重。俠客代表的是人民利益，不少公侯將相和貴族子弟棄暗投明，也成為俠客群體的一員。

　　此外，還有如《七劍下天山》（1956）裡的凌未風、《草莽龍蛇傳》（1954）裡的丁曉、《塞外奇俠傳》（1955）裡的楊雲驄、飛紅巾等一些無業遊俠。最終當選武林掌門人的還有《龍虎鬥京華》裡的鏢師丁劍鳴和柳劍吟，《萍蹤俠影錄》（1959）、《散花女俠》

---

75. 梁羽生，《龍虎鬥京華》，風雲時代出版公司。
76. 瞿秋白，《普洛大眾文藝的現實問題》，見《瞿秋白文集（文學編第一卷）》，人民文學出版社，1985年。

（1960）、《聯劍風雲錄》（1961）、《廣陵劍》（1972）裡的書生張丹楓，《冰川天女傳》（1959）、《雲海玉弓緣》（1961）、《冰魄寒光劍》（1962）裡的桂冰娥，以及《冰河洗劍錄》（1963）、《風雷震九州》（1965）、《俠骨丹心》（1967）裡的異國公主谷中蓮等等。他們仗劍走天涯，施行俠義，是真真正正的遊俠。

梁羽生並不單純以職業和財產來界定人民，是否具有正義的思想才是其決定要素。當然，梁羽生所寫的正義內涵豐富，絕非單純指向

梁羽生《七劍下天山》報載本

無產階級革命，例如《白髮魔女傳》裡對官府「劫貧濟富」式的反抗，《龍虎鬥京華》（1954）裡對軟弱腐朽政權屈膝求和的批判，《萍踪俠影錄》（1959）對維護國家統一和對和平的追求等。梁羽生的小說中，俠客要稱得上人民英雄，不論出身如何，都必須堅持民本思想，面對動盪的社會裡民族命運堪憂的境況，與人民共同奮鬥，爭取讓民間的平凡生命有權利繼續生存，此即梁羽生的人民的「俠義精神」，與其他武俠作家迥然有異。例如，他在《冰河洗劍錄》（1963）裡寫道：

烽煙散盡、冰河如鏡。

我要在冰河洗淨我寶劍的血腥，

從今後永享太平。

年輕人得到愛情，

老年人得到安寧。

再沒有遙盼征人的怨婦。

再沒有倚閭待子的母親。

咿呀！烽煙散盡，冰河如鏡。

我要在冰河洗淨我寶劍的血腥。[77]

　　梁羽生筆下的俠客，肩負的使命是天下太平和百姓安居樂業。由於具有為人民利益服務的理想，總有人民支持他們的俠義之舉。《白髮魔女傳》（1957）裡，草原人民之所以尊敬練霓裳這個「女魔頭」，原因就在於她曾救他們於危難時刻。

　　「人民」是對被統治階級的稱謂，產生於西方無產階級的革命運動。20世紀20年代至30年代，人們更籠統地稱之為「大眾」，在後來的延安文學和新時代社會主義文學裡，被帶有更強的政治色彩的「工農兵」稱謂所取代。

　　「大眾」的含義是不斷變化發展的。在「五四」期間它是表示

77.梁羽生，《冰河洗劍錄》，風雲時代出版公司。

「平民」，擺脫了封建君主的調遣和支配，個體意識加強，有了追求平等、獨立的意識。而到了左翼文學中，它被賦予了無產階級的屬性，主宰著革命話語，擔當著實現共產主義的最終目標的使命。[78]

梁羽生多年工作在香港左翼陣營的《大公報》，其創作因而受到馬列思想影響甚深。是以，在梁羽生筆下，俠客的奮鬥目標就是解決民族矛盾和推翻朝廷腐敗統治，要在「人民勝利」的宏大背景下，消解個人和家族恩怨，所用文學技法、思想觀念皆類似左翼文學。

然而梁羽生不是對左翼文學進行簡單的複製，他賦予人民比較寬泛的界定，同時重視人物獨特個性的挖掘，例如張丹楓的亦狂亦俠，金世遺的桀驁不馴，卓一航的膽怯懦弱，凌未風的孤獨滄桑，正是認同「五四」文學主張的流露，所表現的人性內涵更加豐富。

第四節　女俠獨立，現代思想

梁羽生筆下的女性俠客極富現代新女性的特點。他有六部作品的書名嵌有「女」字，第一主人公或主要塑造的角色以女性居多，此現象罕見於其他新派武俠小說。

---

78. 曠新年，《人民文學：未完成的歷史建構》，見《文藝理論與批評》，2005 年第 6 期。

　　梁羽生筆下湧現了大量多彩的女性形象——練霓裳、厲勝男、呂四娘、飛紅巾、武則天和雲蕾等，她們「願向江湖同展望，且從遊俠拓新天」[79]。

　　她們追求自由、平等和愛情，頗具女權主義色彩。這些女性並非小說的「副線」或者「佐料」，而是小說敘述的主線。她們甚至比自己的男性伴侶更優秀。這些形象的塑造，來源於作者的藝術直覺以及對女性的思考，同男俠一樣，梁羽生也把女俠放進歷史的洪爐中歷練，直至成為社會的精英。她們的人生也許會充滿悲劇色彩，但絕不會為女性「賢妻良母」的口號作無謂的吶喊。

　　由於梁羽生發自內心地熱愛、尊敬女性，對女性懷有同情之心，加之其想像力豐富，洞察力深刻，表現手法高超，在其武俠小說世界中創造了一個極具張力的女性群落。

　　梁羽生筆下的女俠也常常將「救國救民」視為與男俠共同的救世理想。這些女俠叱吒風雲，不同於同時期或後來許多武俠小說裡的俠女。她們不會簇擁在男性身邊充當「花瓶」。梁羽生筆下的女俠遠離了深閨，在闖蕩江湖中迅速成長，擁有獨立的人格、堅定的信念。她們心懷救世的崇高理想，在「為國為民」的偉大理想基礎上尋找到自己的愛情。

　　《散花女俠》（1960）裡的于承珠，作為忠臣于謙的後代，也作為民間義軍的領袖，她的愛情基礎，是希望伴侶與她擁有共同

---

79. 梁羽生，《龍鳳寶釵緣‧浣溪沙》，風雲時代出版公司。

的理想，所以，她最終放棄了「總是為自己打算，總是看不起別人」的鐵鏡心，認為他只想著「築幾間精舍，或者讀書，或者練劍」來享受，而與百姓打成一片的葉成林卻獲得了她的愛情，兩個人成了「革命伴侶」。

此類志氣相投、兩情相悅，最終又以大團圓結尾的故事，在梁羽生的前期作品中都能看到，儘管顯得武俠小說的創作有些模式化，但換言之，卻也是梁羽生先進女性觀念的表現。

恰如某些女權主義者所認為的：「所謂婦女解放，就是讓她不再侷限於她同男人的關係，而不是不讓她有這種關係。即使她有自己的獨立生存，她也仍然會不折不扣地為他而生存：儘管相互承認對方是主體，但每一方對於對方仍舊是他者。」「男人和女人就必須依據並通過他們的自然差異，去毫不含糊地肯定他們的手足關係。」[80]

梁羽生小說裡的女性形象也是多元的，學者羅立群就將之分為「淑女型」、「魔女型」、「癡女型」。[81]

在梁羽生的小說中，「癡女型」的女俠的性格較為單一人數也較少。而「淑女型」的女俠是梁羽生最為偏愛的類型，這類女俠溫文爾雅，沉靜寡言，舉止有禮有節，辦事循規蹈矩。在處理重大問題時，她們往往識大體，顧大局，言行有著理性的節制，

80.西蒙娜‧德‧波伏娃，《第二性》，陶鐵柱譯，中國書籍出版社，2004年。
81.羅立群，《開創新派的宗師——梁羽生小說藝術談》，學林出版社，1996年。

很少任性而為。平時靜若處
子，動手時動如脫兔。面對
愛情，她們既堅貞不移，又
不失理性分寸，幾乎人性中
所有美好的品質都能在她們
身上看到。比如《冰川天女
傳》（1959）中的桂冰娥，
《女帝奇英傳》（1961）中
的武玄霜，《萍踪俠影錄》
（1959）中的雲蕾，《江湖
三女俠》（1957）中的呂四
娘、馮瑛，《七劍下天山》
（1956）中的冒浣蓮、易蘭

梁羽生《女帝奇英傳》書影，風雲時代出版

珠，《彈指驚雷》（1977）中的冷冰兒，《幻劍靈旗》（1980）中的姜
雪君，《龍鳳寶釵緣》（1964）中的史若梅等等，皆是此類型人物。

　　梁羽生也確實比較擅長描寫這類女性，他對桂冰娥、呂四
娘、谷之華和馮瑛等人出場的描寫，一律仙氣飄然，清麗脫俗。

　　比之其他新派武俠小說作者，梁羽生筆下的「魔女」則呈現出
另一種面貌，雖稱魔女，但正氣凜然，邪氣較少。如《白髮魔女
傳》（1957）裡的練霓裳，她表面上看來乖張狠毒，江湖及正派人
士無不對之感到頭疼，但實際上她有自己的俠義行為，只對貪官
污吏之財進行搶劫，內心明白是非曲直，對所愛之人用情專一。

《狂俠‧天驕‧魔女》（1964）中的魔女柳清瑤，在小說中剛出場也被描寫為「嫉惡如仇，心狠手辣，江湖上稱為魔女」，但在故事發展中，她的行為絲毫看不出「魔」的一面。再如《雲海玉弓緣》（1961）裡一直行為偏激、令人生厭的厲勝男，卻能勇敢地阻攔火山爆發，並在臨終前給予金世遺和谷之華真誠的祝福，此情此舉讓人感動不已。

梁羽生的小說從中期開始，「魔女型」女俠的性格，並不再是「從一而終」，而是通過「悔悟」，以及對自己行為的不安，來取得讀者諒解，譬如史朝英、王燕羽、上官飛鳳等，顯示出梁羽生對塑造人物的進步。

除了共性的描寫，梁羽生還通過人物的不同經歷，展現了人物的不同性格。《萍踪俠影錄》（1959）中的雲蕾，因自幼家庭慘變，顯得脆弱敏感；《冰川天女傳》（1959）中的桂冰娥，因為是尼泊爾公主，所以矜持內向；《雲海玉弓緣》（1961）裡的谷之華，則因自幼被遺棄，顯得比實際年齡成熟。

然而，因為梁羽生的正面的和模式化的描寫過多，又使他所寫的女性形象相似感過甚，不能不說是一種遺憾。

第五節　歷史浪漫，家世傳承

梁羽生小說的時代背景和史實依據都十分明確，這與梁羽生的創作觀念分不開。1977 年，他在新加坡寫作人協會上的講話

中，明確表示武俠小說要「努力反映某一時代的歷史真實」。他的小說從唐代至晚清，涉及了長達千餘年的中國歷史。這些小說有的反映唐代遊俠生活，有的是對俠客領導義軍反抗暴政的褒揚，有的揭示了統治階級內部鬥爭，有的則是對俠客團結各族人民進行反清活動的描寫。

梁羽生選擇的歷史背景，多為社會動盪、外憂內患、改朝換代、諸強紛爭的特殊歷史階段，如唐「安史之亂」，明「土木堡之變」以及金、宋對峙，元、明之際，明末清初等這樣一些時代，在這樣的歷史背景中虛擬出一批男女俠客，通過他們的經歷將歷史時代的精神風貌展現給讀者。

作為敘事背景的歷史，梁羽生並不把它看做可有可無的物件，他在小說中讓歷史的政治漩渦波及到不同的人物，注重社會環境對人物的影響，讓許多真實的歷史事件成為小說敘事的重要情節，充實人物的社會含量。

梁羽生是新派武俠小說作家中史學豐富、學識廣博的一位，因為他不僅愛好中國歷史，而且還曾拜在史學家簡又文先生門下治學多年。

有論者這樣評價：「而在『史』方面，梁羽生在台港武林中也是當仁不讓的。他的全部三十五部小說，差不多都是以一定的歷史時代為背景，對於史實的熟悉，自不待言。特別值得一提的是他在作品中表現出的歷史觀，足令許多以歷史學家自詡的人汗顏，梁羽生的社會責任感也在這方面表現得最為充分。

梁羽生《冰川天女傳》插圖，盧延光繪　梁羽生《白髮魔女傳》插圖，盧延光繪

「梁羽生的小說在反映國內階級矛盾時，對農民所受封建壓迫
和剝削，對官府的欺壓人民，表現出極大的同情和義憤，熱情歌
頌那些與官府鬥爭的綠林豪傑、江湖俠士。在反映國內民族矛盾
時，主張各民族間的和睦相處，既反對大漢族主義，也反對地方
民族主義，猛烈抨擊民族分裂主義。

　　在反映中外關係，處理中國和鄰國矛盾時，表現出強烈的愛國主義，抨擊一切出賣國家利益的人物和行為，主張國家利益高於一切。在國家利益面前，任何個人恩怨、門戶紛爭、集團利益，都應該予以拋棄。

　　「這種歷史觀貫穿於他的全部小說，使他的小說超出了一般武俠小說的兇殺打鬥的模式，進入更高的一個層次。在一定意義上說，看梁羽生小說就是不露痕跡中接受愛國主義教育。」[82]

　　梁羽生的小說裡「俠義精神與歷史責任感是統一的，俠的本質與歷史的大趨勢是統一的，虛構的俠義人物及其虛構的江湖故事與歷史精神及其藝術真實也是統一的。這種統一，使梁羽生的小說提高了藝術品味和精神格調」。[83]

　　台港新派武俠小說作家群中，以武俠結合歷史的寫作模式是由梁羽生首創，他將這一寫作模式堅持到了最後，並且對金庸的小說產生了影響。

　　梁羽生對於中國歷史頗有心得，除了熟悉一般的正史之外，還瞭解很多野史和傳說，而且熟稔不同朝代的官僚制度、民間風俗、社會心態等等。

　　就歷史觀而言，梁羽生繼承了中國傳統小說忠奸劃分的價值觀，這種價值觀主導著他對於歷史人物的描寫。

82.方志遠，《彈指驚雷俠客行——港派新武俠小說面面觀》，江西人民出版社出版，1991年。
83.陳墨，《梁羽生論》，見《海外新武俠小說論》，雲南人民出版社，1994年。

　　梁羽生對歷史素材的選擇，傾向於民族衝突、朝代興亡之際的風雲變幻及人事滄桑。在矛盾鬥爭的最後，大多英雄兒女獲得了大團圓的結局，為黑暗的歷史增添了一種浪漫情調。

　　應當看出，梁羽生基本上是通過他的巨大的想像力，對這些歷史進行了文學化的處理。這裡固然表現出作家在思考中的某些避重就輕、盲目樂觀的不足，但這樣的浪漫色調，也正是梁羽生關於武俠和歷史的思考、虛構以及重建的表現。

　　針對這點，梁羽生慣於「採用『半真半假』手法」，他認為：「歷史元素也有兩種：一種是歷史的真實。是歷史上的的確確發生過的事件，一些重大的事件，不可生安白造……另一種是歷史上沒有的，但很可能發生，就可以用自己的想像寫上去，稱為『藝術的真實』……我的歷史小說的主角一定是虛構的，我將江湖融入朝廷，但以不歪曲史實為原則。

　　例如《萍踪俠影錄》裡于謙和張丹楓的關係，于謙是歷史人物，張丹楓是虛構的，他們的結交、張丹楓的出謀獻策，不會改變『土木堡之變』的歷史事實。小說不是歷史教科書，我認為有些藝術塑造是可以的。」[84]

　　對歷史進行合理的虛構是梁羽生武俠小說風格的重要表現之一，在面對歷史和虛構時，梁羽生是清醒的，他不僅是因為虛構的篇幅之廣，也是因為其虛構的多樣化。他曾經在一篇文章中說

---

84. 梁羽生，《武俠小說與通識教育》，見《筆花六照》，廣西師範大學出版社，2008年。

過：「試想，如果要求劇本一切都與歷史事實吻合，主角的台詞要考據他當時是否這樣說過，所演的戲都要『有案可查』的話，這個劇本怎麼能編的下去？」[85] 這句話恰可為他的小說做注解。

梁羽生其實極為重視想像力，也取得了精彩的效果。比如他以雪山中的千年寒冰作為依據，創造了天山系列小說中的暗器「冰魄神彈」，使其具有以寒氣制敵的功能；取材於可以避火的石棉，塑造了《雲海玉弓緣》（1961）裡受蛇島火山噴發之困的金世遺等人得以逃生的情節。

此類想像以真實的歷史和科學知識作為基礎，讀起來不會有虛幻離奇之感，小說也因此具有協調一致的風格，使作者空靈的想像能夠和凝重的歷史保持平衡。

梁羽生小說中的門派是具有傳承性的，小說之間彼此關聯，往往可以看到數代俠客傳承的門派和家族的譜系。俠客們一代接連一代、永不停息地為理想而奮鬥，這也是梁羽生武俠小說的一大特點。《冰川天女傳》（1959）、《雲海玉弓緣》（1961）和《冰河洗劍錄》（1963）裡均有大俠金世遺的出現，透過這個靈魂人物串成了一本武林族譜。

張丹楓這一人物在《萍踪俠影錄》（1959）、《散花女俠》（1960）、《聯劍風雲錄》（1961）、《廣陵劍》（1972）等書中都曾登場，並在《雲海玉弓緣》（1961）、《冰河洗劍錄》（1963）、《遊

---

85. 梁羽生（馮瑜寧），《創造「更高的真實」》，見香港《新晚報》，1953 年 2 月 25 日。

劍江湖》（1969）、《牧野流星》（1972）、《武林三絕》（1972）中被
反覆提及，串聯起「天山系列」小說。

　　這些人物在虛實間將梁羽生所構築的武林歷史展現出來，
揭示出儘管生命終會有盡頭，但江湖兒女們代代相傳的「俠義精
神」卻不會消亡的浪漫主義豪情。

　　對真實歷史的追求也好，對女性形象的刻畫也好，與作者高
雅的文學追求是分不開的。梁羽生筆下，很難見到粗製濫造的作
品。他不會為了迎合讀者的閱讀需求而去表現低級的趣味，而是
依靠社會責任感、藝術良知，以及優雅的藝術規範，來使讀者受
到感染和吸引，其武俠小說的藝術品位也因此提升，顯示出大家
風範。

　　此外，在《七劍下天山》（1956）裡，梁羽生已開始對西方
小說技巧進行嘗試和運用，例如將作者的視角替換成小說人物的
視角，以「限制敘事」代替「全知敘事」，通過時空交錯的手法推
動故事的進行，甚而運用心理學的特殊方法，如《七劍下天山》
（1956）裡傅青主給桂仲明釋夢、《雲海玉弓緣》（1961）裡金世遺
最終察覺自己對厲勝男的愛情，皆明顯受到佛洛伊德潛意識理論
的影響。

　　作為新派武俠小說的締造者之一，梁羽生在武俠小說中引
入了新的人生觀、文藝觀，繼承了民國時期的武俠小說的優秀成
就，賦予了武俠小說現代意識，提升了武俠小說的文化底蘊和藝
術品位。

　　武俠小說得以用一種全新的面貌，在新白話小說佔據核心地位的 20 世紀中國文學語境中，取得屬於自身的位置，梁羽生功莫大焉。

第十二章

霜毫擲罷倚天寒

——俠之大者金庸

第一節 一個「講故事」的人

金庸（1924 年—2018），原名查良鏞，浙江海寧人，出身書香門第。他的大學生活是在抗戰時期的重慶度過的，在中央政治學校學習國際法。抗戰以後，他進入東吳法學院學習法學專業，先後任職於杭州《東南日報》及上海《大公報》。

1948 年，查良鏞赴香港《大公報》做國際電訊編譯。1950 年，因為他所學專業為國際法，所以辭職北上，希望能

《劍俠傳·趙處女》

進入新中國的外交部工作，但因家庭出身的問題未能如願，於是再次南下香港，回到《大公報》工作，從此定居香港。

查良鏞興趣廣泛，除了喜讀文史書籍外，還致力於創作，不僅寫武俠小說，還寫電影劇本，曾以「林歡」為筆名在長城電影製片公司寫了《絕代佳人》、《蘭花花》、《有女懷春》、《小鴿子姑娘》等電影劇本。他對芭蕾舞、音樂、圍棋，甚至政治，都有濃厚的興趣。

1959 年，他和同學沈寶新創辦《明報》，自已經常發表社評，並引起廣泛關注。經歷了一段艱苦創業的時期之後，《明報》在香港的名氣與日俱增，最終成為報業集團。《明報》企業 1991 年掛牌上市，彼時擁有的資產已達數億元。除此之外，他又創辦了學術性刊物《明報月刊》、商業性刊物《明報周刊》以及通俗報紙《明報晚報》。

1985 年起，查良鏞歷任香港特別行政區基本法起草委員會委員、政治體制小組負責人之一，基本法諮詢委員會執行委員會委員，以及香港特別行政區籌備委員會委員。1994 年，受聘北京大學名譽教授。2000 年，獲得大紫荊勳章。2007 年，出任香港中文大學文學院榮譽教授。2009 年 9 月，被聘為中國作協第七屆全國委員會名譽副主席，同年榮獲 2008 影響世界華人終身成就獎。2010 年，獲得劍橋大學哲學博士學位。

2018 年 10 月 30 日，金庸在香港逝世，享年 94 歲，入圍感動中國 2018 候選人物。

1955 年，繼梁羽生《龍虎鬥京華》發表後，查良鏞將名字中的「鏞」字拆開，以金庸為筆名，開始在《新晚報》連載自己的武俠小說處女作《書劍恩仇錄》，小說刊出後引起巨大反響。1957 年，他連載於《香港商報》的《射鵰英雄傳》則帶來了更大的轟動，「開談不講《射鵰傳》，縱讀詩書也枉然」成為當時香港讀書界一股浪潮，金庸「武林盟主」的至尊地位也由此奠定。

1959 年，金庸在其創辦的《明報》創刊號上連載《神鵰俠

侶》，嗣後其他多部作品也在《明報》上連載發表。1969 年至 1972
年期間，他完成了最後一部武俠小說《鹿鼎記》的創作。《鹿鼎
記》結束後，金庸宣佈封筆。其武俠小說總計十五部，除了短篇
小說《越女劍》（1970），另外十四部可以概括為「飛雪連天射白
鹿，笑書神俠倚碧鴛」這兩句對聯。

　　此後數年，金庸將時間、精力投入到小說的細緻修改和完善
中，花費了極大心血，出版了總數達三十六冊的《金庸作品集》，
從此閉門「封刀」，退隱江湖。從 2001 年開始，金庸又著手對其
作品進行第三次修改，並聲明：「主要是接受了讀者們的指正，有
幾段長的改寫，是吸收了評論者以及研討會中討論的結果。」[86]

　　金庸的武俠小說可稱集台港新派武俠小說大成，成為武俠小
說發展歷史上的一座高峰。

　　武俠小說的研究者陳墨認為：「在金、梁、古等武俠小說名家
中，只有金庸一人是真正的出乎其類拔乎其萃者。梁羽生和古龍
雖然才高八斗，風格突出，自成一家，可以說是將武俠小說寫到
了最高的水準，然而他們畢竟沒能突破武俠小說本身的束縛和侷
限。他們做到了不重複前人，在武俠小說史中開拓新局；但他們
卻沒有做到不重複自己，從而未能更上層樓。只有金庸的小說，
不僅通古，而且通今；不僅通俗，而且通雅；不僅不重複別人，
而且不重複自己，從而創作出武俠小說世界的藝術高峰。而且這

---

86. 金庸，《金庸作品集》廣州新版序，廣州出版社，2001 年。

梁羽生化名「佟碩之」，在1966年《海光文藝》創刊號上發表的《金庸梁羽生合論》

一藝術高峰明顯地突破了武俠小說的類型侷限，可以在更廣闊的天空中，在更高的水平上與二十世紀中國小說家一較長短。」[87]

北大學者嚴家炎則給予了金庸更高的評價：「金庸小說的出現，標誌著運用中國新文學和西方近代文學的經驗來改造通俗文學的努力獲得了巨大的成功，如果說『五四』文學革命使小說由受人輕視的『閒書』而登上文學的神聖殿堂，那麼，金庸的藝術實踐又使近代武俠小說第一次進入文學的宮殿。這是另一場文學革命，是一場靜悄悄地進行著的文學革命。金庸小說作為二十世紀

87. 陳墨，《金庸小說與二十一世紀中國文學》，見《當代作家評論》，1998年第5期。

中華文化的一個奇蹟，自當成為文學史上的光彩篇章。」[88]

　　此類評價正是 20 世紀末，「金庸熱」之時提出的，不免有故意拔高之嫌，但平心而論，金庸小說無疑繼承了中國武俠小說的傳統，展現出見義勇為、鋤強扶弱、懲惡揚善、輕生死、重信諾等精神特質，這些特質不僅讓小說中俠客的生命力得到增強，同時也令中國的「武俠文化」得以源遠流長。

　　金庸的作品與傳統武俠小說不同的是，既張揚了俠客的自由個性，又不受限於「除暴安良」、「忠君報國」等狹隘觀念，更把「五四」以來形成的人性解放、現代性的時代精神等優良品質融入其中，不僅使武俠小說的精神內涵有了文化根基，也讓「俠義精神」具有豐富性與多面性，使人性的本能和慾望、思想和情感得到發揮，融「俠義」與「人性」於一爐，合「傳統」與「現代」為一體。

　　金庸的武俠小說實現了由重視情節向重視人物的轉移，人物成為情節發展的中心，情節服務於人物，「文學是人學」的現代文學觀得到充分體現。

　　在武俠小說中重視人物的塑造和人性的挖掘，是金庸的一個重要創作態度，主要見於其小說《後記》，總結起來有兩點：

　　其一，主張寫人。他在《神鵰俠侶》（1959）的後記中說：「我

---

88. 嚴家炎，《在北京大學授予查良鏞先生名譽教授儀式上的講話》，見《南方週末》，1995年 1 月 13 日。

個人始終覺得，在小說中，人的性格和感情，比起社會意義具有
更大的重要性。武功可以事實上不可能，人的性格總是應當可能
的。」[89]。《笑傲江湖》（1967）的後記中說「我寫武俠小說，是想寫
人性」，並直言：「只有刻畫人性，才有較長期的價值」[90]。《天龍
八部》（1963）的後記中又說：「武俠小說並不純粹是娛樂性的無
聊作品，其也可以抒寫世間的悲歡，能表達較深的人生境界。」[91]

　　其二，主張寫出人性複雜難測。他認為一個有血有肉的活生
生的人，不但有優點，也有缺點，在小說中應該敢於描寫英雄的
缺點，要打破「人要完人，金要赤足」求全意識。他在武俠小說
中，力求寫出人物性格的多面性、複雜性，寫出世人對世間禮法
習俗的反抗和對傳統觀念的叛逆。

　　應當指出的是，金庸小說在抓住了人物刻畫為重點的同時，
又編織了曲折動人的故事情節，使精妙的情節成為其小說成功的
又一重要法寶。在金庸的作品中，人物和情節達到高度統一，金
庸通過情節的矛盾衝突展現人物性格，人物的「英雄本色」見於跌
宕起伏的故事情節中。

　　金庸的小說創作，始於《書劍恩仇錄》（1955），終於《鹿鼎
記》（1969），每部小說都可以成為人物性格的發展史，人物性格
在錯落的情節中呼之欲出。讀者不僅難以忘卻黃蓉和郭靖、小

89. 金庸，《神鵰俠侶》，香港明河社，1984 年。
90. 金庸，《笑傲江湖》，香港明河社，1984 年。
91. 金庸，《天龍八部》，香港明河社，1984 年。

龍女和楊過、喬峰、韋小寶，更難忘記如歐陽鋒、李莫愁、滅絕師太、岳不群等人物形象。與單一的、平面的性格形象不同，這些人物的性格體現出複雜性、立體性，他們反映了人性中善的一面，同時又不乏缺點和弱點，並非盡善盡美、無可指摘；代表邪惡勢力的反面人物，他們反映了人性中惡的一面，但「惡」也不是徹頭徹尾，往往人性未泯，仍能綻放人性的微光。

正是這樣的複雜人物，顯示了金庸的武俠小說具有深廣的現實性和生活的真實性，現代人「一半是天使，一半是魔鬼」的人性認識態度於此也可見一斑。

金庸小說在刻畫人物的同時，也構思了曲折動人的情節，在小說的結構上頗有建樹，人物和情節達到高度統一。金庸通過情節的矛盾衝突展現人物性格，人物的「性格本色」蘊藏於跌宕起伏的情節中。

紅學研究者馮其庸先生說過：「金庸小說的情節結構，是非常具有創造性的，我敢說，在古往今來的小說結構上，金庸達到了登峰造極的境界。」[92]

這一說法不免有誇讚之嫌，然而金庸對於小說的情節結構安排的確有獨到之處，他將中國傳統小說和西方現代小說的技巧融合，博採眾長，既能駕馭複雜題材，又能運用多種結構手法。

92.馮其庸，《金庸筆下的一百零八將‧序》，見曹正文《金庸筆下的一百零八將》，浙江文藝出版社，1992 年。

中國傳統小說《三國演義》、《水滸傳》、《金瓶梅》和《紅樓夢》等，無論表現的是何種題材，裡面都有複雜的人物、情節，然而讀者卻能一目瞭然，原因就在於小說的脈絡清晰，使千頭萬緒歸為深潛縝密。金庸將這種手法作為借鑑，使得小說儘管人物眾多、情節繁複，一波接連一波，險象迭生，其線索敘述仍環環相扣、清晰明瞭，顯示出中國古典章回小說的結構藝術特色。此外，金庸經過學習運用和大膽創新重懸念、重敘事結構的西方小說藝術手法，部分作品重新「組合包裝」了「一線貫穿」的傳統小說結構，現代色彩濃厚。

1966 年 1 月，當時擔任香港《大公報》副總編輯和《新晚報》總編輯的羅孚籌辦《海光文藝》月刊。作為新派武俠小說的催生者，羅孚初辦《海光文藝》時還想在武俠小說上面做做文章，他首先想到將梁羽生、金庸的小說做一篇合論，作者最好是他們自己。

羅孚找到梁羽生，談了想法，梁羽生對此頗有顧慮，躊躇再三，實在推辭不了，才和他約法二章：一、發表時不用真名；二、有人追問，迫不得已，由羅孚出面頂替。

梁羽生化名「佟碩之」，取「同說之」的諧音，寫下了長達兩萬字的《新派武俠小說兩大名家：金庸梁羽生合論》，從《海光文藝》創刊號開始連載了三期。

全文共分三個部分。第一部分是闡述金、梁所受的文化影響，其中說：「梁羽生的名士氣味甚濃（中國式的），而金庸則是

現代的『洋才子』，梁羽生受中國傳統文化（包括詩詞、小說、歷史等等）的影響較深，而金庸接受西方文藝（包括電影）的影響較重。雖然二人『兼通中外』（當然通的程度也有深淺不同），梁羽生也有受到西方文化影響之處，如《七劍下天山》之模擬《牛虻》（英國女作家伏尼契之作），以及近代心理學的運用等等，但大體說來，『洋味』，是遠遠不及金庸之濃的。」接著分析了二人作品各自的優缺點，指出電影手法是金庸小說的慣用手法，情節跌宕起伏，常有奇峰突起、出人意料的高妙。

第二部分，談「武」「俠」和「情」。他指出：金庸初期的小說（指《射鵰英雄傳》以前的作品），總體上不外乎描寫正常武技，小說中的英雄雖招數神妙、內功深厚，但並不離譜。而《射鵰》以後，神怪愈演愈烈，就差沒有「白光一道」了，梁羽生的神怪程度遠無法企及。至於金庸筆下的愛情描寫有精彩之處，但金庸的後期小說則往往犯了愛情至上、不顧是非的毛病。

第三個部分，談到了二人小說所蘊藏著的思想，認為西方的文化，尤其是好萊塢電影對金庸影響巨大，這種影響在其後期的作品中顯得更為突出。正邪行為的分野，都是由心理因素所引起的，難說得出誰正誰邪。[93]

這些評論自然只是一家之言，不一定都確切，但梁羽生的態

93.佟碩之（梁羽生），《新派武俠小說兩大名家：金庸梁羽生合論》，見《海光文藝》創刊　號，1966 年 1 月。

度是嚴肅、認真的，對金、梁各有褒貶，褒貶基本上有分寸，不
是無的放矢。這篇文章，也是最早關於梁羽生和金庸小說的分析
文章。

　　這篇文章發表後，羅孚找到了金庸，請他寫一篇回應文章，
當然希望他也長篇大論，在《海光文藝》上來一番熱鬧筆戰，但
金庸婉言拒絕，實在不好推辭，答應寫一篇短文，這就是在《海
光文藝》第四期發表的《一個「講故事人」的自白》，全文約兩千
字，闡釋了金庸對武俠小說的見解：

　　我只是一個「講故事人」（好比宋代的「說話人」，近代的
「說書先生」），我只求把故事講得生動熱鬧……我自幼便愛讀
武俠小說，寫這種小說，自己當做一種娛樂，自娛之餘，複以
娛人（當然也有金錢上的報酬）……

　　我以為小說主要是刻畫一些人物，講一個故事，描寫某種
環境和氣氛。小說本身雖然不可避免地會表達作者的思想，但
作者不必故意將人物、故事、背景去遷就某種思想和政策。

　　我以為武俠小說和京劇、評彈、舞蹈、音樂等等相同，主
要作用是求賞心悅目，或是悅耳動聽。武俠小說畢竟沒有多大
藝術價值，如果一定要提得高一點來說，那是求表達一種感
情，刻畫一種個性，描寫人的生活或是生命，和政治思想、宗
教意識、科學上的正誤、道德上的是非等等，不必求統一或關
聯。藝術主要是求美、求感動人，其目的既非宣揚真理，也不

是分辨是非。[94]

　　金庸說他並非梁羽生一類的嚴肅「文藝工作者」，「梁金」無法「相提並論」。他曾揶揄道：「要古代的英雄俠女、才子佳人來配合當前的形勢、來喊今日的口號，那不是太委屈了他們嗎？」

　　一個「講故事」人，自然是金庸的自謙，卻也道出了「文學的故事性」就是金庸的追求。至於為何寫武俠小說，1994 年 11 月，他對冷夏說：「這也不是故意的，哪個小說家寫哪一種體裁的小說，有時是出於偶然的因素。那時候《新晚報》需要武俠小說，我就寫武俠小說，如果他們需要愛情小說，可能我就寫愛情小說。一個人的一生有很多很多偶然的因素，但是事先未必知道的。」[95] 他和池田大作也說過「如果我一開始寫小說就算是文學創作，那麼當時寫作的目的只是為做一件工作」。[96]

　　作為一個「講故事人」，金庸的故事自然講得精彩，對此他晚年多次說：

　　「我跟人家這樣講過，我擅於講故事這個是天賦，好像不是學得來的，也不是天才，總之個性就是接近這一種。我自己

94. 金庸，《一個「講故事人」的自白》，見《海光文藝》4 月號，1966 年 4 月。
95. 冷夏，《文壇俠聖──金庸傳》，廣東人民出版社，1995 年。
96. 金庸、池田大作，《探求一個燦爛的世紀──金庸與池田大作對話錄》，北京大學出版社，1999 年。

想學跳舞、學彈鋼琴都學不好，藝術的表現方式是不同的，這一種可以做，另外一種沒有這方面的才能就不行了。」

「我自己以為，文學的想像力是天賦的，故事的組織力也是天賦的。同樣一個故事，我向妻子、兒女、外孫女講述時，就比別人講得精彩動聽得多，我可以把平平無奇的一件小事，加上許多幻想而說成一件大奇事。我妻子常笑我：『又在作故事啦！也不知是真的還是假的。』至於語言文字的運用，則由於多讀書及後天的努力。」[97]

能夠將武俠小說的故事講精彩，憑藉天賦是遠遠不夠的，金庸對小說的創作態度其實十分認真。許尊五曾對金庸的寫作情形作如此描繪：「每見他在斗室之中來回踱步，寫了又刪，刪了又寫，香煙一根根地抽，甚至滿室煙霧騰騰才發到字房去，可以說每一個字都是勤苦與謹慎，點點滴滴都是心血。」[98]不僅如此，從金庸多次花費精力和時間修改小說來看，其用力甚勤，遠在其他武俠小說作家之上。金庸能在武俠小說上取得巨大的成功，絕非偶然。

金庸的武俠小說具有武俠小說的娛樂性質，情節奇幻，跌宕起伏；武功神化，引人入勝；畫面熱烈，色彩繽紛，但其佈局隨

97. 金庸、池田大作，《探求一個燦爛的世紀──金庸與池田大作對話錄》，北京大學出版社，1999年。
98. 許尊五，《他是霧中一棵樹》，見《華夏影視》創刊號，1984年11月。

意、缺乏運思、語言時有淺俗的缺點也是顯而易見。

持中而論，金庸的武俠小說與其他同時期作家的武俠小說比較，缺陷較少，而歷史意識和文化意識較為強化，人物和情節中融匯了作者對人生的體驗和反思、對現實苦難的揭露以及對現實悖謬的反諷，使作品具有很大的內張力和深邃的哲理性。

金庸武俠小說的內涵是多層次的，在商業性和文學性之間佔據了交叉點，除了可供中高文化層次的人品讀研究之外，還能為低文化層次的人提供娛樂消遣，文化品位跨度較大。

第二節　藝術化的武功

武功在武俠小說中至為重要。金庸將武俠小說發展中固有的兩類「功夫」——道術仙法和武功技擊，合為一體，推陳出新，既寫武功的神奇莫測，又注重在離奇中求得真實可信。

金庸小說既注重一招一式的描繪，如「降龍十八掌」的至剛至猛，「玉女劍法」的輕靈飄逸，「太極拳」以柔克剛，無不清晰分明。另一方面，金庸小說的武功又極盡誇大之能事。寫暗器不再只是飛刀、石子，而是棋子、冰粒、銀針，應有盡有。施放暗器的手段也愈加高明，可以後發先至，也可以滿天散花。內功的境界也達到了不可思議的程度，掌力如排山倒海，掌風可飛沙走石，甚至可以擊落飛鳥；更有甚者，內力可不練而至，靠吸取他人的內力化為己有。輕功則更加神奇，不但行走迅速，疾如奔

馬，且只要有一力可倚，就能飛行水上，橫越懸崖。最令人驚異的是《天龍八部》（1963）中段譽的「六脈神劍」，這是一種無形劍氣，無影無形，手揮目送，便可傷人，威力彷彿現代的雷射武器。

金庸筆下的武功變幻萬端、各具性格，創造了「文藝化」的武功。《書劍恩仇錄》（1955）中，陳家洛有「百花錯拳」、「庖丁解牛掌」；《射鵰英雄傳》

金庸《天龍八部》早期版本書影

（1957）中用音樂「內力相搏」；《神鵰俠侶》（1959）裡朱子柳以筆為刀，將書法中的楷、草、隸、篆以及碑帖筆法化而用之；而《倚天屠龍記》（1961）則將張三丰寫下的憂憤書法：「武林至尊，寶刀屠龍，號令天下，莫敢不從。倚天不出，誰與爭鋒」，短短二十四個字，演化出一套精妙絕倫的武功，令目空一切的金毛獅王謝遜也不得不為之認輸。

《連城訣》（1963）中直接用「唐詩」為「劍法」命名；《俠客行》（1965）以詩人李白長詩《俠客行》為基礎，將內力、劍法、

拳法、輕功等蘊藏其中。《笑傲江湖》（1967）中黃鍾公癡於琴、黑白子癡於棋、禿筆翁癡於書、丹青生癡於畫，梅莊四友人如其名，各有一套妙不可言的琴武、棋武、書功、畫功。

諸多「武功」數不勝數，令人目不暇給。《鹿鼎記》（1969）中，韋小寶師從神龍教主洪安通的「英雄三招」、師從教主夫人蘇荃的「美人三招」，與其稱之為「武」，倒不如稱之為「舞」更貼切。

金庸的筆下，武打場面往往是一場「文藝表演」。《射鵰英雄傳》中，黃藥師、歐陽鋒、洪七公分別以簫、箏、嘯進行內力搏鬥，演了一齣音樂盛宴；朱子柳與蒙古王子霍都的比武在《神鵰俠侶》（1959）變為書法表演；楊過與小龍女以古墓派武功攜手作戰，共同對戰金輪法王，呈現了一場舞蹈大賽；而《笑傲江湖》（1967）中的令狐沖，在孤山梅莊先後獨自對戰丹青生和禿筆翁，以及黑白子和黃鍾公等人，如同欣賞一場中國傳統文化的表演。金庸的武俠小說，緊張激烈的武打和美妙精彩的文藝，融於武功打鬥場景中，富有文化內涵。

金庸筆下武功具有「哲理化」的傾向，不僅旨在寫其形，求其美，更在一定程度上寫其神，求其深。

陳家洛的「百花錯拳」源於各家拳法，經過提煉成為「百花易敵，錯字難當」的獨特絕招，細思其理，讓人嘆服。至於「庖丁解牛掌」，化用《莊子》中的寓言，其無窮妙義，能令人思之再三。刀法上的「似慢實快」，便如常理「欲速則不達」；「借力打

力、四兩撥千斤」，便是「以子之矛，攻子之盾」「柔弱勝剛強」哲理運用；修習內功時，越使力，胸腹間越難過，停止不練，任其自然，煩惡之感反消除，內力逐漸上升。從而表達出武功的最高境界是佛家的無色無相和道家的順應自然的觀點。《神鵰俠侶》（1959）中寫楊過發現了獨孤求敗的劍塚一幕，四柄劍的說明文字雖短，卻意義深遠：

楊過提起右首第一柄劍，只見劍下的石上刻有兩行小字：
「凌厲剛猛，無堅不摧，弱冠前以之與河朔群雄爭鋒。」
再看那劍時，見長約四尺，青光閃閃，的確是利器。他將劍放回原處，拿起長條石片，見石片下的青石上也刻有兩行小字：
「紫薇軟劍，三十歲前所用，誤傷義士不祥，乃棄之深谷。」
楊過心想：「這裡少了一把劍，原來是給他拋棄了，不知如何誤傷義士，這故事多半永遠無人知曉了。」出了一會神，再伸手去拿第二柄劍，只提起數尺，「嗆啷」一聲，竟然脫手掉下，在石上一碰，火花四濺，不禁嚇了一跳。
原來那劍黑黝黝的毫無異狀，卻是沉重之極，三尺多長的一把劍，重量竟自不下七八十斤，比之戰陣上最沉重的金刀大戟尤重數倍。楊過提起時如何想得到，出乎不意的手上一沉，便拿捏不住。於是再俯身拿起，這次有了防備，拿起七八

十斤的重物自是不當一回事。見那劍兩邊劍鋒都是鈍口，劍尖更圓圓的似是個半球，心想：「此劍如此沉重，又怎能使得靈便？何況劍尖劍鋒都不開口，也算得奇了。」看劍下的石刻時，見兩行小字道：

「重劍無鋒，大巧不工。四十歲前恃之橫行天下。」

楊過喃喃念著「重劍無鋒，大巧不工」八字，心中似有所悟，但想世間劍術，不論那一門那一派的變化如何不同，總以輕靈迅疾為尚，這柄重劍不知怎生使法，緬懷昔賢，不禁神馳久之。

過了良久，才放下重劍，去取第三柄劍，這一次又上了個當。他只道這劍定然猶重前劍，因此提劍時力運左臂。那知拿在手裡卻輕飄飄的渾似無物，凝神一看，原來是柄木劍。年深日久，劍身劍柄均已腐朽，但見劍下的石刻道：

「四十歲後，不滯於物，草木竹石均可為劍。自此精修，漸進於無劍勝有劍之境。」[99]

「劍道」即「人生」，「劍道」的四重境界與「人生」境遇是相通的。《倚天屠龍記》（1961），張三丰將太極劍法傳授給張無忌時，所講的也是「得意忘言」的道理。《笑傲江湖》（1967）中風清揚教令狐沖「獨孤九劍」，劍法是無招無式，無敵無我，隨招發

99.金庸，《神鵰俠侶》，香港明河社，1984年。

招，見機發揮，敵強愈強。又如《俠客行》（1965）中的石破天破譯無人能解的「俠客行武學」時，運用的是「無知無慾即無障」的義理，乃心之所悟，並非故弄玄虛。

金庸筆下的主人公武藝高強、登峰造極，皆取自百家之長，而又能自出機杼，力求「法乎眾者得其上」。擁有了「百花錯拳」陳家洛，又悟出了「庖丁解牛掌」。《碧血劍》（1956）中的袁承志，不僅掌握本門武功，還聽從師命學習木桑道長的輕功、暗器以及金蛇郎君的邪派武功，涉獵廣泛。《射鵰英雄傳》（1957）的郭靖，先師從江南七怪，接著是全真七子之首的馬鈺，再者洪七公，而後有周伯通，先後學習了內功、「雙手互搏術」「九陰真經」等諸多武功。《神鵰俠侶》（1959）中的楊過，先後學習了東邪、西毒、北丐、中神通及古墓諸派武功，又學了獨孤求敗的劍法，經過多年習練，終成為一代絕頂高手。

這些人物並非簡單地上山學藝、師從一人而成為高手，也不是經歷人生奇遇、偶得秘笈而速成，書中闡釋了非歷經磨煉不能成功的道理。

金庸武功的另一個特點是武功的「個性化」，或者說是以武功顯示人物性格。《書劍恩仇錄》（1955）中袁士霄將「百花錯拳」傳授給陳家洛，而袁士霄幾乎不再使用此拳。陳家洛的性格、心理及人生正如「百花」般聰明美麗，又不可避免一錯再錯，與「百花錯拳」正是「人武合一」。

《射鵰英雄傳》（1957）中郭靖學有多種武功，但只有「降龍

十八掌」這套「天下陽剛第一」的武功最適合他。郭靖性格簡單、剛正、淳厚、樸實，正與「降龍十八掌」相通。郭靖的「降龍十八掌」師從洪七公，而洪七公傳與郭靖後，便極少使用。洪七公性格中有機巧靈敏的一面，擅用「打狗棍法」，由於黃蓉同樣具有靈巧的性格，遂又將逍遙遊及打狗棒這「天下巧妙第一」的武功傳授給黃蓉。《神鵰俠侶》（1959）中的楊過是性情中人，「黯然銷魂掌」是自創的武功，也是性格的體現。《天龍八部》（1963）中蕭峰的武功厲害非凡，盡顯「大英雄本色」。段譽的書生氣也從「時靈時不靈」的「六脈神劍」中可以窺見一二。《笑傲江湖》（1967）中的令狐冲性格俠義率真、不拘於禮法，靈活自在，伺機而變，無招無式的「獨孤九劍」正適合他。及至《鹿鼎記》（1969）中的韋小寶，圓滑的個性使他鍾情於「神行百變」這種能「腳底抹油」的逃命功夫。

　　無論金庸小說筆下人物的武功如何高強，讓人並不覺得突兀。這些人物行走江湖，與其說是憑藉武功，不如說是依靠人格的魅力。在小說中，作者在講述人物獲得奇妙武功的同時，也描繪了他們所經歷的特殊體驗和艱苦磨礪。這些特殊的經歷、體驗和磨礪，小說寫來十分感人，使讀者感到這份武功來之不易，讓人心悅誠服。這正是現實人生艱難成長的真實寫照。

第三節　奇而至真的文學理念

　　一個作家作品的思想深度，決定於他的文學創作理念。金
庸的武俠小說既吸收了民國武俠小說的精華，也受現代文學的影
響。民國的武俠小說，甚至包括部分新派武俠小說之所以顯得分
量不足，其原因就在於作者的寫作目的和心態，如果作者只是為
了「稻粱謀」，這樣的心態，當然不可能在藝術上有多少成就。對
於這些問題，金庸在創作中極為謹慎，這從他多次對小說的修改
中可以看到。

　　武俠小說最講究「奇」字。金庸小說中人物離奇的經歷，多是
依靠豐富的想像力，對歷史真實事件進行拆解和重構。但「奇」並
不能成為小說成功的關鍵，奇巧之外，金庸的小說還崇尚真實。

　　這種真實，在陳墨看來，是以人物性格的真實性為主：「真
實性的創作原則是至關重要的，因為只要作品具有了真實性的品
格，其作品才能使讀者產生信任感和認同感，讀者才能為之所吸
引和感動，從而可以從作品的思想上獲得益處。」

　　對於小說情節的離奇與巧合，金庸在《神鵰俠侶》（1959）的
《後記》中如此解釋：

　　離奇與巧合是武俠小說慣用的套路，他所希望達到的，不
過是以人的性格上的可能，來替代武功上可以但事實上並不可
能的事情。比如楊過和小龍女，兩人分分合合，事出奇巧，看

似天意使之然，實則與兩人自身的性格相關。小龍女生性淡泊，否則實在難以獨自一人長居谷底；楊過至性至情，否則也不會十六年終如一日，死而無悔；兩人彼此鍾情至深，否則定不會相繼躍入深谷。誠然，若非谷底恰為水潭，而是普通的山石之穴，兩人躍下後只能粉身碎骨、同葬穴中。世間之事變幻莫測，興敗存亡雖自有天機，而人與人之間的幸與不幸，無非是性格使然。[100]

小說中有一個特殊「人物」—神鵰，這是一隻武功高強、能通人語、極具靈性的鳥，其歷史淵源大概可以追溯到還珠樓主《蜀山劍俠傳》（1932）裡的神禽異獸。對此，金庸這樣解釋：「神鵰這種怪鳥，現實世界中是沒有的。」神鵰不是人類，只因金庸將人的性格賦予其身，笨重的巨鳥才得以變得鮮活。

金庸武俠小說中的世界其實是社會現實的種種投射，表面上朗朗乾坤，實際上是物慾橫流。《書劍恩仇錄》（1955）中的張召重暗算師兄，背棄信義，為的是投靠朝廷，謀取高官厚祿。《天龍八部》（1963）中慕容博、慕容復父子為興復大燕、當上皇帝，苦心孤詣地製造血案，慕容復為達目的忍心地背棄表妹王語嫣，圖娶西夏公主，甚至殺死舅母，甘心做別人的乾兒子，最後精神錯亂中仍念念不忘頭戴皇冠，稱孤道寡。

---

100. 金庸，《神鵰俠侶》，香港明河社，1984 年。

《倚天屠龍記》（1961）中朱長齡想要謀取屠龍刀，成為武林至尊，不惜燒掉莊園，安排下一個天衣無縫的大陷阱。《笑傲江湖》（1967）裡東方不敗、岳不群、左冷禪之流為權利慾牽動，不顧人倫，甘心引刀自宮，成為廢人。

野心家要使陰謀得逞，必須善於偽裝，用表面的道貌岸然，掩飾骨子裡的陰險和自私。《笑傲江湖》（1967）中華山派掌門，人稱「君子劍」的岳不群，是兩面派的典型人物。他極端自私，父女之情、夫婦之愛、師徒之義，都不顧惜，所有的人倫禮義都被他棄如敝屣。他又極善偽裝，城府很深，別人暗算他，他不露聲色，將計就計地引敵入彀，對權力的過分貪求使他成為不仁不義之人。

深通權謀詐術，令人防不勝防的任我行，是《笑傲江湖》（1967）中又一厲害人物。他武功高強，性格陰狠，心思縝密，早看出東方不敗的野心，於是將《葵花寶典》秘笈交給了東方不敗，使東方不敗甘願自殘身體，成為男不男女不女的怪物。

《連城訣》中展現諸多人性貪婪、邪惡的場面，為了一己私利，為了得到寶藏，許多人喪盡天良、無惡不作、殺人如麻，女兒為父親所利用，弟子受師父欺騙，師父被弟子追殺……人性的醜態原形畢露。

武俠小說向來讓人感覺玄虛和不真實，要使作品真切，只有加上客觀的真實性，於是金庸用藝術的筆墨對現實的荒謬進行了無情反諷。

　　盲目的、被迫的偶像崇拜是金庸小說主要嘲諷的對象之一。《笑傲江湖》（1967）裡黑木崖上的日月神教，諛詞滿耳，令人肉麻。《天龍八部》（1963）中星宿派有馬屁功、法螺功、厚顏功三項諂媚神功，而最重要的秘訣是將師父奉若神明，連放屁也得說是香的。

　　《鹿鼎記》（1979）中位居神龍島的神龍教，大力鼓吹個人崇拜，頌詞連篇，一套接著一套。可惜偶像崇拜的宣揚卻換來慘烈的下場。日月神教前任教主任我行從仙人掌峰摔下來，自此永世不起，寓示了人在權力頂峰摔下來的下場。日月神教後任教主東方不敗在「千秋萬載，一統江湖」的頌聲中，殘身、變態，人不像人，鬼不像鬼，號稱「不敗」，其實敗得最慘。

　　星宿派掌門丁春秋平時被弟子奉若神明，一旦身敗名裂，弟子爭相而去。神龍教洪教主一度聲名顯赫，臨死前卻眾叛親離，

日五月十年七五九一

談批評武俠小說的標準

金庸

金庸1957年10月5日發表在香港《新晚報》上的文章《談批評武俠小說的標準》，內中明確談到其自身的創作理念

連少年妻子也棄他而去，「心中憤怒、羞慚、懊悔、傷心、苦楚、
憎恨、愛惜、恐懼，諸般激情紛至遝來」，肝腸寸斷，悲苦之極。
動機與效果如此相去萬里，表現出作者強烈的諷世才能和深刻反
思。

　　金庸的武俠小說中還具有平等和諧的現代民族觀念。夷夏之
辨是儒家文化中的一個烙印，中國民族關係複雜，歷史上的任何
時期處理起來都比較困難。金庸對此一直秉承著開明、現代的態
度和處理方式，他自己也曾表示：

　　我初期所作的小說，漢人皇朝的正統觀念很強；到了後
期，中華民族各族一視同仁的觀念成為基調，那是我的歷史觀
有了些進步之故，每一個種族，每一門宗教，每一項職業中都
有好人壞人，有壞的皇帝，也有好的皇帝，有很壞的大官，
也有真正愛護百姓的好官。書中漢人、滿人、契丹人、蒙古
人、西藏人，都有好人壞人。[101]

　　金庸的首部武俠小說《書劍恩仇錄》（1955）中，將漢人之
子這一身分，添加到乾隆皇帝身上，傳達出韃子皇帝雖然掌握天
下，但漢民族渴望由漢人重新一統天下的觀念始終不可磨滅。《書
劍恩仇錄》（1955）裡出現「紅花會」反清勢力，小說中乾隆與陳

---

101. 金庸，《鹿鼎記・後記》，香港明河社，1984 年。

家洛成為同胞兄弟，就將故事更推進了一層。

在正統的漢民族思想體系中，漢人才有資格一統天下，漢人才能擔天下正主的地位。書中的回部，為了爭取民族獨立，和清王朝進行了激烈鬥爭。在金庸早期觀念裡，一方面反對清廷的統治，同時又讓回部得到反清勢力紅花會的支持；一方面承認夷夏之辨，另一方面又注重民族平等。這樣的思想在《碧血劍》（1956）中表現得更為突出。

等到金庸1975年修改《碧血劍》（1956）的時候，已經刻意將袁承志所偷聽到的一段皇太極和范文程的對話加入其中，展現了一個異族的聖明君主形象。金庸在描寫袁承志暗殺皇太極的心理時寫道：

這韃子皇帝當真厲害，崇禎和他相比可是天差地遠了。我非殺他不可，此人不除，我大漢江山不穩。就算闖王得了天下，只怕……只怕……」私下覺得即使是闖王，也未必比得上這韃子皇帝更有才具，竟不知為何有這樣的想法。復又想到：「這皇帝的漢語可也說得流利得很。他還讀過中國書，居然知道卞莊刺虎的典故。[102]

由於心中的些許感動以及文化認同感，袁承志錯失了良機，

---

102. 金庸，《碧血劍》，香港明河社，1984年。

以致刺殺皇太極未遂。相比《書劍恩仇錄》（1955）裡流連美色、
尋歡作樂的乾隆皇帝，《碧血劍》（1956）裡的皇太極大放光彩。

　　徹底顛覆傳統夏夷之辨的，是《天龍八部》（1963）中蕭峰的
出現。蕭峰是契丹人，由於遭遇家庭變故，自幼在漢人的撫養下
成長，最後成為丐幫幫主，人生之路多災多難。蕭峰曾經立下誓
言，絕不奪取任何一個漢人的性命，無奈天意弄人，世人皆認為
他殺害父母、恩師，他終究背負了不孝之罪。由於違抗契丹皇帝
之命，不忠之罪又被扣在他的頭上，於是他成了不忠不孝、情義
全無、天良盡失的契丹走狗。

　　契丹皇帝耶律洪基意欲讓蕭峰帶兵攻打宋朝，蕭峰難以從
命，無奈之下只好挾持契丹皇帝，逼他退兵，而自己也一死以
殉家國。阿朱曾告訴蕭峰：「漢人是人，契丹人也是人，又有什
麼貴賤之分？我，我喜歡做契丹人，這是真心誠意，半點也不勉
強。」在《天龍八部》（1963）中，金庸用佛理解釋世間的關係，天
台山智光大師圓寂前曾給蕭峰留下禪詩一首：「萬物一般，眾生平
等，聖賢畜生，一視同仁，漢人契丹，亦幻亦真，恩怨榮辱，俱
在灰塵。」將華夷之分的界線模糊化。

　　直至最後一部作品《鹿鼎記》（1969），小說塑造了康熙皇帝
這個君主的形象，睿智開明，與儒家文化體系所推崇的聖人賢君
形象完全相符，金庸最後完成並建立了一個完整現代的民族觀。

　　金庸在概括武俠小說創作的真實感寫道：「武俠小說都是虛構
的，有了歷史背景，就增加了小說的真實感。」「武俠小說不能像

神話那樣，要有真實感」「歷史是真的背景，人物都是假的，這樣可以使讀者自己去想像一切的發生，這樣一切就都變得像真的一樣了。」

對於歷史背景的選擇，金庸小說和梁羽生一樣，多喜歡選擇朝代更迭、世事紛擾的動盪時代，以「亂世出英雄」的觀點，將俠客的行為置於舞台上。明末清初正是這樣一個亂世。明朝、清朝、農民起義三股勢力糾纏其中，鬥爭十分猛烈，於是金庸將《碧血劍》（1956）的背景置於其中。

《射鵰英雄傳》（1957）和《神鵰俠侶》（1959）則以宋元之交為故事背景。《天龍八部》（1963）的背景所涉及的勢力範圍、地域更是廣泛，大宋、遼國、金國、大理國、吐蕃等均有涉及，諸國之間歸屬雖不同，戰爭與兼併卻接連上演。

講述韋小寶人生發跡史的《鹿鼎記》（1969），可謂奇之又奇。韋小寶一副吊兒郎當的小混混模樣，卻能在許多勢力之間左右逢源。韋小寶依靠吹牛拍馬便能青雲直上、化險為夷、吃遍天下。在讀者看來，這樣人物未免有些失真，一個沒讀過書的小混混兒，胸中沒有半點墨水，何以好運連連？在《鹿鼎記》（1969）的《後記》中，金庸這樣解釋：「在康熙時代的中國，有韋小寶那樣的人物並不是不可能的事。」

金庸筆下的人物都有著轟轟烈烈的人生，他們並不左右歷史的進程，卻又捲入了歷史的洪濤巨浪之中。歷史是由現代人所構建的，被構建出來的歷史因人而異，簡而言之，歷史的書寫具有

主觀成分，並不十分客觀。因為主觀的成分，人們可以形成多種解釋，金庸將筆下的人物置身於歷史的大環境中，儘管顯出傳奇色彩，卻並非不可能。金庸的許多作品都在印證這一點。

金庸撰寫有《袁崇煥評傳》，附於《碧血劍》（1956）小說之後，通過這篇文章，人們能夠瞭解袁崇煥更加真實的一面。他還在《鹿鼎記》（1969）這部小說中加上了自己的按語，書中按語共分三類，即注、按以及評點式的插入語。其中注、按和評點式的插入語分別有二十二個、十八個、八個。

所謂注，既有對回目的解釋，也有對真實歷史的引用，例如在第三十四回有關天地會總舵主陳近南的注：

> 台灣延平郡王鄭經長子克臧是陳永華之婿，剛毅果斷，鄭經立為太子，出征時命其監國。克臧執法一秉至公，諸叔及諸弟多怨之，揚言其母假娠，克臧為屠夫李某之子。鄭經及陳永華死後，克臧為董太妃及諸弟殺害。[103]

所謂按，則是以歷史為依據而有所變化，比如在韋小寶攻打台灣的地方便有按語：

> 鄭成功自澎湖攻台，從今日的台南附近登陸，當時荷蘭重

---

103. 金庸，《鹿鼎記》，香港明河社，1984年。

兵也都駐紮在台南一帶。[104]

　　評點式的插入語，是一種與古代通俗小說或者評書中的「有分教」相類似的形式，比如：

　　鍾王歐褚顏柳趙，皆慚不及韋小寶。丞相魚魚工擁筭，將軍躍躍儼登壇。[105]

　　金庸的許多小說並不使用此法，只有《鹿鼎記》中大量出現。在第五回中韋小寶和小皇帝比武時，用了這樣一段插入語：

　　據說清末慈禧太后與某太監下象棋，那太監吃了慈禧的馬，說道：「奴才殺了老佛爺的一隻馬，慈禧怒他說話無禮，立時命人將他拖了出去，亂棒打死。」[106]

　　金庸以真實的歷史背景創造武俠世界，使作品的真實感得到增強，凝聚著作者對現實社會的深入思索。這種思索包含了對國計民生熱切關注，對歷史的深刻反思，對政治活動的高度敏感，對腐朽觀念的冷嘲熱諷。這些以真實性為基礎的故事，大大提升

104. 金庸，《鹿鼎記》，香港明河社，1984 年。
105. 金庸，《鹿鼎記》，香港明河社，1984 年。
106. 金庸，《鹿鼎記》，香港明河社，1984 年。

了讀者的閱讀興趣。

第四節　多重的藝術技法

在西方的作家中，大仲馬對金庸的影響最大，金庸曾說：「我所寫的小說，的確是追隨大仲馬的風格，在所有中外作家中，我最喜歡的確是大仲馬，而且是從十二三歲時開始，直到如今，從不變心。」[107] 他將自己的成就與大仲馬進行對比：「小說的風格很接近，若拿最好的五部小說來打分平均地比較，大仲馬當高我數倍，如果各拿十五部來平均比較，我自誇或可略微佔先，因為他的佳作太少而劣作太多且極差（許多是庸手代作），拉低了佳作的平均分數。」[108]

金庸曾經全本翻譯過大仲馬的小說《蒙梭羅夫人》，譯名為《情俠血仇記》，並將結尾進行了改寫。對大仲馬小說的欣賞，無疑影響到了金庸的小說創作。

胡適曾在讀罷大仲馬小說後感慨：「為什麼我們中國的武俠小說沒有受到大仲馬的影響？」對此，金庸給出了最好的回應，他在大仲馬影響下又突破了大仲馬的風格限制。金庸在 20 世紀 90

---

107. 金庸、池田大作，《探求一個燦爛的世紀——金庸與池田大作對話錄》，北京大學出版社，1999 年。
108. 金庸、池田大作，《探求一個燦爛的世紀——金庸與池田大作對話錄》，北京大學出版社，1999 年。

年代獲法國政府授予的騎士團榮譽勳章,「中國的大仲馬」成為對他的尊稱,也體現了人們對他所受到的大仲馬的影響的認可。

嚴家炎曾說:「金庸小說的出現,標誌著運用中國新文學和西方近代文學的經驗來改造通俗文學的努力獲得了巨大成功。」[109]

一、敘事手法多變

金庸初抵香港時,在《大公報》任職。在《大公報》工作的十年間,金庸完成了《書劍恩仇錄》(1955)和《碧血劍》(1956)兩部武俠小說的創作。當時,金庸、梁羽生以及百劍堂主陳凡一起開闢了「三劍樓隨筆」這個專欄。在專欄中,金庸由古及今、暢所欲言,談及小說、民歌、攝影、電影、歷史等諸多內容。為了寫好影評,他看了許多電影。

1957年,因為對《大公報》的「左派」風格不滿,金庸辭職,加入長城電影製片公司,在做編劇的同時進行武俠小說創作。1959年發表的《雪山飛狐》是他的第四部武俠小說。

《雪山飛狐》(1959)刊出後造成極大轟動,作品主要講述闖王的四大護衛胡、苗、田、范四個家族百年以來的恩恩怨怨。在這部作品中,金庸所採用的敘述方式十分新穎,他拋開傳統小說慣用的直接描述手法,採用了倒敘,以剝蔥式的描寫使事情的真相層層展開,而苗人鳳和胡一刀之間的情誼和信義更是作品中的

---

109. 嚴家炎,《金庸小說論稿》,北京大學出版社,1999年。

一抹亮色。

　　小說的結尾更能
引起讀者關注：胡斐
和苗人鳳在懸崖上展
開生死較量，當最後
胡斐終於看破苗人鳳
刀法中的破綻，卻沒
有一刀決勝負，因為
苗人鳳不僅是自己的
殺父仇人，也是自己
心上人的父親，這一
刀落與不落實在難以
決斷。這個選擇權，

百劍堂主、金庸、梁羽生開設的「三劍樓隨筆」專欄

金庸最終把它交給了讀者，讓讀者來設想故事的結局。

　　《雪山飛狐》（1959）明顯借鑑了日本導演黑澤明《羅生門》
的敘事結構，以重複線性敘事的方式，從不同人的角度和目的完
整地講述一個故事。高峨險峻的玉筆峰山莊上集客如雲，適逢山
莊莊主杜希孟出門在外，客人們一邊吃飯一邊聊天，此時寶樹、
苗若蘭（苗人鳳之女）、平阿四和陶百歲開口講述往事，一段關於
「雪山飛狐」的故事由此展開。

　　小說敘事方式獨特，又以連載的方式發表，結尾處再來充滿
懸念的一刀，可謂環環相扣，引人至極。

1961 年，連載於《明報》的《鴛鴦刀》，是金庸 1957 年進入長城電影製片公司之後的作品，最初為拍電影而寫，後來沒有拍成。金庸喜歡嘗試不同的創作風格，從這部小說可以有所感受。創作武俠小說本只為娛樂消遣，篇幅短小的《鴛鴦刀》並無名氣，而陳墨卻說它是「功夫正在喜劇中」和「江湖諧趣圖」。[110]

二、借鑑舞台化場景

將矛盾集中於細小的空間裡進行展現，是舞台劇創作的一大優點，讀者和觀眾能夠在閱讀和觀賞中獲得強烈觀感。

許多舞台描寫的例子可見於《射鵰英雄傳》（1957）中，如第二十四回《密室療傷》及第二十五回《荒村野店》，作者提供了一個舞台：郭靖和黃蓉躲在暗室內，緊張地療傷，暗室的視窗成為他們窺探外界的視角。

金庸藉此對在室外這個舞台登場的人物逐一進行描寫，依次有全真教七子、完顏洪烈、傻姑、彭連虎、歐陽鋒、黃藥師等共計 27 人。不同的勢力的衝突在這個小舞台上展開，全真教和黃藥師、楊康和穆念慈、程瑤迦和陸冠英、歐陽鋒、黃藥師和周伯通，他們之間或是武力較量，或是情感衝突，舞台氛圍緊張激烈、好不熱鬧。

《神鵰俠侶》（1959）中也有一個類似的舞台——絕情谷。老

---

110. 陳墨，《金庸小說賞析》，百花洲文藝出版社，1996 年。

頑童周伯通先是大鬧絕情谷，然後大鬧忽必烈的軍營，縮短了忽必烈營中的楊過和絕情谷中的小龍女之間的距離，將各式各樣的人物引入絕情谷這樣一個狹小舞台。忽必烈的眾多武士去找周伯通，表面上為了招攬人手，實則心思各異。絕情谷的一場打鬥，楊過希望得到小龍女承認，周伯通純粹貪玩，金輪法王等人抱著看熱鬧的心態，谷主公孫止則想騙婚，眾人各懷心思，盡顯人生百態。

舞台式的描寫見於金庸的多部作品中，他將眾多人物集中到一個特定的場景中展開集體刻畫，小說場面緊張熱鬧，雖龐雜卻有序，人物性格多姿多采、富有特色，這是在之前的武俠小說寫作中從未出現過。

三、描寫具象而非抽象

金庸的小說中，具體描寫極多，抽象描寫較少，金庸巧妙地將電影的敘事手法融入作品，使小說引人入勝。

《書劍恩仇錄》（1955）中通過陳家洛的視角，代替讀者看到香香公主的出場：

他一時口呆目瞪，心搖神馳。只聽樹上小鳥鳴啾，湖中冰塊撞擊，與瀑布聲交織成一片樂音。呆望湖面，忽見湖水中微微起了一點漪漣，一隻潔白如玉的手臂從湖中伸了上來，接著一個濕淋淋的頭從水中鑽出，一轉頭，看見了他，一聲驚

叫，又鑽入水中。就在這一剎那，陳家洛已看清楚是個明豔絕倫的少女，心中一驚：「難道真有山精水怪不成？」摸出三粒圍棋子扣在手中。只見湖面一條水線向東伸去，忽喇一聲，那少女的頭在花樹叢中鑽了起來，青翠的樹木空際之間，露出皓如白雪的肌膚，漆黑的長髮散在湖面，一雙像天上星星那麼亮的眼睛凝望過來。

這時他哪裡還當她是妖精，心想凡人必無如此之美，不是水神，便是天仙了，只聽一個清脆見香香公主的聲音說道：「你是誰？到這裡來幹麼？」說的是回語，陳家洛雖然聽見，卻似乎不懂，怔怔的沒作聲，一時縹緲恍惚，如夢如醉。

那聲音又道：「你走開，讓我穿衣服！」陳家洛臉上一陣發燒，急忙轉身，

金庸《書劍恩仇錄》插圖，王司馬繪。陳家洛初見香香公主

竄入林中。[111]

　　香香公主讓陳家洛感覺到「口呆目瞪」、「心搖神馳」、「潔白
如玉」、「明豔絕倫」、「皓如白雪」、「縹緲恍惚」、「如夢如醉」，
陳家洛還將天仙、水神與之相比。這些詞語看似具體，實則有很
大的想像空間，何為如夢如醉、明豔絕倫，全憑自己所想，讀者
因此得以在閱讀中自行創造獨特的畫面和感覺。

　　在《神鵰俠侶》（1959）中楊過初見小龍女時是這樣感受：

　　楊過抬起頭來，與她目光相對，只覺這少女清麗秀雅，莫
可逼視，神色間卻冰冷淡漠，當真潔若冰雪，卻也是冷若冰
雪，實不知她是喜是怒，是愁是樂。竟不自禁地感到恐怖：
「這姑娘是水晶做的，還是個雪人兒？到底是人是鬼，還是神
道仙女。」雖聽她語音嬌柔婉轉，但語氣之中似乎也沒絲毫暖
意，一時呆住了竟不敢回答。[112]

　　在楊過眼中，小龍女清麗秀雅、不可逼視，並且冷若冰雪，
是水晶做的，還是個雪人兒，這些都是具象的描述詞語，給人以
直接的感受。

111. 金庸，《書劍恩仇錄》，香港明河社，1984 年。
112. 金庸，《神鵰俠侶》，香港明河社，1984 年。

　　《天龍八部》（1963）中王語嫣的出場則頗具特色。段譽在曼陀山莊中第一次聽見王語嫣的聲音時：

　　便在此時，只聽得一個女子的聲音輕輕一聲嘆息。霎時之間，段譽不由得全身一震，一顆心怦怦跳動，心想：「這一聲嘆息如此好聽，世上怎能有這樣的聲音？」只聽得那聲音輕輕問道：「他這次出門，是到那裡去？」

　　段譽聽得一聲嘆息，已然心神震動，待聽到這兩句說話，更是全身熱血如沸，心中又酸又苦，說不出的羨慕和妒忌：「她問的明明是慕容公子。她對慕容公子這般關切，這般掛在心懷。慕容公子，你何幸而得此仙福？」[113]

　　一聲嘆息，令段譽如癡如醉，似乎可以感覺得到這嘆息聲，然而具體是怎樣的聲音讀者不得而知，只怕一千個讀者便有一千聲嘆息，全靠自己揣度罷了。

　　《倚天屠龍記》（1961）始於郭襄遊少林，小說描述了她的情思之苦，正是《神鵰俠侶》（1959）主題的延續。小說開頭幾行是就對她情思之苦的描繪：

　　她腰懸短劍，臉上頗有風塵之色，顯是遠遊已久；韶華如

113. 金庸，《天龍八部》，香港明河社，1984年。

花，正當喜樂無憂之年，可是容色間卻隱隱有懊悶意，似是愁思襲人，眉間心上，無計迴避。[114]

這一番「愁思襲人」的味道，沒有讀過小說的人恐怕是難以體會的。

四、入木三分的心理

在人物形象的塑造中，心理描寫是其中重點，也是一種常用的藝術表現手法。心理描寫通過對人物的心理狀態、心理活動以及心理反應的揭示，從而將人物豐富、複雜的性格和思想感情表現出來，使小說的人物形象更能吸引讀者。

大段落進行細膩的心理描寫是西方現代小說的重要特徵之一，而在中國傳統小說中，白描居於首要地位，小說大多描寫人物外在的動作和語言，很少涉及人物的內心活動，整段的靜態心理描寫和獨白很難見到。金庸卻在他的武俠小說中運用了更多篇幅、更為細緻和複雜的心理描寫，將「轉念一想」等詞彙加入到小說的描寫中。

《神鵰俠侶》（1959）第十回中一段楊過的心理：

楊過心想：「這位前輩真是奇人。難道當真會睡上三天？

---

114. 金庸，《倚天屠龍記》，香港明河社，1984 年。

管他是真是假，反正我也無處可去，便等他三天就是。」那華山蜈蚣是天下至寒之物，楊過吃了之後，只覺腹中有一團涼意，於是找塊岩石坐下，用功良久，這才全身舒暢。此時滿天鵝毛般的大雪兀自下個不停，洪七公頭上身上蓋滿了一層白雪，猶如棉花一般。人身本有熱氣，雪花遇熱即溶，如何能停留在他臉上？楊過初時大為不解，轉念一想，當即醒悟：「是了，他睡覺時潛行神功，將熱氣盡數收在體內。只是好端端一個活人，睡著時竟如僵一般，這等內功，委實可驚可羨。姑姑讓我睡寒玉床，就是盼望我日後也能練成這等深厚內功。唉，寒玉床哪寒玉床！」[115]

《笑傲江湖》（1967）裡的岳不群表面溫文爾雅、內心卻卑鄙無恥，是十足的偽君子一個，然而他的心思十分縝密，因此，金庸把許多細緻的心理描寫運用到岳不群的身上，「岳不群心想」「岳不群皺起眉頭尋思」等便是其中的典型例子。

再看《鹿鼎記》（1969），當神龍島上韋小寶之師陳近南為奸人所害，韋小寶痛哭不已。此一哭和其他段落的哭大不相同，韋小寶在皇帝身邊也常裝哭，並且是有模有樣地哭，然而這次他哭得非比尋常，金庸對此刻韋小寶的內心和潛意識做了特殊的分析：

---

115. 金庸，《神鵰俠侶》，香港明河社，1984年。

韋小寶抱著他身子，大叫：「師父，師父！」叫得聲嘶力竭，陳近南再無半點聲息。

蘇荃等一直站在他身畔，眼見陳近南已死，韋小寶悲不自勝，人人都感淒惻。蘇荃輕撫他肩頭，柔聲道：「小寶，你師父過去了。」

韋小寶哭道：「師父死了，死了！」他從來沒有父親，內心深處，早已將師父當成了父親，以彌補這個缺陷，只是自己也不知道而已；此刻師父逝世，心中傷痛便如洪水潰堤，難以抑制，原來自己終究是個沒父親的野孩子。[116]

《天龍八部》（1963）裡，木婉清鍾情於段譽，可惜天意弄人，木婉清喜歡上的竟然是自己同父異母的哥哥。他們一起赴西夏國招駙馬，後來段譽失蹤，她被眾人要求扮成段譽去招聘駙馬，性格強硬的她最初並不同意，她又愛又恨，把桌子板凳都砸了一遍，不久之後，她卻表示願意假扮段譽。金庸細緻地剖析了她的心理：

原來木婉清發了一陣脾氣，回到房中哭了一場，左思右想，覺得得罪了這許多人，很是過意不去，再覺冒充段譽去西夏娶公主，此事倒也好玩得緊，內心又隱隱覺得：「你想和

---

116. 金庸，《鹿鼎記》，香港明河社，1984 年。

王姑娘雙宿雙飛，過快活日子，我偏偏跟你娶一個公主娘娘來，鎮日價打打鬧鬧，教你多些煩惱。」又憶及初進大理城時，段譽的父母為了醋海興波，相見時異常尷尬，段譽若有一個明媒正娶的公主娘娘作正室，王語嫣便做不成他的夫人，自己不能嫁給段譽，那是無法可想，可也不能讓這個嬌滴滴的王姑娘快快活活的做他妻子。她越想越得意，便挺身而出，願去冒充段譽。[117]

木婉清生性倔強，但又不失溫柔，還會耍點兒小心思，因而具有最大的心理變化。在段譽的妹妹中，鍾靈天真無邪，阿朱善良過頭，阿紫則過於邪惡，這樣的心理描寫都不適合她們。金庸在不同人物的心理描寫上拿捏得十分到位。

第五節　充滿人性深度的人物

金庸小說塑造了大量精彩的人物，小說愈「奇」，人物也愈「邪」，然而「奇」和「邪」之中充滿了人性深度，沒有亂失分寸和方略。《笑傲江湖》（1967）中，奇異之人應有盡有，東方不敗也好，任我行也好，梅莊四友抑或殺人名醫平一指、甚至「黃河老祖」和「桃谷六仙」……每個人物都行為奇異之極，但仔細分析

117. 金庸，《天龍八部》，香港明河社，1984 年。

卻並不違背人性。

為練《葵花寶典》，東方不敗「揮刀自宮」，從此成了男女莫辨的陰陽人，同時發生變化的還有他的性格和心靈。他的武功、地位無人可比，則孤獨更甚，變態也愈演愈烈，符合人性的發展規律。

任我行也一樣，狂妄自大、心狠手辣，一個梟雄模樣。梅莊四友都是癡人，殺人名醫的變態是因為懼內，「桃谷六仙」非仙非邪，實乃六個怪物，既是怪物，又是人類，但他們相貌奇醜、智力愚鈍、欠缺教養卻天真爛漫，兄弟六人的形象雖有所變形，行為舉止也誇張了些許，然而整體上符合邏輯，為小說增添了趣味性。

金庸小說中的正面主人公在資質、性情方面分成兩類。一類的代表是《射鵰英雄傳》（1957）中的郭靖、《連城訣》（1963）中的狄雲等，資質低劣，質樸愚鈍，但毅力頑強，倔中帶韌。另一類人物資質過人，聰明絕頂，卻頑劣異常，如《神鵰俠侶》（1959）中的楊過、《笑傲江湖》（1967）中的令狐冲、《射鵰英雄傳》（1957）中的黃蓉、《鹿鼎記》（1969）中的韋小寶等。在這兩類人物中，描寫更出色的明顯是後一類人物。郭靖等人雖有誠實、質樸等諸多美好特質，終不及令狐冲等人的妙語聯珠，灑脫任性，具有強烈的藝術感染力。

這些人物形象的塑造並非一蹴而就，大致經過了三個階段，與金庸武俠小說的創作時間順序相同。早期的《書劍恩仇錄》

（1955）至《射鵰英雄傳》（1957）是第一階段，人物善惡正邪嚴格區分，人物性格雖很突出，卻是單色調，作品的總體風格莊嚴肅穆。

　　從中期的《神鵰俠侶》（1959）開始，金庸武俠小說發生了變化，人物性格正中有邪，風格是莊中有諧，人物呈雜色，風格多樣。小說中的人物顯示出複雜多面的性格。這種情形在後期的作品中都有所表現，且不斷深入。

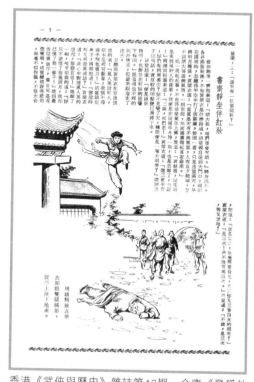

香港《武俠與歷史》雜誌第42期，金庸《飛狐外傳》連載本

　　《鹿鼎記》（1969）的出現，使金庸小說為之一變，主人公韋小寶出身低賤，不會武功，不懂文章，人品也不高尚，他和郭靖這類「為國為民，俠之大者」的大俠固不能相比，和令狐沖、楊過這類白璧微瑕的人物亦相去甚遠。郭靖讓人沉悶；令狐沖、楊過可愛，卻離普通人太遠；只有韋小寶和讀者相距很近，是生活中有血有肉、有情有性的人。他的感情不走極端，個性卻得到充分

體現。

從《書劍恩仇錄》（1955）到《鹿鼎記》（1969），金庸小說中的人物不斷從理想趨向現實，越來越接近生活，小說的風格也不斷地從莊嚴肅穆趨向輕鬆風趣、自然和諧。

金庸武俠小說通常將人物的命運，安排在感情糾葛和生死較量的焦點上，性情易走極端，於是產生出許多變態心理和變態人格。人物突遭變故，鬱結心中，心理無法承受，急於發洩以維持心理平衡，而外界又將正常的情感宣洩道路堵塞，情感只得通過不正常的管道宣洩出來，這便產生了變態人格。

人格變態的主因有兩種：一是情變，二是仇變。李莫愁和謝遜是變態人格的代表。《神鵰俠侶》（1959）中李莫愁容貌美麗，武功高強，由於愛情遇挫，心靈受到極大刺激，一變而為心狠手辣，殺人如麻的女魔頭，靠殺人來發洩心中的情苦。

《倚天屠龍記》（1961）中的謝遜文才武功俱臻上乘，突來的慘禍改變了他的心理：他敬若父母的師父竟然姦污了他的妻子，還殺了他的全家。謝遜是性情中人，坎坷如此，自不甘休，仇家不露面，他就任性發洩，殺人作案。

謝遜的變態人格是他師父成昆造成的，而成昆之所以如此，也是變態心理的驅使。成昆的師妹被明教教主陽頂天所奪，狂怒之下，成昆想藉謝遜之手在江湖上掀起風波，搞垮明教。人與人的衝突、鬥爭所造成的變態人格，符合人性的發展規律，既在情理之中，又在意料之外。

　　武俠小說的創作模式比較單一，基本脫離不了快意恩仇這種結構，金庸在小說創作的過程中逐漸否定了這一點，開始從人性的深度去反思，從而塑造出個性鮮明的人物形象。

　　《天龍八部》（1963）中雁門關慘案，妻子被殺，並遭中原俠客們圍攻的蕭遠山，以他的武功殺死眾人突破圍攻易如反掌，可他沒有大下殺手，而是以指力將契丹文字寫在大石之上，隨後轉身向著懸崖，縱身一躍。跳崖過程中蕭遠山還把自己的孩子拋上懸崖。在巨大的災難面前，能停止殺戮之心，不得不說是人性的復甦。

　　主人公之一段譽首先出場，奠定了整部作品的總基調。段譽作為兩個劍派鬥劍目擊者，面對別人發出的挑戰，他傻傻地道：「很好，你練罷，我瞧著。」並且向對方說教：「你這位大爺怎地如此狠霸霸的？我平生最不愛瞧人打架。貴派叫做無量劍，住在無量山中。佛經有云：『無量有四：一慈、二悲、三喜、四捨。』這『四無量』麼，眾位當然明白：與樂之心為慈，拔苦之心為悲，喜眾生離苦獲樂之心曰喜，於一切眾生捨怨親之念而平等一如曰捨。無量壽佛者，阿彌陀佛也。阿彌陀佛，阿彌陀佛……」他還告訴對方：「你師父叫我跟你比劍，我一來不會，二來怕輸，三來怕痛，四來怕死，因此是不比的。我說不比，就是不比。」[118]

　　一番話讓人哭笑不得。在偶然的機遇下，段譽獲得了逍遙派

---

118. 金庸，《天龍八部》，香港明河社，1984 年。

的凌波微步和北冥神功，這是號稱天下第一的武功，然而他只學
了凌波微步卻放棄了北冥神功，他只是為了方便逃走，後來他又
學習了六脈神劍這一家傳絕學，只是每次都因救人而用，其他時
候用起來似乎不大靈光。

　　除了利用情節塑造人物，金庸還慣於透過故事的情節，窺視
人物所包含的深層意念。

　　《倚天屠龍記》（1961）中滅絕師太自居名門正派，嫉惡如
仇，可是她所嫉之「惡」，全憑自己的主觀去判斷，對於內中是
非，從不推究，滅起「惡」來，不擇手段，認定是天經地義之舉。
對待徒弟紀曉芙、周芷若，一殺一逼，寧願摔死也不受張無忌之
惠，別人無法理解，她卻理直氣壯。

　　《連城訣》（1963）中江南四奇「落花流水」之一的花鐵幹，
本是江湖上聞名的大俠，在生死關頭，潛意識中的人性所有的弱
點都暴露出來，竟然比任何卑鄙的小人還要卑鄙。人到了關鍵時
刻，人性中平時隱藏的一面會得到最徹底、最充分的暴露，這種
意念，金庸通過小說情節表達得異常深刻。

　　小龍女和楊過是人性的表徵。小龍女完全不通人情世故，楊
過深明世道人心，卻偏要無視周圍環境的壓力，一意孤行。他們
兩個人，一個是自然而然地、不自覺地反抗著傳統禮教習俗，一
個是有意對傳統觀念叛逆，分別體現了人性中陰柔和陽剛、純淨
和躁動的一面，合成了完整的人性。楊過、小龍女與郭靖、黃蓉
的衝突，是人性與社會規範的衝突，這種衝突最終以雙方讓步而

告終。楊過可以無視師徒名分，卻不能無視「俠之大者」的精神，情感和理性得到統一。

楊過和小龍女本是悲劇人物，因為他們與社會是不和諧的，注定了悲慘的結局，然而金庸卻在小龍女跳下懸崖之後，又讓他們在十六年後重逢，最後以喜劇告終，這也是雙方讓步的結果。《神鵰俠侶》（1959）連載於《明報》時，適逢《明報》最艱難的創業階段，若是故事以悲劇結尾，小龍女跳崖身死，讀者能否接受這樣的悲劇結尾？他們會不會從此不看《明報》？這些令金庸十分擔心，失去讀者的《明報》，只能面臨破產。

為留住讀者，金庸安排了與自己的創作意願相違背的結尾。這種結尾損害了小說的整體基調，在思想內涵和藝術感染力方面大打折扣。香港作家倪匡認為當小龍女跳下懸崖之後，就此收尾，悲劇性更強。這種理論是正確的，如果這樣，無疑《神鵰俠侶》（1959）的文學價值會更高，這是金庸的一次妥協，也充分暴露出武俠小說商業化的弊端。

金庸小說的人物，大部分性格極具張力，金庸對人性的複雜描寫打破了傳統武俠小說的格局。並且，金庸每寫一部小說，都注重對人物性格嘗試新的創造，十五部作品出現的各類人物，性格鮮明，立意總有創新，讀來既迴腸盪氣，又值得品味揣摩。

第六節　金庸小說的精神價值

　　金庸以現代人的眼光，對傳統文化進行審視、選擇和展示，形成了他的武俠小說中特有的文化基礎。武俠小說的背景在中國古代，不可避免地要展現歷史文化，否則就名不副實。然而僅僅是再現而不經選擇與審視，就違背了現代人的價值觀念和審美趣味。金庸的武俠小說就是他對歷史以及傳統文化的重新審視。金庸的武俠小說中所包含的傳統文化的內容，給讀者都留下了相當深刻的印象。

　　金庸在他的武俠小說中多處引用詩、詞、歌、賦，又恰到好處地點綴了各種民間小曲、地方小調以及青樓瓦舍、市井坊間的綺詞豔曲等，同時加入謎語、對聯、書法碑帖和古玩名畫。他還把琴、棋、詩、書、畫等化而用之，成為武功的招式。

　　《射鵰英雄傳》（1957）裡，黃蓉給洪七公製作獨特的菜肴，構思奇妙，讓讀者眼界頓開、垂涎不已。《倚天屠龍記》（1961）裡，張無忌向名醫胡青牛學醫之時，所讀之書、所開藥方，合乎中醫理論，成為中醫文化的具體體現。更有甚者，金庸的武俠小說廣泛涉及儒典、道藏和佛經知識，《論語》、《孟子》、《老子》、《莊子》等自不必說，就連《金剛經》、《法華經》和《達摩祖師入道四行品》，甚至《楞伽經》、《楞嚴經》等深奧之作，也能在小說中自如運用。

　　金庸的武俠小說傳遞著傳統的「俠義精神」的內涵：鋤強扶

弱、除暴安良、救人之難、輕生重義。洪七公嫉惡如仇，郭靖為國為民，胡斐不為美色、權勢金錢、面子所動，張無忌在六大派和明教互殺即將開始之際，拚命予以化解，令狐冲在生死關頭總是想著別人……這些情節和人物使得金庸武俠小說裡充滿著令人感奮的正能量。

除此之外，愛國、孝道、仁義、尊師、守信等這些中國人的傳統道德觀念，在金庸武俠小說中俯拾皆是。令狐冲狂放灑脫，對師父卻

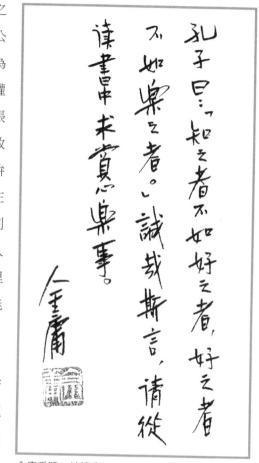

金庸手蹟，談讀書

是畢恭畢敬，即使蒙冤受屈也保持著尊師重道的傳統道德。

武林中人一諾千金、嚴守信諾的原則，常常使武林宗師屈從於武功平平的晚輩。依據傳統的價值觀念去設計情節、塑造人

物，表達了金庸小說傳統文化心理的厚度。

金庸熟悉中國歷史，而且對《資治通鑑》這部北宋史家和政論家司馬光的名著比較熟悉，有著深厚的政治歷史學養。

金庸小說主要以北宋以後直至清朝乾隆時期這一歷史階段為背景，是基於以下兩個方面的考慮：

其一，北宋處於中國歷史中由盛而衰的轉捩點上，此後民族衝突在中國歷史上接連上演，蒙古人更是統一天下，建立了元朝，正式成為中原地區的主宰；繼之而來的又是清朝入主中原，在中國歷史上從未有過如此複雜而動盪的年代，這就給金庸武俠小說的背景提供了便利；其二，異族壓迫統治之下國人的心態，一直是金庸關注的焦點，與之相聯繫的正是香港地區讀者的特殊心理狀態。[119]

金庸並非對傳統文化頂禮膜拜。他身處香港這個中西交匯的區域，所辦的《明報》既非「左」也非「右」，所受的教育是半舊半新，所持的也是中庸之道，他站在歷史發展的高度，以民眾利益為依據，重新審視宋遼、宋元的戰爭關係和反清復明的社會心態，表現出深刻而進步的歷史觀。

金庸武俠小說中，沒有神仙鬼怪，這反映了現代人特有的理性。金庸的小說沒有巫術迷信和神功法寶，也沒有占卜星相，金庸雖然熟悉《易經》，卻沒有故弄玄虛，這與同期的武俠小說作家

---

119. 陳墨，《金庸小說藝術論》，百花洲文藝出版社，1995 年。

大為不同。這種現代理性的思維意識，放在武俠小說創作中，實
為不易。

金庸的婚姻愛情觀也是進步的，雖寫古代故事，卻持現代人
的愛情婚姻觀，他主張一對一的戀愛並且提倡一夫一妻制。這樣
的「改造」，不僅是作者寫作嚴肅性的表現，既不因為吸引讀者而
製造「三角戀」或「豔福」一類的噱頭，同時也表明了作者研究和
表現人類情感及其苦樂的「規定性」。

《書劍恩仇錄》（1955）裡陳家洛的情感搖擺在霍青桐、香香
公主喀絲麗之間，換作同時期宣導「眾女倒追男」模式的武俠小說
作家，恐怕早已二美全收。金庸筆下的愛情已經拋開了一切社會
和經濟因素，是超脫的、理想的、純粹的愛情。

金庸小說主人公的人格模式，按照陳墨提出的觀點，可以分
為：

其一，以陳家洛、袁承志、郭靖為代表的儒俠；

其二，以楊過為代表的道俠；

其三，以石破天為代表的佛俠；

其四，狄雲一類的非俠，代表俠的消亡；

其五，令狐沖一類的浪子，代表自由鬥士；

其六，韋小寶一類的反俠，代表對俠的諷喻。[120]

六種人格模式的發展和變遷，正是金庸對俠客這一群體的思

120.陳墨，《陳墨評金庸——孤獨金庸》，東方出版社，2008年。

考，它由大俠到非俠，再由非俠到反俠，逐漸向俠的盡頭和俠的反面邁進，含有諷喻意味，如同西班牙作家賽凡提斯的《唐‧吉訶德》一樣，對西班牙乃至歐洲的騎士文學影響深遠。

對「俠文化」思考的深入，也恰好映照出金庸在傳統文化方面的思想、態度及心靈的歷程，他的藝術追求及其推動力也可以從中體現。金庸武俠小說精神價值的關鍵就在於此。

金庸的武俠小說開掘深廣，包容豐蘊，既可以消遣娛樂，又提供了許多值得思索揣摩的東西。陳世驤說過：「金庸武俠小說，可與元劇之異軍突起相比，既表天才，亦關世運，所不同者今世獨見此一人。」[121]

北京大學教授錢理群表示，從雅俗文學發展脈絡的角度：「金庸可與魯迅『雙峰並立』。魯迅是『雅文學』的開端，也是巔峰；『俗文學』經過一個漫長的發展過程，到金庸成為『集大成者』。」[122]

金庸武俠小說 1980 年代在台灣解禁後，其傳播造成的轟動極大，學者柏楊讀完金庸的武俠小說後讚嘆不已，他甚至一改過去對武俠小說的批評立場，稱金庸的小說為：「真正的武俠小說，有武，尤其有俠。」並且稱之為：「完整的文學作品，不僅與今人的武俠迥然不同，也與古人的武俠迥然不同，這是一個突破。」[123]

---

121. 陳世驤信函，見金庸《天龍八部‧附錄》，香港明河社，1984 年。
122. 邵燕君，《中國文化界的金庸熱》，見《華聲月報》，1995 年第 6 期。
123. 柏楊，《武俠的突破》，見《金庸百家談》，春風文藝出版社，1987 年。

　　金庸的武俠小說證明了，武俠小說只是小說的一種獨特的形式，它縱有題材的先天限制，但小說的好或壞，不在於這種形式，而在於小說本身。

第十三章

亦狂亦俠亦溫文

——台灣「三劍客」

　　台灣新派武俠小說的發展與香港有異，創作承襲民國武俠小說的餘韻，但因政治環境的制約，自出機抒，另成風格。

　　1949 年後，國民黨政府退守台灣，「時民生凋敝，百廢待舉，社會人心苦悶，缺乏精神寄託，被稱為『文化沙漠』。武俠小說能馳騁幻想，快意恩仇，提供心靈慰藉；兼以表彰忠孝節義，

《續劍俠傳・俠女子》

宣揚濟弱扶貧，對於社會大眾有一定的寓教於樂的作用，成為最經濟且又最受歡迎的消閒讀物。」[124]

　　當時，台灣以出租武俠小說為主的租書店應運而生，大街小巷隨處可覓武俠小說蹤跡。市場的大量需求，就促使大量出版社轉向大規模出版武俠小說，有的出版社甚至完全轉型，成為專門出版武俠小說出版社。

　　出版社需要武俠小說稿件，直接帶動了武俠作家的誕生。這

124. 台灣武俠小說發展概況，主要參考葉洪生、林保淳《台灣武俠小說發展史》，遠流出版公司，2005 年。

些作家多半是追隨國民黨政府來台的大陸人士，卻在台灣這塊土地上生根發芽、茁壯成長。

1951 至 1960 年是台灣武俠小說創作的初始期，郎紅浣、成鐵吾、龍井天等人的武俠小說文情筆法與民國時期武俠小說已經有所區別，但與香港同期金庸、梁羽生的寫作相比則大異其趣。至 1957 年，臥龍生與伴霞樓主踏入武俠文壇，1958 年司馬翎與諸葛青雲又相率加入創作行列，1960 年前後，墨餘生、孫玉鑫、武陵樵子、上官鼎、東方玉、慕容美、高庸、古龍、蕭逸等後來的名家紛紛開始武俠小說創作，台灣武俠文壇開始出現躍馬揮戈、逐鹿爭鼎的盛況。

1961 年至 1970 年，是台灣武俠小說發展的全盛時期，當時投身武俠小說創作行列者更多達三百餘人，可謂極一時之盛。1960 年後，臥龍生、司馬翎、諸葛青雲被當時的人們稱譽為台灣武俠小說界的「三劍客」，再加上當時已享盛名的伴霞樓主，合稱為台灣武俠文壇的「四霸天」，再後來伴霞樓主逐漸淡出文壇後，因慕容美的武俠小說文筆佳美、跌宕不俗，又合稱為「三劍一美」。[125]

臥龍生、司馬翎、諸葛青雲三人自出道起，就廣受關注，而三人並駕齊驅，皆負盛譽。他們的小說風格及創作手法、審美訴求卻互有異同，各成家數，均對後來的武俠小說創作趨勢產生了

---

125. 台灣武俠小說發展概況，主要參考葉洪生、林保淳《台灣武俠小說發展史》，遠流出版公司，2005 年。

一定程度的影響力。

第一節　武俠泰斗臥龍生

臥龍生（1930—1997），本名牛鶴亭，河南南陽縣鎮平人。臥龍生自幼嗜讀《水滸傳》、《三國演義》、《兒女英雄傳》、《三俠五義》等中國傳統小說，對《洗冤錄》等古代斷案書籍亦曾有涉獵，此外，他還頗為喜愛朱貞木、還珠樓主等人的武俠小說。

1949年，臥龍生正值高中，迫於現實，棄學從軍，輾轉來到台灣。20世紀50年代中期，因涉孫立人案，臥龍生提早從軍中退役。為謀生計，臥龍生開始嘗試創作武俠小說，其處女作《風塵俠隱》，於1957年開始在《成功晚報》連載，由於受到讀者喜愛，臥龍生遂以此為生，連續創作達四十餘年。據臥龍生自稱，其大概寫下三十八部武俠小說，其中約十部被人續完，而掛其名出版的偽書不可勝數。臥龍生最後一部作品大概為台灣《新民晚報》連載的《夢幻之刀》（1994），全書未完即告去世。[126]

臥龍生一直被稱為「台灣武俠小說界泰斗」，其小說情節跌宕起伏、承襲民國武俠小說餘韻，是台灣武俠小說界的靈魂人物，對武俠小說的發展具有深遠影響。

126.臥龍生生平經歷，參考葉洪生、林保淳《台灣武俠小說發展史》，遠流出版公司，2005年。

　　臥龍生武俠小說在新派武俠小說中屬於偏傳統思想的代表，其武俠小說創作基礎，在於其對傳統「俠義精神」的固守，筆下主人公往往以「俠義精神」作為道德守則。

　　臥龍生崇尚的「俠義精神」，體現出一種注重人倫和道德至上的價值觀，形成一種重然諾、講義氣、鋤強扶弱的道德規範。

　　《素手劫》（1963）中，主角任無心在登場伊始即消除了武林大禍「素手劫」，成為恪守「俠義」的典範。

　　臥龍生的其他小說，如《金劍鵰翎》（1964）、《飛花逐月》（1984）、《絳雪玄霜》（1963）等故事的發展，皆服務於書中人物的這種道德規範。

　　除了正義一方的代表，部分邪派角色也同樣遵循這個原則。《神州豪俠傳》（1970）中，傳統的「俠義精神」在玉娘子的身上體現的最為充分，這種精神不僅使玉娘子改邪歸正，更可為大義視死如歸。[127]

　　在臥龍生看來，這種精神是武俠小說的靈魂，並具有高度的權威性。

　　作為台港新派武俠小說的代表作家，臥龍生在堅持傳統「俠義精神」的同時，也並非固守不變，他也有意識地引入西方存在主義哲學，傳達出人生的荒誕感和悲劇意識。

---

127. 臥龍生，《神州豪俠傳》「玉娘子道：我要讓他知道，人性之中，有著光明的一面，那就是大義之所在，視死如歸。」太白文藝出版社，1996 年。

西方的哲學觀念中，通過西西弗斯推石頭的徒勞，表現出人對於人生遭遇的無助和虛無。臥龍生的部分武俠小說，也展現出這種西西弗斯的徒勞，書中的人物，面對人生的選擇，很多時候呈現出無助感，從而留下了「人在江湖，身不由己」的感嘆。

臥龍生《絳雪玄霜》書影，風雲時代出版

《金筆點龍記》（1973）中，原本準備赴京考試的書生俞秀凡，在途中救了金筆大俠艾九靈，陷入武林爭霸的漩渦。俞秀凡刻苦習武，化解紛爭，消弭了一場武林浩劫，具有悲劇元素的是，俞秀凡在這個過程中，武功被強敵所廢，重新成為原先手無縛雞之力的普通人，這種荒誕人生的反思，在臥龍生的小說中殊為少見。

在對「俠義精神」堅守的同時，臥龍生其實也意識到，「俠義精神」並非無往不利，「俠義」不一定代表正義，也可作為邪派「武器」。這也體現出臥龍生武俠小說觀念的反思和進步。

《絳雪玄霜》（1963）中，主人公方兆南數次遭到所謂正派人士的算計，所幸方兆南為人機靈，逃過了眾多追殺，大難不死。在另一作品《天香飆》（1961）中，胡柏齡是黑道領袖，殺人不眨

眼，當他棄惡從善後，反而被正派的俠客殺死。正派人物濫殺無辜、邪派人物維護正義，充滿了嘲諷。原本善良淳樸的女主人公谷寒香，為夫復仇，走上歧途，最後揮劍自殺，更是加強了「俠義精神」的悲劇性。

從其處女作《風塵俠隱》（1957）開始，臥龍生就設置出「眾女追一男」的情節模式，接著《驚鴻一劍震江湖》（1957）延續了同樣的人物關係設置，形成了臥龍生武俠小說的創作特色之一。這種「一姝數好」的寫法，肇始自朱貞木的小說，自臥龍生採用後，這種人物關係在武俠小說中大行其道。

女性角色的眾多，造成臥龍生筆下的眾多女俠性格鮮明，反而男主人公的形象較為單一。

臥龍生的武俠小說，女性人物除了面容姣好之外，還足智多謀，身懷絕技，成為故事發展的關鍵。男主角則性格單薄，空有英俊的外表，反而缺少獨立自主的判斷能力，成為男性「花瓶」。

臥龍生塑造了大量的女性角色，卻不能說明臥龍生是女權主義者，恰恰相反的是，臥龍生的小說中，中國傳統觀念的「紅顏禍水」的思想層出不窮，與香港的梁羽生大異其趣。

《花鳳》（1975）中，女主角花鳳由於外貌美麗，所以「紅顏薄命」，沒人願意接受她，竟然成為「社會負擔」。最後，她只有選擇她並不喜愛的師兄，隱居深山老林度過一生。一個妙齡女子，落到這樣的下場，並不是因為她自己做了什麼壞事，竟然是因為她本身擁有的顛倒眾生的容貌。

　　臥龍生小說中塑造的正面女俠形象，多具有天使面孔和單一性格。這些女俠在生活中美麗、善良，而且知書達理，如《飛燕驚龍》（1959）中的朱若蘭，甫一登場，就引起眾多武林俠客的追求，沈霞琳、花鳳等女子的單純性格，大大滿足了小說中男主角追求的慾望。

　　臥龍生小說裡，女性要有美麗容貌和溫順性格，才是理想的伴侶，二者僅具其一，也不能成為男主人公的最後選擇。如果這位女俠本領出眾，就算她們對愛情再專一，並且願意成為男主人公背後的女人，仍然逃脫不了寂寞一生的命運，如《神州豪俠傳》（1970）中的玉娘子、《金筆點龍記》（1973）中的五毒夫人皆是如此結局。

　　與女性角色相對的是，男主人公多半為翩翩少俠。這類少俠往往都會有「忘年交」式的武林前輩來提攜，輔助他與武林中的邪惡勢力爭鬥。

　　臥龍生小說的這些特點，無疑是在迎合年輕的男性讀者，使讀者一邊閱讀，一邊可以代入其中。

　　臥龍生的小說，總體來看，人物關係設置單一化，人物形象都很單薄，因此這些俠客在成功地挽救「武林劫難」後，只有紛紛歸隱山林。

　　臥龍生小說的另一可稱道之處，在他的筆下，武俠小說開啟了佈陣和鬥智的較量正邪交鋒中，雙方的武功固然是重點，但智慧的較量也同樣是可圈可點。

《無名簫》（1961）中，唐璇與滾龍王的爭鬥，從某種程度上看，更是智慧間的較量。二人鬥智一環扣一環，雙方對先機的爭奪，決定了故事的走向。

這樣的描寫，在緊接下來的《天涯俠侶》（1963）中又有所增加。小說塑造了一個由於身有缺陷而性格軟弱的女子白惜香，儘管她生理上存在不足，但她卻在智慧上超越常人，依仗自身的智慧，挫敗了西門玉霜企圖稱霸武林的陰謀。

臥龍生特別喜歡採用佈陣、機關等玄妙的本領來克制敵人，所以小說都以宏大的場面描寫而著稱，這也被後來很多武俠小說作家效仿。

武俠小說重要的是精彩的故事情節，在這方面，臥龍生無疑是編織故事的高手。臥龍生喜用開放式、多線索的小說架構，使故事曲折離奇。當然，臥龍生也並非在創作伊始，就有了這樣的構思，在其處女作《風塵俠隱》（1957）中，曾反覆提及「花開兩朵，各表一枝」，中國傳統小說的架構痕跡猶存。

臥龍生最初明顯模仿還珠樓主和朱貞木的武俠小說，自第三部作品《飛燕驚龍》（1959）開始，臥龍生始自出機抒，探索屬於自己的寫作風格。然而，臥龍生由於文學修養不足，雖然有了精彩故事，但綜合來看，這些出人意料的情節對於人物形象的塑造和人物內心世界的挖掘並不大，總體流於形式。

臥龍生的武俠小說，慣於使用「秘笈」、「寶藏」作為整部作品的核心懸念，並通常以「江湖大一統」作為故事的主要線索，由

此創生了武林「九大門派」的說法，一時蔚為風潮。[128]

　　臥龍生繼承於朱貞木的「奇詭佈局」，並從西方偵探小說中的破案情節裡吸收了一些橋段。

　　然而，如何將偵探小說與武俠小說有機結合在一起，臥龍生並沒有明確整理出自己的思路，這與後來古龍的武俠小說並不相同。臥龍生的興趣，在於他更關注小說中設置的懸念是否能夠吸引讀者。其創作思路的不明朗，給他的武俠小說後續寫作帶來了缺陷。

　　《煙鎖江湖》（1975）一書，小說在開始時佈局精妙，甚至在故事推進中層層設置懸念，陸續有伍家堡少主伍英好端端地被殺、江湖至寶千年白饍和陰陽刀訣重現武林等奇詭事件出現。然而，隨著前面謎題一點點的揭破，正邪雙方轉而進行正面決鬥，接下來的情節就剩雙方鬥智鬥勇，唯一的懸念就是到底哪一方會勝出了。

　　造成臥龍生武俠小說模式化和簡單化的原因，既有武俠小說自身特點的侷限，也有臥龍生不得不為的苦衷。一方面，當時台灣當局對文化、文學傳播採用了限制性政策，作家在創作過程中受到了很大的限制；另一方面，娛樂項目單一，大眾內心苦悶，大多數讀者不會對小說過多挑剔，給了臥龍生小說很大的市場。

---

128. 葉洪生，《壯士魂與烈婦血──論臥龍生〈天香飆〉之悲劇結構》，見《論劍──武俠小說談藝錄》，學林出版社，1997年。

除此之外，台灣當局的高層對臥龍生武俠小說的認同，就在於臥龍生小說中江湖的簡單化，與政治上的「敏感話題」不相關，可以起到安定人心，滿足社會穩定的需要。[129]

臥龍生的小說承前啟後，在武俠小說發展史上具有重要的地位，他繼承了還珠樓主、朱貞木、鄭證因等民國時期武俠小說作家的奇思妙想，並進一步發展，形成了特有的小說風格，進而為後來司馬翎、古龍等人的武俠小說創作奠定了基礎。

儘管臥龍生的武俠小說取得了不俗的成績，但臥龍生最為人詬病的，還是他的創作態度。

臥龍生一共寫了多少作品，恐怕他自己也說不清。陳墨在訪談臥龍生時感慨：「一個作者不知道自己的作品有多少，當然是件奇怪的事，但又確實是有其原因，實情如此。」[130]

台灣武俠小說的創作有一個非常惡劣的現象，就是各種代筆、冒名、剽竊者甚多，往往使得關於台灣武俠小說的真實創作情況陷入漫天迷霧中，臥龍生是其中最典型的代表。

---

129. 20世紀50年代以來，台灣的傳統文化受到西方思潮的劇烈衝擊，加上台灣當局當時奉行非常僵硬、違背人心的政策，社會問題非常嚴重。關於這一點，有學者分析：「五十年代以來，台灣對美日等西方國家實行『不設防』政策。西方資本和『反共』意識形態擁進台灣社會的同時，一些西方『自由世界』的藝術精神也隨之而人。工業文明給人類心靈造成的擠壓感、孤獨感與二次世界大戰所遺留下來的人類心靈創傷和恐懼，以及在此基礎上滋長起來的現代藝術與現代思維，恰好迎合了台灣社會50—70年代失望而悲苦的時代心理。存在主義、精神分析學說、結構主義等現代主義藝術思潮在台灣盛極一時，形形色色的先鋒藝術實驗比比皆是。」見楊匡漢主編，《中國文化中的台灣文學》，長江文藝出版社，2002年。

130. 陳墨，《臥龍生及其〈絳雪玄霜〉》，見《港台新武俠小說五大家精品導讀》，雲南人民出版社，1998年。

　　臥龍生約有三分之一的小說都曾有人代筆，甚至有兩人代筆續寫的紀錄。代筆者往往瞻前不顧後，敷衍了事，比如《金劍鵰翎》（1964），出場的人物缺乏照應，寫到後來，有的人物直接就不了了之。

　　《鐵劍玉珮》（1969），本來以鐵劍和玉珮作為書中的兩大敘事主體，但由朱羽代筆後，居然連玉珮都突然失去了蹤影。從《雙鳳旗》（1965）起，臥龍生陷入自我重複的境況，不斷用同樣的情節模式、冗長對話，鋪陳小說，結構虎頭蛇尾。其在開頭反覆渲染慈寧寺鐵人、玉蛙的玄妙，但在後來的情節中，兩件寶物並沒有發揮作用。1972年，臥龍生成為電視台編劇，他左手寫書，右手編劇，創作量銳減，小說的品質急趨惡化，到了晚期，臥龍生甚至同意讓出版社任意以自己的名字出版作品。

　　學者陳墨在研究台灣武俠小說的過程中，吃過一場大虧，他寫的《新武俠二十家》一書，其中的錯誤錯得離譜，涉及臥龍生的部分，「錯誤率幾達百分之九十九」，陳墨在瞭解真相後，說了段語重心長的話：「這些大作家、名家這麼做，不僅敗壞了自己的聲譽，敗壞了武俠小說的聲譽，武俠小說的迅速衰落不振，固然有很多原因，但與假冒偽劣之作過多，顯然有一定的關係——它敗壞了市場規則，而且也敗壞了社會風氣。」[131]

---

131. 陳墨，《臥龍生及其〈絳雪玄霜〉》，見《港台新武俠小說五大家精品導讀》，雲南人民出版社，1998年。

　　這些自然不能讓臥龍生負責任，但作為一名寫作者，如此不愛惜羽毛，也使他的武俠小說難獲高評。

《玉釵盟》

　　《玉釵盟》是臥龍生 1958 年出道以來的第五部作品，創作於 1960 年。臥龍生創作的黃金時代自《飛燕驚龍》（1959）起始，至《風雨燕歸來》（1965）告終，相隔一部《鐵笛神劍》（1959）後由《玉釵盟》（1960）推上高峰。在文字語言上，臥龍生用簡單且生硬的敘事手法鋪陳故事，雖然使情節大打折扣，但語句上已經有了相對提高。

　　葉洪生曾說：「此書當時轟動全台，洛陽紙貴。主人公徐元平的少林武功，如般若掌、達摩三劍、十二擒龍手等一時間膾炙人口，男女老少無人不談。」[132] 胡正群在臥龍生逝世後的紀念文章中回憶：「當年在台灣，很多人早上在早點攤上不是為了吃飯，而是坐下來讀《中央日報》連載的《玉釵盟》！」[133]

　　書敘武功平庸的少年劍客徐元平，為了找「神州一君」易天行報仇，夜間潛入武林聖地少林寺，欲盜竊武林中人夢寐以求的少林武功《達摩易筋經》，結果被護寺武僧逼入了少林禁地悔心禪院，遇到了被幽禁數十年的慧空大師。慧空獨居塵封網結的斗

---

132. 葉洪生、林保淳，《台灣武俠小說發展史》，遠流出版公司，2005 年。
133. 胡正群，《臥龍生與玉釵盟》，見台灣《中央日報》，1997 年 4 月 1 日。

室，面壁已六十載，在掌門人率眾僧輪番強攻下，將《達摩易筋經》以及一系列少林絕學傳給徐元平，並交給他一柄涉及武林秘密的「戮情劍」。

臥龍生《玉釵盟》書影，風雲時代出版

徐元平武功大成之後，引起「神州一君」易天行及一宮、二谷、三大堡等黑白道高人的重視，就連隱世多年的魔頭南海奇叟也再次露面，為的是搶奪「戮情劍」。

南海奇叟的女兒蕭娃娃向徐元平求愛不成，心生嫉恨，和「神州一君」易天行聯手上演了一齣墓室尋寶的好戲……直到最後，所有人才知道，孤獨之墓乃是南海奇叟為報慧空大師當年橫刀奪愛的仇恨，進而報復整個武林的大騙局。

為了保全所有武林人能生還，徐元平獨戰南海奇叟，但卻不慎死在了後者手中，蕭娃娃以能保護屍身不壞的寒玉釵為盟殉情，永遠關閉了孤獨之墓的大門。

《玉釵盟》情節跌宕起伏，整個故事圍繞著「戮情劍」與「孤獨之墓」的秘密開始，與臥龍生的大部分作品佈局相類似，最後以主角死亡結尾，增強了故事的悲劇性，打破了臥龍生常規「一

姝數好」的大團圓結局，可稱突破，而以「玉釵為盟」的主題總結
全書，可說取得了成功。

　　故事情節上，《玉釵盟》中很多地方都可以看出金庸《射鵰英
雄傳》（1957）的影子。書中神丐宗濤背酒葫蘆的造型幾乎就是洪
七公的翻版。玄武宮難進又難出，天玄道人性情古怪，好似黃藥
師和桃花島。千毒谷主有一個斷腿的兒子，彷彿歐陽克。最明顯
的是丁玲以牛肉乾向神丐宗濤換取武功的情節完全脫胎自黃蓉向
洪七公「美食換絕藝」的經典情節，如此細節，可以說是不一而
足。

　　在這部書中，臥龍生沿襲其一貫「眾女倒追男」的愛情模式，
鬼谷二嬌丁玲、丁鳳及上官婉倩、紫衣女蕭姹姹等正邪諸美先後
愛上主人公徐元平。可徐元平身負血海深仇，不能也不敢接受她
們的情意，於是只好勉力應付、左右周旋。

　　在人物塑造方面，徐元平與臥龍生前作《飛燕驚龍》（1959）
中的楊夢寰不同，雖然性格不再優柔寡斷，但情感豐沛卻不懂
控制，經常是非不分。人家對他好，他就會推心置腹；人家對他
差，他就會恨之入骨。正邪的分野在徐元平的心中很是模糊，做
事都以個人好惡為依循。他不滿父母冤死，遂立志向權傾兩道名
重一時的「神州一君」易天行報仇，又因武功不及易天行，就獨闖
少林夜盜真經，行為看似豪勇，動機卻是出於自私。故事最後，
徐元平為了武林安危，放過殺父仇人「神州一君」易天行，頗識大
體，為這個人物增色不少。

　　《玉釵盟》中第一女主角是「南海奇女」蕭姹姹，她是南海門主南海奇叟的獨生女，天生美貌且智慧無窮，卻受盡病魔折磨，在眾人呵護下，個性唯我獨尊。她精通天下武學奇招，對於醫術也有專才，但體弱多病，盡覽武學典籍卻只能以口使招，出手不敵尋常武夫。蕭姹姹明明對徐元平一見傾心，卻永遠不願假以辭色，只因徐元平不懂遷就她，令她十分惱火。每回見面總是又打又罵，其實內心蘊藏著綿綿深情，聽到徐元平死訊就自毀容顏，最後結廬古墓，永伴情郎屍身。臥龍生把女主角的「強」由外放而內斂做了一個轉換，收到了剛柔並濟之效。

　　書中其他女角，也各有精彩。鬼谷二嬌丁氏姐妹，二人性格相反，姐姐丁玲深沉多智，三思而後行，而丁鳳卻天真無邪，心直口快。上官婉倩既剛烈又溫柔，表面上多次和徐元平發生口角衝突，但對徐元平已經芳心暗許，為救徐元平，不惜犧牲自己，下嫁給千毒谷主斷腿的兒子。

　　《玉釵盟》中最受爭議的人物是「神州一君」易天行。此人外表大仁大義，虛懷若谷，實則大奸大惡，陰毒無比，從來喜怒不形於色，無論黑白兩道，皆敬畏三分。此人到底是好是壞？任誰都無法下定論。神丐宗濤唾棄他，說他「偽善行惡」，在「一宮二谷三大堡」中廣布耳目，實行恐怖主義，但不能否認當今武林能夠維持一個「恐怖均衡」，易天行當居頭功。所以宗濤會兩次放棄除掉易天行的機會，以化解江湖紛爭。

　　金庸在《笑傲江湖》（1967）中把「偽君子」、「真小人」兩個

象徵分別交由岳不群、左冷禪去擔任，而在《玉釵盟》裡，易天行既是偽君子（偽善行惡），又是真小人（作惡不怕人知），兩者混雜之下，人物形象就顯得更為深刻，因為讀者沒有辦法一眼辨識出他的正邪屬性，當讀者被易天行的行事為人引導至進行深入思考時，臥龍生就取得了成功。

神丐宗濤是武林之中唯一知道易天行偽善面目之人，易天行曾有多次機會可以殺害他，但卻因為敬佩宗濤為人剛正不阿，視為平生唯一可敬的對手，始終不肯下手。他佩服徐元平的武功才智，明知徐元平日後定會對他造成威脅，卻放任徐元平逃脫，居然在遺憾中會有一絲欣慰。

徐元平失招落敗身死，易天行痛惜英才早逝，兩段內心獨白，勾勒出其人梟雄之性：

忽見易天行大步走了回來，面對徐元平的屍體，曲下一膝，單掌當胸，朗聲道：「世人都知我易天行積惡如山，卻不知我易某人的霹靂手段正是我慈悲心腸，仁善與兇殘未到真相大明時，極難分辨⋯⋯」

⋯⋯

只聽易天行繼續說道：「我易某生平之中除了對宗濤敬重之外，折服的只有你徐元平一人，天不假英雄之年，留下了一局殘棋，但望你英靈相佑，助我易天行完成你未竟之願，待武林底定，大局坦蕩之日，易天行將結廬孤獨之墓，以餘年相伴

英靈。」兩行英雄淚，點點灑落胸前。[134]

　　臥龍生捨棄長句，幾行字鏗鏘有力，極富節奏感，讀者通過
人物獨白能直接感受人物的個性，大見臥龍生文字之功。

　　《玉釵盟》在整體佈局和人物塑造上超越了臥龍生此前的作
品，但仍具有其小說一貫的缺點，所漏寫的伏筆極多，前後不協
調，如戳情劍與慧空大師、恨天一嫗、南海奇叟及孤獨古墓之間
錯綜複雜的恩怨關係；宗濤的弟子何行舟，為何與自己的師叔不
清不楚，是何原因才讓這對師徒反目成情敵？原本應屬宗濤的金
牌，怎會無端端到了綠衣麗人的手裡？凡此種種，書中並無交
代，留下諸多遺憾。

第二節　才子佳人諸葛青雲

　　諸葛青雲（1929—1996），原名張建新，祖籍山西解縣。早年
畢業於台北行政專科學校（今國立台北大學），後曾在「總統府第
一局」擔任過科員。諸葛青雲自幼雅好辭章，國學功底深厚，據
其自述，少年時代受其外祖母薰陶很深。外祖母為其講解詩詞文
賦，為他以後「文采風流」打下良好基礎。讀書期間，家人耳提面
命讓他練習書法，成年後的諸葛青雲除了以文字典雅、詩才佳妙

134.臥龍生，《玉釵盟》，風雲時代出版公司。

聞名外，書法在台灣也是首屈一指。諸葛青雲父親是軍人，不免
南征北戰，20世紀30年代亦是動盪時期，少年時期的諸葛青雲過
起了戎馬生涯。據他自述：年未及冠已遊歷了大半個中國，在這
期間就讀於上海、北平等地。

　　1958年歲末，偶然的一次機會，諸葛青雲發現臥龍生通過
寫作武俠小說，很容易走
上了成名的道路，不禁技
癢，遂以「諸葛青雲」為
筆名，步入武俠文壇。[135]

　　諸葛青雲處女作為
《墨劍雙英》（1958），講
述《蜀山劍俠傳》中的至
寶紫青雙劍封存的後事，
該作品由春秋出版社出版
發行。但是不知是何原
因，小說寫到第三集就
不了了之，沒了下文。
嗣後不久，諸葛青雲受
《自立晚報》邀請，在報

諸葛青雲書法《七絕三首·詠笑傲江湖》

135. 葉洪生，《中國武俠小說史論》，見《論劍──武俠小說談藝錄》，學林出版社，1997
年。

紙上連載姊妹作《紫電青霜》（1959）和《天心七劍蕩群魔》
（1960），其塑造的「武林十三奇」，深入人心，首要人物名諸、
葛雙仙，諸葛青雲以之自喻的意味十分明顯。

　　諸葛青雲此時聲名鵲起，與司馬翎、臥龍生齊名，在當時
三分台灣武壇天下。諸葛青雲與臥龍生是多年好友，曾撰對聯贈
予臥龍生：「鑄俠骨，狀奇行，與君以玄思妙想齊名，各有聲華
驚海宇！振黃魂，扶正氣，勸人持大孝精忠立世，細將風教入章
回！」[136]

　　分析諸葛青雲小說的創作源頭，對其影響最著者，分別為還
珠樓主、朱貞木和金庸。語言文字、寫景狀物，甚至人物、禽獸
以及武功秘笈等因素，諸葛青雲幾乎全部採自還珠樓主的小說。
諸葛青雲自己也曾講過，還珠樓主的《蜀山劍俠傳》是他的平生
所愛，該書的回目，他能倒背如流。[137] 在愛情模式上，諸葛青雲
和臥龍生一樣，模仿朱貞木的人物關係，採用「眾女倒追男」和
「一床多好」。在塑造武林奇人方面，諸葛青雲常用五行方位來進
行比喻，而這種方式明顯模仿自金庸，上述特點在《豆蔻干戈》
（1961）、《奪魂旗》（1962）等作品中皆有所體現。

　　儘管如此，諸葛青雲並未亦步亦趨，丟失自己的寫作風格，
雖然他的小說模仿痕跡明顯，但因他國學功底深厚，能在還珠樓

---

136. 諸葛青雲，《細將風教人章回》，見《諸葛青雲武俠小說大系・序言》，湖南文藝出版
　　　社，1993年。
137. 葉洪生、林保淳，《台灣武俠小說發展史》，遠流出版公司，2005年。

主「奇幻仙俠」的根基之上，盡情發揮自己的文學特長，將諸如詩詞歌賦、琴棋書畫等中國精深的傳統文化融於寫作之中，提升了作品的文化內涵，創立出屬於自己的「才子佳人」式的武俠小說風格，和香港梁羽生並肩齊名。

　　不過諸葛青雲與梁羽生畢竟有所區別，雖然他也沿用了傳統小說的寫作手法，一個故事接著一個故事寫下去，喜歡「花開兩朵，各表一枝」，但在形式和內容上，仍是大為不同。

　　諸葛青雲善寫詩詞，尤喜撰對聯。他與歷史小說家高陽是好友，高陽在寫《高陽說詩》一書時常與其商議。可即使這樣，諸葛青雲卻並沒有很好的將這份才華運用到作品之中。他的武俠小說，除卻一二部以外，不曾使用對仗的回目，而是新式的標題，也很少以詩詞開篇或結尾。在內容上，諸葛青雲因受還珠樓主作品的影響頗深，繼承了「奇幻仙俠」的風格，如丈二長的蜈蚣可以做兵器，人物可以使出「三昧真火」來，將魔心煉化，壞人變成了好人，凡此種種，不一而足。不過諸葛青雲又不像還珠樓主那般天馬行空，並且受當時社會環境的影響，諸葛青雲是不大寫有歷史背景的作品，即使像《墨羽青驄》（1964）、《鐵劍朱痕》（1961）具有「反清復明」歷史背景的小說，也並不注重歷史環境對小說的影響。又因諸葛青雲一味追求情節奇幻刺激的風格，對人物的刻畫遠不如在情節上所下筆墨多，人物的內心世界展示的也很少。

　　諸葛青雲小說敘事的優點亦很明顯，他往往能在情節進行到火熱激烈時，仍以流暢的文筆去敘述故事，相較民國時期的武俠

小說更為簡潔，卻又有著比民國武俠小說更為強烈的新鮮感。

相對於武俠小說傳統開篇時，注重鋪平墊穩的慢熱，諸葛青雲小說的開篇足夠先聲奪人，比如 1961 年的《半劍一鈴》開篇寫道：

怪！真怪！

誰聽說過沒有腿的人，還能在武林之中，一爭雄長！是怪不！[138]

如此開篇，在 20 世紀 60 年代的武俠小說中，頗有引人的魔力。其後如《一劍光寒十四州》（1960）寫有過改之，立地頓悟，寫雙方鬥智；《奪魂旗》（1961）寫奇巧佈局；《豆蔻干戈》（1961）寫命運巧合；《霹靂薔薇》（1962）寫少年人戀情等，皆有可圈可點之處，也基本固定了他的作品風格。

諸葛青雲雖然走出了一條新路，卻並不曾走得更遠，直接的表現就是後勁不足。

1961 年的《奪魂旗》寫武林中「乾坤五絕」中的「奪魂旗」，在一段時間內善惡不定，揭破謎團，自是有「假奪魂旗」在內，不過作者並未就此罷手，由於「奪魂旗」（書中人物的綽號）並不露

138. 諸葛青雲，《一鈴半劍》，湖南文藝出版社，1993 年。《半劍一鈴》於 1961 年開始連載，寫了大概七個月，後有續作《一鈴半劍》。中國大陸不曾有過《半劍一鈴》的出版物，湖南文藝出版社出版之《一鈴半劍》，已含《半劍一鈴》。

出真實面目,作者通過易容術,又弄出些許多「假奪魂旗」來。模
仿倒也罷了,而主人公上官靈「客串」奪魂旗之時,只是弄了塊布
遮了臉,便騙過了所有人,著實太過兒戲。

《鐵劍朱痕》(1961)中,主人公身攜重要信物「朱痕鐵劍」,
為尋愛侶,並未遵守愛侶在山石上刻下的囑託,獨自尋找,不想
半路遇到邪派兩大高手埋伏,失了信物。邪派諸人有如神助一
般,算準了主人公必行路線,這種全知敘述,過於牽強。還有
《霹靂薔薇》(1961)中弄出了問號與驚嘆號,未免令書中的人物
太超前了些。

《一劍光寒十四州》(1960),雖是寫主人公報父仇的老路,光
彩卻全被一個著力塑造的角色西門豹搶佔了去。西門豹在書中是
個「智慧」人物,在上半部與邪派鬥智寫得很好,卻在小說下半部
一落千里。

《霹靂薔薇》(1962),寫主人公無意中看到了一名既英氣又
美麗的女子,遂起好逑之心,卻不知女子的姓名,以此女子的特
徵打聽,竟得知有三名女子符合,於是在武林動盪和情海風波中
引出一段故事,依然是上半部的情節精彩,下半部一落千里的結
局。即使是比較能夠取得平衡的《奪魂旗》(1961),在下半部依
然顯出了「乏力」,「虎頭蛇尾,前工後拙」。

諸葛青雲因為當時約稿眾多,分身乏術,新奇的想法散見
在許多作品中,甚至在故事情節上有多處相似。比如《奪魂旗》
(1961)與《豆蔻干戈》(1961)、《鐵劍朱痕》(1961)等書中的重

要人物，都是易容後以另一身分幫助正派，《霹靂薔薇》（1961）中使用的詩詞對答，毫無更改地轉移到了《玉女黃衫》（1962）中。

不止如此，對於構築一些懸疑色彩的情節，諸葛青雲其實並不擅長，寫出來後，也往往遮掩不住謎團。本來準備以奇巧吸引讀者，結果謎團被早早揭破，實是為小說減色不少。

諸葛青雲的文字辭藻華麗，勝於典雅，有時卻失於晦澀，人物對話也是過於文雅，人人都有出口成章的本事，筆下的主角更多是趨近於「儒俠」，或者與「儒俠」有一定距離的才子形象。這些主人公往往具備了很好的相貌氣質，有著很好的修養和「俠義精神」，但由於道德觀念影響，顯得迂腐。

有些「名士」的氣質，與梁羽生的小說人物很相似，但諸葛青雲創作的後勁不足，往往在開篇或劇情進展的前段部分有所表現，此後就湮沒在情節之中了，單純的成為情節的推動者，顯示不出「才子」或「儒俠」的味道，鮮有成功的人物形象出現。

諸葛青雲雖然擅長寫「才子佳人」，但筆下的女性形象，尤其是少女類的角色，基本上都具備癡情和好吃飛醋這兩種特徵，性格比較簡單。相反寫一些比較有英氣的女俠角色反而比較成功，比如《霹靂薔薇》（1961）中的仲孫飛瓊，《北令南幡》（1965）中的虞心影，都較為出色。

綜合來看，諸葛青雲的小說雖然立足於民國時期武俠小說的創新，卻沒有更多的推動作用。諸葛青雲的小說中，人物的「俠義精神」，多半是通過對話來體現，頗具說教氣味，這一點遜色於

臥龍生。在敘事方向上，雖以正克邪為主，總體上充斥著反對爭
名逐利，欲求超然物外的思想，小說中的許多武林高手，都是隱
居避世，只是在被正派尋到時，提供一些法寶秘笈罷了，這與梁
羽生等人筆下俠客對「俠義行為」的強烈責任感顯得大為不同。

　　諸葛青雲的小說縱使與還珠樓主的小說比較而言，也有不小
差距。還珠樓主並非一味的寫劍仙，筆下還寫人間百態，寫山河
景色。而諸葛青雲捨棄了飛劍的設計後，在人物的刻畫上卻產生
出了一種獨特的形態——非仙非俗，與仙人和普通人都有距離，
世情、人情也很少去寫，加之多在情節的刺激上下功夫，對於以
景物襯托人物心情也不大繼承。

　　1970 年後，諸葛青雲擱筆從商，但並沒有取得成功，待後來
重拾「舊筆」，卻難續「新聲」。雖然諸葛青雲有為金庸《鹿鼎記》
續《大寶傳奇》（1986），為《笑傲江湖》續《傲笑江湖》（又名《大
俠令狐冲》1988）問世，但總體而言，從 1960 年代後期到 1980 年
代以來的諸葛青雲作品，多自我重複而缺乏創意。

　　諸葛青雲的創作態度並不認真，請人代筆之作甚多，古龍、
倪匡、司馬紫煙、獨孤紅、隆中客及蕭瑟等人都曾為其代筆寫
作。[139] 但諸葛青雲畢竟是台灣新派武俠小說早期最具號召力的作家
之一，其作品《紫電青霜》、《奪魂旗》等書都流行一時，對後來

---

139. 諸葛青雲 1963 年撰寫《江湖夜雨十年燈》時，只寫了開篇第一集，其後的第二到三十
　　集，分別由古龍、倪匡和司馬紫煙完成，即使在武俠小說的代筆記錄上，也可謂空前
　　絕後了。

武俠小說的創作頗有影響。1996 年，諸葛青雲逝世，是年溫瑞安
出版《縱橫》一書，開篇扉頁即手書標明：「此書紀念一代武俠巨
匠——諸葛青雲先生。」孺慕之情可見一斑。

《紫電青霜》

《紫電青霜》寫於 1959 年，在當年 7 月 30 日連載於《自立晚
報》，約有 1 年，完結次日即開始連載《天心七劍蕩群魔》。現傳
此書，乃是將二書合一，共十六章，六十餘萬字。自第十一章第
一次黃山論劍之後，主要寫七劍斬妖狐，所以《紫電青霜》一書
應該自現傳本第 11 章結束，以後為《天心七劍蕩群魔》。

書敘以武林十三奇為首
的正邪兩派，黃山論劍重新排
名，正派諸俠除魔衛道、了結
情仇及奪寶故事。主線寫群雄
奪寶，輔線寫武林十三奇之首
不老神仙的弟子葛龍驤和龍門
醫隱之女柏青青的情愛故事。
兩條線穿插進行，奇幻搖曳處
筆力不俗。從小說的仙獸、
寶物、景物描寫上，頗有「出
世」之感。在情節上，諸葛青
雲詠物、寫景，奇禽、怪獸及

諸葛青雲《紫電青霜》書影，風雲時代出版

玄功秘錄等,均與還珠樓主酷似,是以《紫電青霜》一書從結構
及構想,承襲還珠樓主甚多。

諸葛青雲好以歌謠、詩詞引申武林人物的習慣,在此書已
初露端倪。小說點出武林中成就最高的人物就是武林十三奇,所
謂:「諸葛、陰魔、醫丐酒、雙凶、四惡、黑天狐」,號稱「武林
十三奇」。其中,正派是以「不老神仙」諸一涵、「冷雲仙子」葛青
霜夫婦領袖群倫,而「龍門醫隱」柏長青(醫)、「獨臂窮神」柳悟
非(丐)、「天台醉客」餘獨醒(酒)三人跟隨其後;邪派則以「苗
嶺陰魔」邴浩居首,而蟠塚雙凶、嶗山四惡及「黑天狐」宇文屏各
立山頭,為禍江湖。

「苗嶺陰魔」邴浩因不滿諸、葛雙仙名壓其上,相約黃山論
劍,重論武林排名。而諸、葛雙仙則準備借此機會,盡殲群邪,
派遣門下弟子行道江湖,聯絡各方俠義,共襄盛舉。這些少年英
俠前後共有七人,以葛龍驤的紫電劍、柏青青的青霜劍為主,本
著「上體天心,除魔衛道」之志,合稱「天心七劍」,行俠仗義,
到最後群邪授首,葛龍驤則連娶三女,一床四好。

《蜀山劍俠傳》中,峨眉派開山祖師長眉真人煉化有紫郢劍與
青索劍,紫郢劍劍主李英瓊,青索劍劍主周輕雲,威力驚人,雙
劍合璧,萬邪不侵。諸葛青雲的《紫電青霜》與《蜀山劍俠傳》
故事無甚聯繫,但全書雖無神魔,但仿似仙俠,足見諸葛青雲私
淑還珠樓主之意。紫電、青霜,乃古代寶劍。傳說三國時吳主孫
權有寶劍六柄,其二曰紫電。漢高祖劉邦斬白蛇劍,刃上常帶霜

諸葛青雲《武林十三奇》（即《紫電青霜》）香港報紙轉載本

雪，所以常以青霜代寶劍之名。王勃《滕王閣序》中有：「騰蛟起鳳，孟學士之詞宗；紫電青霜，王將軍之武庫。」在本書中，紫電劍藏在降魔鐵杵中，歸了主人公葛龍驤，青霜劍則是「冷雲谷主」葛青霜的寶物，轉賜給龍門醫隱女兒柏青青。葛龍驤與柏青青是少年俠侶，紫電青霜有引申二人的用意。

　　小說中的地域跨度極大，大江南北無所不包，但格局卻不宏大，更因筆墨不均，使得武林十三奇的形象，並不出色。正派的諸葛雙仙登場次數極為有限，小說開篇說二人之間存有誤會，但如何誤會，卻並不交代，彷彿廟中泥塑神像，反不如「獨臂窮神」柳悟非予人印象深刻。柳悟非的形象，明顯因襲《蜀山劍俠傳》中的「怪叫花」凌渾，但「獨臂窮神」柳悟非從名字看文化水準就不一般，加上說話用語頗為文雅，動輒引經據典，又不如凌

渾給人的印象深刻。

　　在這些人物描寫上，作者對邪派的塑造，除黑天狐外，餘者皆不算成功，而黑天狐形象卻是承自還珠樓主《蜀山劍俠傳》中鳩盤婆。苗嶺陰魔雖掛邪名，作者卻是用描寫正派的手法來寫，本質上正邪分野，仍是一刀切。苗嶺陰魔棄惡從善之因，寫來牽強，讓人難以信服。

　　小說前半部分謀篇佈局並不出色，開篇說邪派重出，武林十三奇邀約黃山論劍，至爭奪「碧玉青蛉」群魔亂舞，雙劍合璧首次出世未建其功，苗嶺陰魔神龍見首不見尾，氣氛烘托頗為到位。奈何故事自葛龍驤墜崖，情節便落入奪寶循環中，除爭奪「碧玉青蛉」，又要爭奪「天孫錦」、「紫清真訣」、「毒龍軟杖「金精鋼母」等寶物，各種神奇物事層出不窮。這一部分故事，篇幅既短，人物眾多，然而作者慢慢寫來，絲毫不亂，顯示了一定的文字功底。

　　迨至後半部分「天心七劍蕩群魔」，情節結構大為緊湊，開篇生吃梟鳥腦，堪比《蜀山劍俠傳》中綠袍老祖出世，陰風撲面，躍然紙上，對於詭秘氣氛的營造，頗見功力。後文書中的「群蛇大陣」的驚心動魄，白鸚鵡施計破壞黑天狐暗器的出其不意等皆有可觀處。

　　小說後半部分中，人物塑造最佳的，當屬「蛇魔君鐵線黃衫」端木烈。端木烈非但以蛇做兵器，群蛇大陣，更困住荊芸、谷飛英、奚沅三大高手，實力不俗。此一段描寫在書中，亦是頗

為精彩的回目。然而，引出這個人物的出場，卻著實令人匪夷所思。

端木烈作為邪派角色，在「三蛇生死宴」上道出來意：「端木烈有一位結盟兄長，江湖人稱賽方朔駱松年，已有多年不見。此次端木烈為踐一椿舊約，再出江湖，特到幽燕一帶尋我盟兄，但已音訊全無。」[140]

駱松年在前半部分「爭奪毒龍軟杖」的故事中出現，其文字描寫不超過十句，不想如此小人物竟有如此厲害的盟弟？實不可解。

台灣1960至1963年間創作的武俠小說，正邪矛盾依靠描寫手法來體現，如果正邪勢力不平均，矛盾的凸顯就不會成功。所以創作者總要不斷更新寫法，許多作家想到此處，將正對邪演變成極正對極邪，努力將勢力平均化，加強衝突，增加故事性。然而在正邪對抗描寫無力的情況下，就開始了對寶物或者寶藏的爭奪，《紫電青霜》可說是這一時期的代表。

《紫電青霜》一書，佈局雖大，但受篇幅所限，未能展開。書裡人物眾多，但形象單薄，如葛龍驤與柏青青的誤會，讓人覺得莫名其妙。邪派人物死亡迅速，前輩高人紛至遝來。情節雖然緊湊，故事卻瑕瑜互見。然而持平而論，《紫電青霜》是諸葛青雲成名之始，其師承還珠樓主，精擅古文，講究鑄字煉句，文字典雅，寫景敘物的功力，在此書中已表露無遺。

---

140. 諸葛青雲，《紫電青霜》，風雲時代出版公司。

諸葛青雲的崛起，主要因臥龍生以《飛燕驚龍》一書暴得大名有關。所以有「臥龍」就有「諸葛」，有《飛燕驚龍》（1959）就有《紫電青霜》（1959），兩者在處理男女關係上，皆仿效朱貞木「眾女追一男」，寫愛情流於表面，卻偏偏要「一床聯多好」。一床眾好，原本就俗，影響所致，同時期武俠小說作家紛紛效尤，大多陷溺於此種愛情模式中，成為武俠小說創作的共同趨勢。

第三節　綜藝俠情司馬翎

司馬翎（1933—1989），本名吳思明，廣東汕頭人，將門之後。其父吳履遜曾受業於日本士官學校，抗戰時任國民黨軍少將旅長，功勳卓著。1947年，吳家舉家遷居香港，吳思明沉迷於「北派五大家」的武俠小說，達到廢寢忘食的地步，學業甚至一度為之中斷。1957年，吳思明從香港赴台灣，以僑生身分在政治大學政治系讀書，大二時（1958）寫作《關洛風雲錄》一舉成名，截至1985年《聯合報》連載未完的《飛羽天關》止，完成了三十多部的作品。

吳思明三易筆名：1960年以前，以「吳樓居士」為名，發表《關洛風雲錄》（1958）、《劍氣千幻錄》（1959）以及《仙洲劍隱》（1960）、《八表雄風》（1961）等作品；1961年，改用「司馬翎」筆名，發表《聖劍飛霜》（1962）、《帝疆爭雄記》（1963）、《纖手馭龍》（1964）、《劍海鷹揚》（1966）、《玉鉤斜》（1970）等大多數

成名作品；1971年，其輟筆經商，作品減少，有《情俠蕩寇志》（1973）、《人在江湖》（1974）等數部作品，其中《江湖英傑集》（1971）、《豔影俠蹤》（1975）、《飄花零落》（1979）皆未寫完；1980年後，司馬翎拾筆欲重回江湖，但因病魔纏身，無法專力投入，以「天心月」為名，在香港報刊登載了《強人》（1981）、《極限》（1984）諸作，最後一部作品為《飛羽天關》（1985），並未完成。

台灣早期武俠名家，如臥龍生、古龍等都對他讚不絕口，真善美出版社發行人宋今人稱許其為「新派領袖」、張系國讚譽為「作家中的作家」，葉洪生對其影響作出評價，認為司馬翎在名氣上雖然趕不上臥龍生和古龍，但是其創作處在一個承前啟後的關鍵時段，作用十分巨大。[141]

司馬翎武俠小說的筆法相容新舊，比較擅長於使用推理寫法展開故事，通過刻畫男女主人公因情感困惑而形成的心理變化，當時可謂是獨樹一幟。司馬翎在武學原理上也有突破，首先提出了以精神、氣勢克制敵人的武學思想，被冠之以「綜藝俠情派」頭銜，對後來出道稍遲的古龍、蕭逸等武俠小說作家影響較大。20世紀90年代後以「玄幻異俠」流行於世的黃易，更對其私淑已久，受司馬翎小說影響頗深。

---

141. 葉洪生，《世代交替下的「武林奇葩」——司馬翎「武藝美學」面面觀》，見《論劍——武俠小說談藝錄》，學林出版社，1997年。

從司馬翎的寫作歷程考察，創作的高峰期從 1958 至 1971 年，其間以 1965 年為界，分為前後兩個時段。1971 年後，司馬翎棄文從商，直到 1989 年離世。可以說，以「司馬翎」作為筆名的時間，是他創作的全盛期，取得了豐碩的成果。

司馬翎《飄花零落》，於《台灣新聞報》連載

司馬翎這一階段的作品水準較整齊，敘事手法逐步改進，作品間的藝術水準，差距也不大。文筆清新，人物刻畫出色，武功打鬥精彩紛呈又具有文化內涵，情節佈局注重推理、懸疑，男女情感處理上也能跌宕有致，神完氣足。

司馬翎從商之後的作品，明顯在學習古龍，捨長就短，就在他急思突破卻尚未突破之際，駕鶴西游，盛年早逝。

武俠小說屬於包容性甚廣的類型小說，在虛構的江湖背景下，舉凡英雄爭勝、兒女情長、權力征逐、懸疑緊張、科技幻想等等，都可以納入其中。豐富的「雜學」，正是支撐這種內涵的

基礎。

　　司馬翎「雜學」豐富，幼時因家庭原因，受過良好教育，文藝基礎深厚，對經史子集、詩詞歌賦、琴棋書畫、金石篆刻、土木建築、堪輿風水、兵法戰陣乃至花道、茶道及版本學，多所涉獵，尤其喜鑽研佛、道兩家哲學，悟性奇高。這一半固得力於家學淵源，另一半則由自身稟賦資質使然。

　　司馬翎的小說中，佛學道家、陰陽五行、陣法圖冊、醫學藥理、東瀛忍術，甚至神秘的術數，都能夠信手拈來，說得頭頭是道。《掛劍懸情記》（1963）中花玉眉的「陣法之學」，隨手幾根樹枝，便可以混淆敵人視線；《丹鳳針》（1967）中官軍與海盜的海戰，脫胎於兵法，氣勢宏偉、驚心動魄；《飛羽天關》（1985）中李百靈的堪輿之術，由作者引經據典予以闡述，讓人嘆為觀止。

　　司馬翎的「雜學」也包含了現代的科學知識。《掛劍懸情記》（1963）中，司馬翎設計了一個「心靈考驗」的情節，從心理學的

司馬翎《劍氣千幻錄》，香港報轉載本

角度，探觸「精神催眠」對人類意志力的影響，書中人物反覆辯難、絲絲入扣進行分析，可以透視出司馬翎學識的功力。

司馬翎小說最為出色的一點，在於其富有極強的「推理性」。宋今人認為司馬翎的作品，「有心理上變化的描寫，有人生哲理方面的闡釋，有各種事物的推理；因此有深度、有含蓄、有啟發。」[142]

然而，這個「推理」並非是日本「推理小說」的推理，儘管司馬翎也非常注意情節的設置，但沒有採用「懸疑出現、環環相扣、抽絲剝繭」式的佈局，這一點與古龍後期的小說大異其趣。

在「推理」的運用上，司馬翎依據的主要是人物的內心變化，通過理性、智慧的分析，對各種觀念和事物進行細緻研究。

《丹鳳針》（1967）中一個不起眼角色尤一峰，他是個「眉宇之間，則透出一股慓悍迫人的神情」的人，武俠小說中，這類人物的描寫多是勇而無謀，以粗暴取勝，可是司馬翎卻著意寫其細膩的思致，花了相當大的篇幅，處理他與凌九重之間彼此勾心鬥角的場面。如此一個簡單的出場人物，司馬翎都賦予他如此縝密的思維，以此可概其餘。

為表現出理性的思維，司馬翎不得不將重心置放在人物的心理分析與情節的「推理結構」中，以此也無形中使他的情節節奏放

---

142. 宋今人，《出版者的話》，見吳樓居士，《八表雄風》第二十五集附錄，真善美出版社，1962年。

緩，《檀車俠影》（1968）中一場「救人」的情節，從林秋波開始發現敵蹤，歷經中伏、受困、解穴、克敵，到最後林秋波飄然遠去。

事件時間不過短短幾個時辰，作者卻以十餘萬字詳加描摹，其間欲救人反遭擒的林秋波，心緒可以說是瞬息萬變，而受援的秦三錯、挾持人質的幽冥洞府三高手（尉遲旭、黎平、黃紅）也是幾度深思熟慮，彼此機鋒互逞、鬥角勾心，寫得淋漓盡致。

就全書的結構而言，此一大段落的作用，僅僅在於凸顯林秋波、秦三錯這兩個次要角色的性格而已（林秋波交雜於修道及動情的心緒、秦三錯邪惡而具有人性的性格）。習慣於情節快速進展的讀者，可能會感到不耐煩，但是閱讀時喜歡思考的讀者，卻會興致盎然、拍案稱絕。

「推理」在司馬翎小說中表現得最淋漓盡致的，當屬其中大量出現的「鬥智」場面。在他的小說中，闖蕩江湖的俠客並不以「武功」作為最大的優勢，反而處處凸顯「智慧」的力量，往往「智慧」才是唯一的憑藉，取勝的關鍵。

《劍海鷹揚》（1966）中，司馬翎藉典型的智慧人物端木芙，引發出一段足以代表其風格的文字：

眾人這時方始從恍然中，鑽出一個大悟來。這個道理，在以往也許無人相信。尤其他們皆是練武之人，豈肯承認「智慧」比「武功」還厲害可怕？然而端木笑的異軍突起，以一個不懂武功、荏弱嬌軀，居然能崛起江湖，成為一大力量之

首。以前在淮陰中西大會上，露過鋒芒，教人親眼見到智慧的
力量，是以現下無人不信了。[143]

　　司馬翎的筆下，所有的人物，包括若干實際上無足輕重的角
色，都具有縝密的心思、冷靜的頭腦，絕非一般武俠小說中俠客
可比。《獨行劍》（1970）一書中，司馬翎設計出一個「智慧門」，
以「智慧國師」領銜，將整個江湖世界的角鬥，從武力的戰場，移
轉到智慧的競爭，其間無論是正派人物的朱濤、陳仰白、戒刀頭
陀，抑或邪派的秘寨領袖俞百千、智慧門諸先生，在武功上儘管
各有所長，但真正克敵制勝的關鍵，卻在於智慧的運用。

　　司馬翎實際上已經改變了武俠小說崇奉的「尚武」精神。在
司馬翎看來，險惡江湖，雖然逞強鬥勇、劍影刀光，但依然是人
的社會，理性在人類社會發展中佔有最大的決定力，所以司馬翎
所構築出來的江湖世界「鬥力又鬥智」，把其最希望表現的「雜
學」，通過相應的智慧來體現，如奇門遁甲、陰陽術數、佛道思想
等，予人以深刻的印象。

　　司馬翎畢竟寫的是武俠小說，武功還是決定的因素。司馬翎
在武功描寫上，即使刀光劍影也要飽含人生的哲理情思。

　　《帝疆爭雄記》（1963）中柳慕飛「詩情鞭意」的武功，其鞭法
以詩意為根，將詩、詞、歌、賦化入鞭法之中，一面吟詩，一面

---

143. 司馬翎，《劍海鷹揚》，當代世界出版社，2008 年。

揮鞭，鞭法隨著詩的意境千變萬化，舞到妙處，「如山鬼晨吟，瓊妃暮泣，風鬟霧鬢，相對支離。直有字必色飛，語必魂絕之慨，但卻緘縷極密，不露痕跡」，令人嘆為觀止。而天山五魔所練的「九幽悲號」是一種至高無上的魔功。此功若是練到最高境界，只要是世間生靈，不論是人是獸，均會受魔音侵襲，引發無窮悲情，迴腸寸斷，內臟震碎悲號而死。

這種武功以「攻心為上」，專為催發人的情緒感應，摧毀人的心智和精神，讓人的精神失去控制，發狂悲傷慘死。其他如「修羅七訣」的化腐朽為神奇，「三十三天聲聞神功」的奔騰氣勢，「以意克敵」的精神威力，「蘭心玉簡」玄功的脫胎換骨等等，想像力和創造力均發前人未有的妙思。

司馬翎筆下的武功，與傳統武俠小說中以氣力雄渾、武藝精熟，或者擁有某種特異的「武林秘笈」來決定勝負的標準不同，非常注重「氣勢」取勝。所謂的「氣勢」，實際上是一種心靈的力量，根源於道德與理性，不僅僅是人天生的性格與稟賦，在《血羽檄》（1967）中，司馬翎借「白日刺客」高青雲面對「鳳陽神鉤門」的裴夫人時的一段解說，道出了他對氣勢勝於武功的看法：

古往今來，捨生取義的忠臣烈士，為數甚多，並非個個都有楚霸王的剛猛氣概的，而且說到威武不能屈的聖賢明哲之士，反而絕大多數是謙謙君子，性情溫厚。由此可以見得這「氣勢」之為物，是一種修養功夫，與天性的剛柔，沒有

關係。[144]

　　司馬翎所引用的觀念，來自儒家傳統，其下又引孟子「自反
而縮，雖千萬人，吾往矣」作佐證。高青雲雖然是一名受金殺人
的刺客，卻與一般刺客不同，正義凜然，善惡分明。裴夫人一則
有愧於丈夫，二則被懷疑為殺死查母的兇手，於道德有所虧欠，
因此高青雲仗道德的正義力量，將其「氣勢」發揮到淋漓盡致，使
得原來尚可力拚的裴夫人，一時無法抵禦。

　　「氣勢」也並非決定格鬥勝負的唯一標準，同時，也不是完全
無法抵禦的。司馬翎將「氣勢」歸之於道德理性，則另一種非關理
性，純粹出於強烈情感衝動的愛情力量，也足以與之抗衡。當裴
夫人思忖及她所做的一切，全是為了查思雲復仇，無愧於心時，
又在鬥志崩潰的情勢下，陡生力量，使高青雲恍悟到「原來真理
與理性，唯有一個『情』字，可以與之抗衡，並非是全無敵手的」。

　　在武學方面，司馬翎創立了「武道」的觀念，並用此名，寫作
了《武道・胭脂劫》（1960）一書。

　　《武道・胭脂劫》（1960）以「武道」的探索為主線。霜刀無情
厲斜畢生以「武道」的探索為終極追求，為追尋魔刀的最後一招，
不惜以殺生歷練的方式，揣摩魔刀至高無上的心法。然而，追求
到最後，「武道」的最終意義，不過是能使他成為天下武功最高的

---

144. 司馬翎，《血羽檄》，海天出版社，1993年。

人，旁人不敢冒犯他，在「江湖法則」中站到了食物鏈的頂端。

沈宇的出現，是厲斜生命史上重要的一個轉折。沈宇身負沉冤，自苦之極，對人生原已無望，然而在目睹厲斜以人命為試練的殘酷手段下，雄心頓生，意欲憑藉個人的智慧才幹，阻止厲斜為禍。

沈宇沒有視厲斜為惡人，相反他認為厲斜不過是欲探索「武道」的奧秘。問題在於，沈宇以悲天憫人的胸懷思索「武道」的極致，路徑與厲斜完全相反。「武道」究竟何在？站在「江湖法則」的頂端，是否就是生命的最終意義？司馬翎利用許多精彩的情節，闡釋了這個道理。

厲斜終於發現了魔刀最後一招的奧秘，原來只是一把刀。當厲斜最後手執這把不在他追尋意義內的「身外之物」時，頓時覺得大失所望，對他而言，這是巨大的諷刺。武功的終極奧秘，竟然就是一把刀，厲斜可能將他對生命追求的意義安頓在這把刀上嗎？厲斜只能以退隱的方式，放棄一切。

司馬翎提出的「武道」概念，不再將武功僅僅侷限在俠客們恃之縱橫江湖的技術手段，而是推而廣之，提升到一種對生命意義的探求，極大地擴張了武功的範圍，對後來黃易的《破碎虛空》（1988）、《覆雨翻雲》（1992）、《大唐雙龍傳》（1996）影響極大。

司馬翎對情感世界的描繪，與臥龍生、諸葛青雲，以及大多數武俠作家都有所不同，與流行的「數女追一男」的情感模式更有區別，司馬翎採用的是一種相反的創作思路，他在書中女主角身

邊安排幾位正派、邪派的青年,並由他們共同圍繞著這位女性發生情感糾葛,表現出女性的愛情和價值取向,頌揚女性的獨立性和自主性,女權思想頗為明顯。

　　司馬翎的成名作《劍神》三部曲(包括《關洛風雲錄》1958、《劍神傳》1960、《八表雄風》1961)中,女主角白鳳朱玲的周圍,有著不少青年高手,既有書中男主角,氣宇軒昂的石軒中,又有和自己青梅竹馬,對自己關懷無微不至的大師兄西門漸,還有心高氣傲、自以為是的宮天撫,表面無情而內心深情的「無情公子」張咸。這些青年男女之間的關係,包括情感上的經歷都可以說是波折重重,儘管朱玲最終選擇了石軒中,但是其中也有太多的曲折。各種誤會、嫉妒、私心層出不窮,感情波瀾連連,隨時可能導致逆轉。所以,司馬翎作品中的女性,以其「情感的自主性和獨立性」贏得了不少讀者的關注。

　　較之於白鳳朱玲,《丹鳳針》(1967)一書中的雲散花,在感情上有更多的自主性,甚至從某些觀念方面來看,更接近現代女性。在這部書裡,雲散花是東海情劍門的高手,情劍門自從在十年前出現了一次賣國醜聞後,一直受到世人的指責,所以她在江湖上隱姓埋名。情劍門的雲散花也就自然成為時正時邪的女子,這種性格恰巧與她擅長的奇門遁術相互映襯。

　　《丹鳳針》(1967)儘管是一部描述奪寶的小說,但雲散花的情感在故事推進中不斷地發生變化,也成為故事的一條主線。在整體敘述中,雲散花行為任性,傳統武俠小說一直堅守著女性的

貞操觀念，在她身上已經不是什麼障礙。所以，她與傳統女性不同，雲散花一直在幾個男人間進行周旋，且不斷地在進行著選擇與被選擇。

小說的開始，她與狂傲自大又武功不俗的「北霸天」凌九重產生了深厚感情，英挺瀟灑的「南霸天」孫玉麟在後來又很快博得了她的好感，她又尋找到了新的感情寄託。到了後來，她又碰到了主人公杜希言，杜希言的儒雅正直，又讓她心生仰慕，並產生了肉體關係。故事至此，按照武俠小說一般的寫法，雲散花就要收束心神，成為相夫教子的女子。但司馬翎並沒有這樣安排，雲散花知道自己「已非完璧」，「自覺不配」，同時她感覺杜希言仍然持有固有的貞操觀念，她便主動放棄。到了後來，她發現原來她認為並不合適的凌九重，實際上對她十分珍視，情不自禁之下，雲散花又和凌九重發生了關係。此後，她又與白骨教的年訓和武當派的黃秋楓曖昧不明。

從情感發展上來看，雲散花的情感歷程可以說是一波三折，但司馬翎沒有完全地遵循武俠小說傳統的套路，將雲散花描述成一個「淫娃蕩婦」。雲散花每發生一次情感變化以後，都有細膩委婉的心理獨白，而且還會不時自省，「我幾乎已變成人人可以夢見的巫山神女，只要我還喜歡的人，就可以投入其懷中。唉。我現在到底是什麼人了？」

小說最後，作者也沒有給雲散花在情感上有一個明確的說法，這種對情感衝突和內心矛盾的獨特敘述角度，在武俠小說寫

作的歷史上別開生面，對傳統男女兩性關係給予了最大的顛覆。

　　司馬翎的書中，女性更擔負著平定江湖的重任。《掛劍懸情記》（1963）花玉眉率領群雄對抗野心勃勃的鐵血大帝竺公錫，淵渟嶽峙，隱然就是中流砥柱。花玉眉智慧超群、思慮周密，是挽救武林甚至國家安危的唯一英雄。

　　司馬翎也正因為「雜學」甚多，造成了他的小說結構不嚴謹，許多故事情節缺少鋪墊，細枝末節描寫太多。《劍海鷹揚》（1966）中，千鈞一髮的情勢下，突然插入文達、蓮姬二人愛情故事的描寫，描寫既不精彩，也影響了小說的發展。《帝疆爭雄記》（1963）寫情魔藍岳追述「帝疆四絕」多年前連袂往東海大離島，失陷於魔鏡幻境中一段情節，拉扯了十餘萬字，完全割裂了整體結構。在後期的創作中，大約司馬翎也意識到這一問題，逐步加以改進、完善，但稱得上結構完整的作品實在寥寥。此外，由於司馬翎小說的敘述語言和人物語言過於現代化，書面語言過多，不分時間地點，總要不厭其煩地說一番「一則」、「再則」、「一來」、「二來」的大道理，使讀者閱讀起來總有不真實感。

　　司馬翎在其創作中有「為稻粱謀」的功利性，為人性格中更有一些商人的品性，所以他的一些作品為了迎合觀眾的某些庸俗需求而曲意迎合，對女性的描寫有時過於開放，失之於度，缺少應有的含蓄美。

《劍海鷹揚》

　　《劍海鷹揚》寫於1966年，共三十六章，近百萬字，從時間看，是司馬翎中晚期的作品，也是作者最出名的作品，既有以智慧女性為中心的鬥智策略，更有武功、才智、愛情三大要素的結合，同時深入探討了司馬翎的武學思想，瑕瑜互見，可視為代表作。

　　書敘黑道梟雄「七殺杖」嚴無畏，為了獨霸江湖，血洗白道重鎮翠華城，並且主謀策劃了武林世家南海端木家的滅門慘案，進而收服、兼併五大綠林幫派勢力，建立「獨尊山莊」，號令天下武林，凡負隅頑抗者，或加屠戮，或予囚禁，血債累累，罪惡多端。翠華城少主人羅廷玉與端木世家遺孤端木芙分別採取自己的方式進行復仇。

　　最後二人結合，智勇兼備，在劍后秦霜波、少林門派、西域國師等各方力量的援助下，摧毀了獨尊山莊，殺死了嚴無畏。羅廷玉「把翠華城從一個廢墟中建立起來」，最後，一次性地娶到了三位美貌新娘：劍后秦霜波、才女端木芙、西域佳麗蒙娜。「迫近佳期之時，水陸兩路，有較多的武林人士入場，可以說規模十分浩大。」

　　故事本身並不新鮮，不脫一般武俠小說「孤兒復仇」及「稱霸武林」的故事窠臼，無甚新意，但司馬翎卻在這個老套的故事框架之下，充分發揮自己的才智，將一個俗套故事，敘述得千回百轉，高潮迭起。

　　奇遇當然不是生活的本來面目，而是想像力的體現。司馬翎佈局看似隨意，其實卻大有含義，偶然性的發生，成為推進小說發展的常態。比如，羅廷玉在船上被人帶走，本是偶然事件，但秦霜波並未對這一事件進行分析，查找真正的原因，轉而判斷出嚴無畏的莊園可能藏有秘密，於是秦霜波拋開武俠小說慣常以男主人公視角敘述的路線，轉而對嚴無畏進行描寫。羅廷玉被隨意擄走後，卻意外地見識到了嚴無畏與倭寇的一場激戰，被動地見證了他對手的一場與自己無關的戰鬥，又引出了另一主要人物端木芙，展示了嚴無畏性格的另一面。

　　整個故事的心靈基礎，其實基於嚴無畏的因情生妒、由妒生恨的愛情盲點。嚴無畏因懷疑翠華城主羅希羽與其愛人有染，故此才血洗翠華城。翠華城主羅希羽在力戰之後，身負重傷，下落不明，其子羅廷玉困守千藥島，翻檢老父遺物，無意中發現一卷署名江陰女子姚小丹所書詩軸，充滿了幽怨深情，初以為是老父昔年的風流韻事，便輕輕放過，豈料這正是全書的關鍵之處，嚴無畏之所以挾怨報復都與此女相關。直到最後嚴無畏誤傷自己與姚小丹所生之子孟憶俠，使其致殘，鑄成大錯，給予這個魔頭最無情的懲罰。

　　司馬翎對人性的描寫，在嚴無畏身上體現得淋漓盡致。嚴無畏不是一個簡單的黑道惡魔，姚小丹說：「他是黑道中第一巨擘，古往今來，很少人比得上他。」但嚴無畏有自己的真情，有自己的胸中波瀾。第六十九章《父子之間》寫道：

他回憶起前情，又想到將來，無限痛苦，湧上了心頭。他這輩子早已決定不娶妻，也不生兒子。這是他之所以膽敢殺人無忌，積惡如山之故。[145]

司馬翎《劍海鷹揚》書影

嚴無畏之所以敢放手和天下正道為敵，把敵人趕盡殺絕，乃是因為他以為自己沒有子嗣，而且心愛的女人喜歡的卻是最大的對手。但到後來，他發現自己竟然有兒子，而且被自己害成殘廢，自己心愛的女人其實並未背叛他時，他的心志幾乎垮了。

嚴無畏待自己的弟子們幾乎如同嚴父，並非一般邪道中人勾心鬥角，而且特別護短，弟子們對他也是忠心耿耿，不顧生死。

一般人認為嚴無畏是造孽惡魔，而第68章《情重孽重》裡嚴無畏卻對姚小丹說：

145.司馬翎，《劍海鷹揚》，當代世界出版社，2008年。

　　所謂惡尊，其實亦不過是婦人之見而已，假如一個強者，被許多無用的廢物渣滓，阻擋了道路，他是默爾而息，自甘埋沒呢？抑或是利用他天賦的力量智慧，把障礙掃除？[146]

　　嚴無畏有自己清醒的、系統的世界觀，所以他殺人殺得理直氣壯，死也死得威風凜凜。司馬翎打破簡單的善惡二元對立，進入「惡」的思維領域，探求人性的複雜。但又沒有因此混淆善與惡，他是從更高的境界上去洞察善惡，產生了一種悲憫的情懷和氛圍。

　　司馬翎的小說除了在結構和情節上的推理設計之外，筆下的人物的集體「推理癖」也在這部書表露無遺。第63章《虛虛實實》中，失去武功的宗旋被疏勒大將基寧嚴密看守，宗旋巧妙與基寧攀談，趁機在蠟燭上做了手腳，又引基寧懷戀故鄉，使其功力分散，結果基寧在燭火中吟唱著家鄉的歌曲沉沉睡去，宗旋則從容逃脫。

　　小說中的羅希羽、羅廷玉父子，嚴無畏、秦霜波等，都才智過人，雖然武功卓絕，但都十分看重機謀，正如書中宗旋所說：「須知智慧之為物，可以不受時間和空間的限制，而這一點也是常人難以理解的！」[147]

146.司馬翎，《劍海鷹揚》，當代世界出版社，2008年。
147.司馬翎，《劍海鷹揚》，當代世界出版社，2008年。

　　在《劍海鷹揚》中，端木芙的出現使司馬翎小說對智慧的推崇達到了一個相當的高度。她第一次出現是在第 17 章，站在高高的木台上，黃衣秀髮，隨風飄拂，談笑用兵，盡殲倭寇。她不但聰慧過人，而且膽氣十分驚人，在羅廷玉寶刀加身的緊急情勢中，仍然鎮靜自如。

　　荒村小鎮中，她行兵佈陣，智算蕭越寒與海上六大寇；在中外武會上，她調兵遣將，巧妙周旋，力挫疏勒國師；她略施小計，便不費吹灰之力，就拿下了劍后、武當掌門、少林高手等人；在與獨尊山莊的對決中，她更是縱橫捭闔，妙語攻心，算無遺策，洞燭先機。

　　她在書中簡直是智慧的化身，兵法佈陣，心理分析，無一不精，運籌帷幄之中，決勝千里之外。在她的智慧的光輝下，刀君劍后均黯然失色。端木芙嫁與羅廷玉，如果說是羅廷玉戀上了端木芙，不如說羅廷玉必須要和端木芙聯合。端木芙的力量使得已經對羅廷玉芳心暗許的秦霜波，主動接受了端木芙與自己一道嫁給羅廷玉。

　　《劍海鷹揚》一書在武功的描寫上也取得了令人讚嘆的成就，司馬翎首次將武俠小說中有關正、邪武功的分際，作了說明。書中藉端木芙請教武當派掌門程老真人的機會，回答了邪派「魔刀」「魅劍」何以能與正派「刀君」、「劍后」對敵的武學秘奧：

　　　武學之道，除非是用邪法祭煉而成的惡毒功夫；不然的

話，一概沒有正、邪之分。但問題在於這武功路數上面，假
如是專門以蹈險行奇為能事的功夫，則先天上已有了某種限
制，正人君子決計不能修習到無上境界。換言之，一種蘊含有
奇異、狡詐、惡毒、殘忍、詭譎等性質的武功，必須是具有這
等天性之人，方可深得三昧，發揮這些特質……因此世人都
視這等功夫為邪派家數……諸如小姐所舉的魔刀和魅劍，應
是刀、劍兩道中以至奇至險而臻絕頂境界的技藝，本身並無正
邪之分。刀君、劍后所走的路子，也不是沒有奇奧險辣的招
式；而是在氣勢上，必須具有浩然坦蕩的修養、光明磊落的風
度。因此看將起來，便使人感到有正邪之別了。[148]

對武功的正邪之分，司馬翎並沒有從道德倫理角度對這一正
一反加以評判，而是從人性的角度加以闡釋，可謂武俠小說武功
發展中的至論。

司馬翎對武功的描寫首重氣勢，書中凡是對手對決，無不花
大量筆墨描寫戰前的氣氛及雙方的氣勢。

驀然間一陣清朗強勁的嘯聲升起來，響徹雲霄。全場之
人，不論武功高低，都從這一聲強勁震耳的長嘯，聽出發出嘯
聲之人這一嘯雖然只是強勁震耳，可是當此眾聲俱寂，人人情

---

148. 司馬翎，《劍海鷹揚》，當代世界出版社，2008 年。

緒緊張之時，然俱有無窮威力，大收先聲奪人之效。

但見此人（羅廷玉）只有二十來歲，長得面如冠玉，猿臂鳶肩，背上插著一柄長刀，英氣勃勃。顧盼之間，豪氣迫人，卻又暗蘊一種溫文瀟灑的風度。

眾人見了，但覺眼前一亮。霎時間有幾個人先後叫道：「羅廷玉……」「羅少城主……」「翠華城主……」等等。

當下大步向擂台走去，才走了數步，已掣出了天下皆知的「血戰寶刀」，寒光森森，耀人眼目。任何人一望之下，已知羅廷玉乃是上台就拚之意，並不打算與疏勒國師對答任何閒話。

因此之故，吶喊助威之聲大作，震耳欲聾。疏勒國師見對方來勢如此威猛，豈敢怠慢，趕緊也撤出兵刃……羅廷玉步伐如一，同時既不加快，也不放緩，一直走上擂台。

此時他那股沉雄威猛的氣勢，連遠處觀戰之人也能感覺得出來。身在台上的疏勒國師，更是不在話下。

他但覺這羅廷玉的勇武，似是出自天性，氣勢之堅凝強大，似乎不是血肉之軀所可以抵擋得住的。以疏勒國師這等功力修為，尚且有這等奇異以及可怕的感覺，換了他人，只怕當真得棄械於地，屈膝乞降了。

這一剎那間，正在狂呼高叫之人，都緊張得忽然沒有了聲音，因此全場驀地裡又陷入靜寂之中。這等忽而殺聲震天，忽而墜針可聞的巨大變化，也對羅廷玉的氣勢大有幫助，宛如火

上添油一般。[149]

　　司馬翎筆下的文字張弛有度，觀眾的情緒、歡呼，對決者的心態、舉止、表情，以及羅廷玉的虎威氣勢，衝天的長嘯，堅定的眼神，寒氣逼人的寶刀，不快不慢的步伐，躍然紙上，羅廷玉的勇武沉雄、所向披靡的氣概淋漓盡致，使讀者感同身受。

　　這種「氣勢對決」，「氣機牽引」的武功描寫，最後由 30 年後的黃易發揚光大，在後來黃易的作品中常常出現。

　　小說中，嚴無畏派出心腹弟子宗旋混跡江湖，命他故意跟自己的獨尊山莊對抗，以誘殺其他敵手。卻不料宗旋機智過人，本性並不邪惡，因此形成一定程度的人格分裂，為求自保，暗與乃師鬥智。這一人物的設置本來十分高明，他的出現，本可以在「劍后」秦霜波的情感世界中掀起波瀾，引起秦霜波的心靈掙扎和情感困惑，加深羅廷玉、秦霜波的性格色彩。可惜的是，作者沒有在這方面花費更多的心力，未取得預期效果。另外，宗旋作為「間諜」，其身分若在結局時予以交代，則更能增加全書的神秘感，可惜作者在開局便公佈身分，其神秘性和吸引力相差很多。

　　司馬翎的門派設定也打破了傳統模式，沒有了少林、武當這些九大門派，出現了聽潮閣這樣特殊的武林門派，予人以極大的新奇感。

---

149. 司馬翎，《劍海鷹揚》，當代世界出版社，2008 年。

　　司馬翎「雜學」有其利，也有其弊，往往影響了小說情節的推進，比如第7章，一寫到瓷器雜件、古籍鑑賞這些知識時，司馬翎頗有煞不了手的態勢，洋洋寫了萬言。

　　《劍海鷹揚》中，很多地方話語太過現代，讓人感覺不太適應。比如人物之間對話的時候，有時竟會說「我已經掌握了一些關於你的資料」之類語言，端木芙口中說的「事實上沒有什麼益處」，「自然有不同的反應」，以及「實行過佔奪庫藏的計畫」等，生硬突兀，極為影響閱讀，這缺點也一併被後來的黃易所繼承。

第十四章

靈文夜補秋燈碧

——開拓者古龍

古龍（1938—1985），原名熊耀華，江西南昌人，1950年舉家遷往台灣。大約1955年前後，其父母失和，父親出走，古龍亦離開家庭，遭受頗多磨難，一度混跡黑社會，從而養成了古龍堅強亦孤僻的性格。古龍的求學生涯，主要通過半工半讀和朋友的幫助得以完成，並得以進入了淡江英專（淡江大學前身），就讀夜間部的英語科。古龍求學期間嗜好讀書，特別是對歐美小說以

《劍俠傳・丁秀才》

及西方哲學產生了濃厚的興趣，為他後來走上文學道路奠定了基礎。求學期間，古龍墮入愛河，與女友同居，選擇肄業。離開學校後，他先是做過一段時間的英文翻譯工作，然後開始以寫作為生。[150]

　　古龍的武俠小說創作始於1960年的處女作《蒼穹神劍》，至1985年最後作品《財神與短刀》，1985年9月21日，古龍因病與

150.古龍的幼年生活撲朔迷離，其出生地有香港和上海兩種說法。比較確定的是，六七歲時他曾住在漢口，後來在香港生活了一段時間，十三歲時才舉家遷往台灣，申報戶口時出生年份改為1941年。

世長辭。二十五年間，古龍創作達七十餘部武俠小說，計二千餘萬字，「獨領台灣武俠界十年風騷，成為『新派』掌門。」[151]

　　在武俠小說的創作中，古龍一直秉持「求新、求變、求突破」的寫作理念，力求在前人的基礎上，實現更大的發展。在寫作中，他有意識拋棄「歷史主義」的窠臼，突破以往武俠小說中塑造人物的方式，更加關注人物內心世界的變化，注重對現代背景下人生價值的思考，進而反映出人的情感和人生態度。

　　古龍小說的最大特點就是情節跌宕起伏，有較強的邏輯性，語言凝練，並且將東方的禪宗思想浸透於武學中，集西方現代哲學和東方浪漫色彩於一體，在中國武俠小說的發展上開拓出一方新天地。

第一節　古龍武俠小說創作歷程

　　1955 年 11 月，古龍發表第一篇小說《從北國到南國》，屬於純文學作品。[152] 古龍此後還創作發表了一系列的散文、小說，但大多淹沒無聲。囿於生活所迫，古龍沉寂一段時間後，轉向武俠小

---

151. 葉洪生，《當代武俠變奏曲——論古龍「新派」範本〈蕭十一郎〉》，見《論劍——武俠小說談藝錄》，學林出版社，1997 年。
152. 關於《從北國到南國》，是古龍公開承認的第一篇原創小說。這篇小說刊載於 1955 年 11 月 1 日《晨光》雜誌第三卷第九期，當時古龍十七歲半，就讀於成功中學高中部二年級。故事中的北平、漢口、香港等場景，都是古龍小時候或者他的父親住過的地方。主人公「謝鏗」則投射了作者的孤兒意識和求知精神，後來這個名字又出現在他的武俠小說《遊俠錄》（1960）中。

說創作。在金庸武俠小說的巨大影響下，古龍奇峰突起，其獨特的風格，受到讀者的歡迎，一舉打破金庸武俠小說的神話，成為當代武俠大家的代表，被稱之為「新派」武俠。

《古龍傳》的作者覃賢茂曾將古龍武俠小說創作分為四大階段：1959 至 1964 年屬於試筆階段；1965 至 1968 年，屬於成熟階段；1969 至 1975 年屬於輝煌階段；1976 至古龍手跡 1984 年屬於衰退階段。[153]

台灣學者林保淳和葉洪生在《台灣武俠小說發展史》中將古龍的「新派」分成四個時期：新派奠基階段：1960 至 1964 年，從《孤星淚》到《浣花洗劍錄》；新派發皇階段：1966 至 1969 年，從《武林外史》到《多情劍客無情劍》；新派轉折階段：1970 至 1976 年，從《蕭十一郎》到《白玉老虎》；衰退期，於

古龍手蹟

---

153. 覃賢茂，《古龍傳》，四川人民出版社，1995 年。

1977 至 1984 年。[154] 對於古龍武俠小說的創作階段劃分，還有曹正文《中國俠文化史》三階段說，陳墨《台港新武俠小說五大家精品導讀》三階段說，陳康芬《古龍小說研究》四時期說，以及網路上台灣冰之火（本名陳舜儀）的五大時期的劃分，在此不一一列舉。

綜合來看，幾種對古龍武俠小說創作的歷程劃分大同小異。本文擬對古龍的武俠小說創作劃分為四個階段：

1960 至 1964 年是其初始期，古龍初涉武俠小說創作，深受金庸和「台灣三劍客」的武俠小說影響，尚未形成獨有的古龍風格。《孤星傳》（1960）顯示出了古龍愛出其不意、劍走偏鋒的故事設計；其後《失魂引》（1961）初次加入了推理式的技巧和結構，古龍由此開始武俠小說創作的探索。《浣花洗劍錄》（1964）裡最著名的「無招勝有招」，成為後來古龍小說的武學心法。

1965 至 1967 年是其成熟期，代表作是 1965 年發表的《大旗英雄傳》。古龍在此階段創作的武俠小說，如《武林外史》（1965）、《絕代雙驕》（1966），以及《名劍風流》（1967）、《鐵血傳奇》（1967）等，達到了一個新的高度，形成了古龍獨樹一幟的風格。

1968 至 1974 年，成為古龍創作的巔峰期。古龍陸續發表了《多情劍客無情劍》（1969）、《蕭十一郎》（1970）、《歡樂英雄》（1971）、《流星蝴蝶劍》（1971）、《陸小鳳》（1972）等一批優秀作品。這些小說的高品質和高數量，在當時台灣武俠作家群中脫

---

154. 葉洪生、林保淳，《台灣武俠小說發展史》，遠流出版公司，2005 年。

穎而出，奠定了古龍在武俠小說界的重要地位。

　　1974年之後，古龍的武俠小說創作進入衰退期，數量逐漸減少，作品品質較之以前明顯下滑，甚至開始出現部分作品請他人代為續寫的現象。此一時期較好的作品有《三少爺的劍》（1975）、《碧血洗銀槍》（1976）、《英雄無淚》（1978）、《新月傳奇》（1979）等。

　　古龍武俠小說的創作巔峰是在20世紀60年代末到70年代中這一時期。此一階段，他的武俠小說秉承「求新、求變、求突破」的創作理念，小說令人耳目一新。梁羽生、金庸，包括臥龍生、諸葛青雲等人的「新派」，是在民國時期武俠小說的基礎上進行探索和改良，而古龍的「新派」，徹底對民國武俠小說進行了改

香港《武俠春秋》1970年創刊號初始連載古龍《蕭十一郎》

革和顛覆，形成了自己脫胎換骨的武俠小說風格。

古龍的代表作《多情劍客無情劍》（1969）革新了武俠小說面貌，簡化了武功打鬥場面，武功招式也由繁至簡，著重對環境、氣氛、人物的心理進行描寫，這種推陳出新的寫作手法，有別於此前的武俠小說，形成了武俠小說新的藝術風格。

其一，古龍不侷限於傳統敘事，轉而採用現代筆法，進行簡明的敘事模式，採用短語句處理人物對話，行文融入散文筆調，化繁為簡地處理人物和事件，此外在段落中頻頻分段，營造懸念，增強了讀者興趣。古龍在小說中吸收了電影藝術的表現手法，通過凝練的文字勾勒環境，達到渲染氣氛的目的。「畫面交錯、背景切割、鏡頭分攝」等電影手法的巧妙借鑑，極大提升了武俠小說場景的張力和小說的資訊量，適應了快節奏生活讀者的閱讀習慣。

其二，偵探小說是西方現代文學中的重要類型，巧妙的懸念、精彩的案情演繹，是其長期吸引讀者的原因。古龍借鑑偵探小說中情節多變和懸念設置的手法，將其融入武俠小說的寫作中。古龍的《楚留香》和《陸小鳳》系列故事，從始至終都是環環相扣、疑雲重重，情節跌宕起伏，結局既在情理之中，又在意料之外，提升了武俠小說的趣味。

其三，傳統的武俠小說基本都有歷史背景的交代，但當時台灣處於政治敏感時期，很多武俠作家為了避免「借古刺今」的嫌疑，在小說中僅將歷史作為符號。古龍的武俠小說則完全拋開歷

史，對小說朝代背景不做任何交代，如此一來，不拘泥於歷史的限制，反而更有利於小說的創新和人物性格的塑造，具有現代氣息，比如楚留香注重生活態度和享受，重視法治，從不殺人等，都帶有濃厚的現代人性味道。

其四，對武俠小說的人物展開人性刻畫。「武俠小說不該再寫神，寫魔頭，應該開始寫人，寫活生生的人，寫有血有肉的人！武俠小說中的主角應該有人的優點，也該有人的缺點，更應該有人的感情。……武俠小說的情節若已無法改變，為什麼不能改變一下，寫人類的感情，人性的衝突，由感情的衝突中製造高潮和動作。……只有人性才是小說中不可缺少的，人性並不僅是憤怒、仇恨、悲哀、恐懼，其中也包括愛與友情，慷慨與俠義，幽默與同情，我們為什麼要特別著重其中醜惡的一面？」[155] 這一段話，古龍在多篇文章中都曾談到過。古龍堅持他「求新、求變、求突破」的理念，將探求人的性格、人的命運，以及人的內心世界，這些現代文學中的命題引入武俠小說類型中，賦予武俠小說新的生命力，豐富了人物形象。

古龍對武俠小說文學類型的現代化轉換厥功甚偉，他為武俠小說開闢了一條新的道路，他之後的于東樓、溫瑞安、黃鷹、龍乘風等人受古龍影響甚深。流風所至，1970 年至 1990 年

155. 古龍，《關於「武俠」》，刊載 1977 年 6 月 1 日香港《大成》第四十三期至 11 月 1 日第四十八期。古龍談武俠小說的文字主要有《小說武俠小說》和《寫在〈天涯‧明月‧刀〉之前》等，彼此相互重複之處甚多。大陸刊本，主要見於《獵鷹‧賭局》附錄，中國文聯出版公司，1992 年。

間，武俠小說的創作基本都呈現出「古龍化」的傾向。

第二節　現代人性探索

　　古龍與其他同時期的武俠小說名家相比，他的武俠小說對於
人性，尤其是現代人性的探求以及自省，是獨一無二的：

　　我們這一代的武俠小說約莫由平江不肖生的《江湖奇俠
傳》開始，至王度廬的《鐵騎銀瓶》和朱貞木的《七殺碑》為
一變，至金庸的《射鵰英雄傳》又一變，到現在已又有十幾年
了。這十幾年中，出版的武俠小說已算不出有幾千幾百種，有
的故事簡直已成為老套，成為公式，老資格的讀者只要一看開
頭，就可以猜到結局。[156]

　　面對武俠小說的困境，古龍一直在反思：「應該從『武』，變
到『俠』，若將這句話說得更明白些，也就是說武俠小說應該多寫
些光明，少寫些黑暗；多寫些人性，少寫些血。」[157]古龍對此曾談
道：「我希望能創造一種武俠小說的新意境。」[158]
　　探討社會發展造成的人性變化，本來是純文學的創作目的，

156. 古龍，《説説武俠小説──〈歡樂英雄〉代序》，《歡樂英雄》，風雲時代出版公司。
157. 古龍，《説説武俠小説──〈歡樂英雄〉代序》，《歡樂英雄》風雲時代出版公司。
158. 龔鵬程《人在江湖──夜訪古龍》，見《俠的精神文化史論》，風雲時代出版公司。

並不屬通俗文學的考慮範疇，但是古龍想將武俠小說的地位提升，開始注重內在與人性，尋找著和純文學作品幾乎相同的創作目的。

從民國前五大家中的「南向北趙」，再到民國後五大家的白羽、王度廬，及至台港新派武俠小說的作家梁羽生、金庸、臥龍生、諸葛青雲、司馬翎等人，對於武俠小說中人性的探索始終沒有停止過，可是古龍卻在小說創作伊始，就開始有計劃地根據創作內容來揭示人性，從而使書中所表達的思想內涵更加深入。

古龍在 1974 年寫作《長生劍》一書，標明為「七種武器之一」，陸續至 1975 年，完成「七種武器」系列。這一系列的小說看似在講述七種不同凡響的武器，實際上卻暗指人所具有的優秀品質，體現出「具有巨大威力的武器是人的精神力量」這一創作中心。

微笑是《長生劍》（1974）的主題，不管有多大的困難，只要能笑一笑，就可以過去了。他體現出的不只是一個笑的表情，而是微笑淡定，以及在更深層面所包含的遇事不慌、處事鎮定。白玉京能夠從險境脫身，憑的就是鎮定的心。

《孔雀翎》（1974）要表現的是信心。高立得到孔雀翎後，信心增強，打倒了比他厲害的對手。

《碧玉刀》（1974），講的是誠實。段玉手攜碧玉刀跑到寶珠莊園求親，卻因為愛管閒事，碰到了諸多離奇又巧合的事。他在賭場內賺了七八萬兩銀子，誠實地講出沒想到有這麼多的籌

古龍《孔雀翎》，香港《武俠春秋》連載本

碼，放棄了這些銀子，反而得到了信任。正是由於誠實，段玉才能打敗青龍會，贏得美人心。

《多情環》（1974）講仇恨。快意恩仇其實很危險。蕭少英在仇恨的驅使下，潛入仇人葛停香家中做事，並取得仇人的信任，想方設法進行離間，自己還斷掉一臂，最後雖然報了仇，但他也被大火燒死，令人痛惜。這說明仇恨與武器相比，前者更危險。

《霸王槍》（1975）是說勇氣。愛是勇氣的動力，它使人有足夠的勇氣面對困難，不懼怕一切險境。青龍會將王萬武暗中殺害之後，嫁禍於百里長青。王萬武的女兒為了能夠找出殺父仇人，擎著祖傳的霸王槍四處尋人比試。為了將真正殺王萬武的人找出，鄧定侯與丁喜二人憑著勇氣，潛入敵人巢穴，擊敗了對手。

　　《離別鉤》（1978）是說戒驕，每一次教訓，都值得珍惜，都可以使人振作。

　　《拳頭》（又名《狼山》、《憤怒的小馬》，1975）就是空著手，「空手看似沒有武器，實際上拳頭就是武器。」五指並攏形成拳頭，也代表著團結，團結即為力量。[159]

　　古龍小說裡面的人物形象刻畫深刻，花無缺、西門吹雪、李尋歡、楚留香、孟星魂、沈浪、陸小鳳等人，都具有良好的品格和心態。《陸小鳳傳奇》（1973）中的花滿樓，眼雖盲但心明亮，對老天滿懷感激，對未來抱有希望。他以積極的心態來體味世界，就是正常人也難以做到。

　　鮮花滿樓，花滿樓對鮮花總是有種強烈的熱愛，正如他熱愛所有的生命一樣。

　　……

　　你有沒有聽見過雪花飄落在屋頂上的聲音？你能不能感覺

---

159. 由於古龍的個人原因，《七種武器》其實並沒有寫完，很多出版社因《拳頭》（《憤怒的小馬》）中的小馬在《霸王槍》中出現過，所以將《拳頭》收錄其中，以湊齊「七種武器」另有風雲時代出版《古龍全集》時，將《七殺手》列入《七種武器》之末，對此，在《陳曉林先生對〈古龍全集〉的一些回答》一文中解釋：「至於《七殺手》是我作主將之列為『七種武器』之末，我並略為改寫了《七殺手》的結尾，將青龍會『帶入』這是因為要給『七種武器』補起缺了一本的遺憾，而且《七殺手》本來無法歸類，我想，古龍既授權我修訂，應會同意我作的小小『挪移』。」然而，2015年，古龍影視研究專家許德成去探望古龍的弟子丁情，獲悉「七種武器」系列小說第七部實為《英雄無淚》。第七種武器，就是書中的「一口箱子」，但是書名叫「一口箱子」很奇怪，所以取了一個比較美的名字。真相如何，已經不得而知，但正如古龍寫《七種武器》的用意一樣，「武器」是死的，如果讀者能夠從《拳頭》中領悟到新的精神力量，或許便可以彌補自己心中的遺憾了。

到花蕾在春風裡慢慢開放時那種美妙的生命力？你知不知道秋
風中常常都帶著種從遠山上傳過來的木葉清香？

　　只要你肯去領略，就會發現人生本是多麼可愛，每個季節
裡都有很多足以讓你忘記所有煩惱的賞心樂事。

　　你能不能活得愉快，問題並不在於你是不是個瞎子？而在
於你是不是真的喜歡你自己的生命？是不是真的想快快樂樂地
活下去。[160]

　　在「盜帥」楚留香的身上擁有諸多優點，他是每個少女心中的
白馬王子、夢中情人，他將偷盜變得風度優雅：

　　聞君有白玉美人，妙手雕成，極盡妍態，不勝心嚮往之，
今夜子正，當踏月來取，君素雅達，必不致令我徒勞往返
也。[161]

　　《血海飄香》（1967）開篇，楚留香欲上門偷盜，卻先告之主
人，給其留出防範的時間，「自粉紅紗罩裡透出來的燭光，將淡
藍的紙映成一種奇妙的淺紫色，也使那挺秀的字跡看來更飄逸瀟
灑，信上沒有具名，卻帶著鬱金香的香氣」，在古龍的筆下，承襲

---

160. 古龍，《陸小鳳傳奇》，風雲時代出版公司。
161. 古龍，《楚留香傳奇》，桂冠圖書公司。

宋元話本小說中的偷盜行為，變成了一種藝術。[162]

　　楚留香的一生擁有大量冒險經歷以及不凡的傳奇，表現出積極的人生態度。他富於智慧、幽默大度、毅力頑強，為了義字可不顧自身，但是他絕不強迫自己做不喜歡的事；他鎮定而不苛刻，高雅而不做作，既不假裝斯文，也不故作扭捏，待人平和，不裝腔作勢；在他的身邊總會圍繞著眾多好友，既有富貴豪族，亦有市井百姓，所有朋友都願意對他傾心以對；他不藐視法律，不欺壓良善，有同情心，熱愛生命，手上從未沾染血腥……凡此種種，都是今天現代人的觀念。

　　《血海飄香》（1967）中的無花被識破邪惡的面目，楚留香沒有動手殺人，而是要依靠法律，這和一般武俠小說中快意殺人的俠客有著明顯的不同。他在朋友有困難時能不顧一切進行幫助。《畫眉鳥》（1967）中他雖然受到李玉函、柳無眉的謀害，但得知他們的苦衷時，卻立刻決定進入神水宮的險境幫助他們。

　　像楚留香一樣不計仇恨的人物還有葉開、朱猛、李尋歡。李尋歡心地善良，對龍嘯雲不忍懲罰，葉開則是待人仁愛，原諒仇人，他在原諒了傅紅雪之後，還助其擺脫仇恨的困擾，朱猛佩服司馬超群的為人而不計前仇。另外，不拘小節的蕭十一郎、完美無瑕的花無缺、豪情仗義的鐵中棠、冷靜機智的沈浪、聰明圓滑的小魚兒、狂放不羈的熊貓兒……古龍小說中各具人性特色的形

162.古龍，《楚留香傳奇》，桂冠圖書公司。

象很多，並且都有自身性格的缺點，反而顯得更為真實。

古龍小說中的男性形象高大深刻，相對而言，女性則性格黑暗、陰冷，形象略顯單薄。

《情人箭》（1963）裡的蘇淺雪，是一個愛情的悲劇者，為了報復武林，喪失理智，製作情人箭，嗜血殺人，成為一個懷有怨念、沒有靈魂的工具。

《武林外史》（1965）中，雲夢仙子帶著其子王憐花，也行走在悲劇的復仇之路上。

《絕代雙驕》（1966）中，邀月、憐星將一對雙胞胎分隔兩處撫養成人，調教二人長大後自相殘殺，手段極其毒辣，這種因愛生恨、恨之入骨的情感，深刻展現出人性的矛盾。

《多情劍客無情劍》（1969）中的「武林第一美人」林仙兒，面容姣好卻心腸歹毒，阿飛、林詩音等人都受其魅惑，險些鑄成大錯，但是林仙兒數次勾引李尋歡，卻無法成功，最後惱羞成怒，要摧毀李尋歡，一條邪路越走越遠，最後淪為青樓女子，可以說是罪有應得。

《邊城浪子》（初名《風雲第一刀》，1972）裡的人物花白鳳，親手造成了傅紅雪的悲劇人生。傅紅雪從小心懷復仇志向，無數次的拔刀苦練，一心只為報仇。但是現實卻是殘酷的，在得知他並不是親生子的一刻，以前所有的怨念，化為烏有，他的人生信念瞬間崩塌，只留下滿心的哀痛和憤懣。

《九月鷹飛》（1973）中，女主角上官小仙自小裝瘋，浪跡江

湖，實則野心勃勃、自私狡猾。上官小仙欺騙葉開、丁靈琳，以借刀殺人之計，成功剷除了敵對勢力，企圖稱霸武林。

《三少爺的劍》（1975）慕容秋荻是武林世家的女兒，出身高貴，她和三少爺謝曉峰生了私生子謝小荻。慕容秋荻經歷了愛恨交織的愛情，但最終沒能收穫幸福的婚姻，對她來說，愛情是一杯毒酒，雖然有短暫的歡樂，卻換來最終心傷。她成立天尊組織，開始用各種卑劣的手段陷害謝曉峰。

《劍‧花‧煙雨江南》（1975）裡面的織織，也是這樣一個悲劇的復仇者，她以為心上人移情別戀，為了復仇，嫁給了自己並不喜歡的侯爺，不僅沒有得到心上人，反而犧牲了自己的幸福。

受古龍人生觀和價值觀的影響，古龍創作的小說中，報仇者往往都是女性，這些女性角色，大都性格偏執，為復仇不擇手段。古龍通過復仇這一古老命題，詮釋著人性的醜惡和人性的弱點。

古龍在寫作之初，就有意識描寫人性的衝突，他曾經寫道：「為什麼不能改變一下，寫人類的情感，人性的衝突，由情感的衝突中，製造高潮和動作。」[163]

世間萬物均存在各種矛盾，包括人性。《流星‧蝴蝶‧劍》（1971）中，為了報仇雪恨，孟星魂選擇了殺手這個職業，但是他卻極其厭惡他的工作，每每殺人之後，都要通過狂飲、豪賭、

---

163. 古龍，《寫在〈天涯‧明月‧刀〉之前》，《天涯‧明月‧刀》，風雲時代出版公司。

甚至嫖妓帶來興奮或者刺激，進而掩飾他的內疚和恐懼。孟星魂本性善良，卻不得不從惡，一直生活在矛盾當中無法自拔。

《三少爺的劍》（1975）裡的簡傳學，亦是矛盾體。他既是一個醫術絕倫的醫生，同時又是天尊手下的殺手，需要執行殺人任務的時候，都會陷入無盡的矛盾中：「我是一個醫生，我怎麼能殺人，但是，我又是一個殺手，我不得不殺他，我該怎麼辦啊」。身為神劍山莊的少爺的謝曉峰，一出生便決定了他不可變更的身分，賦予了他不得不遵從的使命，令人不得不為之嘆息。《多情劍客無情劍》（1969）中，李尋歡就曾嘆息過：「人生本就充滿了矛盾，任何人都無可奈何。」孟星魂、簡傳學、謝曉峰、李尋歡都難逃命運的捉弄，無論具有多高強的武功，都要在人性的矛盾中掙扎。

與其他的武俠作家從不涉及俠客日常生活不同，古龍會在小說中表現俠客的各種生活狀態。在他的小說裡，俠客沒有花不完的金銀珠寶，他們也要為生計擔憂，為生活奮鬥。

《歡樂英雄》（1971）裡，富貴山莊名字雖然叫「富貴」，但山莊卻窮得要命，莊主王動非常懶，偌大的山莊，僅剩下一張大床。後來又來了性格多變的燕七、沉默少語的林太平、大大咧咧的郭大路等人，小說刻畫出了他們窘迫的生活狀態，轆轆饑腸的時候，也需要典當衣服，以換求饅頭充饑。由於長期典當，他們甚至還親切地稱典當鋪的老闆為娘舅，不無自嘲的意味。後來，在大家都窮困潦倒到沒有典當物品的時候，卻意外發現郭大路身

上居然還留有一條金鏈子，於是大夥對他各種鄙視，都要餓死了，留著金鏈子準備進棺材嗎？然而事實證明，郭大路並非捨不得，而是因為這條金鏈子是他與初戀女友朱珠愛情的象徵，他保留這條金鏈子，是為了保留內心那份純真的愛情。

《歡樂英雄》（1971）沒有一般武俠小說裡面的血雨仇殺，也沒有世外高人，更沒有什麼驚天大陰謀，字裡行間反映的只是幾個普通江湖人的日常生活。通過帶有喜劇色彩的輕鬆講述，映射出人性中的友情、同情、愛情等人類的美好品質。

古龍其他的小說，也有類似的表達。《大人物》（1971）中的田大小姐，曾為了填飽肚子，辛苦地去做趕車工；《三少爺的劍》（1975）裡面的謝曉峰，化名阿吉之時，同樣為了生計，不得不從事挑糞工作。他們不利用自己的武功去偷或者去搶，而是真真正正成為一個普通人，用自己的雙手去創造財富。

受社會大環境以及社會文化、環境壓力等影響，人的人格的正常發展會出現不同程度的扭曲。在受到生活欲求的影響，人的意志、情感，會和自身行為產生異常割裂，並且不斷病態化。古龍的小說，描述了眾多病態人格的人物，極具代表性。

《大沙漠》（1967）裡面，作為無花之母的石觀音，就是一個有著扭曲人格的人，她從精神、情欲，甚至肉體上，愛上了鏡中的自己，是一個極強的自戀症患者。

石觀音笑道：「只有你，我的心意，只有你知道，只有

你瞭解我，我悲哀的時候，只有你陪著我難受，我高興的時候，也只有你陪著我歡喜。」

她笑容變得說不出的溫柔，一雙纖美的手，溫柔而緩緩地在自己身體上移動著，冷漠的目光，也開即變得熾熱。

她呻吟著道：「你真好，真好。世上所有的男人都比不上你，永遠沒有人比得上你……」

楚留香道：「因為你已愛上你自己，你愛的只有自己，所以你對任何人都不會關心，甚至是你的丈夫和兒子。」

這許多年來，她已都將自己的精神寄託在這鏡子上，她已愛上了自己。但她卻已不知道自己愛的是這鏡子裡虛幻的人影，還是有血有肉的。鏡子裡人和她已結成一體，真真幻幻，連她自己都分不清了。

「嗆啷」一聲，鏡子裡的人被擊碎，鏡子外的石觀音也像是受了重重一擊，整個人都怔了怔。[164]

楚留香在最後一刻發現了石觀音扭曲的人格，及時打碎了鏡子。否則楚留香並不是石觀音的對手。楚留香擊碎鏡子後，石觀音頃刻間乾癟下去，成為一副枯骨。

《流星・蝴蝶・劍》（1971）中，律香川表面上看起來溫文爾雅，但實際上卻是一個虐待狂，他的妻子林秀、孫蝶，以及高老

---

164. 古龍，《楚留香傳奇》，桂冠圖書公司。

大等人，都受到過他的虐待。《鳳舞九天》（1974）裡面的宮九，則是一個長期受到虐待的人，由於長期受到虐待，導致其精神出現異常。從這部小說，可以看出童年畸形的成長經歷，會對一個人後期的健康成長帶來巨大的影響。小說對人物的刻畫，也折射出古龍幼時家庭破碎、缺乏關愛等自身一些經歷。

古龍的筆下，寫出了俠客的平凡和特殊人群的病態，無不昭示出人性的矛盾與衝突。

第三節　散文化的敘事語言

古龍的武俠小說善於用散文和詩化的語言形式進行敘事，實現了他自己所宣稱的要寫「暴力元素下的優雅敘事」的創作目的。這與古龍讀書期間閱讀大量西方文藝作品有直接關係。受歐美作家的影響，古龍的小說大量採用歐化的寫作方法，可以讀出散文、詩歌的韻味，短句較多，並且伴有大量對話，清新明快，與此前武俠作家風格迥異，更適合快節奏的現代社會。

1963 年，古龍創作的《大旗英雄傳》，第一章「西風展大旗」的開篇：

秋風蕭殺，大地蒼涼，漫天殘霞中，一匹毛色如墨的烏騅健馬，自西方狂奔而來。一條精赤著上身的彪形大漢，筆直地立在馬鞍上，左掌握拳，右掌斜舉著一桿紫緞大旗，在這無人

的原野上，急遽地盤旋飛馳了一圈。

馬行如龍，馬上的大漢卻峙立如山。絢爛的殘陽，映著他的濃眉大眼，銅筋鐵骨，閃閃地發出黝黑的光彩。

天邊雁影橫飛，地上木葉蕭瑟，馬上的鐵漢，突地右掌一揚，掌中的大旗，帶著一陣狂風，脫掌飛出，颼的一聲，斜插在一株黃樺樹下。健馬仰首長嘶，揚蹄飛奔，眨眼間便又消失在西方殘霞的光影中，只剩下那一面大旗，孤獨地在秋風中亂雲般舒卷。

夜色漸濃，無月無星，枯草叢中，蟲聲咽啾，使這蒼茫的原野，更平添了幾分淒涼蕭索之意。[165]

這段文字可謂情景交融，宛如一幅電影畫面徐徐展開，當時「沒有任何一部武俠書的開場白是這樣鑄字煉句、刻意求工的」。[166]

1969 年的《多情劍客無情劍》，第一章《飛刀與快劍》的開篇：

冷風如刀，以大地為砧板，視眾生為魚肉。
萬里飛雪，將蒼穹作洪爐，熔萬物為白銀。

165. 古龍，《大旗英雄傳》，珠海出版社，1995 年。
166. 葉洪生、林保淳，《台灣武俠小說發展史》，遠流出版公司，2005 年。

雪將住，風未定，一輛馬車自北而來，滾動的車輪碾碎了地上的冰雪，卻碾不碎天地間的寂寞。[167]

三段文字，文體上駢散結合，將車中人內心的無邊孤寂以曲筆寫出，別有一番蒼涼意境。

歐陽瑩之對古龍的小說有極高的評價：「論在意境神韻，或在文體風格上，我認為當代港、台僑居海外的作家沒有一個及得上古龍—文藝小說、現代小說、武俠小說都包括在內。」[168]

1974 年，古龍創作《天涯‧明月‧刀》，對其傾注了大量的心血，卻沒有得到廣大讀者的認可，但是小說輕靈飄逸的語言卻得到了廣泛的肯定。

「花未凋，

月未缺，

明月照何處？

天涯有薔薇。」

琥珀色的酒，鮮豔的薔薇。

薔薇在他手裡，花香醉人，酒更醉人。

---

167. 古龍，《多情劍客無情劍》，風雲時代出版公司，1997 年。
168. 歐陽瑩之，《泛論古龍的武俠小說》，原載香港《南北極》月刊 1977 年 8 月號。歐陽瑩之為物理學博士，博古通今、學貫中西，卻對古龍的小說情有獨鍾，她除了《泛論古龍的武俠小說》外，尚有《邊城浪子——〈天涯‧明月‧刀〉評價》，兩篇文章都編入了漢麟出版社 1978 年版的《長生劍》附錄。大陸刊本，主要見於《獵鷹‧賭局》附錄，中國文聯出版公司，1992 年。

他已醉倒在美人膝邊，琥珀樽前。

美人也醉人，黃鶯般的笑聲，嫣紅的笑臉。[169]

　　為了增強小說藝術性的表達，古龍採用了眾多具有詩韻色彩的比喻和擬人手法，利用「薔薇、美酒、美人」等詞語，製造了美好的意向，營造出恰人的景致，提高了審美價值。

　　只不過這種方式可一而不可再，過度使用，的確對小說文體是一種割裂，這也是《天涯·明月·刀》（1974）當年僅在《中國時報》連載了四十五天，即被迫腰斬，成為古龍生平最大的挫敗。

　　武俠小說中的暴力元素不可或缺，這與其固有的故事特性有關，無論正義還是邪惡，暴力元素均會充斥在最終的生死較量中。古龍對於小說中的暴力元素，常採用敘事的手法，進行詩化表達，其間包含著對於環境的描寫、人物形象的刻畫：

又香又軟的床。

　　這是香香的床，香香是個女人，又香又軟的女人，每次看到趙無忌的時候，總會笑得像糖一樣甜蜜。

　　窗外陽光燦爛，天氣晴朗，風中帶著花香。

　　趙無忌看看窗外的一角藍天，終於緩緩吐出口氣，喃喃道：「今天真是個好的日子。」

---

169. 古龍，《天涯·明月·刀》，風雲時代出版公司。

　　香香今天居然沒有笑，只淡淡的說：「今天的確是個好日子，殺人的好日子。」

　　趙無忌用一隻手支起頭，看看她：「你想殺人？」

　　香香道：「只想殺一個人。」

　　趙無忌道：「殺誰？」

　　香香道：「殺你！」

　　趙無忌並沒有被嚇一跳，反而笑了，笑得好像還很開心。[170]

　　這是《白玉老虎》（1976）開篇的一段文字，雖然談論的是「殺人」，但是古龍卻營造了一種溫馨、和諧、美好的意境，良辰、美景、美人，詩意地傳達出小說中的暴力元素。

　　古龍用優雅的敘事語言消解了武俠小說的血腥和暴力，這也是古龍小說相對於其他武俠小說而言，大為成功之處。這些特點，與古龍當時借鑑柴田煉三郎等日本作家創作的小說有關。古龍把武俠小說裡特有的浪子情懷，融入進「風雅的暴力」、「苦澀的美感」等眾多日本文學的特點，從而確定了自己文風的新路向。

　　在敘事語言上，古龍的小說極具幽默色彩，常有幽默詼諧的語句出現，讓讀者眼前一亮。在《大沙漠》（1967）裡，胡鐵花與楚留香的對話，以及《絕代雙驕》（1966）裡，蘇櫻和江小魚之

170.古龍，《白玉老虎》，風雲時代出版公司。

間的對話，古龍都採用了眾多詼諧有趣的對話橋段，讓人忍俊不
禁。在《歡樂英雄》（1971）中，類似的對話更是層出不窮，又如
《大人物》（1971），描寫主人公楊凡，雖然表面上看起來平平，
但是語言卻是十分睿智和幽默：

> 田思思的聲音更大，道：「說不嫁就不嫁，死也不嫁。」
> 楊凡忽然站起來，恭恭敬敬地向她作了個揖，道：「多謝
> 多謝，感激不盡。」田思思怔了怔，道：「你謝我幹什麼？」
> 楊凡道：「我不但要謝你，而且還要謝天謝地。」
> 田思思道：「你有什麼毛病？」
> 楊凡道：「我別的毛病倒也沒有，只不過有點疑心病。」
> 田思思道：「疑心什麼？」
> 楊凡道：「我總疑心你要嫁給我，所以一直怕得要命。」[171]

楊凡對待傲慢、任性的田思思，沒有一味地遷就或討好，而
是用詼諧有趣的語言，「以其人之道，還治其人之身」，令田思思
無言以對，讓人看了不禁莞爾。

古龍小說的語言，不僅詼諧幽默，而且富有哲理性，細細品
味，意味深長，令人深思，引發人持久的思考。

這種意味深長的神來之筆，在古龍小說中不勝枚舉，也難怪

171.古龍，《大人物》，風雲時代出版公司。

有的出版社曾選編了一本《古龍妙語》，出版後竟大受歡迎。

第四節　求新求變的藝術特色

　　古龍在創作手法上突破前人的舊模式，開闢出一條嶄新的道路，他的小說在人物成長模式、情節設置、武功招式等方面，都呈現出與當時武俠小說作家大異其趣的地方，形成了獨具風格的藝術特色。

一、江湖浪子式的人物

　　1966年，古龍寫作《武林外史》一書，在香港《華僑日報》開始連載，全書共有44章，約一百二十萬字。

　　古龍的創作自《武林外史》（1966）開始，放棄了傳統武俠小說的孤兒復仇、武林爭霸等敘事模式。在古龍的筆下，不再關注傳統的門派紛爭，而是改用浪子混跡江湖的形式，別開一番生面。

　　《武林外史》（1966）的主人公沈浪、熊貓兒等人，即是典型江湖浪子形象，雖然武功高強，重情重義，卻又生性豁達，豪放不羈，以漂泊四海為家。古龍首創了這種既有遊俠又有浪子特徵的人物，並取得成功，並成為他此後一系列小說主人公模式的濫觴。

　　這些主人公年紀甚輕，在小說一出場就是武林高手，沒人知道他們的師承門派，也沒人知道他們的身世來歷。他們沒有背負

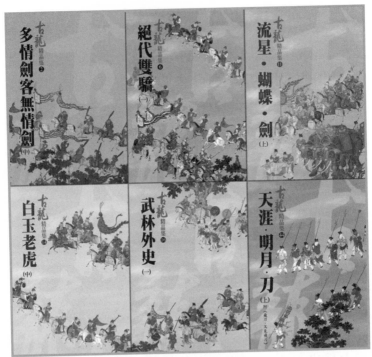

古龍著作頗豐，且膾炙人口，圖為風雲時代版本

血海深仇，每個人都是意氣風發，能言善飲，智慧卓絕，並且屢破各種奇案。

這些少年高手，代表了江湖中一代新生力量，改變了傳統觀念中，武功深淺與年齡高低相聯繫的思想。古龍轉而描寫雙方鬥智的過程，而不再以傳統的武功打鬥作為主要元素。這一切的改變，與古龍關注人性，以及他所嘗試新的敘事方式有很大的關係。這些都從根本上改變了武俠小說傳統的特徵。

　　《血海飄香》（1967）中的楚留香、胡鐵花；《多情劍客無情劍》（1969）中的李尋歡、阿飛；《蕭十一郎》（1970）中的蕭十一郎、風四娘；《歡樂英雄》（1971）的郭大路、王動；《陸小鳳傳奇》（1973）的陸小鳳、《九月鷹飛》（1973）的葉開等，均是這種江湖遊俠的代表人物。

　　李尋歡出身於官宦之家，本可以過著衣食無憂的日子，但他為了報答龍嘯雲的救命之恩，放棄了愛人林詩音，犧牲自己幸福美滿的生活，投奔他鄉，成為一名江湖浪子，只能通過醉生夢死的生活，來忘卻思念之苦。由於無法忘記心中所愛，他最終還是回到了家園，然而一切已不再是當年模樣。林詩音嫁給龍嘯雲，有著自己的幸福生活。李尋歡的歸來，打破了寧靜的生活。龍嘯雲也因為妒忌和猜疑，設置各種陰謀和陷阱來陷害李尋歡。李尋歡在阿飛和孫小紅等人的幫助下，終於得到心靈上的解脫，選擇歸隱江湖。

　　《血海飄香》（1967）中，相傳是夜帝弟子的楚留香，因其高超的盜術、卓絕的輕功而名揚天下，被世人稱之為「盜帥」。他也是一個典型的江湖浪子。他有三位紅顏知己相伴，住在海上一艘漂浮的船中，逍遙自在，無拘無束。一日，海中漂來浮屍，楚留香積極調查，通過艱辛的努力，最終查出兇手就是大名鼎鼎的妙僧無花以及南宮靈。

　　而在《大沙漠》（1967）中，他又與胡鐵花、姬冰雁等人一起，與石觀音展開生死搏鬥，並最終揭破石觀音的陰謀，協助龜

茲王復國成功。在《畫眉鳥》（1967）中，楚留香與水母陰姬展開生死較量，數次涉險，最終用真誠感化了水母陰姬。

而在《鬼戀俠情》（1969）和《蝙蝠傳奇》（1970）中，楚留香表現出了強大的邏輯推理和判斷能力，最終撥開團團疑雲，讓真相得以大白於天下。同樣，在《桃花傳奇》（1971）和《新月傳奇》（1979）裡面，古龍又刻畫了楚留香豐富的內心世界，展現了人性內心深處的真實慾望。

1972 年創作的陸小鳳，也屬於一個無家可歸的浪子遊俠。他出身不明，四處漂泊。他外貌與眾不同，擅長交際，武功高強，遇到不平事，就會出手相助。不僅如此，他擅長推理各類案件，可算是武林中的偵探。當然，他也不是絕對不會出現誤差的神探，也會在破案時陷入陷阱，甚至還會受到各種誘惑。從某種意義上說，陸小鳳並不是超脫塵世的大英雄，而只是一個浪蕩江湖的浪子。

此外，對酒的迷戀，也是古龍筆下這些浪子情結的一部分。李尋歡會選擇一醉解千愁。楚留香和陸小鳳也對酒十分感興趣，而胡鐵花則更加是一刻也無法離開酒。王動、郭大路在溫飽都無法解決的情況下，還要把身上的衣服去換酒。

對酒的依賴也與古龍自身的經歷息息相關。古龍年少時父母離異，獨自謀生，體味生活的艱辛，成年後又覺得寂寞。為了消除自身的憂愁和痛苦，他常在美酒中尋求暫時的解脫，甚至把整個人生都與酒關聯在一起。

古龍把自己的生命經歷，投射到書中人物的性格塑造中。這些人物都會面臨著各種人生困境，甚至還會遇到不少的挫折和痛苦，但是他們都會在逆境中戰勝自我，有著常人所不具備的精神和毅力。

二、富於推理性的情節模式

古龍是編織故事的能工巧匠，喜歡劍走偏鋒，兵行險招，懸念層出不窮，結尾出人意料，富有很強的推理性。他學習西方偵探小說懸疑的寫作手法，在故事中設置懸念，增強小說的推理性，讓情節變得撲朔迷離，難以琢磨。在此過程中，故事的發生存在一定的偶然性和必然性，通過這樣的思路，使讀者提高了閱讀興趣。

從時間來看，1961 年的《失魂引》是其發端。古龍有意識地將推理小說中的元素引入武俠小說，1963 年的《情人箭》、1965 年的《名劍風流》都在進行不同程度的嘗試，直到 1966 年的《武林外史》面世，全書牢牢以推理為中心，揭示故事的主題，層層遞進，更首次以第三者參與的身分，扮演偵探角色，與此前《情人箭》等書，描寫主人公追查殺父元兇的故事情節有明顯的不同。

《武林外史》（1966）中，沈浪慣於通過一些蛛絲馬跡，發現線索，並順藤摸瓜，揭破事件的真相，甚至兩次都採用了場景一致、出場人物一致的表現手法。敘述沈浪等人在古墓、岩洞中的見聞，整個故事充滿了神秘。最後由沈浪代作者現身說法，就其

中的疑問進行解析，與福爾摩斯的探案可說是異曲同工。

　　在古龍巔峰時期的創作中，設置懸念的技巧更加嫻熟，故事更變得難以令人琢磨。他撰寫了兩部具有較強推理性的武俠小說：《楚留香》系列和《陸小鳳》系列。

　　《血海飄香》（1967）中，一望無際的大海中漂浮著七具浮屍，但是沒有誰會預料到殺人兇手竟然會是超塵脫俗、不食人間煙火的妙僧無花。

　　在《大沙漠》（1967）中，楚留香和胡鐵花、姬冰雁碰到了龜茲國王，但是沒有人會認為王妃竟然是狡詐的石觀音。在《畫眉鳥》（1967）中，李玉函夫婦儘管與楚留香素不相識，卻要想盡一切辦法除掉他，但誰能想到原來幕後操縱者是已經逝世的石觀音？在《鬼戀俠情》（1969）中，古龍根據《羅密歐和茱麗葉》的故事，使「借屍還魂」與西方的「現代推理」有機融合為一體。

　　《蝙蝠傳奇》（1970）的上半部情節都是在闡述連環殺人的具體經過：在浩瀚的大海上，船上竟然浮現了六口棺材，緊接下來就是神秘的人物無端死亡，致命的傷痕都是朱砂掌所致。船上人們恐懼不安，大家都在揣摩真正的殺人兇手，氣氛十分恐怖。即使如此，一切都被楚留香慧眼勘破。

　　他在弄清楚事情的來龍去脈以後，發現真正的兇手就是丁楓，他是蝙蝠公子門下的弟子。緊接著，楚留香一行人又到了船上，枯梅大師、白狼也突然死去，兇手竟然是枯梅大師的徒弟華真真。最離奇的就是蝙蝠島的蝙蝠公子竟然是氣度優雅、溫柔有

香港《明報》連載《陸小鳳‧幽靈山莊》

禮的世家公子原隨雲，他才是一切陰謀的主使者。

　　如果把楚留香看做是武俠世界的「詹姆士龐德」，那麼陸小鳳就可以稱作武林中的「福爾摩斯」，《陸小鳳》系列故事的推理性要大大高於《楚留香》。

　　1972 年，金庸結束了《明報》上《鹿鼎記》的連載，宣佈封筆，邀請古龍撰寫武俠小說連載。古龍接信後大為激動，精心構思，創作了陸小鳳故事的首篇《陸小鳳傳奇》（1973）。

　　《陸小鳳傳奇》（1973）開始，陸小鳳受大金鵬王委託，要求閻鐵珊、獨孤一鶴、霍休三人歸還大金鵬王的財富，並懺悔背叛行為。這是合理之請，陸小鳳決定幫助大金鵬王。出人意料的是，大金鵬王是個冒牌人物，而一直被雪兒認為殺死她姐姐的上官丹鳳，卻是由她姐姐上官飛燕冒充的。上官飛燕等人早就把真

的大金鵬王和上官丹鳳殺害。

真相大白後，上官飛燕離奇被殺，陸小鳳以為霍天青就是整個事件的幕後指使者。但他很快發現自己判斷有誤，霍天青不久也被人害死，那麼到底誰是真凶呢？陸小鳳反覆揣摩，終於發現霍休是整個案子的最大受益者，所以他才是兇手。

《陸小鳳傳奇》後續系列中的《繡花大盜》（1973）、《決戰前後》（1973）、《銀鈎賭坊》（1973）等故事，也是撲朔迷離，逐漸抽絲剝繭，直至真相浮出水面。

古龍的一系列作品，如《多情劍客無情劍》（1969）、《九月鷹飛》（1973）、《白玉老虎》（1976）等，故事都較為複雜，存在計中套計，甚至還會假中含真，讓人一時間無法弄清楚來龍去脈，情節十分曲折，結局又讓人感到意外。《多情劍客無情劍》中的林仙兒早就說了，誰能把梅花大盜逮住，她就把終身託付給誰，但是誰也沒想到她就是梅花大盜。

《九月鷹飛》（1973）中的上官小仙，看起來天真無邪、柔弱無助，實際上卻手段十分殘忍，把許多人都完全掌握於指掌間。《白玉老虎》（1976）中，誰也無法預料到殺害趙簡的人是他自己，而一直被認為是兇手的上官刃卻是受盡委屈的臥底。

古龍擅長製造謎團，他希望能通過懸念來引起讀者好奇，用詭異的場景讓讀者不斷進行深入思考，這一點在臥龍生小說裡只是淺嘗輒止，古龍卻是發揚光大。古龍在謎底揭曉時，讓所有的人物都相互聯繫在一起，並產生衝突，使故事不斷發展，在較為

複雜的關係中理清思緒，並全面揭示真相，讓讀者取得閱讀快感。

三、「無招勝有招」的妙想

刀光劍影的比武場面、絕妙高深的武功修為是武俠小說常見的元素，更是吸引讀者的精彩看點。古龍限於在中國傳統文化上的修養，知道自己在武功描寫上難以超越眾多名家，並且古龍對機械式過招的做法也並無興趣，於是便考慮另辟奇徑，闡釋自己的「獨門武功」。

在 20 世紀 60 年代中期，古龍寫作《浣花洗劍錄》（1964），他不再側重於描述冗長的打鬥場面，而是把描述重點放在戰前氛圍的營造上，脫離江湖紛爭的窠臼，把武學探索作為主要目的，改變了武俠小說的生命力，古龍「武學新思維」產生了質的變化。

書中紫衣侯闡釋無上劍道之理，可謂慧思：

我那師兄將劍法全部忘記之後，方自大徹大悟，悟了「劍意」。他竟將心神全都融入了劍中，以意馭劍，隨心所欲……也正因他劍法絕不拘囿於一定之招式，是以他人根本不知該如何抵擋。我雖能使遍天下劍法，但我之所得，不過是劍法之形骸；他之所得，卻是劍法之靈魂。我的劍法雖號稱天下無雙，比起他來，實是糞土不如！[172]

---

172. 古龍，《浣花洗劍錄》，珠海出版社，1995 年。

古龍在這部小說中，第一次將日本「時代小說」中的絕招「迎風一刀斬」引入其中，成為古龍簡化武學思想的肇始。雙方拋棄了名目繁多的招式比拚，只要找到破綻，就可以一擊而勝。

古龍巔峰期的小說中，雙方勝負的關鍵，除了武功高低以外，還由決鬥者的氣勢、體力等因素決定。古龍放棄了一招一式的具體描寫，用心製造決戰的氣氛，當所有氣勢匯總至頂點之時，再置之於死地而後生。《浣花洗劍錄》（1964）中方寶玉將白衣人殺死的「絕妙一劍」；《多情劍客無情劍》（1969）中，李尋歡和上官金虹決戰的暗場處理；《天涯・明月・刀》（1974）中傅紅雪在刀光一閃以後，就把屠青的暗器削斷，並在他臉上留下一道傷痕，快得不可思議。這些都可以說是古龍的絕妙構想。

古龍之所以要設計這樣的比武情景，與他的長期思考有關：「武俠小說不同於國術指導」，俠客們可以使出特別的招數，並形成一種「羚羊掛角，無跡可尋」的武學神話。所以，「小李飛刀，例不虛發」，陸小鳳靈犀一指會無往不利。「武戲文唱」的做法，古龍取得了巨大成功。

武功描寫上，古龍不但超越了金庸的「出手無招」和司馬翎的「氣機感應」，還對武學精神有了更深層次的分析。他把高深的禪機哲理與武學知識有機結合起來，把一些武功加以哲理化，而且實現了「人」和「武」的完美融合。

《多情劍客無情劍》（1969），是古龍平生「武學」之美的大成，「嵩陽鐵劍」郭嵩陽，為了追求武學真諦，不惜與「小李飛

古龍《鐵膽大俠魂》，香港《武俠春秋》連載本

「刀」李尋歡進行生死決戰。二人由惺惺相惜、互敬互重變成了肝膽相照的對手，使這場比武呈現出別樣的文學之美。其中對於比武場面的醞釀、雙雄對峙的堅凝、能勝未勝的仁慈、似敗非敗的感慨進行了深入描寫。

　　風吹過，捲起了漫天紅葉。

　　劍氣襲人，天地間充滿了淒涼蕭殺之意。

　　郭嵩陽反手拔劍，平舉當胸，目光始終不離李尋歡的手。

　　他知道這是隻可怕的手！

　　李尋歡此刻已像是變了個人似的，他頭髮雖然是那麼蓬

亂，衣衫雖仍那麼落拓，但看來已不再潦倒，不再憔悴！

他憔悴的臉上已煥發出一種耀眼的光輝！

……

他的手伸出，手裡已多了柄刀！

一刀封喉，例無虛發的小李飛刀！

……

郭嵩陽長嘯一聲，衝天飛起，鐵劍也化做了一道飛虹。

他的人與劍已合而為一。

逼人的劍氣，摧得枝頭的紅葉都飄飄落下。

這景象淒絕！亦豔絕！

李尋歡雙臂一振，已掠過了劍氣飛虹，隨著紅葉飄落。

郭嵩陽長嘯不絕，凌空倒翻，一劍長虹突然化做了無數光影，向李尋歡當頭灑了下來。

……

只聽「叮」的一聲，火星四濺。

李尋歡手裡的小刀，竟不偏不倚迎上了劍鋒。

就在這一瞬間，滿天劍氣突然消失無影，血雨般的楓葉卻還未落下，郭嵩陽木立在血雨中，他的劍仍平舉當胸。

李尋歡的刀也還在手中，刀鋒卻已被鐵劍折斷！

……

李尋歡的手緩緩垂下！

最後的一點楓葉碎片已落下，楓林中又恢復了靜寂。

死一般的靜寂。

郭嵩陽面上雖仍無表情，目中卻帶著種蕭索之意，黯然道：「我敗了！」

李尋歡道：「誰說你敗了？」

郭嵩陽道：「我承認敗了！」

他黯然一笑，道：「這句話我本來以為死也不肯說的，現在說出了，心裡反覺痛快得很，痛快得很，痛快得很──」他一連說了三遍，忽然仰天而笑。

淒涼的笑聲中，他已轉身大步走出了楓林。[173]

這場比武的勝負並不重要，最突出的特點就在於把「武俠」之外的人生描寫出來。「小李飛刀，例不虛發」，但這一「刀」雖然可以發，但是沒有發，關鍵就在於戰前郭嵩陽與李尋歡託以知己之情。郭嵩陽求戰的主要目的是想對武學進行求證，並非必殺的仇敵，所以李尋歡不惜以身犯險，求仁得仁。郭嵩陽明瞭李尋歡的用意，所以願意認輸。「小李飛刀」表面上失敗了，但是實際上取勝了，「嵩陽鐵劍」明勝暗敗，則借辮子姑娘孫小紅之口加以闡述，如此安排，行文一絲不亂，寫作手法極其高明。

此外，李尋歡的「刀上無招，心中有招」和上官金虹的「手中無環，心中有環」的對白，提到了一系列「武學巔峰」問題，天機

173.古龍，《多情劍客無情劍》，風雲時代出版公司。

老人卻對此又提出了自身的見解。

　　老人道：「要手中無環，心中也無環，到了環即是我，我即是環時，已差不多了。」少女道：「差不多？是不是還差一點？」

　　老人道：「還差一點。」

　　他緩緩接著道：「真正的武學巔峰，是要能妙參造化，到無環無我，環我兩忘，那才真的是無所不至，無堅不摧。[174]

　　這段描寫借鑑禪宗公案「菩提本無樹，明鏡亦非台，本來無一物，何處惹塵埃？」的典故，富有禪機，可謂是武俠小說中談論武學的經典段落。

　　《圓月彎刀》（1977）中，古龍也對兩種刀法提出了自己的見解，其一就是為刀所役，其二是刀為人役。無疑第二種看法更加高深，人和刀是一個整體，人可以通過刀的掌握實現自身目的。這種精神也可以說明人和武器能夠合二為一，讓人可以掌控武器的靈魂，在「物我兩忘」的情況下，出奇制勝。這也是古龍武功描寫的一大特色。

　　古龍是台港新派武俠小說作家中的開拓者，他以自己超凡絕俗的才情和求新求變的理念，在武俠小說文壇獨樹一幟，風靡一

---

174. 古龍，《多情劍客無情劍》，風雲時代出版公司。

時。

　　古龍為了擺脫傳統武俠小說創作模式的束縛，在其創作後期，一直把「求新、求變、求突破」作為基本理念，努力提升武俠小說的思想價值和藝術感染力，把個人的生活經歷融入作品中，實現現代人的個性解放，為武俠小說開闢了一個全新創作思路。

　　古龍的小說，對後來的武俠小說作家溫瑞安等人的作品產生了巨大影響，促使新派武俠小說的發展步入了一個新時期。

第十五章

秋心如海復如潮

——古龍之後的「新派」

第一節　詩意武俠溫瑞安

溫瑞安（1954—），出生於馬
來西亞霹靂州，祖籍廣東梅縣。
溫瑞安自孩童時代就喜愛讀書，
尚未入學，已開始遍閱家中藏
書，試用所知的少量文字寫信，
作文，記日記。

九歲開始寫作，十三歲創辦
《綠洲期刊》，十七歲創立組成
新馬文壇最大、擁有十個分社的
「天狼星詩社」。

1973年溫瑞安與同社成員
黃昏星、廖雁平、周清嘯、殷乘

《續劍俠傳・相士》

風、方娥真等先後負笈至台灣求學，就讀於台灣大學中文系。溫
瑞安在台灣讀書期間，投身於文學創作，先後有現代詩、散文、
小說發表於《中國時報》、《明道文藝》、《中外文學》等報紙雜
誌，聲名鵲起，大獲好評。

1976年，溫瑞安創立「神州詩社」，以「發揚民族精神，復興
中華文化」為己任，在極其艱辛困頓的情況下開拓社務，舉辦文
學討論會、座談會，出版詩刊、詩集，並廣收成員，相互砥礪，
平日談文練武，朝氣蓬勃。他將住所取名「試劍山莊」，所到之

處，大受青年學子的歡迎。

1980 年 9 月，「神州詩社」受到猜忌，在內外誤解之下，社員
星散，溫瑞安、方娥真又被台灣當局以「涉嫌叛亂」罪名關進大
牢。作為「神州詩社」的領袖，溫瑞安被羈押嚴整，方娥真在獄中
自殺未遂，後有美國四十二位教授為溫瑞安、方娥真求情，台灣
島內則有高信疆、余光中以及遠在香港的金庸力保，台灣當局關
押他們四個月後只好將兩人驅逐出境。溫瑞安、方娥真二人蒙上
這種不白之冤，在新馬老家也杯弓蛇影、風聲鶴唳，無法久留，
從此開始逃亡的顛沛歲月。

1981 年中，溫瑞安、方娥真到香港，適逢香港政府收緊移民
政策，數度申請，皆告失敗，赴台灣也遭到嚴拒。1981 年底，二
人終得以海外雇員身分留港定居。[175]

溫瑞安半生歷經冤獄、流亡、隱居、復出，充滿傳奇。這段
牢獄生涯對溫瑞安武俠小說的創作產生了重大影響，使他小說裡
充斥很多血腥的場面。溫瑞安喜歡通過武俠小說來反映現實，關
於「神州詩社」的興衰覆滅、牢獄中的掙扎，以及世態炎涼，都在
《刀叢裡的詩》（1988）、《骷髏畫》（1983）等小說中有所表現。

溫瑞安的武俠小說寫作較早，十六歲時在《武俠春秋》（第七
十二期）上發表第一部武俠小說《追殺》（1970）。20 世紀 70 年代

---

175. 葉洪生，《回首「神州」遠——追憶平反「溫案」始末》，見台灣《聯合文學》雜誌 1997
　　年 1 月號（總第 147 期）。

中後期，溫瑞安在台灣為創辦詩社籌集資金，開始陸續創作他的成名作《四大名捕》系列，深受讀者好評，溫瑞安也因此陸續寫作了《白衣方振眉》系列、《神州奇俠》系列小說。1981年後，溫瑞安在香港發展，較之在台灣時更加活躍。他身跨文藝、影視、術數各界，稿約應接不暇，有過同時寫十八篇連載、專欄的驚人紀錄。

1981至1986年間，溫瑞安完成了《殺人者唐斬》（1981）、《俠少》（1981）、《淒慘的刀口》（1984）及《神相李布衣》系列、《四大名捕》的新故事、《殺楚》系列等數十部作品。其中《殺楚》寫「追命」捲入洛陽四大公子明爭暗鬥的漩渦，無論人物性格、情節結構、主題意識及文字的運用，都代表了溫瑞安成熟期的高峰，頗獲好評。

20世紀80年代中後期，溫瑞安在武俠小說創作上提出了自己的新風格，即「超新派」或「現代派」武俠小說。他以一種全新的理念，全新的方式，以及全新的技法去從事武俠小說的創作。這種改變，直接導致了20世紀90年代溫瑞安作品特別強調詭異氛圍和人物變態心理的描寫，使不少評論家感嘆：溫瑞安走火入魔了！

溫瑞安創作的武俠小說，除了《今之俠者》（1977）、《俠少》（1981）、《殺人者唐斬》（1981）、《雪在燒》（1986）、《請你動手晚一點》（1987）、《殺了你好嗎》（1987）、《請借夫人一用》（1988）、《絕對不要惹我》（1989）、《戰僧與何平》（1990）、《傲

慢與偏劍》（1992）、《彈指相思》（1992）等一些中短篇之外，主要
故事由十一個系列構成：《四大名捕》、《神州奇俠》、《白衣方振
眉》、《布衣神相》、《七大寇》、《說英雄‧誰是英雄》、《殺楚》
（即「方邪真」）、《遊俠納蘭》、《六人幫》、《女神捕》、《古之俠
者》。溫瑞安成為古龍之後武俠小說創作的領軍人物。

一、武俠小說詩意化

溫瑞安的武俠小說最讓人稱道的就是他的小說語言，在這一
點上，溫瑞安有著自己鮮明的特徵。溫瑞安以現代詩為基礎，全
面發揮創造力，用近乎於詩的語言寫作武俠小說，為武俠小說打
開了一方新天地。

溫瑞安之前，古龍的武俠小說已經具有散文化、詩化的特
徵，這對溫瑞安影響頗深，對此溫瑞安曾說：

> 我可以說自己十分鍾情於金庸的小說，但古龍絕對才是我
> 武俠小說創作的「啟蒙老師」——當然他從來沒在實際上傳授
> 我什麼，但在他的小說裡，有的是發掘不完的寶藏。[176]

溫瑞安的武俠小說處女作《追殺》（1970），如他所言：「筆意
格局，完全是因襲古龍的。」

---

176. 溫瑞安，《溫瑞安筆下人物‧古龍》。

　　與古龍不同的是，溫瑞安在青少年時期，就是一位才氣驚人的詩人。1975 年，溫瑞安在台灣出版了他個人的第一部詩集《將軍令》。詩集中的詩歌，波瀾壯闊、意境深遠，展露了青年溫瑞安縱橫飛揚的才氣，更借詩歌的形式傳遞了他對「武俠」的熱愛，詩中對於英雄俠客的豪邁、末路將軍的悲壯、朋友兄弟的義氣，都有淋漓盡致的呈現：

> 昔年華清池一役後
>
> 今後便不再動劍了
>
> 吾從天野遼闊的關外來赴中原
>
> 還沒有逢著敵手呵就已被吟詠三百迷住了
>
> 迷住也是好的：吾一舞便成飄落的花絮
>
> 吾一靜便成山壑的煙靄
>
> 吾一嘆便成柳邊的陳雨
>
> ……
>
> 白衣，白衣，伊翩翩來起舞
>
> 伊曾聞古來英雄皆寂寞嗎
>
> 這就是吾之為何赴玉山之鬥了
>
> 江湖無敵人呵，伊，先生竟羽衣高冠
>
> 三尺七寸的青鋒皆淒涼蕭索
>
> 一尺千年呵，三千七百年鋒芒
>
> 咄，怎又提到這些，怎又傷感起來

怎又傷感起來，又傷感起來了[177]

　　這些詩句，從文字到意象，俠氣十足。同年，溫瑞安又出版
了一冊詩集《山河錄》，從詩題到意象，完全以中國為依歸——
長安、江南、長江、黃河、峨眉、崑崙、武當、少林、蒙古、西
藏，十處名城古地、靈山勝水，構築了他的中國意象。這種透過
「武俠」來回溯中國傳統文化，一直是溫瑞安的一種夢境追求。
「來投台灣的詩壇，用現代詩來慷慨悲歌，呼喊失落的漢魂。」
這種悲壯激越的詩，被余光中稱之為「豪俠詩」。[178] 學者齊邦媛對
此不無讚賞：「溫瑞安詩中一再出現的持劍奔馳的英雄反倒有了
更廣的時空，詩人對中華文化縱橫古今的追尋也有了更蓬勃的活
力。」[179]

　　在這種基礎上，溫瑞安的小說對一些無關故事情節的細節非
常重視，對一些夢幻、印象的描寫常常流露出作者的主觀情緒，
體現了溫瑞安抒情的文字特色。在詩歌的創作當中，語音的運用
是重要的手段之一，溫瑞安將其巧妙地借用到小說的創作中。

　　《少年冷血》（1989）裡，冷血和小刀被困於乳房，薔薇將軍
于春童出去殺解毒高手溫約紅。先寫溫約紅在月亮下敲開門，把

---

177. 溫瑞安，《水龍吟‧第一折：萬籟在下，醉而擊劍，就歌起來了》，見詩集《將軍令》，
　　馬來西亞天狼星詩社，1975年。
178. 余光中，《樓高燈亦愁》，方娥真詩集《峨眉賦》序言，四季出版公司，1977年。
179. 齊邦媛，《以一條大江的身姿流去》，溫瑞安詩集《山河錄》代序一，時報文化出版事業
　　有限公司，1979年。

賈島詩中「僧敲月下門」的意境與情節融為一體，甚至「推」和「敲」等動作都用於其中，如：

篤篤，篤

篤，篤篤篤。推門的聲音：冷月下，「伊呀——」長長的一聲，像一個麗人在歌宴時忽然捧心而氣絕。[180]

有序的敲門和推門，越發容易凸顯情況的發生，也使讀者急於想知道接下來要發生的事。兩個象聲詞在小說中的應用，使門外顯得極其平靜，同時也體現出門內的凶險。緊接下來，于春童尋溫約紅也回來了：

他（溫約紅）正要上前、進屋去解開小刀身上的穴道，就聽到馬蹄聲響……

嗒嗒嗒嗒……

在山靜冷月下，彷彿深山古寺聞敲鐘一般的寂寞好聽。

這馬蹄聲對冷血而言，絕對是個錯誤，絕對是個無可彌補的大錯。[181]

---

180. 溫瑞安，《少年冷血》，風雲時代出版公司。
181. 溫瑞安，《少年冷血》，風雲時代出版公司。

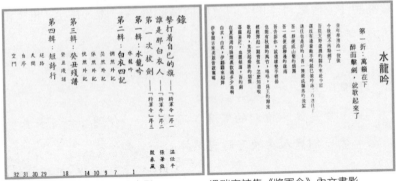

溫瑞安詩集《將軍令》目錄書影　　　　溫瑞安詩集《將軍令》內文書影

　　山上傳來馬蹄聲，本是優美的，這裡甚至借用了詩人鄭愁予《錯誤》的情境。冷血此刻自然不希望于春童回來，而馬蹄聲音卻又顯示出于春童要到了。

　　溫瑞安詩意的描寫，描述了大戰前的平靜，儘管引入了前人的詩歌意境，但並不會顯得造作。值得一提的是，溫瑞安運用了反諷的思路，把凶險的局勢和安寧的外部環境有效結合在一起，從而構建了動人心魄的外部場景，引人入勝。

　　溫瑞安小說裡有些很長的句子，鋪陳多個形容詞，這也是詩歌的一貫創作手法。

　　《驚豔一槍》（1989）中，諸葛小花趕來甜山參戰，在很遠的地方就用長嘯警告元十三限，讓他不要大開殺戒：

　　這時候，外面不止傳來蟬聲，還是狗噪。

　　是狗噪，不是狼。

　　像一頭寂寞的狗，對著寂寞的蒼穹，還有寂寞的皓月，做它的寂寞長嚎。[182]

　　溫瑞安用「寂寞」一詞來形容狗、蒼穹、皓月，還有狗的嚎叫。「長嚎」是動詞，卻用了形容詞「寂寞」來進行修飾，按理說副詞才可以修飾動詞，但溫瑞安卻用得恰到好處。因為此處的「寂寞」已經不止是傳統意義上的寂寞，達到了動詞所不具備的表現效果，使讀者眼前一亮。

　　這種對語法規範的創新，使讀者產生新的閱讀感受，帶來不同以往的體驗感。整個情境都是由寂寞包圍，寂寞不只是在字裡行間中，甚至在讀者的感覺中或多或少也有所體現。

　　採用傳統詩歌的比興手法和新詩常用的拆分成語的手法，也是溫瑞安小說存在詩意的根本特徵。

　　《破陣》（1998）裡曾經寫到方邪真：

　　他負手，望天。
　　晴空萬里。
　　上有白雲。
　　雲舒
　　雲展。

182.溫瑞安，《驚豔一槍》，風雲時代出版公司。

風飛草長，

江水潺潺。

大自然風光，方邪真悠然。

神往。

——彷彿，已魂飛其外，神入其中。[183]

小說寫晴空萬里和白雲飄飄等情景，都是為了起興，為的是
體現方邪真悠然自得的樣子。溫瑞安把「悠然神往」又進一步細分
為「悠然」和「神往」兩個句子，並且使用斷句的形式分開，這樣
一來，不只是意境銜接在一起，甚至還給熟悉的成語帶來了新鮮
感。在此處，先是方邪真與大自然之間可以和諧相處，然後再發
出神往的感慨。這種情感邏輯，使得成語拆分以後並不會顯得生
硬，而是帶給人一種勃勃生機。

還有些時候，溫瑞安甚至不僅僅滿足於拆分成語，而是通過
數位，直接用於對書中人物的評定。《溫柔的刀》（1986）中，溫
瑞安對王小石的劍進行了如下描寫：

那一柄帶著三分驚豔、三分瀟灑、三分惆悵和一分不可一
世的劍，使出那種驚豔、瀟灑、惆悵以及不可一世的劍法。[184]

183.溫瑞安，《破陣》，風雲時代出版公司。
184.溫瑞安，《溫柔的刀》，風雲時代出版公司。

這些文字通過對「十分」進行拆分而組成，用四種風神、四個角度對王小石劍的風采進行了刻畫，各種神采都聚焦於王小石的劍上。這亦屬於一種新的寫法、形式和技巧，相對來說生命力較強。

二、折射自身經歷的故事

溫瑞安武俠小說的情節模式大致呈現以下幾種：

其一，溫瑞安學習古龍《楚留香》的創作經驗，以推理小說作為切入點，尋找一種現代小說的武俠模式，他的代表作《四大名捕》，通過四名代表官府的捕快來維護人間正義。這已經不是金庸的「為國為民，俠之大者」，也不再是古龍的「笑傲王侯」。溫瑞安筆下的俠客從「俠義」的抽象符號，變成了一種勇往直前、不斷鬥爭的精神。俠客其實也就是一種智慧的象徵，不僅要「雖千萬人吾往矣」的勇氣，還要審時度勢，隨機應變，在逆境中調整自己的精神狀態。四大名捕經歷了很多案件，儘管他們武功超群，但在最危急的關頭，能讓他們脫離危險的，都是智慧和機變。溫瑞安的武俠小說，描寫的是微妙大局中堅忍不拔的人格、遊刃有餘的智慧和義所擔當的道義。

其二，由於溫瑞安曾經的牢獄經歷，還有他組建的「神州詩社」一夜之間四分五裂，社友互相出賣，溫瑞安對此刻骨銘心，他寫下了一種獨特的模式：逃難和背叛。

1984 年的《逆水寒》可以說是其中的代表之作。北宋年間，

奸相蔡京弄權，不依宋哲宗遺詔，另擁趙佶即位。太子少保楚相玉保護親王趙似出逃，趙佶、蔡京派人追殺，楚相玉將太子血書交給連雲寨大寨主戚少商，於是連雲寨成了朝廷攻擊的對象。戚少商為了對抗朝廷，引顧惜朝入寨，哪知顧惜朝是另一奸相傅宗書的義子，奉命到連雲寨臥底，暗中殺了五寨主管仲一、二寨主勞穴

溫瑞安《易水寒（即《逆水寒》）》，載新加坡《南洋星洲聯合晚報》

光，又收買了七寨主孟有威、九寨主游天龍，戚少商中計受傷，幸虧三寨主阮明正以死相救。

　　戚少商在四寨主穆鳩平掩護下殺出重圍，遇到四大名捕中的鐵手。從後追來的冷呼兒要鐵手殺了戚少商，鐵手卻深知戚少商是英雄好漢，放過了戚少商等人。叛亂總指揮黃金麟指責鐵手，鐵手脫下捕快服飾，束手就縛。黃金麟變臉，將鐵手痛加折磨。戚少商得霹靂堂堂主雷卷派人援助。

　　雷卷與顧惜朝較量，互有重傷，官兵湧來，幸虧息大娘不忘舊情，救出戚少商、雷卷、穆鳩平等人。他們亡命天涯，屢遭

阻擊，傅宗書的黨羽文章親自出馬，形勢危急，幸虧神捕劉獨峰相助，尤知味又造假公文退敵。誰知尤知味其實是顧惜朝的人，只因為文章、黃金麟、顧惜朝爭功，互相拆對方牆腳。戚少商在無情的幫助下，救出鐵手，殺了文章，諸葛先生妙施巧計，宋徽宗趙佶為了保全名譽，答應重建連雲寨。顧惜朝被黃金麟砍斷一臂，最後死在狗咬狗鬥爭中。戚少商見到了江邊垂釣的諸葛先生，心中的情緒比江水的怒濤還要激烈。

《逆水寒》（1984）的情節環環相扣，矛盾四伏，戚少商亡命天涯，遇到朝廷三派人物追殺，背叛—逃難—背叛，重複上演，可謂人心難測。這些情節明顯來自溫瑞安自己親身經歷的刺激和感慨。

其三，溫瑞安還寫作了具有自身特色的「成長小說」——《神州奇俠》系列。溫瑞安將「神州詩社」的創建歷程撰寫進了武俠小說，連金庸讀了《神州奇俠》都不由問溫瑞安：「蕭秋水是你？」[185]

《神州奇俠》系列初寫於1977年，先有《劍氣長江》、《躍馬烏江》、《兩廣豪傑》、《江山如畫》四部（1979），後又繼續完成《英雄好漢》、《闖蕩江湖》、《神州無敵》（1980）三部，另有《寂寞高手》、《天下有雪》（1980）兩部。

全書講述「浣花劍派」的蕭秋水結合一干少年英雄力抗權力幫、剷除附逆於秦檜的朱大天王的故事。初期四部，風格明朗，

---

185. 溫瑞安《溫瑞安筆下人物‧金庸》。

意氣飛揚，極力寫義氣相交的朋友如何同心協力、義無反顧地對
抗強權的故事。當時溫瑞安的「神州詩社」正在鼎盛時期，社員們
意氣相投，如魚得水。

書中的「神州結義」眾兄弟，其實正是「神州詩社」的化身，
其中的鐵星月、邱南顧、李黑、胡福材等人，也幾乎全是社內成
員的寫照。

但從《英雄好漢》開始，由於「神州詩社」內訌，引發了一連
串後續的問題，使得「神州」分崩離析，小說的風格劇變，作者激
憤不平之氣瀰漫全書。不僅主人公蕭秋水性格大變，連若干被影
射的叛社摯友，如左丘超然等人，性格也前後不一，一直到《寂
寞高手》後，才又逐漸恢復明朗開闊的格局。

《神州奇俠》系列人物眾多、支線龐雜，人物性格前後矛盾，
嚴格來說並不成功，但在創作過程中，溫瑞安歷經內憂外患的磨
煉，從文字風格到主題意識，都有明顯的轉化，這對後來溫瑞安
小說的成熟，有著關鍵性的作用。

難能可貴的是，文學史上具有主觀傾向的自傳體小說有很
多，如郁達夫的《沉淪》和羅曼‧羅蘭的《約翰‧克利斯朵夫》
等，但從武俠小說來看，溫瑞安還是第一個從事這樣創作的人。

其四，單人孤劍在京城闖蕩。《說英雄，誰是英雄》系列是主
要代表天一居士的弟子王小石，隻身來到京師，與金風細雨樓樓
主蘇夢枕、遊俠白愁飛義結金蘭，他有一幫與之同生死的兄弟，
還有傾心相戀的女俠溫柔，從這些人身上顯現著愛情、友情和親

情。

在京城各方勢力的紛爭中，王小石努力維護著正義：他以一箭三矢，在高手林立中挾持奸相蔡京；他臥底敵營，擊殺權相傅宗書；他憑一刀一劍，除掉瘋狂了的元十三限，為師父報了仇……在京城權力縱橫的煙雲中，王小石憑著自身人性的微弱光亮，映照出俠客的濃情，體現出正義的人格力量。

這樣一種成長模式，不只是在傳統武俠小說裡無法看到，就算是在古龍的小說裡也是沒有的。這依然是溫瑞安歷盡艱難，棲身香港，孤獨奮鬥的心路歷程的反映，同時，這也是現代人獨闖大都市才有的體會。闖蕩和維護正義的艱難，再加上心酸的情感，在溫瑞安的其他小說裡也都有不同程度的表現。

溫瑞安的小說側重人與命運的關係，擅長描寫極度情境裡的人性，這與金庸、古龍小說的風格都有所不同。溫瑞安小說裡的人物命運，往往都不是由自身所決定的，相當一部分都以悲劇結束。

《說英雄，誰是英雄》系列裡，自在門的師兄弟們的愛恨情仇，就是陷在命運的羅網裡。自在門師兄弟三人和小鏡、織女二女相識，小鏡姑娘對諸葛小花情有獨鍾，元十三限則對小鏡有愛慕之情，織女和天一居士則是相互關愛。

當元十三限向小鏡求愛時，小鏡則說出她心中所愛是諸葛小花，元十三限深恨諸葛小花。為了調和二人之間的矛盾，天一居士決定和小鏡演一齣戲給元十三限看，自己和小鏡假裝處於熱戀

之中。但是未料這一情景被織女看到，織女拂袖離去，天一居士
追去解釋，卻正巧被元十三限聽到。矛盾越來越深，甚至到無法
化解。

　　再後來，師兄弟實施刺殺奸賊的計畫，諸葛小花覺得有愧於
元十三限，在殺死了絕大多數護衛後，只留了一名高手，然後離
去，想把最終的成果留給元十三限。但誰也不知道最後留下來的
人，卻是武功最高的護衛。元十三限血戰之後才把高手殺死，當
他全身是傷回來後，才知道自己殺死的是小鏡的父親，小鏡從此
就再也不理元十三限。元十三限從心裡更加怨恨諸葛小花。從人
物之間複雜的人際關係來看，人物的性格形成了尖銳的矛盾，最
後不免一戰。

　　這些人物都是當世英雄，但也正如書中所說：

　　……只惜，一個人的行為受制於思想，而想法又受制於
現實環境：縱使英才人傑，也難以逾越這些條件的限制。本來
只是性格的不同和才能的差異，到後來卻糾纏在一起，糾纏了
幾十年，這幾個絕世人物在甜山展開了最後的生死決戰，令人
感嘆。[186]

　　溫瑞安不僅僅只是為了講述人與命運相糾纏，還有善惡相爭。

186.溫瑞安，《驚艷一槍》，風雲時代出版公司。

諸葛小花為了保護皇帝，並遏制惡勢力的膨脹而留在京城，天一居士率領一幫江湖豪傑與蔡京一黨爪牙，在郊外進行了一次決鬥。

雙方排兵佈陣，在智力和武力上進行爭鬥，元十三限殺了天一居士後，又被後來的諸葛小花擊敗，最後由王小石殺掉。這場酣暢淋漓的大對決，最終以反派的全面失敗而結束。

溫瑞安本人對歷史、神話、宗教、美學、武術、相學均有研究，其小說也打上了這些文化觀念的烙印。

《驚豔一槍》（1989）裡，元十三限的傷心小箭具有十分神奇的色彩。失意悲憤和傷心絕望都是其中的動力。這種箭法的氣勢和威力，確實可以達到出神入化的效果。習練到最後，不只是可以一箭雙矢，甚至還可以以自己的手指作為箭，以敵人的身體為弓弦。射出去的箭矢會有生命力，若無法射到目標還要返回來，不射死對手就還會繼續射出。這種箭法的本質，其實是在體現元十三限恨意的濃烈，描寫手法極其誇張，寫出了神話中英雄的效果。

溫瑞安也喜歡運用佛學思想來營造氣氛。除了武俠小說裡經常會出現的少林寺以外，溫瑞安在《驚豔一槍》（1989）裡將元十三限和天一居士的決戰，佈局在了一個破廟。元十三限躲在達摩神像中，卻不料被達摩神像困住。元十三限在達摩體內掙扎，天一居士與之較論佛理，通過佛法使他清醒過來：

元十三限呵呵長笑：「我一喝如雷，聞者俱喪，還不是

無敵？」

　　天衣居士反問：「何謂無敵？」

　　元十三限大喝一聲。

　　佛燈俱滅。

　　只見簷月。

　　月清明。

　　天衣居士又問：「何謂佛？」

　　元十三限指月。

　　月皎潔。

　　天衣居士一哂道：「掬水月在手，弄花香滿衣，那是無執
無迷，你卻執迷不悟：你沒有修道，何來佛意！」

　　元十三限不甘反問：「何謂道？」

　　天衣道：「至道無難，唯嫌揀擇。」

　　元限追問：「佛在哪裡？」

　　天衣：「你是元限。」

　　元十三限當當愕在那裡。

　　明月高懸。[187]

　　此處的對話頗有高僧參禪的風格，讀起來心頭澄明，淋漓盡
致。天一居士從氣勢上壓倒了對方，對佛與魔有了更加清楚的認

---

187. 溫瑞安，《驚豔一槍》，風雲時代出版公司。

識。但元十三限已經走火入魔：

> 元十三限突然一拳擊在自己下頷上。
>
> 達摩下頷立即滲出血來。
>
> 然後他說：「我不成佛。泥佛不渡水，木佛不渡火，金佛不渡爐。我捨佛成人。」[188]

接著元十三限和老林禪師、天一居士進行了一場決戰。與老林禪師的戰鬥，溫瑞安引用了一句禪語：「元限喝，老林斷」。老林禪師被元十三限殺死以前：

> 他接了元十三限一擊，刀斷，但卻竟在那一喝中悟了道，只覺數十年來，花開別離，雲散風雨，柳綠花紅真面目，一切生死關頭，都是白雲自在。滿眼淚光，也就是滿目青山了。可是斬他的人自己卻未悟。[189]

這裡融入了一些有關佛學的經文、偈語、禪道的內容，使讀者目幻神迷、深深沉醉。

同樣，破廟中也出現了陣法和巫術。天一居士和元十三限

---

188. 溫瑞安，《驚豔一槍》，風雲時代出版公司。
189. 溫瑞安，《驚豔一槍》，風雲時代出版公司。

對決時，天一居士利用了佈陣與巫術。元十三限的達摩祖師神像與天一居士四大天王和十二羅漢神像相互比拚。天一居士採用時光倒流躲避元十三限，控制元十三限心神。即使如此，天一居士武力不敵元十三限。元十三限大擺六合青龍大陣，阻攔了諸葛小花。諸葛小花的徒弟四大名捕，則擺陣破解六合青龍。最後諸葛小花用其絕招「驚豔一槍」擊敗了「傷心小箭」。

溫瑞安筆下很多武功場面以及陣法佈局，都充滿了神秘氛圍，讀者閱讀之時，彷彿身臨其境，極大提升了閱讀快感。

三、「超新派」、「現代派」的疑慮

1985 年前後，溫瑞安在香港的生活逐漸穩定，武俠小說的創作上也有了自己的風格，即「超新派」、「現代派」武俠小說。

溫瑞安早期的武俠小說裡，如《血河車》（1979）和《神州奇俠》（1977）明顯受到金庸和古龍的影響。《少年鐵手》第五集《常玩的女人》（1991）的後記中，溫瑞安細數了從古至今的武俠小說名家，然後談道：「我在少年時大抵把上述諸家的武俠小說都讀過了，吸收了不少養份，才技癢地東施效顰。」溫瑞安在繼承傳統武俠名家成果的同時，極力主張武俠小說突變：

……「新派武俠小說」如當日的「新文學」一樣，早已走到盡頭了……我甚至自喜於脫離於過去傳統武俠小說寫作的規範，同時也無意重疊過去武俠小說的趣味和邏輯，我的注意力

集中在詩和小說的交糅、武俠與文學的結合；我的焦點是人性裡的情和義。寫別人的，我寫不過他們，我只能寫溫瑞安的……」[190]

　　溫瑞安的武俠小說能夠不斷變化，與他的知識積澱、個人性格、生活經歷以及讀者品位的變化是有著密切關係的。溫瑞安本人掌握多種語言，包括漢語、馬來語，還有日語；在台灣讀書時，他深入研習現代詩和散文，還鑽研美學思想。

　　武俠小說讀者的審美品位在金庸之後被極大地提升了一個層次，電影、電視帶來的視覺衝擊，也使讀者的審美取向產生改變。

　　溫瑞安的創作，在注重情節之餘，細緻地描繪人物的內心，營造氛圍，寓情於景，在滿足舊的閱讀期待的同時，更借鑑影視劇的經驗，來適應讀者。

　　《四大名捕・開謝花》（1982）中，肖亮因為要報答恩情去阻撓冷血捉拿貪官吳鐵翼，與同樣使劍的冷血拉開了對決的帷幕：

　　這個平野菜圃，綠葉黃花，花莖細細高挑，嬌嫩清秀，使得四周的風都清甜了起來。

　　微風大概是自遠山那個方向吹來的。

　　那些山巒山勢輪廓，柔和地起伏著，透過一點點的陽光照

---

190. 溫瑞安，《刀叢裡的詩・後記》，風雲時代出版公司。

在泥土上散發的水霧中。

山竟是淡淡的，那或許是因為太遠之故。

陽光像一層金紗，輕柔地灑在花上。

遠處農寮邊，有個佝僂的農人在揮鋤。

看到了這麼美麗的地方，離離不禁要羨呼——但是她隨即想到，兩個驚世駭俗的劍手，要在此地作一場生死鬥。

一陣和風吹來，小黃花搖呀擺呀的，像給人吱喓得笑起來，磨擦著莖上的小片綠葉，發出輕微的聲音。

微風裡還夾雜著農人鐵鋤落地的聲音，還有一隻田鼠，正從地洞上悄悄探出頭來，眼珠兒骨溜溜轉了一轉，又折了個彎鑽了回去，尾巴還露出一小截在土洞外。

和風也吹動了蕭亮和冷血的衣襟。

就像田疇的微風拂動菜花一般自然，冷血拔出了劍。[191]

此段文字中有景色亦有人物，寫意般的自然風光與對決的濃烈氣氛，貌似不太匹配。各種感官彷彿都活躍起來，還有各種小生命：小黃花、老農、田鼠等，構成了一幅和諧的畫面。作者將美好的風光與生死對決奇妙地融合在了一起。冷血與蕭亮始終沒有痛下殺手，他們心存善意的品格也融進了美麗的自然風光中，

---

191. 溫瑞安，《開謝花》，見《骷髏畫》（本書為《碎夢刀》、《大陣仗》、《開謝花》、《談亭會》、《骷髏畫》合集），風雲時代出版公司。

並不顯得突兀，在衝突背後的深刻含義就是主張和平與安寧。筆觸在動靜結合間，也頗具律動的美感。

　　溫瑞安武俠小說很多地方都運用了西方現代文學中意識流的筆法，比如《傷心小箭》（1992）裡，天一居士布下的「大曼荼羅法陣」中，元十三限看到的景象，敘述了元十三限性情由來。

　　元十三限的出生地點名為「郵局」，名字十分奇妙。「郵局」是無人睡覺之地，僅僅是中轉書信之處。溫瑞安以「郵局」作為其出生地，也就是暗指他出生即是一個沒有夢想的人。不過元十三限出生後想方設法地睡覺，卻違背了日常規律，他白天入睡，做夢也是白日夢。元十三限的行為也讓「郵局」裡的其他人把他當做另類。

　　在那個荒僻但人口眾多的山村裡，人互常一個接一個地排隊在一條十字大道上，等太陽轉紅或轉藍，月亮轉黃或轉白；白的大家就工作，黃的大家便吃飯，紅的可以行走，藍的就要停止一切活動。誰也不知道為什麼要根據這些顏色來起居飲食，甚至也不明白為何這兒的月亮太陽會轉紅變白。[192]

　　這段表面上荒唐的文字背後卻有著暗喻，原來生活中缺少了夢想會是如此可悲而又無助。元十三限與這習慣鬥爭到底，原

192.溫瑞安《傷心小箭》，風雲時代出版公司。

本屬於有覺悟的人。可在之後的故事中，元十三限開始尋找起一
條狗，在尋找的過程中有很多蜻蜓飛舞。自在門的掌門人名為韋
青青青，元十三限、諸葛小花，還有天一居士等人均為韋青青青
之徒，諸葛小花長嘯之聲是犬吠，是以用狗來指代他，而蜻蜓其
代表了韋青青青，暗示韋青青青不要元十三限與諸葛小花結下仇
恨。可是後來出現了一面鏡子，隱喻小鏡姑娘。鏡子的出現，讓
局勢變得一發不可收拾，元十三限與諸葛小花之間的樑子越結越
深。

　　鏡子清晰到了清澈的程度之時，鏡裡就出現了一隻狗。

　　狗伸出了紫色細長而開叉的舌頭，正對他笑，尾巴居然還
開著一朵花。

　　小花。

　　這時際，他的感覺就似村民一樣：他憤怒極了。

　　他想殺了它。

　　我要吃了它！當他生起這種感覺的時候，鏡裡已沒有了
狗，只有自己。[193]

　　小狗尾巴長出了小花並笑著出現在元十三限眼前之時，元十
三限惱羞成怒，發誓要與諸葛小花決裂。

---

193. 溫瑞安《傷心小箭》，風雲時代出版公司。

　　此段原本是想像出來的意象，溫瑞安將其連接在一起，雖然有些跳躍，但是可見其豐富的想像力。

　　《少年冷血》（1989）中，小刀屢次被薔薇將軍折磨凌辱：

　　她眼裡的月亮已開始崩裂成三十七塊，腦裡有十六隻灰蝴蝶，振翅跌落，矇住心房，嗅覺、聽覺、味覺、視覺，都成了羞辱的感覺——這感覺像一壺燒燙的烈酒，直衝上她的喉頭，使她發出令人毛骨悚然、銳利得像月亮把夜空割了一個鉤形的洞似的銳嘶。[194]

　　這是對小刀心理的一段描寫，字數雖然不多，但是一字一句間都是小刀害怕惶恐和痛不欲生的表達。小刀的各種感官都已經混雜在一塊，精神面臨崩潰。這種敘述視角的運用，完全是西方現代派小說的技法，極大地增強了武俠小說的表現力。

　　1990年前後，溫瑞安的「超新派」，開始了一種更為大膽的嘗試。溫瑞安在《闖將‧後記‧不得不爾》（1987）中寫道：「用了大量的詩、詞以及嘗試以文字的重新組合，大膽標點，長短句交替，來加強文字內在的音樂性，和外在視覺的圖像效果。」

　　在《驚豔一槍》（1989）中，元十三限傷心神箭射出的場景：

194. 溫瑞安，《少年冷血》，風雲時代出版公司。

元十三限終於射出了他的箭。

他解弩、拔箭、拉弦、搭矢、放射──[195]

文字和鏡頭相結合，使文字的動作感很強，在描寫人物心理上也是寫瞬間的劇烈心理變化。

在溫瑞安的小說中，他還時不時將速度很快的武打動作，細分肢解成一個個慢鏡頭，且加上一番評說，顯然是借鑑動作電影慢鏡頭的效果。

《天下有敵》（1996）中，在眾人看來只是簡單的一場決鬥，溫瑞安卻用了22段的筆墨加以描寫，還添上了具體的評說。

這種寫法結合了文字和視覺的兩大優勢，文字的表達延長和視覺的瞬間呈現很好地結合在一起，新穎獨特。

但是，這種過於追求文字的視覺效果一旦氾濫，難免就會過猶不及，這其中最為人垢病的就是用圖像化堆砌的方式來表達場景。

《少年冷血》（1989）裡，溫瑞安描寫小刀被于春童的刀光所包圍，然後負傷：

薔薇將軍出手明明只一刀，但在小刀面前、小刀眼前、四面、八方、前後、左右，都是刀。

---

195. 溫瑞安，《驚豔一槍》，風雲時代出版公司。

　刀。刀。刀。刀。刀。刀。刀。刀。刀。刀。刀。刀。
刀。刀。刀；刀。刀。刀。刀。刀。刀。刀。刀。刀。
刀。刀。刀。刀。刀刀刀刀刀刀刀刀刀刀刀刀刀刀
刀刀刀刀刀刀刀刀刀刀刀刀刀刀刀刀刀刀刀刀
刀刀刀刀刀刀刀刀刀刀刀刀刀刀刀刀

　刀刀……

　小刀著刀！[196]

　　如此多的「刀」字，給讀者帶來一種強烈的震撼力，表現出于春童的刀光無處不在，刀光讓人逐漸感覺壓抑。

　　《驚豔一槍》（1989）裡，同樣採用了相似的描寫方法。神針婆婆與天一居士同心協力和元十三限搏鬥。事實上是神針婆婆協助天一居士，讓他能夠成功設陣，元十三限全程阻撓天一居士。三人武藝高強、各顯神通，但每個人眼中的所見卻有差別，像趙畫四所見的就是：

　　神衣十元士居天婆
　　天針居三神限婆衣
　　元衣婆神限針天三

196.溫瑞安，《少年冷血》，風雲時代出版公司。

十限士婆三元衣天[197]

　　溫瑞安將熟悉的人物姓名胡亂拼湊任意排列展現出來，以反映奄奄一息的趙畫四眼中所見，閱讀起來，新鮮有餘，但感染力不強。

　　很多人對溫瑞安圖像化的文字不太滿意，葉洪生就認為他的文字堆砌在一起有不少缺陷：「……不僅全部是獨立的一個字，而且排列亂七八糟，不但人們很難閱讀，而且也大大破壞了中國文字的美感，溫瑞安這種所謂的創新將武俠小說全部破壞掉了……」[198]

　　溫瑞安創立了新鮮的文字排版方式，花樣百出，利用文字的空間排列，來展示效果，確實在一定程度上，能夠幫助讀者進行場景想像，但從語法、句法和表達意境上來說，意義並不甚大。

　　其實這一切是由這一時期視覺文化氾濫而引起的。中國採用的是象形文字，經過千年文化的積澱，語言文字的美感不能依靠外在的形式，而是要通過內在的意境來體現。武俠小說的創作需要走文學之路，過分盲目追求新奇，去和電影、電視等視覺媒體的視覺效果競爭，可以說是不智之舉。

　　溫瑞安過人的才氣以及獨特的小說語言，產生了獨樹一幟的

197. 溫瑞安，《驚豔一槍》，風雲時代出版公司。
198. 葉洪生、林保淳，《台灣武俠小說發展史》，遠流出版公司，2005年。

「超新派」、「現代派」的武俠小說，推動了武俠小說的發展。但由於溫瑞安突變得過於強烈，使這種「實驗」存在很多的問題，在迷失武俠小說自我的同時，也導致了讀者的流失。[199] 這也是後來 20 世紀 90 年代中期，黃易一出，溫瑞安作品沒落的重要原因之一。

《刀叢裡的詩》

在「超新派」進行文字大膽嘗試前後，1988 年，溫瑞安創作了《刀叢裡的詩》。除一些中短篇小說，《刀叢裡的詩》是溫瑞安唯一的一部不屬於任何系列的長篇武俠小說，同時，也是溫瑞安處於「超新派」突變時期的作品，新的技法和新的形式在這部小說十分突出，但又沒有後期文字圖像化的過度氾濫。

《刀叢裡的詩》的故事情節其實很簡單，講述了官府和一些武林敗類聯合栽贓陷害，使「詭麗八尺門」的龍頭大哥龔俠懷鋃鐺入獄。故事推進的重點是圍繞著龔俠懷的冤獄展開，各色武林人物紛紛登場，社會的冷酷、世態的炎涼、人性的善惡均在這一事件中得到充分的展示。

書名化用了魯迅「忍看朋輩成新鬼，怒向刀叢覓小詩」的詩

---

199. 韓雲波，《論 90 年代「後金庸」新武俠小説文體實驗》：「時尚不停地變換，武俠方式也不停地變換，結果往往迷失了武俠的自我。溫瑞安的武俠寫越短，他努力去適應變動中的時尚，而時尚卻使他的武俠越來越沒有武俠，《六人幫傳奇》開始寫鬼話，《四大名捕鬥殭屍》雖然曲終奏雅交代了一個武林的大陰謀，但過程卻是鬼打鬼，已經彷彿是西方的巫術文學，而不再是中國的武俠小説。本來格局宏大、意味深遠的《説英雄，誰是英雄》，到了 1998 年的《天下有敵》，六十萬字僅僅是津津有味地寫了兩場將時空都放大了的殺人遊戲，越殺越殘酷，已經不是人物心理的變態，而是描寫文字的變態，構造著對讀者的強烈刺激。」見《重慶大學學報・社會科學版》，2005 年 11 月。

句，溫瑞安借題發揮，大寫悲憤之情，將「神州詩社」的舊事做了一次總結。龔俠懷明顯是「神州詩社」時期溫瑞安的化身，但除了剛開始時曇花一現外，主要的描寫對象則是那些千方百計營救龔俠懷的英雄豪傑。

溫瑞安《刀叢裡的詩》書影，風雲時代出版

書中主題之一的「背叛」，在溫瑞安多部小說中都已寫過，「詭麗八尺門」中的「叛徒」，影射當初溫瑞安心中的「叛社」諸人——陰謀誣陷、兩面三刀、落井下石、幸災樂禍。

另一主題「俠義」，則借書中與龔俠懷交情泛泛，甚至原有不同恩怨過節的葉紅、王虛空、星星、月亮、太陽等人，表現出「大義當前，捐棄私怨」的偉大情懷。溫瑞安借這部小說對當初在「神州詩社」落難時曾幫助過他的朋友，表達了深切的感念。[200]

《刀叢裡的詩》全書詩意縱橫，開場就非常濃厚：

200.《刀叢裡的詩》一書中主人公葉紅，是指葉洪生，對溫瑞安批評最多的葉洪生，卻在溫瑞安落難時為他而奔走營救。溫瑞安，《古今多少事，盡付笑談中——我寫俠者書生葉洪生》，刊載於《大相公》，香港自由人出版集團有限公司，1990年3月。

仇家已布下重重包圍，等待他的來臨。

——他會來嗎？

那個一向把行俠仗義當作是在險惡江湖裡尋詩的龔俠懷，在這雪意深寒的晚上，

還是會來

這條寂寞的長街麼？[201]

開筆醒目，直戳人物內心，後續的文字完全以人物內心獨白構成：

枯樹。

枯枝中有一椏，像駱駝般沉頸折往地面來，在風裡正迎著龔俠懷輕顫。

枯瘦的枝頭上，居然開著數蕾的花，色澤嫣紅。

「是春花吧？」龔俠懷覺得這第一朵春花映面像一支槍，還亮著紅纓，在蒼寒裡分外淒豔地綻放著，「今年開早了哩。」

然後一陣風徐來，一朵花薄命地離了幹，薄幸地迴旋而降，落在龔俠懷的錦袍上，還連著一截幼梗。

龔俠懷忽然因為一朵花而想起亡妻，不由嘆了一聲。[202]

201.溫瑞安，《刀叢裡的詩》，風雲時代出版公司。
202.溫瑞安，《刀叢裡的詩》，風雲時代出版公司。

　　這段文字細膩清新，詩味極濃。抒情之筆後面，緊跟著龔俠懷輕描淡寫地打發前來行刺他的殺手，輕勝高手大刀王虛空，敘述視角跳蕩遊移，卻始終與人物結合為一。

　　以葉紅看雪花的獨白，將葉紅的氣度胸襟與寂寞感慨表露無遺。以宋嫂的獨白說出八尺門的自私和對龔俠懷的佩服，沉猛暢快。以嚴笑花的獨白說出對龔俠懷的思念與擔心，以冰三家的獨白說出她對葉紅的關心與愛。

　　這些文字，不僅成功地表現人物，更借他們獨白的對象，讓小說的情感表現得更為淋漓盡致。

　　全書各個段落，詩意盎然，隨手翻來，盡是詩句：

　　只要在冬雪裡舞一場劍，把一生的情深和半生的義重都灌注在裡頭，大抵就是舞過長安舞襄陽而終於舞到江南的水岸。

　　那笛聲就像淒美得可以讓人一口一口的鯨吞，它進入耳裡，縈繞在腦裡，迂迴在心中，直攻入愁腸，百轉無人能解，糾纏化成鬱結，不哭一聲，不訴一聲，就把人的記憶導引向要忘了的那一段沉浮，把白晝換上黃昏的寂寞，讓人逐漸失去自己的感覺，而在歲月的微光裡平添害怕，並且不甚快樂。

　　那是個明亮的好天氣，天比青還藍，雲比白還清；窗外，

有鳥從啁啾至驚喧：衖外，有孩童嬉笑聲傳來。

……這種天氣，讓人忘了憂慮，連灰色都可愛了起來，連悲哀都很精彩。[203]

在小說的打鬥描寫上，溫瑞安更是發揮詩人的特長，將句子寫得跌宕有致，詩意躍然紙上：

葉紅沒有聽下去。

他已返身、返首、反手、反擊。

他已氣定、神閒、心靜、手穩。

他以一支倒衝上天的瀑布的身姿反擊。

對李三天而言，葉紅那一劍，不是勾魂，也不是奪魄，而是大天涯。一種從黃河源，到長江頭，自漢水東到漢水西，魂盡天涯無飄泊，轉成了電的速度雷的震愕向他刺來。

他震劍招架。

血濺。

濺血。

綾羅上多了一幅織不出來的血花圖。[204]

203.溫瑞安，《刀叢裡的詩》，風雲時代出版公司。
204.溫瑞安，《刀叢裡的詩》，風雲時代出版公司。

句子的錯落間，藉節奏表現出情節的張力，姿態百出，氣象萬千，勾勒出一種詩的意境、美的圖畫。

《刀叢裡的詩》人物塑造各有特色，讓人閱後難忘。龔俠懷的英風豪邁；葉紅、王虛空、黃捕鹿、石暮題、哈廣情等人愛管閒事、勇於擔當的正義感和人情味，不計生死、不圖私利的情懷；嚴笑花、宋嫂、冰三家的三種迥然不同性格的情和義，耀人眼目。即使是書中的次要人物，作者也沒有等閒視之，寥寥數筆，也能勾畫得十分形象逼真。

《刀叢裡的詩》是溫瑞安在其「超新派」風格的探索過程中，最為成功、也最具生命力的一部作品。

第二節　古典新芽黃易

黃易（1952—2017），原名黃祖強，畢業於香港中文大學藝術系，求學時修習中國傳統繪畫，曾擔任過香港藝術館助理館長，負責促進中西文化間的交流。大致 1989 年前後，黃易辭去藝術界工作，專心從事武俠小說創作。2017 年 4 月 5 日，黃易中風，於醫院病逝，享年六十五歲。

黃易的小說創作被分為兩大系列：異俠系列和玄幻系列。其武俠小說以長篇居多，《尋秦記》（1994）近二百五十萬字，而《覆雨翻雲》（1992）、《大唐雙龍傳》（1996）、《邊荒傳說》（2001）都長達數百萬字。中短篇《破碎虛空》（1988）、《荊楚爭雄記》

（1990）等書亦大有可觀。

　　黃易的作品在 20 世紀 90 年代席捲台港，受到當時大學生、中學生等青年讀者追捧，售量達百萬冊以上。隨著互聯網的發展，黃易的作品也風靡網路。黃易寫作習慣是每月出版一集，每集十余章，香港的書一面世，就有愛好者掃描上傳網路，在《大唐雙龍傳》（1996）、《邊荒傳說》（2001）暢銷期間，每月的中旬，都有

黃易最後一部作品《天地明環》書影

無數的網友在電腦前等待黃易小說的更新，期盼先睹為快。

　　黃易的武俠小說可以很明顯看到金庸和司馬翎作品的影響，這與古龍、溫瑞安將現代主義手法引入武俠小說的創作思路大為不同。黃易的作品反映出武俠小說對於傳統風格的複歸，呈現出新古典主義的味道。

　　黃易本人對此也從不諱言：

　　他們兩人的文筆均臻達圓熟無限的境界，魅力十足。金庸對人物的描寫栩栩如生，活現紙上；司馬翎則對人性的刻畫入木三分、大膽直接，卓見哲理俯拾即是……他們各自創造出

一個能夠自圓其說、有血有肉的武俠天地！[205]

　　黃易在其寫作過程中，借鑑了金庸的武俠與歷史相結合的寫
法，但在展開情節時，他把人物歷險作為其中的線索，使虛幻與
歷史有序連接在一起，構成了一幅宏大的畫卷。

　　黃易主修藝術，涉獵龐雜，他的作品中有不少有關術數、星
相、機關等方面的東西，但是不像其他武俠小說作家寫得那樣玄
妙，而是給予了合理的解釋。在《大唐雙龍傳》（1996）中，黃易
曾經花了很多篇幅提及「玄學」，如「四九之數」「梵我如一」等，
但是這些元素經過黃易在書中的解釋，並不十分神秘。書主之一
徐子陵對《易經》中的一句：「大衍之數五十，其用四十有九」解
釋說：「就像五十張椅子坐了五十個人，假若規定不准換位，又不
准走開，自然不會有任何變化。可是若少了一個人，空了張椅子
出來，那自然會產生很多的變化了。」簡潔明瞭，更能令當代青年
人接受。

　　黃易對司馬翎的承襲更多地可以通過書中人名的相似體現
出來，甚至還有一些人物形象，以及人物情節是直接調用的，如
《尋秦記》（1994）中項少龍與《檀車俠影》（1968）中的徐少龍；
《覆雨翻雲》（1992）中的秦夢遙形象與《劍海鷹揚》中的秦霜波

205.《高手雜誌・試刊號》，《人物專訪：無限的可能性——九〇年代的武俠旗手》，1997年
　　12月。

形象；《大唐雙龍傳》（1996）中徐子陵與石青璇初次見面時，石青璇戴上假鼻子破壞容貌的做法，和《玉鉤斜》（1970）中冷于秋不欲使人驚豔，戴上假鼻子的情節如出一轍。

黃易全面借鑑了兩位作家的創作風格，更在人物、情節等多方面有了突破性進展。從其敘事方面來看，黃易儘管採用了第三人稱的手法，但是在很多作品裡仍然使用的是限制性的敘事手段，讀者的資訊都是通過閱讀感覺出來的。這樣一方面使讀者有了身臨其境之感，另一方面也在情節上有所翻新，特別是設計了不少新主角，使場景變得更加開闊，構成多元的層次感。

黃易對武俠小說創作有著自己獨特的認識，他認為：

武俠小說是中國的科幻小說。它像西方科幻小說般，不受任何拘束限制，無遠弗屆，馳想生命的奧秘，與中國各類古科學結合後，創造出一個能自圓其說的動人天地。在那裡，我們可以馳騁於中國優美深博的文化裡，縱橫於術數丹學、仙道之說、經脈紋理、詩歌詞賦、琴棋書畫、宗教哲理，任由想像力作天馬行空的構想和深思，與歷史和人情結合後，營造出武俠小說那種獨有的疑幻似真的小說現實，追求難以由任何其他文學體裁得到的境界。[206]

206.《高手雜誌‧試刊號》，《人物專訪：無限的可能性——九〇年代的武俠旗手》，1997年12月。

　　黃易深入地展露了他對「武俠」的理解。《翻雲覆雨》（1992）
中的「唯極於情者才能極於劍」、《破碎虛空》（1995）中的與天地
合一，飛馬升逝，都可以說是黃易自身對「武道」境界的嚮往與領
悟。

　　相對於醉心於武道的闡釋，《尋秦記》（1994）走的是另一條
路徑。當他將武俠和科幻結合，推出主角「穿越過去」的《尋秦
記》（1994）後便一舉成名。

　　黃易的武俠小說，每一部都有具體歷史設定，但與梁羽生、
金庸等人依託歷史，文學化地虛構「武林大勢」不同，黃易的作品
中明顯淡化江湖，將筆鋒轉向在歷史的大潮流中堅持自我抗爭的
小人物。

　　黃易的作品通常是以「亂世」為主題，《尋秦記》（1994）把戰
國末年作為時代背景，《邊荒傳說》（2001）以東晉「淝水之戰」前
後的「十六國」亂世為背景。

　　黃易的武俠小說融入歷史背景，將虛構人物的歷史恩怨作為
具體的情節，或者直接把歷史人物作為主角，來編造相應故事。
其採用最多的方式，還是虛構人物作為主角，在書中會出現一系
列歷史人物或者是相關事件，呈現出歷史真實的效果。

　　黃易的小說將主人公的能動性發揮到極致，武俠人物與歷史
人物身分之間的距離迅速縮短，不是歷史人物進入武俠小說成為
點綴，而是武俠人物直接左右歷史進程，這種深入性是前所未有
的。《尋秦記》（1994）中寫項少龍在戰國爭雄時造就了秦始皇，

結尾時神來一筆，項少龍的兒子居然是「項羽」！《大唐雙龍傳》
（1996）將書主之一的寇仲描述成一個可以與李世民抗衡的重要
人物。

　　黃易說過：「歷史是武俠小說『真實化』的無上法門，如若一
個棋盤，作者要做的便是如何把棋子放上去，再下一盤精彩的棋
局……對我來說，抽離歷史的武俠小說，特別是長篇，便失去與
那時代文化藝術相結合的天賜良緣。」[207]

　　黃易在盡力渲染歷史環境和歷史氛圍的同時，卻將武俠小說
「門派」的傳統作用逐步淡化。黃易的小說中不是沒有門派，從
《覆雨翻雲》（1992）到《大唐雙龍傳》（1996）中的慈航靜齋、
陰癸派等，又如前者中的菩提園、書香世家、西寧派、怒蛟幫、
紅巾盜、乾羅山城，後者中的滅情道、補天閣等。但需要看到的
是，台港新派武俠小說中盛極一時的「九大門派」不見了，即使出
現的新生門派，其本身在小說中也從未正式出現過，黃易將筆墨
集中在對門派中代表人物的描寫。而門派的出現往往是政治的後
果，甚至可說是政治勢力的產物。

　　如在《覆雨翻雲》（1992）中，「八派聯盟」是白道的主力，他
們在元末爭霸中支持朱元璋，得到了官方的認同，成為朱元璋用
於約束黑道的重要力量；而黑道的怒蛟幫、紅巾盜等幫派，是由

207.《高手雜誌・試刊號》，《人物專訪：無限的可能性——九〇年代的武俠旗手》，1997 年
　　12 月。

失敗的農民起義軍轉化而來。它們既對政治產生影響，同時政治也會對他們產生影響，與傳統意義上的門派有著十分明顯的區別。

宏大的歷史敘事結構，也催生了黃易小說的字數，與前輩武俠作家數十萬字的篇幅相比，黃易的每部武俠小說差不多都超過了百萬字的篇幅。因此，傳統的復仇模式和正邪對決模式已不足以撐起整個小說。

《覆雨翻雲》（1992）中，正派的人物風行烈、戚長征、韓柏等人，與反派人物龐斑、方夜雨等人實際上並不存在個人恩怨，他們是以整個大明江山作為鬥爭的重點。主角通過各種層次進入時代鬥爭中，全面體現出民族間的衝突。人物之間的悲歡離合、恩怨情仇都是在這一大前提下進行的。

從黃易的作品來看，其小說人物關係網空前複雜。其一，就是要把最具有代表性的場景選入其中，展示出所有勢力的代表，並把他們之間錯綜複雜的關係體現出來。其二，在描寫眼前場景時，不忘天下大勢，通過人物的語言來體現時代的動盪發展。黃易小說中會有很多人物，《大唐雙龍傳》（1996）中出現的人物多達百人，從霸主梟雄到地痞流氓，人物身分概括了社會的所有階層，整個故事也因許多的人生軌跡而顯得豐富多彩。

黃易小說的另一個巨大特色是將「玄學」的哲學概念滲入人物的內心追求。這與金庸、梁羽生的「為國為民、俠之大者」固然大為不同，與古龍筆下人物追求個人自由的浪子人生也沒有太大交集。

　　玄學是我國魏晉時期由於「五胡亂華」以及外來思想的影響而形成的一種融道、佛二教精神為一體的哲學思潮，其主要含義有如下幾個層面：「一、玄理，玄言，不是對某種具體道理的闡述，主要是談及一些抽象的學說；二、玄妙、玄化，突破以往的感性具象的限制，以便從更高的層次上加以理解；三、玄靜、玄曠，從精神和人格上獲得更大的追求。」[208]

　　玄學一掃兩漢經學的陳規陋習，從文風上也給人清新之感。從《世說新語》中即可窺見「玄風」熾盛時，思想撞擊的激烈、辯難的高度技巧和時人俊雅雋永的談吐，開放新鮮的觀念。

　　玄學由於對具象人生之外的目標加以關注，所以具有一定遠見和脫俗的思想。這種超越現實、追尋理想的唯美氣質就特別容易與藝術合流，中國的文學史上眾多的理論和作品可為明證。

　　黃易小說吸收了玄學的人生趣味與追求、生命觀念與體認、哲學思想與方法，從而創出武俠小說中一種人物新的追求目標。這些表現，在具體的人物身上都是一些形而上的問題，如浪翻雲對現實產生的懷疑，厲若海自覺地使自我與現實之間存在距離，龐斑以自我作為目標，以使自己超越生命的極限，或者如跋鋒寒時時把自我從當前所處的環境分離出來，從一個新的高度對自我進行反省。黃易小說的人物一方面融入時代浪潮中，另一方面，也一直以「局外人」「旁觀者」的身分審視自我，並對自我的個體

---

208. 于占濤，《一統下的爭鳴──魏晉南北朝哲學》遼海出版社，2006 年。

存在進行反思。這種生命的自覺性，在此前的武俠小說創作中是
不曾出現的。

《大唐雙龍傳》（1996）中寇仲想一統天下，但他這樣做的目
的就是要追求勝利感：

> 我更嚮往的卻是那得天下的過程，那由無到有，白手興國
> 的艱難和血汗……固然我現在已是泥足深陷，難以言退，但
> 真正的原因，是男兒必須為自己確立一個遠大的目標，然後永
> 不言悔地朝這目標邁進，不計成敗得失……且看你身邊的人
> 吧！有哪一個是真正快樂和滿足的？我們唯一能做的事，就是
> 苦中作樂！於平淡中找尋真趣，已與我寇仲無緣。只有在大時
> 代的驚濤駭浪中奮鬥掙扎，恐懼著下一刻會遭沒頂之災，才可
> 使我感到自己的價值和存在……我本是個一無所有的人，也
> 不怕再變為一無所有……[209]

在這些話語中，出現的「過程」、「奮鬥」等，都是現代人常
常掛在口中的名詞，卻借此表明了一種對生命充滿清醒的自覺和
理解的熱愛。

玄學追求玄妙、玄遠境界，「為了感受宇宙的存在以及人生
的價值」，所以黃易將武俠小說中的「武」與「道」保持同一高

---

209. 黃易，《大唐雙龍傳》，雲南人民出版社，2010 年。

度，武技不只是一種途徑，甚至還可以說是一種手段，其主要目的就是拉近人與自然之間的距離，最終目的就是要破解人生的方向，所以具有一定的象徵意義。

黃易的小說裡，「心法」成了武功提高的關鍵。但這個「心法」與之前武俠小說所闡釋的「心法」迥異。黃易的「心法」是對於天地人生的理解，理解境界的高低便代表著武道的高低。

《破碎虛空》（1988）中傳鷹與八師巴一戰，將武功招式的爭鬥完全摒棄，純寫精神的經驗與心靈的感受：

思想的領域是那樣無邊無際，在剎那間可以超越億萬裡外感應到不同時空、不同層次的奇事物，

……就在那時間，他感應到八師巴，也感應到自己，自己便是八師巴，八師巴便是自己，是最小的一點，也是最大的一點。[210]

傳鷹與蒙赤行長街戰鬥之前的一段文字，更加精彩：

一股前所未有的喜悅，湧上心頭。目下雖是置身於一間大戶人家放置廢物的閣樓內，在他的眼裡，卻是勝比皇宮別院。每樣東西都出奇地美麗。在窗外透進的陽光下，一切事物

210. 黃易，《破碎虛空》，華藝出版社，2003 年。

都光輝閃閃。牆角密佈的蜘蛛網，地板上的殘破傢俱，其存在
本身，已隱含至理，帶有某一種超越物質的深義。[211]

「天下有大美而不言」。傳鷹的感覺正在和玄學所力求達到的
「空靈」境界相符合。小說的結尾，傳鷹一人一馬，凌空躍起，
以一個扣人心弦、超越世間一切美態的姿勢踏入虛空，在虛空裡
劃出一條美麗的弧線，忽隱忽現，慢慢消失，浪漫神秘，意境雋
永。這類武功表達，就是黃易所要表達的「藉武道以窺天道」。

黃易也有其庸俗化和功利性的一面，這主要是由香港巨大的
商業性所帶來的。黃易小說中有大量的色情描寫片段，特別是在
《覆雨翻雲》（1992）和《尋秦記》（1994）中，從某種程度上來
看，作者是為了更好地迎合大眾的需要，因此「人物形象相對比
較單一，特別是在女性刻畫上相對比較模糊，男女之間未能建立
起真正的情感，甚至還出現了以欲代情的發展趨勢，這種對感官
刺激的描寫使作品的藝術性大大降低」。[212]

除此之外，黃易的小說通常篇幅較長，故事攤子鋪得也較
大，而且採用分卷發行的出版機制，再加上作者的才力和精力相
對有限，小說情節有些冗長，所以能放開卻無法收攏，「如能刪
創其中至少三分之一的無謂打鬥場面，論者所謂『媲美金庸』的成

211. 黃易，《破碎虛空》，華藝出版社，2003年。
212. 佚名，《黃易武俠小說創作論》，見http://www.3600oc.com/content/10/1221/10/4711110
9_79986659.shtml

就，方才能有著落。」[213]

由於商業化的原因，黃易在處理一些細節時顯得有些隨意，甚至還出現了不少「硬傷」和「漏洞」。如《大唐雙龍傳》（1996）中人物的詩，大多數都是書中人物所處朝代以後的作品。如第六十三卷第十一章「一見不疑」中石之軒高唱：「大風卷兮，林木為摧，意苦若死，招憩不來。百歲如流，富貴冷灰，大道日往，苦為雄才。壯士拂劍，浩然彌哀，蕭蕭落葉，漏雨蒼苔。」以及「空潭瀉春，古鏡照神，體素儲潔，乘月返真。載瞻星辰，載歌幽人，流水今日，明月前身。」分別為唐代司空圖《二十四詩品》中的「悲壯」和「洗練」。

黃易通過其豐富的想像力以及淵博的文化知識，將歷史、宗教、玄學、科幻、戰爭、謀略等元素融為一體，為武俠小說注入了新的活力，創造了一個令人耳目一新的武俠世界，這無法用「色情文化」「遊戲文化」等可以簡單地進行界定和概括。小說文本形式更成為後來網路盛行的「穿越」「玄幻」類小說的濫觴，對武俠小說的巨大推動作用不可忽視。

《大唐雙龍傳》

《大唐雙龍傳》出版於 1996 至 2001 年，跨度長達五年，共六十三卷，寫作時間上接《覆雨翻雲》（1992），下接《邊荒傳說》

213.葉洪生、林保淳，《台灣武俠小說發展史》，遠流出版公司，2005 年。

（2001）。《大唐雙龍傳》1996 年 1 月出版第一卷時，《尋秦記》
（1994）尚未寫完，黃易在 1996 年 7 月結束《尋秦記》，並再版了
《破碎虛空》（1988），此後，將全部精力投入到《大唐雙龍傳》的
創作。

　　《大唐雙龍傳》以隋代末年群雄割據為背景，講述揚州城裡兩
個三餐難以為繼的小混混寇仲、徐子陵，憑著初生之犢的勇氣，
在亂世的洪流中力爭上游，最後成為無可比擬的武學宗師，改變
天下命運的故事。全書長達五六百萬字，事件百餘件、人物百
餘位、大小戰役數十場，而「經緯井然，有條不紊，無論是演武
功、寫人物、談戰略、設機謀，所在皆有可觀」。[214]

　　黃易採用一種雙主角的架構方式，以寇仲和徐子陵兩個人物
作為故事的主要線索，但是兩條線索並不是互相孤立的，而是時
分時合。寇仲的故事從政治軍事方面來體現，徐子陵的故事則從
江湖事務方面來體現。當兩人在一起時，黃易以二人的經歷作為
主線，兩人分開時，則採取「花開兩朵，各表一枝」的表現手法。
情節推進中，寇仲作為少帥軍的領袖爭奪天下，而通過徐子陵
來體現江湖勢力間的鬥爭。軍事集團的變化對江湖幫派會產生影
響，而江湖幫派勢力的變化又對戰場的成敗起到了決定作用，兩
條線索有時分開，有時收攏，推動故事不斷向前，使情節有序發
展。

---

214. 葉洪生、林保淳，《台灣武俠小說發展史》，遠流出版公司，2005 年。

《大唐雙龍傳》中，故事的展開與歷史事件結合緊密，黃易達到了歷史背景中所包含的最大限度：背景中所展現的歷史是真實的，人物則是已經虛擬化的人物，儘管書中有很多思想和行為都極具現代化了，結局仍然採用了歷史中的結局。

黃易《大唐雙龍傳》初版書影

全書以寇、徐做主角，但其對立面的人物，像李世民、李靖等並不是傳統意義上的反面人物，他們之間的爭鬥更多地表現為理想之間產生的衝突。這一點，就像書中人物的感嘆：「在爭奪天下到了最後，你就會知道，身邊要麼是朋友，要麼是敵人。」他們之間的對立體現為理想追求的對立，黃易憑藉自己的巧思妙想在其中進行了極大的調和。

《大唐雙龍傳》裡，黃易極力營造真實的歷史氣氛。在整部書中，黃易將中華大地描述為一個棋盤，線索與線條交匯之處，就是人們之間衝突存在的地方，是以黃易特別關注如何描寫環境：

一年成邑，二年成都，故有成都之名。戰國時秦惠文王更元九年秋，秦王派大夫張儀、司馬錯率大軍伐蜀，吞併後置蜀

郡，以成都為郡治。

翌年秦王接受張儀建議，修成都縣城。縱觀歷代建築，或憑山險，或占水利，只有成都既無險阻可峙，更無舟楫之利……成都本城周長十二里，牆高七丈，分太城和少城兩部分，太城在東，乃廣七里；少城在西，不足五里。隋初，成都為益州總管府，旋改為蜀郡。

大城為郡治機構所在，民眾聚居的地方，是政治的中心，少城主要是商業區，最有名的是南市，百工技藝、富商巨賈、販夫走卒，均於此經營作業和安居……首先映入眼簾的是無數的花燈，部分掛在店鋪居所的宅門外，部分則是在行人的手中，小孩聯群結隊提燈嬉鬧，多種款式都相互存在……少女們都打扮得花容月貌。[215]

黃易對環境的描寫，深入到歷史、建築，以及風土人情等，在此前的武俠小說中是少見的，營造出的歷史氣氛也是不言而喻。即使在歷史中沒有記載的無名之地，也充滿歷史人文氣息，如描寫飛馬牧場：

從正面看去，飛馬山城更使人嘆為觀止。城牆依山勢而建，順著地勢起伏蜿蜒，形勢險峻。城後層岩裸露，穴道崢

---

215. 黃易，《大唐雙龍傳》，雲南人民出版社，2010年。

嶸，飛鳥難渡……入城後是一條往上伸延的寬敞坡道，直達最高處場主居住的內堡，兩旁屋宇連綿，被支道把它們連結往坡道去，一派山城的特色。[216]

　　這種描繪，正是恰好地描寫了身處亂世的地方勢力，力求可以實現自保的心理，但是他們在其中所看到的景象又不同，與前者相比較，完全可以體現出防禦和居住需要的差異：

　　場主商秀珣的起居處是飛鳥園，位於內堡正中，由三十餘間房屋組成，周圍有風火牆，是磚石結構的建築群……經過依屋舍而建的一道九曲回廊，沿途美景層出不窮，遠近房屋高低有序，錯落於林木之間，雅俗得體……廳堂等主體建築兼用穿鬥式和抬樑式的樑架結構，配以雕刻精美的樑簷構件和華麗多變的廊前掛落，加強了縱深感……[217]

　　前處則主要是把實用作為切入點，而在這裡則更加關注審美，這種對建築似乎漫不經意的描寫，使歷史真實感有所拓展。
　　《大唐雙龍傳》中，秉承了黃易一貫對「武道」的追尋，內化為人物的一舉一動、一起一落，「在高手對壘裡，生死勝敗只在一

216. 黃易，《大唐雙龍傳》，雲南人民出版社，2010年。
217. 黃易，《大唐雙龍傳》，雲南人民出版社，2010年。

念之間，生命臻至最濃烈的境界。」「在非常情急的時刻，生命才
會顯露她的真面目。」徐子陵、寇仲、跋鋒寒、石之軒，各自在不
同道路上前行，都是為了挑戰生命的極限，在探求追索的畫卷中
聲貌宛然：

　　忽然間寇仲從極度悲傷內疚中提升出來，晉入井中月的境
界，那非是代表他變成無情的人，而是必須化悲憤為力量，
應付眼前的困局，保住性命來贏取未來的最後勝利。經過這
些年來的磨煉，他終於明白了宋缺的警告「舍刀之外，再無他
物」，他感到整個天地在延伸，腳踏的大地擴展至無限，自亙
古以來存在的天空覆蓋大地，而在他來說，自己正是把天地聯
繫起來的焦點和中心，天地人三者合一。他清楚曉得，在這生
命最失意失落的一刻，他終臻達宋缺「天刀」的至境……[218]

　　武功境界的提升與人生的閱歷是息息相關，突然的超越又彷
彿禪宗的「頓悟」，黃易成功地將對「道」的追求通過人的一舉一
動表現出來，並把其融入於人們普通的日常生活中，這使人們眼
中平凡的東西都被賦予了深刻的美感。在描寫打鬥場面上，則有
明顯的畫面感：

---

218. 黃易，《大唐雙龍傳》，雲南人民出版社，2010年。

　　話猶未了，一道黑影帶著漫天水珠，從十丈外的河面斜沖而起，流星般橫過水面，飛臨小艇之上……他們尚未有機會看清楚對方的模樣，強大無比的勁氣狂壓而下。千萬股細碎的勁氣，像鋒利的小刀朝三人襲來，砍刺割劈，水銀瀉地的令人防不勝防……跋鋒寒和寇仲同聲大喝，一劍一刀，織出漫空芒影，有如張開的傘子，往上迎去。徐子陵矮身坐馬，一拳擊出……空中那人背對明月，身後泛起朗月射下來的金芒，正面卻沒在暗黑中，邪異至不能形容的地步。[219]

　　這一段文字具有強烈的畫面感，人物動作如在眼前。

　　《大唐雙龍傳》也吸納了古龍小說的一些設置懸疑的手法和技巧，如寇仲和徐子陵為翟嬌追回八萬張羊皮的事件，翟嬌先丟羊皮，寇仲、徐子陵去追查的時候不只是線索斷開，而且又發生了安樂慘案，嫌疑人在後面不斷出現，卻又不斷地被否定。到底誰是真正的兇手？劫貨者又有何其他目的？其中所有的問題都對讀者產生了巨大的吸引力，直到最後才揭破拜紫亭手下的宮奇才是其中的首領。

　　《大唐雙龍傳》是黃易武俠小說中最具代表性的一部作品，既是其優點的大成，也是其缺點的明顯體現，除了因為商業化的傾向，人物往往流於膚泛描寫，缺乏一定的心靈探索與人性反思

---

219. 黃易，《大唐雙龍傳》，雲南人民出版社，2010年。

外，在語境上，也往往有「夾生」感，比如，《大唐雙龍傳》裡不
但是古人常說現代話，而且是常說廣東話。「一世人兩兄弟」「若
果」「一把聲音」等等反覆出現的詞語，都是現代廣東才有的語
境。這些都極大地影響了這部小說的品質。

第十六章

天西涼月下宮門

——大陸武俠小説(1949-1999年)發展概説

第一節　革命小說有「武俠」

　　新中國成立之後，大陸全面禁止出版武俠小說，時間長達三十餘年，大陸的武俠小說創作和出版進入了停滯階段。部分以前的武俠小說，如清代的《三俠五義》等書曾經印刷過，相對來說，品種和數量極其有限。「文革」開始後，文藝作品尚且不能正常出版，更加遑論武俠小說。

　　「文革」之前，武俠小說作為通俗文學的一種類型，其

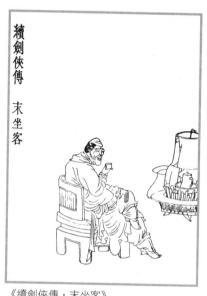

《續劍俠傳・末坐客》

出版創作是被排斥甚至是禁絕的，可是想要去除人們對武俠小說的心理需求，卻是一件不易的事。這種簡單粗暴將武俠小說徹底掃蕩，歸入歷史故紙堆的做法，其實並沒有使武俠小說在民眾心中絕跡。

　　當時提出的口號「文藝創作要為工農兵服務」。文學作品要服務大眾，並且得到群眾的關注，這也是當時文學創作的發展方向。為了解決上述問題，作家們一直在進行探索。

　　在這一文學創作時期，革命英雄傳奇的故事無疑傳承了武俠

小説部分遺韻。在這些小説中，革命英雄，或多或少延續了曾經
的俠客形象。

　　事實上，早在 1949 年之前，作家馬烽、西戎、袁靜、孔厥等
人就寫出了《呂梁英雄傳》(1944)、《新兒女英雄傳》(1949)，獲
得了成功。這些小説「有著舊小説的痕跡，但又揚棄中國舊小説
的創作」。[220]

　　所謂的「舊小説」其實也就包括了武俠小説。這種對「舊小
説」的處理技巧得到了不少作家的關注。1949 年之後，大量富有
傳奇色彩的小説陸續問世，並深受歡迎，其中像《鐵道遊擊隊》
(1953)、《林海雪原》(1957)、《野火春風鬥古城》(1958)、

小説《烈火金鋼》改編的連環畫

《烈火金鋼》（1958）、《敵後武工隊》（1958）等都是其中名作。[221] 這些小說的部分因素，其實是對武俠小說資源的繼承和發展。

這些小說中的革命英雄，某種程度上的確披上了政治的外衣，但是從深層次來看，還是頗具除暴安良的草莽英雄、濟世俠客的色彩，而且得到不少人的青睞。武俠小說儘管受到了限制，但是它的一些典型的情節卻在這些小說裡通過改造，得以「合理」地出現。

在新中國成立十多年的時間中，主流作家的成分構成，相對於以往有了較大的變化。大量的具有文化知識的工農兵在文學創作中成為主要力量，並發揮了重要的作用。在大多數的作家看來，從事文學工作與投身革命運動是一個事物的兩個層面，文學是一種為革命事業服務的重要形式。[222]

與「五四」時期的作家相比，20世紀50年代以後湧現的大多數主流作家，都沒有高學歷，他們在投身於革命事業後，才在文化方面進行學習。這些作家對中外文學遺產所能接受的程度極其有限，許多人唯讀過一些蘇聯的文學作品，以及「五

---

221. 王燎熒，《我的印象和感想》「這樣一種類型的小說」，「它比普通的英雄傳奇故事要有更多的現實性」，「又比一般的反映革命鬥爭的小說更富於傳奇性」，因而可以將它們稱為「革命英雄傳奇」。見《文藝研究》，1958年第2期。
222. 馮志，《敵後武工隊‧創作歷程》「我一直認為要是不把他寫出來，就會在戰友面前缺點什麼，在祖國面前似乎還需要完成什麼責任。」解放軍文藝出版社，1991年。知俠，《鐵道遊擊隊‧後記》「作為一個文藝工作者，我十分瞭解英雄的先進事蹟，所以也有責任把它寫出來，直接獻給黨和人民。」上海文藝出版社，1978年。

四」後的一系列新文學，他們在文藝創作時，既沒有足夠的素材，也不存在借鑑的物件。

曲波只是上過小學，少年時代就讀過《說岳全傳》等一些古典小說，十五歲參軍，曾經率領一支小分隊在牡丹江一帶的深山密林、莽莽雪原與敵人進行戰鬥；知俠從小在鐵路邊長大，二十歲進入抗戰大學學習，有過與鐵道遊擊隊共同作戰的經歷；雪克只是上過小學，後來學過徒，當過工人，十八歲參加抗日運動，擔任過縣公安局長，後來再走上文藝創作道路。

這些作家大部分都出身於農民、貧民，有很多底層工作的經驗，有的人在後來才成為軍人。學歷低或者是接受教育時間少、人生經歷豐富是他們的特點。作家的出身會對其文學創作，以及風格的形成產生很大影響。武俠小說作為民間一種廣受歡迎的文學形式，群眾基礎廣泛，成為文學創作的主要參考對象也成為必然。

這些作家在相關的創作談中，也會提及自己受到通俗文藝的影響，像《水滸傳》、《三俠五義》等武俠小說都曾被反覆提及。[223]

肯定武俠小說中「俠義」行為，其實是人們把現實中發生的不公，寄託於一些具有超凡能力的人。他們在惡人恃強凌弱時，總

---

223. 曲波，《關於〈林海雪原〉》：「我讀過《鋼鐵是怎樣煉成的》、《日日夜夜》、《遠離莫斯科的地方》，我非常喜愛這些文學名著，但叫我講給別人聽，我只能講個大概、講個精神或者只能意會而不能言傳。可是叫我講《三國》、《水滸》、《說岳全傳》，我可以像說評詞一樣地講出來，甚至最好的章節我可以背誦，在民間一些不識字的群眾也能口傳，看起來工農兵群眾還是習慣於這種民族風格的。」《林海雪原》，人民文學出版社，1991年。

能扶危濟難，懲惡揚善，之後瀟灑而去。《新兒女英雄傳》、《鐵道遊擊隊》中的遊擊隊員正如這些俠客，只不過披上了「革命」的外衣。

《鐵道遊擊隊》（1953）中「俠」的味道很濃，描繪了一幅「飛車群俠圖」。他們以前是偷盜鐵路物資維持生活「為窮兄弟撐腰」的「俠盜」，接受革命思想後，為了抗戰、接濟大部隊、消滅敵人，他們打票車，在微山湖和敵人進行戰鬥，打岡村，炸六孔橋，拆炮樓，無不體現著傳統「俠客」的風骨。

《新兒女英雄傳》（1949）中，既有有勇有謀的黑老蔡，也有外粗內細的牛大水，俠客的傳奇故事在「政治思想第一」的外衣下開場：從最初黑老蔡帶著牛大水和自衛隊教訓申耀宗：皮帶勒著手榴彈，用布包著小笤帚當盒子槍，到後來第十一回「拿崗樓」，在敵人掃蕩的緊要關頭，一槍未放就把崗樓拿下，智勇雙全地完成了近乎神話般的任務。雁翎隊打擊敵人汽船時，牛大水「裝著假髮，穿著緞旗袍……頭上蒙著一塊紅布，腰裡藏著小手槍」，巧扮新娘，一舉消滅飯野小隊。這些情節其實都是武俠小說中熟悉的故事橋段。

仗劍行俠是武俠小說中俠客的主要手段。劍在武俠小說中具有非凡意義。武俠小說中的俠客很少攜帶長兵器，劍和刀這些短兵器往往是俠客最普遍的武器。在革命英雄傳奇小說中，與短兵器的容易攜帶相似，主人公所持有的也是一系列小武器，以駁殼槍為主，最多是帶著刺刀的步槍。《鐵道遊擊隊》（1953）中的短

槍隊、《林海雪原》(1958)中的小分隊、《新兒女英雄傳》(1949)
中牛大水剛組建遊擊隊時的駁殼槍……其實正是武俠小說中短兵
器的變種。

《鐵道遊擊隊》(1953)中，老洪在奔跑的火車上，一手抓著
火車的扶手，一手舉著駁殼槍朝天而立，這段描寫如同畫面一
樣，讓人久久難以忘懷。

以「武」字來看，這些革命英雄的塑造與武俠小說中武功高強
的俠客可以說異曲同工，肖飛、楊子榮是其中的典型人物。

劉流的《烈火金鋼》(1958)以抗日戰爭為背景，主要講述八
路軍排長史更新為了使部隊轉移，自己負傷後，被村民救下，於
是和鄉村革命幹部等一起並肩戰鬥的故事。其中對於偵查員肖飛
的描寫，出神入化，智勇雙全，一些文字都可以在武俠小說中找
到原型：

> 許多人都知道他，都說他是飛毛腿，說他的身子比燕子還
> 靈巧，竄房越脊如走平地。說他的腿比馬還快，人們好像真
> 看見過似的，說他的腳心裡長著兩撮兒紅毛兒，一跑起來毛
> 兒就炸開，腳不沾地，就像飛起來一樣，火車都趕不上他。
> 其實，這都是誇大的傳說。不過他身子特別靈，跑得特別快
> 就是了。要叫偽軍特務們一說，肖飛這個人可就更能得不得
> 了。他們有的跟肖飛叫鬼難拿，因為敵偽特務們總想拿他總
> 也拿不住。可是，他要想拿誰就一拿一個準，所以又都叫他肖

閻王。[224]

　　還有這段描寫：

　　喝！好傢伙，他這一跑起來，你就看不見他的腿怎樣抬、怎樣落，還是一點響聲都聽不見，真比山鷹追兔子還快，頓時就跑到了二虎的身後。

　　肖飛連喊了幾聲「站住」，可是二虎怎麼會敢站住呢？他還是不要命的跑。肖飛一看，喊話不起作用，哎，摔倒他吧！往前一縱，上頭用手一推二虎的脊背，下邊一個掃蹚腿，只聽噗嚓一聲，解二虎一個嘴啃地就給趴下了。

　　要說解二虎這傢伙可也真不軟，雖然被摔趴下了，可是他往旁邊一滾，一挺身子又站起來了。他拿著刺刀對肖飛說：

　　「咱倆沒有冤沒有仇，你這是幹什麼？我告訴你，相好的，你要是朋友閃開別管，你要是冤家就來吧！

　　通過這樣的塑造，一個行動乾淨利索、敵人聞風喪膽的英雄躍然紙上。在語言上，一句「相好的」明顯是傳承自武俠小說的語言。

　　與武俠小說通常以滅門血仇作為敘事起點一樣，革命英雄

224. 劉流，《烈火金鋼》，中國青年出版社，1994年。

傳奇小說往往也以失敗和災難開始的。《呂梁英雄傳》（1944）中第一回就是「日本鬼興兵作亂，康家寨全村遭劫」；《林海雪原》（1957）最開始就是土匪殘忍殺害了包括少劍波的姐姐在內的土改工作隊隊員，杉蘭站一片淒涼景象；《敵後武工隊》（1958）開篇就說「1942年5月1日的日偽大掃蕩，七八萬軍隊從四面八方來了個鐵壁合圍……」基本上所有的革命英雄都會有悲慘的過去，都有家人被敵人殺死的刻骨仇恨，小說的開篇都是十分慘烈。

　　實際上，革命英雄傳奇小說與武俠小說有著相似的故事架構，一樣的動機，甚至一樣的發展過程：

　　滅門慘禍——主角復仇——拜師學藝（尋找組織，組建武裝）——出師之後，第一次復仇失敗（出現叛徒，受到挫折，復仇失敗）——死後重生，重新學藝，獲得武功秘笈（尋找機會，消滅叛徒，力量壯大）——報仇雪恨（禦敵成功，革命勝利，復仇成功）。

　　革命英雄傳奇小說與武俠小說不同之處，在於其外在的政治任務要被轉化為內在的道德。革命英雄傳奇小說中，革命英雄只有在全面接觸了無產階級的理論，將個人、階級、民族仇恨等融合在一起，復仇之旅才能順利向前。通俗來說，個人借助於革命報父母之仇，革命則借個人「報仇的動力」最終獲得成功。

　　武俠小說中的俠客往往在相對獨立的「江湖」世界裡活動，而

革命英雄也常常活動在遠離主力部隊的戰場，發揮過人的技能，在人煙稀少的地方和敵人戰鬥。《林海雪原》（1957）中的小分隊隊員刀劈蝴蝶迷、在林海雪原中與殘匪不斷打遊擊；《鐵道遊擊隊》（1953）的隊員們在常人無法攀登的火車上、在鐵道線上、微山湖畔殺岡村、打票車，痛擊日本鬼子。

與民國時期武俠小說開始注重俠情兼備一樣，革命作家也不能免俗。這種「英雄美人」、「才子佳人」的模式，在「左聯」時期的文壇上就出現了「革命＋戀愛」的創作模式。

梁斌在《紅旗譜》（1957）一書中說：「書是這樣的長，都寫的階級鬥爭，主題是站得住的，但是要讓讀者從頭到尾讀下去，就得加強生活部分，於是安排了雲濤和春蘭、江濤和嚴萍的愛情內容，擴展了生活的視野。」[225]

《林海雪原》（1957）中對於少劍波與白茹的愛情描寫也是很精彩的。少劍波「精悍俏爽，健美英俊」，智勇雙全，打仗是攻無不克，戰無不勝，對人十分熱情，在這樣的「才子」旁邊，搭配上了溫柔漂亮的白茹。小說對兩人之間相互吸引、相互渴望的描寫極盡小兒女情致。《鐵道遊擊隊》裡劉洪和芳林嫂的愛情欲說還休，與武俠小說中男女俠客經歷挫折，最終走到了一起，如出一轍。

除此之外，《新兒女英雄傳》（1949）的牛大水、楊小梅。《敵

---

225. 梁斌，《紅旗譜》，中國青年出版社，1979 年。

後武工隊》(1958)的魏強、汪霞,《野火春風鬥古城》(1958)的
楊曉冬、銀環。武俠小說中的男女俠客成為革命英雄傳奇小說裡
的革命英雄,佳人成為革命伴侶,愛情成了革命的愛情,普通男
女之情非得冠以革命之名才能合理。作家從「俠情」中獲得靈感,
認同「英雄+美人」模式,對「俠情」進行了置換。

在小說的歷史背景設置上,革命作家與新派武俠小說作家如
金庸、梁羽生相似,共同選擇「亂世」這一背景。在戰火紛飛的
抗日戰爭、解放戰爭中,群雄各起、逐鹿中原,英雄有了用武之
地,以自身的努力拯萬民於水火中,這種亂世之下,作家塑造了
一個個家喻戶曉的英雄:少劍波、楊子榮、老洪、魏強等等,他
們懲奸除惡、追繳殘匪、打擊日寇,保一方百姓平安。

但是,革命英雄畢竟不是武俠小說中的俠客,革命英雄傳奇
小說與武俠小說有著明顯不同。革命作家們把「俠」和「武」放在
了重要位置,同時也改造了俠客的內涵,這一點既與傳統武俠小
說不同,也與同時期台港新派武俠小說中「俠義精神」的定義和發
展迥然相異,革命英雄的思想境界因為政治因素的注入,發生了
根本性的轉化。

武俠小說中,「俠」的行為,是一種個人的道德行為,在革
命英雄傳奇小說裡,英雄們卻存在共同的政治信仰,立場極為堅
定,他們用無產階級思想武裝思想,具有較為明確的政治目的、
鮮明的階級立場。

《烈火金鋼》(1958)中的肖飛是一名預備黨員,執行政策比

較堅決，黨的指示一定完成，而《林海雪原》（1957）中的楊子榮會進行更多的思考：

這仇人的概念，在楊子榮的腦子裡，已經不是一個楊大頭，而是所有壓迫、剝削窮苦人的人。他們是舊社會製造窮困苦難的罪魁禍首，這些孽種要在我們手裡，革命戰士手裡，把他們斬盡滅絕。

楊子榮把雙手一搓，雙拳緊握，口中喃喃地說著他在入黨前一天晚上向連隊指導員所表示的終生奮鬥的誓言：「我楊子榮立志，要把階級剝削的根子挖盡，讓它永不發芽；要把階級壓迫的種子滅絕，叫它斷子絕孫。」

劉洪等鐵道遊擊隊員需要從李九的個人英雄主義中吸取經驗和教訓，而不通過蠻幹來實現目的，隊員要在組織和領導下完成一系列工作。思想上要強化教育，使隊員具有較好的政治思想，要對集體和群眾有信任感。

可以說，在這些革命小說中，革命英雄（俠客）直接或間接地成為無產階級的代表，成為無產階級革命最忠實的依靠，就算某些英雄還存在江湖習氣，也會有正確導向，促進他們更快地成長，這也就使得小說中出現了「政委＋草莽英雄」的模式。

革命英雄傳奇小說在人物塑造和矛盾設置時，從武俠小說中獲得了巨大靈感，這些具有江湖氣的革命英雄受到了讀者的歡

迎。在大陸武俠小說停止創作的年代,讀者在革命英雄打擊敵人
的小說中,間接地欣賞著武俠小說的動人魅力。

第二節 武俠小說解禁後的創作

「文革」結束後,文學創作迎來了「春天」,但大陸武俠小說的
正式創作,要始於 20 世紀 80 年代初。伴隨改革開放,梁羽生、
金庸、古龍等人的武俠小說紛至遝來,風靡一時。

經過長期的文藝禁錮,使得當時的人們對武俠小說倍感親
切,爭相閱讀,直接引起了 20 世紀 80 年代大陸的部分作家開始
涉足武俠小說創作。到 20 世紀 90 年代末,很多作家的創作技巧

《武林》雜誌1981年7月創刊號上刊登金庸《射鵰英雄傳》,這是金庸
小說首次在大陸正式刊載

日漸成熟。大陸武俠小說呈現出與台港新派武俠小說不同的風貌。

20世紀80年代伊始，當大陸的作家們開始嘗試武俠小說寫作時，他們其實並不知道，在台港地區，自20世紀70年代開始，武俠小說空前繁盛的景象已經式微，台港全盛期的作家已經紛紛改行，金庸封筆，梁羽生作品數量減少，古龍在20世紀70年代末，其實已經將工作重心放到了電影拍攝上，後起的溫瑞安等人，泰半都是在利用業餘時間撰寫武俠小說。恰在這時，隨著中國共產黨第十一屆三中全會的召開，提出了改革開放的口號，海禁略開，武俠小說遂在大陸形成了一股空前的熱潮。

造成大陸武俠小說創作熱情提升的原因有二：

其一，電影和電視劇的影響。1982年1月，電影《少林寺》上映，在觀眾中引起轟動，北京、上海、廣州各地影院天天爆滿，少林武功成為中國人熱門話題。繼而在1983年，香港亞視製作的電視劇《大俠霍元甲》，作為大陸引進的第一部香港電視劇開始播出，再度引起群眾中武俠熱的升溫，愛國武俠人物成了人人敬慕的民族英雄。

大陸的電影界，有人不甘寂寞，也躍躍欲試，希望拍出叫座的武打片。儘管當時拍攝技巧遠遠落後於台港娛樂片，但已經有人開始涉足武俠題材，張華勳的《武林志》（1983）、孫沙的《武當》（1983）等武俠電影陸續在市場上取得巨大成功。各大電影廠開始撰寫武打片的劇本，也約請作家創作武俠小說來加以改編。

其二，20世紀80年代初期，出版界開始允許出版民國舊派

武俠小說和台港新派武俠小說。新中國成立之後，只有《三俠五
義》等極少數的舊武俠小說允許出版，而此時的出版界開始打破
長期禁錮武俠小說的規定，民國年間的武俠小說先後出版，且印
數可觀。先作為研究資料問世，繼而大量出版。王度廬、朱貞
木、還珠樓主、鄭證因、平江不肖生、白羽又成為受讀者歡迎的
作者。

　　台港新派武俠小說最早進入大陸市場的是金庸與梁羽生的作
品。1981年6月，梁羽生的《萍踪俠影錄》（1959）首先由廣東人
民出版社初版發行，同年7月，《武林》雜誌在廣州創刊，創刊號
即開始連載《射鵰英雄傳》（1957），這是有記載的大陸第一次正
式刊載金庸小說。《武林》雜誌創辦者之一、現為《中國功夫》雜
誌總編的梁偉明回憶，創刊號一出來就賣斷了，重印了幾次，很
多讀者就衝著《射鵰英雄傳》（1957）來買雜誌。

　　《武林》雜誌選擇金庸也是巧合，當時的老編輯鄭樹榮與廣東
老一輩著名文人劉逸生頗熟。劉向他介紹了香港與台灣幾個出名
的武俠小說家，包括金庸、梁羽生和古龍。事實上，《武林》雜誌
後來也連載了梁羽生的武俠小說《江湖三女俠》（1957）。

　　《射鵰英雄傳》（1957）連載後不久，科普出版社廣東分社出
版了單行本。到1985年，已經有近十家出版社湧入到了出版金庸
小說的行列。

　　梁羽生的《萍蹤俠影錄》（1959）出版後也大受青睞，全國
一些雜誌與報紙都相繼刊登台港新派武俠小說。廣州的《羊城晚

報》刊登梁羽生的《七劍下天山》（1956）後發行量明顯大增。雜誌社通過連載或出增刊的方式，對於台港的新派武俠小說，尤其是有關梁羽生、金庸的作品進行了廣泛傳播。

據資料記載，1983年，大陸出現武俠小說熱，到1984年，至少有幾十家報紙轉載武俠小說。1985年上半年有十六至二十萬套武俠小說，充斥書店書攤，而且持續保持著暢銷。[226]

在市場推動下，大量期刊通過刊載武俠小說來招攬讀者，並以每千字四十元稿酬來吸引作者，於是一些作家開始下海寫武俠小說。

1983年，大型通俗文學刊物《今古傳奇》連載了聶雲嵐改編創作的《玉嬌龍》。這部小說根據民國時期武俠小說作家王度廬的《臥虎藏龍》（1941）改編，連載後深受讀者歡迎，《今古傳奇》的發行量一路飆升，創下當時全國同類文學刊物發行量之最。另一個靠連載武俠小說而深受廣大讀者追捧的雜誌是廣東的《佛山文藝》，它因連載老作家戊戟創作的《武林傳奇》等武俠小說迅速躥紅，成為嶺南地區知名的通俗文學刊物。

此外，《南風》、《神州傳奇》、《中國故事》等通俗文學刊物也因刊載武俠小說而取得了驕人的發行量。

期刊的發行，為武俠小說創作提供了發表園地，武俠小說創作則為期刊贏得了發行量，爭取了讀者。據不完全統計，此階段

---

226. 丁進，《中國大陸新武俠小說研究述評》，《江蘇社會科學》1996年第1期。

發表於各種文學刊物上的武俠小說達到一千多種。

　　但在期刊上連載武俠小說具有一定侷限，大部分創作為中篇小說，長篇小說的數量有限，寫法較拘謹、單一。審視 20 世紀 80 年代這些大陸原創武俠小說，無論是題材選擇還是藝術追求，絕大多數作品不像台港「新派」武俠小說那樣「寫意性」鮮明，而是「寫實性」更突出，對武俠小說「童話化」「寓言化」等藝術特質的追求缺乏自覺性，很多作品在表現昂揚主旋律的同時，缺少對人性的深層挖掘。

　　持平而論，也要看到這一時期優秀作品也並非少數，藝術水準並不平庸。春風文藝出版社曾在 1991 年出版了一套《新時期通俗文學叢書》，其中《武俠小說選萃》除節選了金庸的《碧血劍》（題名《大鬧金陵宴》），其餘 6 部中篇作品，都是大陸作者發表在通俗文學期刊上的中篇武俠佳作。編選者劉卓在後記中這樣評價：「大陸作家雖然在武俠長篇創作上略遜一籌，但中篇武俠小說卻也寫得身手不凡，且產量頗豐。不少作品的武俠風與江湖味乃至文筆之雅都未必在台港作家以下。這一空缺的填補也許正是大陸作家一種優勢的選擇與發揮。」[227] 這個評價可以說是中肯的。

　　余慧明也認為：「內地原創武俠小說不乏佳作……內地原創作品的光芒一直為台港名家名作所掩蓋。」[228]

---

227. 劉卓，《武俠小說選萃》，春風文藝出版社，1991年。
228. 余慧明，《武俠小說二十年回眸》，《人民日報・海外版》，2002年1月21日。

　　伴隨著武俠小說熱的不斷升溫，至 1985 年，「武俠小說熱」遍及全國。金庸、梁羽生、古龍、諸葛青雲、臥龍生、陳青雲、東方玉、蕭逸等作家的作品成為出版社的熱門選題，許多出版社因出版武俠小說而大獲利潤。

　　由於沒有智慧財產權的約束，加上當時出版管理的不力，致使這一階段的武俠小說的出版市場十分混亂，既有一部作品多家出版社同時出版的情況，也有一部作品出現不同書名、不同作者的情況，更有冒名頂替，張冠李戴的出版現象。全庸、梁習生、吉龍、金庸新、金庸名、古龍新等名字赫然出現在各類武俠小說的封面上，這種只講市場經濟利益，不講出版道德信譽的做法，給讀者和研究者造成了極大的混亂，也給這場武俠小說熱蒙上了不光彩的陰影。[229]

---

229. 國家出版局局長邊春光 1985 年 9 月赴上海檢查工作，接受採訪時表示：「今年上半年一些出版社出版的新派武俠小說有一千六百萬套至兩千萬套，充斥書市和攤頭，大有氾濫成災之勢，引起了社會輿論的不滿。經過出版界各級領導的努力，濫印新派武俠小說在全國範圍已基本得到控制。」他特別指出中國的印刷和紙張十分緊張，某些出版社不顧專業分工，無視國家規定，一哄而上濫印新派武俠小說，必然影響其他作品的編輯和出版。從一月至六月，出版局再三向各地出版社打招呼，警告他們不要濫出新派武俠小說。一月向中宣部打報告，四月召開全國出版局長和社長會議，五月向新華書店發文，都是要解決這一問題，可惜都沒有將這股歪風剎住；因此七月份斷然採取措施，不管之前是否得到批准，全部暫停印刷，進行清理審查，待審查批准後方可出版，以免重複印刷，並且每種印數不得超過十萬，違者給予經濟制裁。然而這件事的後續發展完全超出預料，大陸的盜印之風非但沒有休止，反而愈演愈烈。梁羽生和金庸兩人深受其害，但是他們除了偶爾用文字發發牢騷，根本沒有別的辦法。邊春光從上海回來之後，曾收到金庸來信，內云：「弟以『金庸』筆名撰寫武俠小說，大陸各省市擅自翻印，氾濫成災，弟殊為不滿。日前欣見報載先生發表談話，表示對此類小說並不禁止，但印數必須控制，事先須得批准，實為高明之決策……希望貴局能設法制止各出版社未經本人書面正式授權之翻印，因此類翻印本未經修改，不免有不符政策之處，同時錯誤百出，貽誤讀者。」見渠誠《書攤武俠是「正規」盜版？》一文，刊載《北京晚報》，2015 年 4 月 24 日。

由於在一個短時期內武俠小說競相出版，國家新聞出版署下令，凡出版社要出版台港新派武俠小說必須申報選題，並且只同意少數文藝出版社可出版少量武俠小說。

儘管如此，「武俠熱」並未降溫。由於台港武俠小說選題受到控制，一些出版社決定約請作家原創武俠小說。這也形成了在1986年以後，大陸武俠小說的創作主流以圖書出版為主。這一時期，長篇武俠小說競相問世，題材有所擴大，創作手法也有所突破，創作隊伍也在擴充，一些專業作家投入了武俠小說創作，出現了一些較為優秀的武俠小說作品。

綜觀20世紀80年代，大陸武俠小說在內容上可以大致分為4類：

其一，以寫近代和現代愛國武術家為題材。如馮育楠寫霍元甲，馮天彪、陳長智寫韓慕俠，劉孟浩寫海燈法師，宋梧剛寫王五和杜心武，張永安寫孫祿堂，張寶瑞寫董海川，檀林與柳溪寫燕子李三……這類歷史上真實存在過的武林人物，或身懷絕技，仗義行俠，或有愛國情懷，為國爭光。歷史背景從晚清寫到近代，具有濃厚的生活氣息，弘揚了中國人自強自信的俠義精神。

如《武林傳奇》(1985)一書，作者萬天石是湖南省第一位體育記者，他早年與武術家杜心武、向愷然、王潤生都有交往，熟悉武林軼事，掌握了第一手可貴資料，他在年逾古稀之際出版的《武林傳奇》(1985)，描寫了近代許多武術名家的傳奇經歷。此書語言樸實，寫法老練，資料豐富，可信性很強，缺點是情節展

開不夠，寫人敘事都拘泥於史實。

　　張寶瑞的系列長篇小說《八卦掌傳奇》（1987）、《大成拳傳奇》（1989）、《醉鬼張三》（1989）等，記述了北京城百年來數十位名震遐邇的武術家的人生。雲鶴潤客的《王郎傳奇》（1985）敘述明末陝西淳化的武術家王文成（人稱王郎）在編創梅花螳螂拳的過程中的經歷。

　　此外，《武林英豪》（1984）、《大盜燕子李三傳奇》（1984）、《長江大俠》（1986）、《神力王》（1985）、《自然大俠》（1985）、《武林奇俠傳》（1985）等，也塑造了一個個具有俠肝義膽、仁心厚德的武術宗師的藝術形象。

　　其二，以弘揚愛國主義精神、頌揚人民群眾的英勇反抗與革命鬥爭為題材。《武林志》（1984）描述中國武林志士東方旭擊敗沙俄大力士達得洛夫。《神州擂》（1983）敘述中華武林高手東方一傑等人，衝破各種阻力，在擂台上打倒號稱「震寰球」的俄國著名技擊家馬洛托夫。《洋場俠蹤》（1984）寫神州摔跤王佟良傑一舉擊敗西洋拳術社的外國拳手等。

　　這些作品從第一類的愛國武術家的事蹟吸收營養，但不拘泥於真人真事，通過小說創作，把民族盛衰與中華武術結合起來，塑造出剛正不阿、見義勇為的中國武術家形象，顯示了中華武術的神威。

　　還有些作品描寫近現代中國歷史上的革命鬥爭，《父女風雲錄》（1988）寫馮婉貞在清政府腐敗無能、帝國主義列強侵佔中華

之際，團結武林志士與鄉民，抗擊英國侵略軍。

《草莽英雄》寫桑家班賣藝求生，劫富濟貧，在共產黨的召喚下，加入抗日救國的革命鬥爭的行列。

《耍獅人傳奇》（1985）寫抗日戰爭時期，中共粵北軍區著名地下交通員王海濤奉命以擅長的耍獅武技為掩護，在敵佔區籌集資金購買軍械，援助抗日戰爭。

《奇功秘譜》從新中國成立前夕寫到土改、剿匪，敘述武術家岳默風協助解放軍剿滅禍害百姓的土匪。

《青霜劍》（1989）寫東北一支綠林隊伍在地下黨引導下，走上抗日救國道路，後成為抗日聯軍的故事。這類作品注重歷史背景，將武林正氣、中華武術和革命鬥爭緊密結合，描繪出武林人物的革命人生。

其三，寫武林英雄與武林敗類之間的鬥爭。如《三俠鬧京都》（1985）以明朝奸黨專橫跋扈為背景，正直的大臣遭冤屈死，武林俠客出手除奸。又如汪佩琴、徐賦葆的《清宮風雲》（1985），寫清朝皇太子之間鬥爭，雍正殺害忠臣，俠客仗義誅殺暴君。

其四，寫江湖險惡，俠客主持正義，懲除武林惡人。這一類小說只有歷史背景，書中情節與人物皆為虛構，如《龍鳳雙俠》（1985）寫大俠石恨天與女俠冷小鳳的愛情故事，穿插描寫惡賊布下圈套，神武鏢局沿途屢涉險境，有一定的懸念設置。

總體來看，除了一些較知名的作家，如劉紹棠、馮驥才、

聶雲嵐、柳溪、馮育楠、張寶瑞等人的作品取得了相應的成就之外，大部分的武俠小說無論從品質到數量都不高。

一些當時已經成名的作家，在自己的作品中有意識地加入武俠題材，創作注重主題的深化、寓意的寄興、情節的佈局、時代環境的渲染、民風民情的表述、生活體驗的感受。

歐陽學忠以「岳嘯」為筆名寫作的《武當山傳奇》（1985）對武當地區與道教活動相聯繫的地方民俗予以細緻描述，為道教文化研究提供了一定的借鑑。

馮驥才的《神鞭》（1984）通過對天津的「閒雜人、稀奇事」的精心描繪，其展現出來的時代風貌、社會環境和場面細節有著濃郁的津味。

歐陽平的《江湖行》（1986）、《黑鳳凰》（1987）、《霧谷情孽》（1989）等小說對四川民間風情描摹精彩，川味濃烈。

其他作家如柳溪《大盜燕子李三傳奇》（1984）表現出的京味、汪佩琴《神力王》（1985）表現出的海味以及宋梧剛武俠小說中表現出來的湘味等，如同一幅幅具有強烈的地方色彩的風情畫卷。但遺憾的是，這類作品不多，而且這類作品的想像力與台港新派武俠小說相比仍有距離。

20世紀80年代，當時大陸雖有近百人的武俠小說作者隊伍，正式出版的小說達數百種，但這些武俠小說不僅沒有超出民國時期武俠小說的總體水準，藝術素養和寫作技巧更無法與台港新派武俠作家相比。

　　這些作品注重寫實，缺少藝術魅力，故事的編排與情節的組織都不夠嚴密。許多作者對於武俠小說的寫作還在試筆階段，對於經過多年實踐形成的武俠小說的語言藝術風格並不熟悉，也不懂得如何表現武功場面，僅僅讀了幾部金庸、古龍的小說就匆匆下海，拙劣模仿，胡編亂造。

　　有的作者因為武俠小說走紅，匆匆提筆，文筆青澀，想像貧乏，覺得安排人物打一場就是武俠小說。還有的作者，沒有從新中國成立後的文學思潮中解脫出來，過多強調作品的教育作用，對武俠小說特殊的娛樂性認識不足，意境追求較低，哲理意蘊淺薄，內容涵蓋狹小，尤其在人物塑造上，缺乏獨立人格，在表現人物內心世界的衝突上顯得不足，對於武俠小說中現代人性的思考，更缺乏哲理性的思考。

　　20世紀90年代，隨著武俠小說參與創作者的水準明顯提升，大陸的武俠小說創作逐步向台港新派武俠小說的創作水準看齊，武俠小說獲得了短暫的輝煌。

　　作家田雁寧以青蓮子為筆名，創作了《威龍邪鳳記》（1991）等一系列武俠小說，在全國印刷了二十萬冊還供不應求。1994年由出版界與學術界發起，成立了中國武俠文學學會。

　　1995年，中國武俠文學學會評選了「首屆中華武俠小說創作大獎」。考慮到古龍已經逝世，學會特設金劍獎，頒給金庸和梁羽生，表彰兩人的終身成就，溫瑞安、于東樓和周郎等獲得銀劍獎，滄浪客和獨孤殘紅獲得銅劍獎。

　　周郎作品《鴛鴦血》（1993）與台港作家于東樓的《短刀行》
（1991）、溫瑞安的《溫柔的刀》（1985）一起，共同榮獲首屆中華
武俠小說創作大獎賽最高獎一銀劍獎。這是大陸當時諸多參賽的
武俠小說作家所獲得的最高榮譽。

　　滄浪客（1965—），原名姚霏，雲南人，十五歲進入華東師
大學習，歷任校刊記者、文學社編輯等。十六歲開始進行文學創
作，十九歲大學畢業，到雲南師範大學任教，教授「大學語文」等
課程。

　　自 20 世紀 80 年代起，姚霏在《人民文學》、《北京文學》、
《福建文學》和《上海文學》等文學期刊發表《紅宙二題》及

滄浪客《一劍平江湖》書影及插圖

「《城疫》系列」等百餘萬字的中短篇小說作品，被列為中國「先鋒小說」主要作家之一。

1990年，姚霏辭去大學教職，暗中以滄浪客為筆名開始長篇小說《一劍平江湖》的創作。1995年，也正是這部武俠小說，為他獲得了「首屆中華武俠小說創作大獎」銅劍獎。

《一劍平江湖》首印三十萬套，備受追捧，連續加印了好幾次，很快滄浪客又推出了第二部作品《剪斷江湖怨》，到完成第三部《寒魂江湖淚》時，滄浪客的稿費已經升到了七萬元，而這些錢當時能夠買一套三居室的房子。

按照《寒魂江湖淚》封底的出版計畫，滄浪客按金庸作品首字作對聯法，也合成一副對聯：「一剪寒梅，傲立雪中」，即「江湖道」系列：《一劍平江湖》、《剪斷江湖怨》、《寒魂江湖淚》、《梅恨走天涯》、《傲世劍客》、《立馬狂嘯》、《雪殘冰哀》、《中原魔俠》，一共八部作品。

但從《寒魂江湖淚》之後，後續的作品，滄浪客很明顯沒有寫下去，公佈的作品名稱，不知是書商的噱頭，還是滄浪客自己所擬定的創作計畫，已經不得而知。

滄浪客之所以後來不寫武俠小說，與其從事武俠小說創作的心態有關。滄浪客並沒有把這看做是文學事業，一旦靠武俠小說致富後，轉而從事影視等其他領域的創作。這也與當時武俠小說的地位有關，一方面市場很火，另一方面在學術界、文學界被視為不登大雅之堂。這從滄浪客參加獲獎會後的經歷及其自述可以

看出來。[230]

　　另一位獲得「銅劍獎」的作家獨孤殘紅，原名代雲，湖南人，中國通俗文藝家協會會員、湖南省作家協會會員、湖南省曲藝家協會會員。獨孤殘紅自1989年開始創作武俠小說「江湖」四部系列，他的獲獎作品是《銷魂一指令》。獨孤殘紅的小說富有傳奇性，又有地方風情，大有文藝小說風味。

　　此後值得一提的武俠小說作家有熊沐和馬舸。

　　熊沐（1952—），原名高光，以《血劫》一書，躋身於莫言、韓少功、劉索拉等青年作家行列，已出版長篇小說《生死哀榮》、《北方圖騰》，歷史小說《孔子》、《司馬遷》等六十餘部。從事小說創作之餘，近年來參與影視劇編劇，作品有電影《菊花劫》、電視劇《夜幕下的哈爾濱》、《我想有個家》等。

　　熊沐第一部作品為《骷髏人》，陸續寫作武俠小說三十九部，由延邊人民出版社和時代文藝出版社出全，在海外地區甚受歡迎。

　　熊沐作品分為「人的天下六部，鬼的天下六部，獸的天下六部」，裡面包含了作者對人生和人性的思考，對社會的認識，具有

---

230. 滄浪客，《答〈生活新報〉記者四問》：「領獎的第二天我就買了機票回昆明，但在北京機場，安檢人員不許我登機，說我的那把劍疑似兇器。幸好時間還早，我折回沙灘（中國作協辦公地）開了介紹信，人家就全都知道，當年的先鋒小說家姚霏墮落成寫武俠的滄浪客了。這相當鬱悶！但你說當時我如果不把劍帶走那不是虧大發了嗎？回機場才發現，中國作協的介紹信也不好使，人家還是不讓登機，最後是王蒙給機場打電話才解決了問題。總之，我鬱悶地回昆明後，發現自視甚高的雲南文壇已經在心裡認定了我是個自甘墮落的坏子──自甘墮落地去搞『俗不可耐』的武俠小說啊──因此不到一個月之後，我就選擇了離開高雅的雲南，去了當時同樣『俗不可耐』的深圳，沒想這一去就是十年。」滄浪客姚霏的博客，http://blog.sina.com.cn/s/blog_4bdd7d900100£enl.html採訪文見溫星、吳念《武林出了個滄浪客》，刊載《生活新報》2009年11月14日。

一定思想深度。

熊沐的小說，情節曲折，故事離奇，注意懸念，故事發展大
開大闔，變化迅速，以寫感情和故事見長，大有古龍講故事的本
領，而其小說的知識廣博程度，勝於古龍。據熊沐作家班當年的
同學講，熊沐為寫武俠小說很刻苦，準備了很多資料卡片，分門
別類放在各種袋子裡，用過的材料就撕了，這樣不會使材料引用
雷同。

這種創作態度，也決定了熊沐作品的品質。然而熊沐並沒有
在武俠小說的創作中繼續走下去，至20世紀90年代末，熊沐的
武俠小說創作基本停止，轉而將精力主要放在歷史小說和影視劇
創作上。

馬舸的作品雖然很少，僅《以待天傾》（1999）、《幻真緣》
（2007）、《傲君刀》（2007）、《望月樓》（2007）幾部，但其小說
語言文氣極厚，代表了大陸武俠小說跨世紀之交的最後輝煌。

馬舸（1969—）吉林長春人，自幼酷愛讀書，吉林工業大學機
械系畢業。1993年學業期滿，就職於中檢公司。一年後，棄職還
家，開始武俠小說創作。

馬舸的小說《以待天傾》，以李自成起義為主要線索，輔以武
林爭雄，探索亂世人性，被資深武俠讀者看做是當時比較成功的
作品。小說的不足也十分明顯，模仿金庸的痕跡很重，但又缺乏
金庸的大局和反思，使得整個作品顯得不夠深刻。

馬舸的作品出版是在2000年，但創作是在20世紀90年代完

成的，應算是 20 世紀 90 年代武俠小說創作的成果。在大陸武俠
小說的創作中，馬舸還開創了幾個第一：作家出版社第一次出版
武俠小說，博庫網站第一次將武俠小說買斷刊登，開創了武俠小
說的網路電子圖書的先河。

　　20 世紀 90 年代除去以上提到的一些作品，還有一些廣泛傳
播的武俠小說，大多數是以續寫的形式，對金庸和古龍的小說進
行深加工。在作者署名和小說內容裡，存在不少故意炒作之處。
如作者名為金庸新、古龍新等，書名則設定為和作者小說人物、
武功有關的《楚留香後傳》、《陸小鳳後傳》、《韋小寶傳奇》、《九
陰九陽》等。這些小說以文筆和故事情節來看，可以達到中等水
準，但讀者先入為主，讀這些作品就會和它們的原著對比，不免
等而下之，發現存在不少漏洞。

　　20 世紀 90 年代，大陸寫武俠小說的作者其實還有很多，但大
多籍籍無名，資料搜集困難，他們大部分只是為市場而寫作，「槍
手」性質很明顯，出現了很多「衍金庸派」的武俠小說，代表作家
有令狐庸和陽朔。

　　令狐庸，原名冷杉，導演，黑龍江伊春市人，畢業於東北師
範大學中文系和北京電影學院導演班。代表作有電視劇《昭君出
塞》、《莊稼院裡的年輕人》、《怪王外傳》、《怪王別傳》、《胡茄
漢月》等。20 世紀 90 年代，冷杉因為喜歡金庸的武俠小說，寫了
《風流老頑童》（1992）、《劍魔獨孤求敗》（1994）兩部小說，由於
盜版嚴重和被人冒名出書，寫完《劍魔獨孤求敗》後便擱筆。

陽朔（1964—），原名楊明剛，吉林人，畢業於吉林大學中文系。1994年，創作出版《九陰九陽》風靡全國，推動了大陸武俠小說的發展，發行量超過四百萬冊。1997年，時代文藝出版社出版發行《劍聖風清揚》、《大俠風清揚》，均發行量超三十萬冊。2004年，應《今古傳奇·武俠版》的邀請，重新提筆寫武俠小說《十萬雄師斬閻羅》，2007年，又有《劍殛·魔靈紀》問世。

「衍金庸派」的武俠小說品質高的不多，內容上頗令人詬病。為了吸引讀者，小說名字基本上都是用人名或武功命名。某些情節不合情理，為了吸引讀者，常常會把一些香豔情節插入其中，如裸女陣、採陽補陰術等，明顯拉低了武俠小說的檔次，這與當時武俠小說混亂的出版環境不無關係。

到20世紀90年代末，以紙質圖書為主流的武俠小說日趨式微，逐漸步入低谷，此時，伴隨著互聯網的興起，一批網路原創的武俠小說悄然誕生，並迅速發展，形成規模，進而進入平面媒體，從而掀起了新一輪的武俠小說創作熱潮。

《神鞭》

《神鞭》是作家馮驥才1984年發表在《小說家》雜誌上的一部中篇小說。

馮驥才（1942—），出生於天津，祖籍浙江寧波慈溪縣，當代著名作家、民俗學者、畫家。馮驥才創作了大量優秀散文、小說和繪畫作品，多篇文章入選中小學、大學課本。20世紀80年代中

後期，馮驥才陸續撰寫了幾部反映「津味」市井生活的小說，《神鞭》是其中代表作。

《神鞭》的故事發生於清末民初的天津，海神娘娘「出巡散福」的「皇會」上，展老爺的小老婆炫富，昔日舊情人「混星子」玻璃花故意在其中大鬧，為其「添堵」，卻有一個賣豆腐的青年傻二打抱不平。傻二用頭上一條粗黑油亮、如碼頭大纜繩般的大辮子，打掉了玻璃花的氣焰，而後又把神彈手戴奎一制服，被譽為「神鞭」。

接下來，傻二又打贏「津門祖師爺」索天響，戰勝東洋武士佐藤秀郎，自此威震津門。在義和團和「洋毛子」戰鬥時，傻二卻看到了義和團戰士的武功不敵洋槍洋炮，自己的辮子也被洋人的槍子打斷。儘管後來他又借著宮廷秘方，重新養出了旺盛的頭髮，但洋人的槍彈確實讓他膽戰心驚。

傻二知道，神鞭再厲害，也敵不過洋槍洋炮。到了民國，傻二廢了「神鞭」，再一次把祖上傳下來的功夫進行了變革，成為北伐軍隊中「雙手打槍，指哪打哪」的神槍手。

馮驥才祖籍浙江，卻是在天津長大，對天津市井很熟悉。所以，他考慮採用小說創作來展示蘊藉獨特的津門風情，進而從這裡反思中國的傳統文化，《神鞭》正是這類型的代表作之一。

《神鞭》承襲了民國武俠「北派五大家」的神韻，西南大學教授韓雲波在對「北派武俠小說」進行評價時，曾經指出「20世紀後半葉，大陸武俠的斷裂，使得武俠只在南方取得了較快的發展，

在北派武俠的故鄉天津，雖有馮驥才等撰寫過武俠味濃烈的《神鞭》等作品，卻終以雅俗的分野而變得不同於武俠小說。」[231]

因此，《神鞭》在當代文學史中，被評論者視為「尋根小說」的傑出代表，體現了「對民族文化傳統的唯物辯證的歷史態度，以及一種歷史樂觀主義」。[232]

馮驥才有意識地採用了「武俠」這個題材，但他從創作伊始卻沒有僅僅看到了武俠小說通常的娛樂功能：「即寫寫地道的天津味兒。筆下紙上都是清末民初，此地一些閒雜人和稀奇事。寫它做甚？所使何法？讀者看後自得分曉。此乃若干中篇與若干短篇組成，不成『系列』，可謂『組合』，冠之總名：怪事奇談。」[233]

小說是以一條辮子為線索，這條辮子在小說中經歷了一個興旺與衰敗的過程，通過辮子與時代的矛盾衝突，小說不斷向前發展，體現了一種文化精神。本質上，傻二的祖上練的是問心拳，目的就是想在與對方交手時，不讓對方抓住頭髮。在清軍入關以後，不留辮子就要被殺頭，這就逼著傻二的老祖宗把時間和精力花在辮子上，創出辮子功。辮子功一直傳到傻二這一代，但「洋毛子」的洋槍子兒卻使他不再前進。民國初年，傻二剃了光頭，由「神鞭」又變成了神槍手。辮子從無到有，又從有到無，體現了對傳統繼承和發展這一宏大命題。

231.韓雲波，《史心血性新北派》，見《今古傳奇‧武俠版月末版》，2007年8月。
232.丁帆、何言宏，《論二十年來小説潮流的演進》，《文學評論》，1998年5月。
233.馮驥才，《新時期中篇小説名作叢書‧馮驥才集》，海峽文藝出版社，1986年。

　　馮驥才自己談到小說創作時說：「我主要是想通過晚清的變革時代我們民族面臨的兩大問題──如何對待祖宗和如何對待洋人，通過我們在這兩個問題上混亂、猶疑、反覆和自相矛盾，反映我們民族的心理特徵，並由此認識當今變革中的各種問題，我們自身的優點與弱點，克制與排除自我障礙，激勵本身積極因素和進取力量。任何民族要前進，一是要充分透徹認識外部世界，一是充分透徹地認識自己。這是我寫《神鞭》的立意，也是寫作的初衷和目的。」[234]

　　由此可見，馮驥才構思這篇小說有其特殊的用意，不是講一個傳奇的武林故事，其立意深遠，這也是韓雲波所說的「雅俗的分野」。馮驥才在武俠小說的框架中濃墨重彩著意描畫的，是孕育了武俠傳奇的市井風情，以及一種對民族傳統的拷問。

　　小說在開篇即勾畫了一幅舊時天津衛的市井風情畫。萬人空巷的皇會，會上「挖空心思琢磨出的絕活」「憋了好幾年沒露面的太獅、鶴齡、鮮花、寶鼎、黃繩、大樂、捷獸、八仙」、「氣派十足的大看台」等。鹽務官新娶的小老婆、從良女子飛來鳳，為了和大太太吃醋，在皇會上也露了一手，並出盡了風頭……大到全景鳥瞰，小到袖口花籮兒，呈現給人們的是一幅津門的《清明上河圖》。

　　通過對傻二這一人物的塑造，馮驥才對俠客進行了當代性的

234. 馮驥才，《新時期中篇小說名作叢書‧馮驥才集》，海峽文藝出版社，1986 年。

闡釋：俠義精神代代相傳，武卻可以求變求新。武是俠的表現手段，俠是武的精神基礎，這樣的寫作觀點，其實是與梁羽生不謀而合的。傻二的武功可以劃分為兩個階段：第一階段就是他一直引以為豪的「神鞭」。「神」不是指精神，而是指其武功高超：

（戴奎一）說著，右腿往後跨一大步，上半身往後仰，來個「鐵板橋」。這招也叫「霸王倒拔弓」。隨即手指一鬆，弓聲響處，一個泥彈兒朝傻二飛去，快得看不見，只聽得「咻」地穿空之聲，跟著，啪！泥彈兒反落到場地中心，跳了三下，滾兩圈兒，停住了。再瞧，傻二的辮子已經從頭頂落到肩上。這泥彈兒分明是給辮子抽落在地的。

戴奎一輸了一招。顧不得剛才自己說過的話，出手極快，取出那藏在腰間的兩個生鐵彈丸，同時射去。這叫「雙珠爭冠」，一丸直取傻二的腦袋，一丸去取下處，使傻二躲過上邊躲不過下邊。這招又是戴奎一極少使用的看家本事。

鐵彈丸又大又沉，飛出去嗚嗚響，就聽傻二叫聲：「好活！」身子一擰，黑黑的大辮子閃電般一轉，劃出一個大黑圈圈，啪！啪！把這兩個彈丸又都抽落在地。重重的鐵彈丸一半陷進地皮。傻二卻悠然自得地站在那兒，好像揮手抽落兩個蒼蠅，並不當回事兒。眾人全看呆了。[235]

---

235. 馮驥才，《新時期中篇小說名作叢書・馮驥才集》，海峽文藝出版社，1986年。

這一段描寫，層次分明，不急不緩，將傻二的神奇辮子功寫得絲絲入扣。傻二平時深藏不露，與天津衛的高手比試武功後，他發現這辮子可以隨心所欲，給人一種掃蕩天下、戰無不勝的氣勢。與東洋武士佐藤秀郎比武時，辮子則像鐵杆扎槍，十分剛強，打得東洋武士無法分清楚東西南北。傻二也從一名非常普通的小販，轉變成為一個武功卓絕、具有民族氣概的俠客。

第二階段是北伐軍的「神槍手」。八國聯軍進入中國，一腔熱血的傻二加入了義和團，武功對付不了敵人的洋槍和大炮，劉四叔們一個都沒留下，傻二的辮子也同樣在炮火中被打斷。為了生計，傻二決定開館收徒，但他總想「總背著祖宗，怎麼往前走」。

老對頭「玻璃花」腰插小洋槍找他為報仇，「神鞭」傻二在沒有出招的情況下，就輸給了「玻璃花」，一年以後練就了「神槍」絕技，二會「玻璃花」時，「玻璃花」驚異他把「神鞭」給剪了，他說：

你算說錯了，你要知道我家祖宗怎麼創出這辮子功，就知道我把祖宗的這能耐接過來了。祖宗的東西再好，該割的時候就得割。我把「辮」剪了，「神」卻留著。這便是，不論怎麼辦也難不死我們，不論嘛新玩意兒，都能玩到家，決不尿給別人。怎麼樣，咱倆玩一玩？[236]

---

236. 馮驥才，《新時期中篇小說名作叢書・馮驥才集》，海峽文藝出版社，1986 年。

　　這段話是小説最精彩之處，可以當作傻二説的，也可看做
是作者馮驥才借傻二之口説出來的，主要是表現對民族精神的認
同。傻二已由普通縱橫江湖的俠客轉變成為一個表現民族氣概的
大俠。

　　所謂大俠，並不要以武力征服別人，而更多的要考慮以德服
人，以更加有力地實現變革，從而以敢為天下先的精神，站在時
代的前端，受到其他人的敬佩。

　　從這一點上來説，《神鞭》可説是真正意義上的武俠小説。
馮驥才將通俗文學的可讀性與嚴肅、深邃的文化思考相結合，借
《神鞭》體現了他對中國武俠，特別是對武術技藝存在的觀點：
只要有俠義精神，「神鞭」就算變成「神槍手」也沒什麼大不了
的。正如武俠小説這種文學樣式，重點宣傳的是精神，而武功、
技藝則是可以不斷向前拓展。

《津門大俠霍元甲》

　　《津門大俠霍元甲》，作者馮育楠，全書含「尾聲」，共三十五
回，二十餘萬字。1984 年 9 月由百花文藝出版社出版，初版時，
銷量達到四十萬冊，當時各類報刊紛紛發表文章加以讚譽，1990
年獲中國首屆大眾文學優秀作品獎。

　　馮育楠（1935─2003），籍貫山西汾陽，八歲隨父母舉家遷居
天津，曾就讀於天津市木齋中學，1957 年開始發表作品，1961 年
畢業於河北大學中文系，1981 年加入中國作家協會。

馮育楠發表過多部中長篇小說，《津門大俠霍元甲》和《總統和大俠》兩書，分別以武術界的真實人物霍元甲和杜心五為主人公創作而成，成為當時頗具影響力的武俠小說。

馮育楠《津門大俠霍元甲》書影

馮育楠生前擔任中國文聯常任理事，天津市文聯民間文藝家協會秘書長、主席，天津作協第三、四屆理事，市文聯第三、四屆委員等職務。

馮育楠在學生時代曾拜訪過「北派五大家」之一的白羽，閱讀過白羽的武俠小說，寫過白羽生平的小說體傳記《淚灑金錢鏢》，對其創作武俠小說積累了一定經驗。

馮育楠在霍元甲家鄉靜海縣的文化局工作過，搜集了大量關於霍元甲的第一手資料。香港亞視電視劇《大俠霍元甲》播出後，馮育楠深感電視上的霍元甲距離歷史上真實的霍元甲太遠，於是根據自己掌握的資料，較為真實地塑造了霍元甲這樣一個在清末動盪的歷史歲中，有理想、有抱負的武林大俠的形象。

小說在 1984 年 5 月 11 日動筆寫作，6 月 21 日完成，同年 9 月出版面世，成書速度不可謂不快，這與作者寫作之前大量的資料

積累是分不開的。[237]

　　小說具有人物報告文學的風格，開篇寫霍元甲在家鄉的棗林中擊敗前來尋仇的匪首摩霸，接著寫他在天津城痛打淫賊花蜂子，為救華工勇挫惡霸巴虎，在靜海為救劉振聲力震摩雲手齊天彪，並幫助法空大師嚴懲三凶。

　　隨後又力挫俄國大力士卡洛夫，藝驚武師鼻子李，擊敗日本櫻花武士桑田茂，援救革命領袖孫中山，嚇退英國拳師奧皮音，打敗日本天王武士熊本，最後慘遭日本特務暗害。霍元甲之子霍東閣繼承父業，殺死了毒害霍元甲的元兇。

　　馮育楠在大量真實歷史資料基礎上，尊重歷史事件和歷史人物，再現了志在強國，為人剛正不阿、俠肝義膽、嫉惡如仇的武林英雄霍元甲的形象。除了霍元甲，小說還反映了霍元甲與農勁蓀、大刀王五、劉鶚等人的關係，講述了霍元甲在甲午海戰和庚子風雲年代的所作所為，以及孫中山先生對精武會的支持等一系列重要的歷史事件和歷史人物。整部書集史料、傳說、軼事、奇聞於一體，字裡行間始終洋溢著強烈的民族意識、民族感情、民族自尊心和愛國主義精神，二十多萬字的小說，讀來節奏明快，一種緊迫的歷史責任感會油然升起。

　　全書在結構佈局、表現手法、語言文字運用等方面，進行了周密的構思。小說的局部和整體緊密結合，局部是整體的重要組

---

237. 馮育楠，《津門大俠霍元甲》，百花文藝出版社，1984年。

成，相對於整體而言又具有獨立性，可以獨立成篇。每一回都有獨立的故事情節，但所有章節合一，小說又變得波瀾起伏，予人以整體感。

小說基本上採用了傳統武俠小說常用的白描手法，然而，因為作者多年的文學素養，又一直從事文學工作，文學的優勢發揮得很充分，形成特殊風格。

霍元甲與日本武士桑田茂較量的一段文字，在七千多字的篇幅描寫中，主要展現的是兩人的武技較量以及生死搏鬥。通過這一過程的描寫，兩個武者的思想狀態和性格，尤其是上場比武後的心理變化，自然而然，絲毫沒有牽強感。同時，作者巧妙地在比武過程中穿插不同的人物，有「摸著花白鬍子的老秀才」，有「學生裝的人」，這些是各階層人物的代表，反襯了比武場上緊張的狀態。還有觀戰席上趾高氣揚、蠻橫驕狂不可一世的日本人，以及作為官方代表的清朝官吏的奴才相，都有深入的刻畫，增加了藝術感染力。

在語言文字上，作者對語句的使用十分注意。通過半文半白的筆法，狀物抒情，語言簡潔生動，繽紛多彩。

第二十八回，霍元甲南下上海，欲與奧皮音比武，他與農勁蓀到達南京後，二人登臨燕子磯，遠眺長江，以抒胸懷：

江風吹過，浪濤飛濺，濤水噴湧砸在山岩上，嘩嘩巨響，激起千萬朵銀花雪浪。他站在峭拔的陡壁上，凝目遠眺，只

見水天相連，浩浩渺渺，水勢湍急，猶如萬馬奔騰，好不壯觀。忽然一葉扁舟，在江面上順流而下，忽而被浪捲起，忽而墜入浪谷，失去蹤影，但在舉目不定之際，忽地又躍出水面，順流直下，箭似地駛向遠方。駕舟人之絕技與膽魄，真令人驚嘆。

（霍元甲）看得如醉如癡，金黃面孔上罩上一層肅穆之色，一雙熠熠虎目流露出無限的沉思與遐想。[238]

這樣一幅大好河山的畫卷，出現在讀者面前，緊接著，在情景中，又通過霍元甲和農勁蓀的對話，抒發了霍元甲憂國憂民、夙願難酬的心理，達到了觸景生情的效果。

小說在塑造霍元甲這一形象時，沒有採取中國傳統小說和革命英雄傳奇小說塑造人物的方法，轉而通過人物的行動來展示他們的內心世界。「戰裏林英雄出世」，是霍元甲性格的體現，「救女」、「拒婚」又展現了他身懷絕技、樸實無華的性格。

故事情節展開後，又通過霍元甲與其他高手在不同場合下比武的描寫，對霍元甲的性格，進行了再一次挖掘。把這個集底層農民、武林高手、愛國志士、民族英雄、民主革命的追隨者等多種特性為一體的人物形象刻畫出來。營救孫中山脫險，既是歷史事實的反映，同時也是他本人思想的反映，使霍元甲的人物性格

---

238. 馮育楠，《津門大俠霍元甲》，百花文藝出版社，1984年。

比以前更加豐富。

　　作者在書中也注重對其他相關人物的描寫。書中的農勁蓀，是小說的第二主角，是霍元甲精神世界的導師。這個生長在清朝末葉、憂國憂民、具有民主革命思想的知識份子，在作者的筆下，對霍元甲可以起到引導與烘托的作用。柴市初會後的長談、挫敗俄國大力士的策劃、營救孫中山的審慎，登臨燕子磯的慷慨……整個描寫由表及裡，從「形」到「神」，使讀者可以全面地瞭解霍元甲的成長歷程。

　　書中的其他人物，如「大刀」王五、《老殘遊記》的作者劉鶚、被救女子韓玉潔等，作者也從不同的角度，或刻畫了他們的側面，或描繪了他們的某個細節，寥寥幾筆，就把人物的形象樹立起來，可見作者深厚的文學功力。

　　對反面人物，作者不僅僅只是關注外部的塑造，同時也關注人物內心世界的變化。書中始終與霍元甲作對的反派人物巴虎，作者也進行了深入的描寫。巴虎數次謀害霍元甲未成，混入義和團，並殺害百姓。對霍元甲下毒手的一段，他大喊著向「總壇主報功」表現出對義和團的無比忠實。遭到王十七懷疑以後，開始狡辯，繼而進行恐嚇和欺騙，並指使他的黨羽將王十七關起來。在很短的時間內完成這一切，手段變化多端，一個翻手為雲、覆手為雨、狡詐多謀、心懷叵測的流氓地痞形象呈現在讀者面前。

　　當然，也正是由於作者如此有針對性地進行人物塑造，整部小說的人物出現了臉譜化之弊，反面人物一無是處，正面人物又

過於拔高。在書中霍元甲有許多豪言壯語和對國家形勢的分析，
猶如政治家，顯得頗為失真。又因為拘於史料和環境氛圍，作者
沒有充分發揮想像力，在對傳統文化思辨和人性挖掘上，也沒能
進一步深化，霍元甲思想的進步性流於口號化。

《傷心萬柳殺》

　　《傷心萬柳殺》，作者周郎，全書兩卷二十三章，1999年1月
太白文藝出版社出版，屬《周郎作品集》第十五卷。2000年3月，
人民文學出版社又單獨出版。全書實為《靈蝠魔簫》和《楚叛兒》
兩部小說，由於故事有一定延續性，所以合併成一書出版。

　　周郎（1969—），本名周
沛，另有筆名陳蒼，安徽寧國
人。周郎自幼好讀書，曾在父
親的指導下對中國古典文學諸
如先秦諸家散文、詩經、兩漢
詩文、唐宋詩詞、元雜劇及明
清小說進行較為系統的學習。
中學時對英、法、俄、意、
德、美、西、拉美、東歐諸國
經典文學作品亦有較為廣泛的
涉獵，就各種文學形式的創作
都做過程度不同的嘗試。1995

周郎《傷心萬柳殺》書影，人民文學出版
社2000年出版

年9月，中國武俠文學學會評選「首屆中華武俠小說創作大獎」，他的作品《鴛鴦血》和台灣作家于東樓的《短刀行》、溫瑞安的《溫柔一刀》一起，共同榮獲大獎賽最高獎──銀劍獎。

《鴛鴦血》由七個相互關聯的中篇組成，其中，尤以《離魂傘》、《蝴蝶戟》最為出色。《人民日報》隨即將他的《離魂傘》更名為《歸憶江湖發浩歌》在《人民日報・海外版》上連載。周郎所獲榮譽，是大陸地區當時諸多參賽的武俠小說作家所獲得的最高榮譽。獲獎時，周郎時年二十六歲，被視作武俠小說寫作的神童與奇才。

周郎自1993年首部作品《鴛鴦血》問世以來，以每年百萬字的速度迅速崛起，至2000年，周郎陸續寫出了《傷心萬柳殺》、《燕歌行》、《潭柘》、《橫刀萬里行》等小說。太白文藝出版社結集出版周郎的作品集，共收有定名為《鴛鴦血》、《合歡梳》、《九合掌》、《金花鞭》、《震天弓》、《美人拳》等二十四部武俠小說。2006年，周郎另用筆名陳蒼，出版武俠小說《煙雨殺》，也大獲好評。

周郎作品中的人物形象豐滿，文字優美生動，開大陸新時期武俠小說寫作的先河，被認為是新派武俠小說創作地區，由台港進入大陸的標誌性作家。

周郎的小說中，可以明顯看到他對台港新派武俠小說作家作品的模仿。《九合掌》中五個日本浪人江南打擂台，讓人想起溫瑞安《白衣方振眉》的《落日大旗》；《震天弓》裡的阿寶可以讓人

與古龍《天涯‧明月‧刀》裡的周婷聯繫起來，兩者都一樣的感人。他的一系列以兵器為中心的小說集，也可以讓人聯想到古龍的《七種武器》。但周郎在模仿的寫作中，慢慢地寫出了自己的特色。

周郎的寫作風格非常接近古龍，文字充滿詩意，更喜歡在作品中抒發感情。但與古龍不同的是，古龍喜歡講哲理性的語言，周郎則是講究意境，不惜用大量篇幅襯托一種深邃悠遠的境界。

周郎的武俠小說，通過他刻意的創作，有了屬於自己的江湖構架。周郎並沒有把自己的江湖，簡單定位在對以前的武俠小說的繼承上，他由歷史的風煙轉向小鎮的草木，由名門正派到江湖流氓，一點一滴地建立了自己的江湖。他的小說裡，出現了楚叛兒、鄭願、何出、荊楚等大量個性化的人物，所反映出來的江湖主題，也由以往的正邪之爭，轉向到探求人物內心世界的衝動。

《傷心萬柳殺》代表了周郎在 20 世紀 90 年代末期武俠小說創作的一個高度。小說分為兩卷。上卷《魔簫》，講述了在明朝初年，京郊萬柳山莊莊主柳紅橋的弟子風淡泊，為尋找可令斷腿者重新站起的「未名神草」，與徽幫幫主褚不凡相約在揚州凹凸館見面，結果莫名捲進了凹凸館殺人案和四家商人綁票案，並被魔女辛荑利用魔簫和攝魂術控制住心神，成為辛荑的眾多面首侍衛之一。辛荑寄居在蘇州蝙蝠塢，蝙蝠塢龍頭老大樂無涯是元末群雄之一陳友諒的後代。

為推翻朱家天下，樂無涯選擇了與辛荑勾結，通過辛荑以聚

斂錢財，控制群雄，從而為他的叛亂做好準備。樂無涯之子樂漫天，深入草原，欲與瓦剌相約，共同謀奪大明天下。回程中樂漫天被困沙漠，結識了保護被瓦剌抓走的皇帝明英宗的大俠華平。受到華平與名臣于謙的精神感召，樂漫天對家國有了深刻的認識，與父親樂無涯鬧翻，每日放浪形骸。柳紅橋率領武林各大門派的高手，殺奔蝙蝠塢，營救風淡泊等迷失本性的豪傑。正邪兩派鬥智鬥勇，展開了一場生死搏鬥。

群雄面對被控制心神的親人和辛荑勾魂奪魄的魔簫，漸漸不敵。樂漫天暗中相助風淡泊，解除了辛荑對風淡泊的心神控制。風淡泊出其不意用絕技「萬柳殺」殺了辛荑，被困群雄得救。樂無涯經此失敗，更因兒子的背叛，心灰意冷，放棄了爭雄天下的念頭，歸隱終老。

下卷《餘音》的故事時間在蝙蝠塢一役的十五年後，陝北榆林的武林大豪武神功的孫女武卷兒，在江南被浪子楚叛兒所救。因為愛慕武卷兒，楚叛兒混跡在陝北榆林，武家也視楚叛兒為孫女婿，只是武卷兒克服不了自己的性格缺陷，與楚叛兒針鋒相對。一對姐弟葉晴雪和葉晴亭來到榆林，打破了寧靜。楚叛兒突然被誣陷殺害了武神功的五子武多餘，從而不得不亡命逃亡。在逃亡的過程中，楚叛兒發現所有的原因都是為了尋找十五年前歸隱的風淡泊的行蹤。

最終謎底揭曉，原來當年辛荑的師父老婆婆為了給辛荑報仇，培養出了葉晴亭，並控制了江湖上的「春閨」殺手組織。「春

閨」的負責人曾經是被辛萁控制的面首侍衛之一，為了掩蓋自己
不光彩的過去，他一直在暗中製造各種事故，將當年參與蝙蝠塢
一役的知情人一一剷除，因此他也要殺掉風淡泊。葉晴亭不滿老
婆婆的控制，暗算殺掉了老婆婆，自己也死在了侍衛的劍下。風
淡泊重出江湖，「春閨」的負責人被風淡泊的「萬柳殺」殺死。江
湖恢復了平靜，楚叛兒也離開了武卷兒，繼續漂泊的生活。

　　周郎的文筆唯美靈動，瀟灑飛揚，形成了自己充滿文人氣質
的江湖特色：

　　一縷柔靡哀怨、纏綿徘側的簫聲遠遠地響了起來，慢慢飄
過來，又好像隨時都可能飄逝遠去……

　　風淡泊的心突然悸動。

　　那簫聲講述的，彷彿是一個遙遠世界裡發生的故事，縹渺
虛幻，無論你怎麼努力，都無法看得真切；又似乎是一個關於
你自己的故事，無奈往事如煙，秋水已逝，你已無法去將它追
尋……

　　漸漸地，那簫聲彷彿又說到了你的現在，說盡你遭受的
苦難，說盡你焦渴的心靈，說盡你迷惘的幻思，說盡你的愛
人、朋友、仇敵，說盡美人遲暮和英雄氣短……[239]

---

239. 周郎，《傷心萬柳殺》，人民文學出版社，2000年。

　　詩意的筆觸，將一幅幅生動、細緻，真實而又深刻到近乎殘忍的江湖畫卷徐徐展開。

　　《傷心萬柳殺》的故事設置，乃至文字語言，非常近似古龍，但仔細分辨起來，在人性的分析和細微上，較古龍更為深刻。

　　在展示人性更為多元、更為細緻更為深刻的一面，陳蒼（周郎）也是匠心獨運。他的小說寫出了人性的確定性與不確定性，善惡是一體兩面的。人性的因素是複雜的，雖然有其一致性，卻也完全可能有其靈光一現的時刻，有其突發和偶然的性質。人性如影，實實虛虛，稍縱即逝。那麼，如何正確地理解「人性」，就是於恍惚處，於細微處都需要認真把握的。他的小說是在金庸、古龍之後對人性描寫的一種進步。[240]

　　周郎對江湖中人性的深刻探求，顯然受到20世紀80年代文學浪潮中「新寫實主義」的影響。

　　小說的名字叫做《傷心萬柳殺》，「萬柳殺」是萬柳山莊的一門威力強大的絕技，但殺氣太重，傷人時亦會傷己。從這門絕技引申出的「傷心」則是全書所有的人都在「傷心」，在傷害別人的同時，也在傷害自己。這種「傷心」蔓延起來，就會變成迷惑，變成憤怒，變成驕傲。

---

240. 韓雲波，我看《煙雨殺》，韓雲波的博客 http://blog.sina.com.cn/hanyunbo

風淡泊外表溫文爾雅,但他因是萬柳山莊的僕人之子,內心極為自卑。他之所以能被柳紅橋收為徒弟,全因為柳家二小姐柳影兒說,她的武功如果不經風淡泊傳授,根本不肯學。所以柳紅橋萬般無奈,才傳授了風淡泊武功。面對柳影兒的追求和柳影兒姐姐柳依依對他的警告,風淡泊一直在苦苦掙扎。風淡泊因為魔音而迷失本性,驚醒後怒不可遏,復仇後又失魂落魄,傷心後歸於平靜,平靜後又不得不大開殺戒。作者對風淡泊性格命運的形成,有了細緻入微的刻畫。

書中另外的人物,也常常處於兩難之中。樂漫天因報恩而背叛信仰,從而意志消沉,卻又意外獲得神奇的愛情。在愛情承諾中,樂漫天裝瘋賣傻,遭到父親的迫害,他在絕望中反戈一擊,卻禍福難知。

大俠華平,少年英雄,卻因為內心的軟弱,讓一場誤會造成失意,墮落江湖,他一而再再而三地化名,一而再再而三地躲避,卻比誰都更能左右大局,比誰都更難逃厄運。還有「高郵六枝花」,這六名女子,身世孤苦,借放浪形骸掩飾內心的脆弱,因所愛非人而捲入是非,以至姐妹離散,亡命天涯。樂無涯胸懷大志,心機深沉,卻因兒子「一粒老鼠屎壞了一鍋湯」而理想破滅。天真爛漫,火氣極大,只知有「大哥哥」不知有其他的可憐的柳影兒……

而這些人的傷心到了楚叛兒的身上,產生了變化。楚叛兒面對武卷兒也有一種發自內心的自卑,他覺得自己應該是喜歡武卷

兒的，所以：「除了武卷兒，老子什麼也不怕！」但他與風淡泊不同，武卷兒也與柳影兒不同，所以風淡泊可以接受柳影兒，楚叛兒卻最終選擇離開。

楚叛兒怕武卷兒，沒有一點道理可講，因為武卷兒是他的宿命，就像辛荑是風淡泊的宿命，陳友諒是樂氏父子的宿命一樣。但怕和怕不一樣。楚叛兒怕武卷兒，但他照樣堅持他所堅持的一切，所以楚叛兒幾乎遭遇了風淡泊所遭遇的一切，但他該吃照樣吃，該睡照樣睡，該解決問題照樣解決問題。他雖然對武卷兒怕得要命，卻因為武卷兒的濫殺無辜，依然表現出了憤怒和驕傲，可以一去不回。

武卷兒愛楚叛兒，但她從不肯正視這一點，她放不下自己身分地位給自己帶來的驕傲，在懷疑女匪寶香與楚叛兒有染後，她殺害了無辜的寶香：

她怎麼會去殺寶香呢？

她武卷兒一向以冷靜智慧自傲，她一向能很好地控制自己的情緒，她在做每件事之前都會很謹慎地進行思考，可她當時是怎麼了？

她怎麼會變得那麼煩躁，那麼衝動，那麼不可理喻呢？

……

僅僅是因為吃醋嗎？武卷兒斷然否定了。她怎麼會去吃寶香的醋？

她怎麼可能吃醋？！

他楚叛兒在她眼裡，也不是什麼了不起的男人，追求她的人不知凡幾，其中比楚叛兒強的人多得是。

她不在乎楚叛兒。

她誰都不在乎。

她真的不在乎嗎？

淚水悄悄溢出了眼眶，流過她蒼白冷漠的臉兒。[241]

武卷兒無法面對自己真實的感情，所以只能獨自吞咽這枚「傷心」的苦果。正像書中的殺手組織被稱作「春閨夢裡人」一樣，優雅多情的名字形成了反諷，當感情發展到極致而沒有適當的結果，就會產生變態可怕的仇恨。

在周郎的筆下，江湖是宿命的，武功再高也終究有限，真正可怕的是一種不為所動的力量，這種力量是對正義的堅持。正如書中所說，「楚叛兒很年輕，他的血很熱，一天能沸騰好幾次。」《傷心萬柳殺》的故事，一直到楚叛兒這裡才真正的結束。

《傷心萬柳殺》算得上是當時大陸武俠小說創作高水準的代表作之一。但《傷心萬柳殺》中，也存在不少問題。辛蒉的魔簫和攝魂術太過神奇，所有的矛盾癥結全維繫於辛蒉一人之上，辛蒉一死，問題全部解決，不能不說這樣的情節設置太過輕率。另

---

241. 周郎，《傷心萬柳殺》，人民文學出版社，2000年。

外，辛荑死時，才知道自己已經愛上了風淡泊，風淡泊殺了辛荑，才發現自己真正愛上了辛荑，但在這之前缺乏必要的情節鋪墊，對兩人之間的感情糾葛挖掘得不夠，顯得很突兀，沒有起到預想中效果。在整體架構中，也存在著不少虎頭蛇尾、故弄玄虛的弊病。

　　總體而言，周郎的武俠小說相對於 20 世紀 80 年代大陸地區的武俠小說創作，無疑邁上了一個新台階，無論是小說充滿懸疑的故事情節，還是對人性的深掘和對人類命運的揭示，都顯示了極高的創作水準。但其作品無論是品質和數量，還有引起的反響，與台港新派武俠小說作家創作的經典作品相比，仍有距離，尚欠一定磨煉。

第十七章

歷劫丹砂道未成

——21世紀的「大陸新武俠」

第一節　「大陸新武俠」的定義

20 世紀 90 年代末，大陸模仿金庸、古龍小說寫作的武俠小說日漸式微。這些武俠作品，在書商的推動下，曾取得了一定成績，但片面的模仿，也令作品失去了生氣。讀者們開始渴望有更適應他們欣賞口味的武俠小說出現。時間發展到 21 世紀前十年，一股「大陸新武俠」的浪潮逐漸席捲武俠文壇。

《劍俠傳‧紅線》

「大陸新武俠」這一概念是西南大學教授韓雲波和《今古傳奇‧武俠版》，在 2004 年 3 月，首屆「神州奇俠獎」頒獎會上商討後提出的，全稱為「21 世紀大陸新武俠」，簡稱「大陸新武俠」。

「大陸新武俠」作為一個全新的概念，最早可溯源至互聯網上出現的「網路原創武俠小說」。

20 世紀 90 年代中期，世界上首個中文新聞討論群組 ACT 在美國出現，這是當時在網路上唯一可以使用中文進行交流的平台。文學是一項最容易讓所有線民接受的話題，早期網友開始把相當

一部分文學書籍電子化。
武俠小說相對來說通俗易
懂，讀者群較大，自然成
為首選。

　　在武俠小說電子化的
同時，網友們也在進行新
的武俠小說的創作。為了
與傳統武俠小說區別開，
採用了另一種提法：「網
路原創武俠小說」。

　　1995年8月，「水木
清華」站建立，這是大陸
建立的首個互聯網BBS。
從這以後，其他高校也

《今古傳奇・武俠版》2005-2008年部分封面

開始擁有了自己的BBS。相比之下，「水木清華」中有些版面人氣
較高，這就包括了武俠版mpnse。當時留傳至今的作品不多，但
Choujs連載的長篇武俠小說《人世間》卻停留在不少人的記憶中。

　　Choujs，原名叫仇劍書（1974—），畢業於北京郵電大學電腦
系，畢業後曾經在巨龍通訊工作，現在是某通訊公司的副總裁和
技術總監。

　　1996年，《人世間》開始在北京郵電大學的「鴻雁傳情」版中
張貼，後轉貼到「水木清華」武俠版，小說風格類似古龍，略帶惆

悵的語言吸引了很多讀者，長時間居於帖子的頂端。但是由於作者本身工作的原因，1999 年創作中斷，直到 2006 年作者又續寫幾章，於 2008 年結束了這個故事。

此時期的網路原創武俠小說寫作，功利性較小，主要是帶著交流共用的目的進行，存在一定的隨意性。

伴隨著中國互聯網的發展，互聯網用戶逐漸增多。據中國互聯網資訊的相關調查顯示，1997 至 2010 年，大陸上網用戶數從 62 萬上升到 4.57 億，註冊的功能變數名稱從 4066 個上升到 866 萬個，網站數也從以前的 1500 個增加到 191 萬個。[242] 在互聯網飛速發展的過程中，網上閱讀逐漸成為常態，大量以文學創作為主題的網站越來越多，許多網友在此期間寫作武俠小說。

成立於 1997 年的「榕樹下」中文原創文學網站的「武幻・聊齋」欄目，1998 年的「清韻書院」的「紙醉金迷」欄目，聚攏了一些熱愛武俠小說，又不滿當下武俠小說創作狀況的年輕人。他們憑著自己對世界、對武俠的理解，帶著好玩或者帶著提升武俠小說品質等等不同的目標，開始了武俠小說的創作。

由於網路寫作門檻較低，導致作品沙化現象嚴重，但仍然誕生了一些獨具特色的作品。這些作品的作者後來大多都成了「大陸新武俠」寫作力量的主力軍，如小椴、滄月、鳳歌、騎桶人、

242. 中國互聯網發展史（大事記），見中國互聯網協會網站 http://www.isc.org.cn/ihf/info.php?cidG218

庶政等，都曾在這些網站留下了探索和跋涉的痕跡。

2001年，《今古傳奇·武俠版》的創刊，宣告了「大陸新武俠」時代的到來。

從傳播媒介來看，大陸20世紀90年代的武俠小說都是採用圖書出版的形式出現，從發行量穩居榜首的百萬大刊《故事會》，到專門刊發通俗小說的《今古傳奇》，大陸從來沒有專門刊載武俠小說的期刊，這一點明顯不同於台港[243]。

以原創性來看，20世紀90年代末，上海《大俠與名探》文叢創辦，但採用的是圖書出版的形式，將推理小說和武俠小說合併為一個文輯，市場反響平平。《今古傳奇·武俠版》的出現，不只是具有期刊的意義，更彙聚了大量的武俠小說作者，搭建起了一個武俠文學的創作平台。

2001年10月，《今古傳奇·武俠版》試刊號共發行十萬份，被搶購一空。在經歷了市場測試後，《今古傳奇·武俠版》在當年11月正式出版。

《今古傳奇·武俠版》創刊後，取得了飛躍式的發展，2002年11月起月刊改為半月刊；2003年12月又把版面擴大；2005年再次改版，加上一個月末版，每月單獨發行一部長篇小說，月發行

---

243. 台港新派武俠小說的發表陣地，除了專門出版武俠小說的出版社外，主要是報紙副刊，如香港《新晚報》、《明報》，台灣《大華日報》、《新生報》等，再有則是一些通俗雜誌上。當時台港兩地都出現了以刊登武俠小說為主的雜誌，比如金庸1960年初創辦的《武俠與歷史》，連載了包括《飛狐外傳》、《倚天屠龍記》、《絕代雙驕》等名作在內的大量武俠小說。其他還有香港《武俠春秋》、台灣《武藝》等，其中最老牌的香港武俠小說雜誌《武俠世界》，創刊於1959年，經歷一甲子之後，於2019年1月15日停刊。

量最高可以達到百萬冊，成為大陸具有較大發行量的文學期刊。

2004 年 3 月，「大陸新武俠」這一名稱確定以後，《今古傳奇‧武俠版》期刊上的反映最為迅速，封面宣傳語用「21 世紀大陸新武俠雜誌」代替了原來的「中國大陸首家武俠期刊」，創造了一個全新的江湖圖景。

《今古傳奇‧武俠版》取得巨大成功後，類似的武俠雜誌紛紛出現。河南鄭州的《熱風》雜誌轉化的《武俠故事》。2002 年 10 月進行改版，2004 年 11 月又擴充了版面，月刊變成了半月刊，2006 年 1 月再一次擴版，每月增設一期月末版，單獨再刊發一部長篇小說。其他同類雜誌，還有《白樺林‧新武俠》，後改名為《武俠小說》，刊發作品的品質，有的還超過了《武俠故事》，但是由於缺乏市場運作，出現了斷刊的情況。

以《今古傳奇‧武俠版》為代表的武俠雜誌，供稿作者並不侷限於大陸作者。從作者的分佈情況來看，有許多海外的武俠小說作者一直都和大陸武俠小說有直接或者是間接的關聯。這些作者中除了台港人士以外，還有很多國外的留學生，這些到國外留學的武俠小說作家，如同世界華文文學的其他創作者一樣，在獲取了中華文化以外，還從海外吸取了不少的優秀養料，並把各類元素都融入武俠小說創作中，所以也應當視為「大陸新武俠」的組成部分。

「大陸新武俠」的所謂「新」，還體現在作品的精神和寫作方法上。「大陸新武俠」的精神，拋棄了以往常見的「正邪對峙」

二元思維，在人性、社會、歷史等各大問題上進行了全新探
索。以寫作手法來看，「大陸新武俠」的作者在前輩武俠作家的創
作經驗上，描繪出一幅與前者迥異的江湖圖景，對「俠義精神」有
了新時代的闡釋，並吸收了更多、更新的故事表達形式。

第二節　異彩紛呈的格局

一、多元化的作者群

「大陸新武俠」的作家群，是一個較為龐雜的群體，大概可以
涵蓋所有學科、所有領域。

就創作群來看，「大陸新武俠」的作者基本上都有大學學
歷，甚至還有不少的碩士、博士。他們當中有很多人在上學時
就對武俠小說十分感興趣，即使學業結束後，仍然保持了這份
創作激情。比如滄月，從事建築設計的工作，鳳歌是《今古傳
奇・武俠版》的編輯，楊判是在加拿大留學的學生，其餘如步非
煙、李亮等人，也是高學歷作家。

這些作者大都出生於20世紀80年代前後，他們既與同時期
的80後作家有所不同，而且與其他文學界前輩也不同。相對於
85後，他們更加注重思考，比起以前的作家，他們思想又較為開
放，想像豐富，文字多變。

「大陸新武俠」對於武俠小說作家群的另一大貢獻，在於女性
武俠作家創作群體的出現。以滄月、步非煙、沈瓔瓔等人為代表

小椴《洛陽女兒行》插圖，繪者盧波

的一批女性作家，與鳳歌、王晴川、小椴、時未寒、李亮等人在小說創作上平分秋色，難分軒輊。

　　在「大陸新武俠」出現前，還沒有過大批女性作者加入武俠小說的創作隊伍，她們為武俠小說的創作提供了全新的視角，使原本蕭殺冷肅、鐵血鏗鏘的武俠世界發生了深刻變化，帶來了絢麗的色彩。從她們的作品來看，女性成為小說的主要人物，這些女性主人公在小說裡不再是男性的配角。

　　此外，還有一個有趣的現象，女性作者大多比男性作者更有韌性，作品水準高，創作力更旺盛。雖然大部分「大陸新武俠」的作者都是男性，但是能夠長期保質保量創作出作品的極少，很多

作者在寫完一篇作品之後即消失無蹤。真正寫出一定影響的男性
作者也就三五十人，而女性作者數量幾乎與其持平。這些女性作
者從完成第一篇創作之後，便會出現新的作品，並且會一直保持
著高品質水準創作。

二、各具特色的語言

　　武俠小說的寫作背景多為中國古代，武俠小說的語言，經過
長期的發展，基本形成了獨特的風格，為了使讀者更好地融入小
說，一般都會使用較為大眾化的語言。

　　當武俠小說發展到「大陸新武俠」的創作階段後，很多作者針
對不同的語言習慣探索自己的風格。從他們的寫作歷程上可以看
到，在這一過程中，很多人在寫作初期都在模仿，到了後期的創
作中，才出現了自己的風格，這和台港新派武俠小說作家們的經
歷相似，但比他們走得更快、更遠。

　　其一，崇尚典雅的新傳統主義。

　　這一類型的作品，大多延續傳統的武俠小說風格，繼承金
庸、梁羽生等前輩的語言，並進一步延伸，在作品中能夠明顯感
受到中國傳統文化色彩。作者們沒有單純的模仿，而是在模仿的
道路上加入更新的元素，使小說富有現代感，形成一種新傳統主
義。這一類型小說作者的代表有鳳歌、小椴等。特別是小椴，其
所表達的文字別有一番味道。

　　小椴的成名作《杯雪》（2001）系列的開篇：

　　杯是只普通的陳年木杯，帶著些細微的木紋與光澤，像是人世間那些小小的癡迷與眷戀，不忍釋手的，卻又如此可憐的快樂與留連。

　　雪還是多年前那場天涯初雪。握杯的指是寂寞的，而多年前的雪意似乎有一種穿透歲月的寒涼，能把一切凍結成深致久遠——像這只不動的握杯的手，還有，友情。

　　江湖中，還有誰記得這段杯雪之交？

　　喝下這第一杯酒，故事的開始是這樣的……[244]

　　小椴小說的文字，帶著寂寞與蒼涼，卻也蘊藏著熱血與溫情，包含了作者的各種巧思。鳳歌的創作和小椴的相比，能夠體現出更多的傳承意識。而時未寒創作的作品獨具一格，不僅能夠完美描寫環境，而且還保持了古典風韻。例如早期作品《碎空刀》（2002）中的「眾、人、全、都、呆、住、了」以及「無名崖，天闊地廣。浮雲最純，晨霧最濃，山風最激，鳥鳴最亮。而情懷，情懷最醇。」從這些句子中能夠看出對溫瑞安詩意語言的因襲，句式的長短搭配更具吸引力，語言表達也更富有節奏感，耐人尋味。

　　燕壘生、王晴川、王展飛、小林寒風等人的代表作多是偏向傳統風格的作品，在文字表達上能夠讀出對傳統武俠小說的繼承。

---

244. 小椴，《夜雨打金荷》，新世界出版社，2005年。

其二，陰柔綺麗的江湖風韻。

「大陸新武俠」中的女性作者，筆觸更為細膩，對顏色更為敏感。她們對小說畫面的描繪很多都充滿著陰柔綺麗的色彩。

步非煙和滄月小說中的南疆就充滿著神秘的色彩，而步非煙筆下的文字更是絢麗。

朝陽已經升到半空，上面高雯雲靜，中天一碧，日邊紅霞散為紈綺，而下面大地沉陷，黃土翻湧，如一片渾濛的雲海，伴著風雷之聲，震耳欲聾，天地被截然分為了兩個不同的世界，天堂和煉獄就在這滾滾塵煙中做著無窮無盡的對峙。[245]

這樣充滿著神奇的色彩以及動感的氣氛，為小說帶來宿命般的寓意，並且給讀者留下深刻的印象。

沈瓔瓔和紅豬俠的作品帶著女性陰柔的特點，她們在創作過程中能夠不露痕跡地添加各種氛圍，使文字表達的情感更加幽怨。

沈瓔瓔是醫學專業的博士，對於醫藥方面的描述最為擅長，其中對於人皮、藥物以及治療方面的描述最為詳細。紅豬俠所創作的《慶熹紀事》，全書無一不表露出一種陰森的氣氛，這些氛圍，透過太監、宮女以及后妃們之間的種種鬥爭中描述出來。對於這些非男性的主角，在每一處情節的推進當中，都無一不表露

245.步非煙，《華音流韶之曼荼羅》，中國戲劇出版社，2005年。

出惡毒的色彩。

女性作家筆下的人物命名上，也別出心裁，大量諸如曼青、迎若、白纓、蘇摩、淇風、迎陵、溟月、吉娜、相思、蘭葩、帝邇等名字的使用為小說增添了異域風情，帶來了更多的閱讀趣味。

其三，諧趣輕鬆的現代語言。

在「大陸新武俠」的作家群中，還有一部分作者，完全採用了現代口語化的語言，背離了小說古代背景的設定，在創作中融入更多有趣輕鬆的情節，在他們的創作中，劍拔弩張的氛圍較少，很多主題都是故意消解俠義、恩仇，武俠小說更為童話化和寓言化，形成另一種風格。

這一類型的小說中，小非的創作是最具有特色的。小非的代表作有《三姑娘的劍》（2003）、《遊俠秀秀》（2005）等。在《遊俠秀秀》（2005）中，主人公秀秀是這樣出場的：

實際上，在那個時代，並不是每個人都可以靠一本什麼好書就練成絕頂神功，就象現在讀書的孩子們，同樣的課本，有的可以念到博士，有的只能完成九年義務。所以。別指望我寫出一個通過武林秘笈練成飛天俠女的成人童話，我要交代的只是，小女孩秀秀看著書好奇，就瞎練著玩，過了幾年就成了一個會武功的女人。[246]

246.小非，《遊俠秀秀》，朝華出版社，2005年。

這種語言,與《安徒生童話》中的語言風格頗為類似,已經
無法看到傳統武俠小說中需要表現出來的江湖險惡,所謂江湖,
只是按照對江湖知之甚少的女孩的思想來設定,具有童話特點。

除了小非的作品,使用類似語言風格的還有台灣武俠作家九
把刀的作品等。

三、吸收和探索

「大陸新武俠」作家群高學歷的背景,直接造成了他們向現當
代經典文學作品的借鑑和吸收。這些「大陸新武俠」的作者,對各
種文學作品,從寫作題材到表現方式,都進行了吸收和融合。

比如王晴川《飛雲驚瀾錄》(2006)的開頭:

> 多年以後,回想自己在嘉靖二十七年的許多豪情壯舉,任
> 小伍總是覺得,一切都是在這個仲夏的晌午起的變化。那日頭
> 真毒呀,白燦燦的,烤焦了天,烤焦了地,也把自己的一切全
> 烤得變了樣。[247]

此段文字,分明是在向瑪律克斯《百年孤獨》著名的開頭致
敬:「多年以後,奧雷連諾上校站在行刑隊面前,準會想起父親帶
他去參觀冰塊的那個遙遠的下午。」

---

247. 王晴川,《飛雲驚瀾錄》,北方文藝出版社,2006年。

　　沈瓔瓔的《百年孤寂》（2004）也與《百年孤獨》結構極為相似，呈現一種循環人生狀態；燕壘生的《破浪》（2003）是西方海洋冒險作品中國化的具體表現；騎桶人小說中所表達的人生含義，滲透著王小波創作的小說的影響；滄月的《指間砂》（2007）是一篇充滿哲學探索的小說；步非煙的《海之妖》（2005）是對海上殺人案追查；夏洛《紫玉鼎》（2003）中燕姬對美麗和成為人的渴望，可以感受到對弗蘭肯斯坦的致敬；《紅酥手》（2004）中描寫的紅酥手，和愛‧倫坡的小說《黑貓》中的黑貓一樣，充滿仇恨，也從人性被異化展開敘述。

　　武俠小說的作家在「大陸新武俠」出現之前，不管是平江不肖生、白羽、還珠樓主或者是金庸、梁羽生等前輩作家，還有後來的溫瑞安、黃易等作家，他們都有著堅實的文學基礎，但「大陸新武俠」的作者們，卻極少出自文科：滄月是浙江大學建築系的碩士、方白羽的專業是航太技術、沈瓔瓔則是醫學博士、燕壘生是工科的學士……這些具有非文學背景的作者，為武俠小說的創作帶來更多新的元素。

　　滄月的《鏡》（2007）系列中，滄流帝國軍團的飛隼、劍聖弟子的光劍；沈纓纓《如意坊》（2002）裡面對解剖技術的運用；方白羽《遊戲時代》（2003）在遊戲世界和現實世界之間的轉換；燕壘生《天行健》（2004）系列中作戰雙方的武器，帶有強烈的科學技術色彩。他們對於筆下超出現實的內容部分，都力爭作出科學的合理解釋。

除了現代的科技外，被運用更多的還有互聯網上的遊戲、電影以及動漫。方白羽的《死間》（2007），可以看到香港電影《無間道》的身影；媚媚貓創作的《杜黃皮》（2007）採用了雙線敘事的方式，為整篇故事的構架增添更多色彩，從中能夠感受到影視味道；滄月的《墨香外傳》（2005），脫胎於互聯網遊戲《墨香》；步非煙的《劍俠情緣》（2006）也是從互聯網遊戲《劍俠情緣》中衍生出來的作品。這些小說提及人物時，常常會用到「設定」這類網路用語，小說結構也有著網遊的色彩。滄月寫作《曼珠沙華》時，還特地注明「謹以此文，紀念我喜愛的『生化危機』。」

「大陸新武俠」從發展之初就形成了自身的特點，這些作者們大多都有一個屬於自己的「武俠夢」，並且彼此間並不相同。為了讓這個夢想能夠順利實現，作者們運用自己的文筆構築出屬於自己的武俠世界。

這樣的創作過程與前輩作家白羽和古龍不同。他們既不會像白羽那樣認為寫武俠小說是一種恥辱，也沒有像臥龍生、古龍等人那樣的觀念，寫作是為了生活。

「大陸新武俠」作家群，大部分是為了興趣而創作，他們熱愛武俠小說，不會因為利益而將作品粗糙化。步非煙是想在小說中創造出一個屬於自己的江湖；鳳歌不忍心看到武俠小說品質不斷下降；小椴則通過武俠小說反映自身對現實世界的認知；孫曉利用十餘年時間創作的《英雄志》一直沒有殺青，被眾人稱為「坑王」，其實也可以視作者對作品的深思熟慮以及嚴謹審慎

的態度。

　　在「大陸新武俠」作家們的觀念裡，武俠小說並不是鄙俗的，即使是通俗小說，也有其自身的特點。正是基於這一創作認知，他們在寫作中很自信，也敢於深刻思考。

第三節　創作的侷限與自我反思

　　「大陸新武俠」從創作之初就很快進入了繁榮期，其發展軌跡與 20 世紀 60 年代台灣武俠小說的興盛軌跡非常相近，伴隨著諸多佳作面世的同時，其發展困境也越來越清晰。

　　韓雲波提出所謂「盛世武俠」背後，存在一個根本性的問題：如何超越前輩的武俠小說，在武俠小說創作上進一步地突破？[248]「大陸新武俠」的作家們在創作之初，就意識到這一點，並各自進行了探索。但遺憾的是，許多努力偏離了武俠小說的傳統特色，一些作家通過「急切激進」的方式來體現自我存在感，「大陸新武俠」的缺失亦很明顯。

一、「俠義精神」的缺席

　　從武俠小說發展的歷史上看，武俠小說的每一次成長，都是

---

248. 韓雲波，《盛世武俠：大陸新武俠發軔轉型的第二階段》，見《西南大學學報(社會科學版)》，2009 年 7 月。

伴隨著各種文化內涵的融入而完成的，其發展規律與中國小說的發展歷程息息相關，都是在原有題材上，對審美內涵和文化底蘊進行深化。對於武俠小說而言，最重要的一點，就是對於「俠義精神」內涵的不斷拓展，使其更具大眾性和人文性。

然而，縱觀「大陸新武俠」的作品，會發現很多作者並沒有對「俠義精神」作進一步的探索，反而轉而進行了「俠義」觀念的消解，他們對武俠小說秉承的「俠義精神」並不關注，甚至不屑一顧。他們把重點放在人性和人情，以及生命力的表現上。

從文學理論上來看，此點並無不妥，但武俠小說畢竟和純文學作品不同，肯定「俠義精神」，無疑是武俠小說與其他小說的最大區別，甚至可以說是武俠小說的本質特徵。「俠義精神」之於武俠小說，甚至可說前者是後者得以存在的基礎。武俠小說經常被他人看做是「成人的童話」，理想性是小說的最本質特性，而這本質特徵集中體現在對「俠客」這一人物的塑造上，不具備「俠義精神」的「俠客」，武俠小說就變了味道。

武俠小說應該表現人情和人性，文學本就是人學。問題在於，武俠小說所表現出的人情和人性能給文學提供什麼新意義？武俠小說作為通俗小說中的一種類型，它所表現的人性和人情，與其他小說中所表現的人性和人情的不同，就是建立在對「俠義精神」的展現上，存在於甘為他人犧牲的俠義行為中。

武俠小說中表現人性，已經在王度廬、白羽、金庸、古龍等人的作品中完成，與同時期純文學和其他通俗文學門類相比，「大

陸新武俠」對人性和人情的表現，並沒有特別出彩之處，反而更多地揭露人性的陰暗面，而不是像其他通俗文學那樣致力於對人性美好面的肯定。

「俠義精神」的核心在於自我犧牲，俠的生命價值在於為他者存在，這是金庸在《神鵰俠侶》（1959）中提出的「為國為民，俠之大者」，符合中國傳統文化的固有特徵。

然而，面對這樣的價值觀和人生觀，「大陸新武俠」的作者們存在一種抗拒心理。在他們看來，生命需要為我存在。步非煙提出「俠即逍遙」，認為俠屬於一種自由的生存狀態，人的自我價值，要高於對社會負有的義務。[249] 沈瓔瓔說「俠義精神，在我心裡簡直一錢不值，那都是封建殘餘的陳腐濫調，與我們現今的生活格局，沒有任何意義。」[250] 這種無意識的選擇，其實體現了一種社會責任感的缺乏。

李亮的《反骨仔》（2009）中共有主人公七位，都是與生俱有的「反骨仔」，他們對現有的社會秩序表現不滿，所以要進行破壞。如果說逃婚的葉杏，是要體現女性對自身命運的抗爭的話，那麼李響、舒展等一些人的行為，無法通過傳統的觀念來解釋。

作者自始至終都一直在為主人公「反骨」而找到一個有說服

249. 步非煙，《這個時代，俠是否還需要為國為民》，見步非煙博客 http://blog.sina.com.en/s/blog.48321279010006hf.html
250. 沈瓔瓔，晉江文學網友交流區發帖談武俠觀念，http://bbs.Fwxc.net/showmsg.php?board=118id=182msg=晉江文學城網友交流區陌上花.2004-4-6

力的理由，但是這一理由蒼白無力，不僅說服不了他人，也無法
說服自己。作者在篇末不再進行努力解釋，「反天山、反婚嫁，為
什麼會有背信棄義、出爾反爾的事件發生？不是說想要反叛誰，
而是我們不想背叛自己，所以，什麼是反骨？我就是反骨！」然
而，這樣的「反骨」卻說不出理由和目標來。

沒有「俠義精神」就沒有武俠小說。武俠小說中所體現出來的
人性和人情，都要歸攏到「俠義精神」下。如果拋棄了這一根本性
美學特徵，可能會一時之效，從長遠來看，卻難以為繼，對武俠
小說的存在，更是一種否定。

二、文化含量構建不足

韓雲波曾經說過，「大陸新武俠」在探索過程中存在兩大劣
勢：其一就是建構宏大世界圖景，其二是有關獨立的文化形態的
深入。[251]

「大陸新武俠」作家撰寫武俠小說的最終目的，就是要把自己
的體驗、見解和看法表達出來，他們有可能會把某些問題看得很
深入，但是卻沒有把與之有關的文化內涵考慮進去。

鳳歌從創作之初就有意識改良武俠小說，他的《崑崙》
（2005）一方面將傳統武俠小說技法發揮到了極致，另一方面提

---

251. 韓雲波，《「大陸新武俠」與武俠小說的文體創新》，見《西南師範大學學報（社會科學版）》2004 年六期。

出了從哲學主義向科學主義、從理想主義向現實主義、從民族主義向和平主義三大轉向的口號。但這三個口號存在悖論，因為哲學上並不存在哲學主義的概念，而與科學主義相對應的是人本主義，假設從哲學主義可以實現向科學主義轉化的話。那麼，民族主義屬於哲學還是科學呢？其實，《崑崙》的價值還是以哲學思考為基礎的，並沒有向科學轉變。

　　從中國傳統來看，文化中心在哲學，西方文化則更加傾向於科學。《崑崙》（2005）從本質上只是把某些科學技術素材引入小說中，所謂文化中心的偏移只是作者一廂情願。實際上，武俠小說源自於中國文化，大量的數學知識在小說中的出現，只是服務於故事情節，而並不是改變小說的文化中心。

　　步非煙的《華音流韶》（2005）同樣也存在這樣的問題。步非煙在小說中引入印度神話，把人們都不熟悉的曼荼羅教的神話作為小說的背景，使小說充滿了異國風情。作者精心把小說中的人物神化，使神話與小說對接，整部書的氣氛神秘莫測，有濃厚的超自然色彩，充滿了命運的未知性。但小說也因此產生了問題，由於主要人物和神話的對接已經變得固定化，宿命論色彩非常明顯。值得一提的是，步非煙依託武俠小說「重述神話」，她的重述既不是重新解讀武俠中的神話，也沒有讓籠罩在神話下的武林呈現不同的效果。

　　步非煙是「大陸新武俠」作家群中，傳統文化底蘊最深厚的一個，但她的武俠小說創作，並沒有把她作為北京大學中國古代

文學博士的優勢體現出來。相反，她的小說中，傳統文化的價值觀並沒有產生很大影響。

「大陸新武俠」的文化主要還是源自於中國傳統文化，但很多作者都把重點放在傳統文化元素的應用上，沒有過多地分析文化心理。他們大多都受過理工科的高等教育，具有多學科知識的同時，也體現出在文化架構上的不足。

時未寒《明將軍·偷天弓》插圖，繪者盧波

滄月乾脆完全拋棄了傳統，以人生為視角，對小說的深度進行挖掘，在創作初期，讓人耳目一新，但後勁並不足。滄月後來基本轉向玄幻小說寫作，也是思考難以繼續的表現。

在如何對待中國的傳統文化問題上，雖然許多「大陸新武俠」的作品提出了反思，但是對傳統文化並沒有全面體悟，匆匆與西方文化進行交流，使得文化發展比較混亂，並未能構建起當前的「武俠文化」，造成了「大陸新武俠」文化上存在空白。

三、整體構思欠缺突破

「大陸新武俠」從整體構思上也缺少高層次、遠視野的突破。與 20 世紀 90 年代大陸的武俠小說作家一樣，「大陸新武俠」的作家們，也在對台港的新派武俠小說進行繼承和模仿。以金庸、梁羽生、古龍等人作為學習基礎的作家，往往會受到自己所喜愛的作家的限制，無法擺脫經典作品的影響，未能建立起屬於「大陸新武俠」創作群體的風格。

如何擺脫既有的武俠小說結構模式，特別是金、梁、古作品的影子，是這些作家面前的難題。

「大陸新武俠」作家群中，小椴的雅致語言為人稱道，能夠區別於旁人。《今古傳奇·武俠版》宣傳語中，把小椴稱為「金古黃梁溫下的椴」，固然是肯定了他的地位和貢獻，但同時也暴露出信心底氣的不足。

女性作家具有獨特的風格，她們長於情緒的渲染，但對大主題、大場面駕馭不足。細膩婉轉是女性武俠小說的審美特色，但由於更加強調心靈的感性歷程，在武俠小說不可迴避的「情」和「義」之間，改變了二者的平衡。

女性武俠小說的品質，遮蔽了武俠小說原有的特質，不約而同地體現出華美、豔麗、悽楚、悲情、妖異……等等特點。

以滄月為例，其語言儘管有堆砌辭藻之嫌，但紛繁華麗卻也自成一體，在網路上被稱為「滄月式的文字」，在滄月後期有意識地進行改進後，文字越來越清新。

對「大陸新武俠」的作家們而言，創新確實要面臨很大的壓力，基於此，他們對人物價值觀、美學形式、敘事結構等進行調整，以體現出與台港新派武俠小說間的差異。但當他們捨棄了武俠小說的根本特質後，過分地求新求變，一味地為創新而創新，就像古龍和溫瑞安的後期創作一樣，逐步走上一條歧路。

多年來，學術界和讀者群，對台港新派武俠小說的關注和讚許，造成了社會上對武俠小說文化價值和對思想追求的探求，所以很多「大陸新武俠」作家把追求小說的深刻思想擺在突出的位置。但正如施愛東所說：「不同類型的文學作品有不同的閱讀功能，一個讀者若是抱著哲學的目的來閱讀文學作品，他可能選擇魯迅、巴金，選擇深刻的現實主義，他絕不會選擇作為通俗文學的武俠小說來作為自己的思想補劑。」[252]

武俠小說是通俗文學，這種先天的特點決定了其消費本質，它無法替代純文學作品的功能。作品的思想深度也不是武俠小說追求的目標，娛樂性、可讀性才是讀者選擇閱讀的第一標準。

四、作家們的反思

對於這些問題，「大陸新武俠」的作家們明顯有所反思。2008年後，「大陸新武俠」有意識地複歸傳統武俠小說寫作，並有所

252.施愛東，《大陸新武俠與武俠小說的民間性》，《西南大學學報（社會科學版）》，2004年7月。

創新。

　　鳳歌在《崑崙》（2005）中塑造了不忠不孝的主人公梁蕭，但在《滄海》（2006）中有了樸實愛國的少年陸漸。王晴川堅守傳統武俠的陣地，創作了當前「大陸新武俠」篇幅最大的《雁飛殘月天》（2005）。慕容無言的《大天津》（2009），文風樸實，一招一式清晰分明，深得民國時期「北派」武俠小說的神韻。

　　「大陸新武俠」作家們通過在思想上與傳統武俠小說保持一致，在故事敘述和藝術手法上有所創新。這些小說開始融入大量積極向上的價值觀，作家們也不再讓一些道德上存在問題的人做主角，使「俠客」回到傳統的位置上。

　　滄月的《七月雪》（2006）中，不再描寫雙手滿是鮮血的殺手，而是塑造了有情有義、且學會自我犧牲的霍展白《聽雪樓》系列的《忘川》（2008）中，聽雪江湖不再把強權至上作為自己的理想信念，主人公對殺戮產生了厭倦，考慮如何退出江湖。

　　王晴川在《吼天錄》（2008）中塑造了被稱為「呂癡」的呂方。布衣呂方不願意看到奸臣錢彬塗炭生靈，受清官重托來京城告狀。這是一個似曾相識的題材，不過通常主角都會是一個武功高強的俠客，或者會受到俠客的保護。然而呂方只是一個文弱書生，所倚仗的不過是一腔正氣，不但沒人保護他，反而有所謂的「東俠」來追殺。京城中身居高位的人各有自己的打算，把他當作一顆棋子。但呂方做到了諸閣老、尚書等都無法做到的事，「望天一吼，醒天下人」，在御前當眾揭發錢彬的罪證。他用正氣感化

「東俠」，並使其突破武功瓶頸。有關武與俠之間的關係，作者借
呂方的口吻說了這樣的話：

> 自古成大事者，憑的是大勇，而非武功。在我眼中，挺身
> 拔劍，終非大勇，小弟平生尊崇橫渠先生之學，只需明瞭天地
> 一氣、萬物一體之理，又何須學那些武功末技。[253]

　　這段獨白填補了「大陸新武俠」在「俠義精神」上的缺失，呂
方信心和能力，來自平日所養浩然之氣，言行如一，與儒家思想
的要求是一致的。

第四節　內地重點作家及其作品

一、小椴和《杯雪》

　　小椴（1973—），原名李氕，黑龍江齊齊哈爾人，偶居深圳。
1997年開始從事寫作，2000年轉向武俠小說創作。小椴的學歷不
高，不像其他「大陸新武俠」作家們具有較高的教育背景，但小椴
從事過多種行業，有著豐富的人生經驗，是「大陸新武俠」作家群
中最早脫穎而出的作家之一。

　　2001年5月《今古傳奇‧武俠版》創刊，連載了小椴的武俠

253.王晴川《吼天錄》，《今古傳奇‧武俠版下半月版》，2008年第八期。

處女作《亂世英雄傳》(後更名為《杯雪》)，小說情節跌宕、內涵深刻、語言典雅，連載時就受到了讀者追捧，也受到專業文學研究者的認可和好評。

小椴的小說語言，文白夾雜，充滿古典韻味，營造出的氛圍和小說主題相呼應，構成既矛盾又複雜的濃烈色彩，被譽為「金古黃梁溫下的椴」，並被溫瑞安稱為「椴派」。

小椴的小說中廣泛引用古典詩詞，而小椴本人的詩詞造詣頗深，對武功的描寫，如「塊壘真氣」、「石火光中寄此身」、「終南陰嶺秀」等，也是化用古典詩詞。小說所引詩詞較為偏僻，卻恰好符合小說人物的性格，通常人物的武功心法往往代表著這個人的一生或者命運。

小椴的代表作品《杯雪》共分五部分，包括《夜雨打金荷》、《停雲》、《宗室雙歧》、《傳杯》和《秣陵冬》。講述南宋抗金時期，遊俠駱寒為幫助抗擊金兵、保衛家園的淮上義軍，劫了秦檜的鏢銀，送給淮上義軍做軍餉。秦檜派出緹騎追捕，駱寒在客棧中擊殺數名緹騎，並將緹騎首領袁辰龍的弟弟袁寒亭重創，用計策使鏢銀運到淮上義軍手中。淮上義軍首領易斂攜銀兩，前去看望已故的六合門掌門瞿老先生。瞿老先生生前為幫助義軍，欠下巨債。易斂替瞿老先生償還債務，化解內訌，剷除了投靠秦檜的武林敗類「文家三藏」。袁辰龍欲為其弟報仇，約駱寒一戰。袁辰龍有著驚世才華，他用緹騎壓制江湖世家，又在朝堂上與秦檜為敵，一面積蓄兵力以圖抵外，一面吸納朝廷黨派以禦奸臣。秣陵

城下，為化解江南危局，袁辰龍下令「務殺駱寒」，而文家的文翰林要伏擊袁辰龍，取代緹騎。經易斂調解，駱寒與袁辰龍均未全力出手，文翰林圖謀失敗，江南各方勢力再次達到平衡，易斂也暫時維護住了淮上義軍的安全。

《杯雪》系列的結構，不是傳統的章回體，更像是連章體或是把幾個斷章組合起來的一個故事。正文開始之前，寫有精緻的「釋題」和「題記」。雖然從字數上看是長篇，但認真計較起來，並不是長篇小說。小說儘管有一個貫穿始終的線索—「駱寒一劍西來，攪動江南之局」，但在這個主線之外，有很多橫逸斜出的副線，並且作者往往會花很多筆墨在「副線」上，給人以主次不分、整體過弱，而局部過剩的印象。論到情節的跌宕起伏、扣人心弦，小椴的作品無法與金庸等前輩的經典作品相比。

《杯雪》之所以呈現這樣一種結構，其原因在於作者構想的並不是一個故事，而是想寫某些人或某些情懷。人物先行於情節，是造成《杯雪》結構的一個很重要的

小椴《杯雪》書影

因素。

　　《杯雪》系列的五部分，每一部都有非常鮮明的主人公：《夜雨打金荷》主寫駱寒，兼寫荊紫、耿蒼懷；《停雲》主寫易斂，兼寫朱妍；《宗室雙歧》主寫駱寒，兼寫趙無極；《傳杯》主寫蕭如；《秣陵冬》主寫駱寒，兼寫袁辰龍一方數人及文翰林。

　　小椴塑造人物通常是靠「場景」而不是「事件」，他注重的不是人物前後的性格關聯或演變，而是這些人物在短短一瞬間所體現出來的最純粹、最本色的風貌。一個「次要」人物石燃，前後出場不過兩次，但就是這短短的兩個場景讓很多讀者記住了他。

　　小椴筆下的「事件」往往消解了本身的意義。在現代社會多元化的語境中，對「事件」意義的判斷已經不再統一，因此《杯雪》中呈現了一種所謂的「平衡」格局。作者沒有設定哪一方是正義哪一方是非正義，不再劃定「忠奸」「正邪」之間的界線，他只是忠實地把各方勢力所認定的「正義」呈現出來。

　　主人公駱寒憑著一腔血氣，甚至完全是任意妄為，展現的是「原生態」的、「野性」的「俠客」，似乎把「俠客」帶回了司馬遷筆下遊俠的狀態。駱寒不遠萬里而來，幫助易斂，並不是為了什麼民族大義，他只是單純為了摯友易斂，因為他極為看重兩人之間的友情。

　　《杯雪》系列中的人物各負絕學，但個人不再具有「扭轉乾坤」的能力。駱寒走入的江湖並非傳統意義上的江湖，《杯雪》的江湖受到袁辰龍的緹騎、易斂的淮上義軍、宗室雙歧的野心、

秦檜的幕後操縱等政治勢力的左右。江湖在不同政治勢力的制衡下，本可維持相對平衡，但駱寒的到來打亂了這份平靜，由此展開了一系列江湖風波。

當「俠客」不能以武力改變現實的不合理，書中的人物各自做出了選擇。中州大俠耿蒼懷是傳統意義的大俠，一生行俠仗義，身懷蓋世武功。耿蒼懷的一生中，做得最多的是為小民伸張正義，他堅守俠義精神，不肯加入「倒袁盟」，因為他知道這些同盟者只顧私利，手段毒辣，「倒袁盟」的背後其實是秦檜暗中操控。緹騎首領袁辰龍是書中的反派人物，他出生卑微，經受重重挫折後，練就武功，建立緹騎。緹騎的行為之所以被人詬病，一是因為的確存在大量「害群之馬」，二是緹騎組織觸碰到了其他勢力的利益，而前者正是袁辰龍對其他勢力妥協的結果，袁辰龍更似一名政客。淮上義軍的領導人易斂廣交義士，軍餉多為打劫富人，或是借貸而得。易斂在政治勢力的夾縫下生存，最後迫於現實，還是向緹騎妥協。駱寒心思縝密，可以洞察這些人的行為，但不明白他們這些行為的原因。

俠客如果不向現實勢力妥協，是不可能有所作為的。這一觀點繼承自民國時期白羽武俠小說餘韻，又有所發展，同樣通過書中人物的選擇，揭掉了武俠小說理想性的面紗。但作者談論政治的段落，大多寫得並不成功，雖然貼近了政治的現實，但卻沒有進一步深刻地思考，去探究南宋為什麼會陷入這樣的境地？更多地表現出一種對時代風物的流連。

《杯雪》作為「大陸新武俠」的開山之作，瑕瑜互見，其鮮明的現代精神和個人敘事傾向，反映了作者較為純粹的文人情懷，也給讀者帶來了更多的思考。

二、鳳歌和《崑崙》

鳳歌（1977—），本名向麒鋼，重慶奉節人，生於夔州古城，四川大學畢業。2003 年寫作《鐵血天驕》（出版名為《崑崙前傳》），發表於《今古傳奇‧武俠版》，不久擔任該刊編輯，第二年任編輯部副主任。2005 年，鳳歌連載小說《崑崙》，受到眾多讀者的歡迎。2006 年、2007 年鳳歌從編輯部主任、執行主編，升任主編，先後完成了小說《崑崙》和《滄海》。2012 年 11 月開始連載「山海經」系列的最後一部《靈飛經》，由知音動漫圖書出版，以口袋本的形式發行，每冊約十餘萬字，2017 年 6 月連載完成。除武俠小說，鳳歌還撰寫有玄幻小說《震旦》、《蒼龍轉生》等。

從鳳歌投身武俠小說的履歷來看，時間不長，但在編輯和創作兩方面，都取得了不俗的成績。2006 年 12 月，鳳歌憑藉《崑崙》一書榮獲「今古傳奇武俠文學獎」一等獎。

鳳歌的首部武俠小說《崑崙前傳》，小說選擇南宋末年為時代背景，少年梁文靖和父親回南方時，遭遇奇事，捲入宋元戰爭中。梁文靖陰差陽錯假扮淮安王，充當了主戰方的首領。梁文靖師承南宋高手公羊羽，學得武功，率領南宋軍隊擊敗了蒙古大軍，擊殺大汗蒙哥，但其父梁天德也戰死沙場。在這期間，梁文

靖和蒙古高手蕭千絕的弟子、蒙古勇士蕭冷的師妹蕭玉翎產生了
感情。蕭冷戰敗，梁文靖逃離宋營，蕭玉翎則放棄蒙古貴族的身
分，二人隱居江西盧山。

　　《崑崙》是《崑崙前傳》的後續。梁文靖和蕭玉翎隱居十年
後，生有一子，取名梁蕭。梁蕭年幼頑劣，其母親蕭玉翎思鄉，
欲回蒙古草原，途中捲入宋元爭鬥，巧遇蕭玉翎之師蕭千絕。蕭
玉翎為保梁文靖父子性命，跟隨蕭千絕返回蒙古。梁文靖此前因
與蕭千絕交手，油盡燈枯而亡，梁蕭成為孤兒，浪跡江湖。梁蕭
搭救了患病的花曉霜，跟隨她到天機宮學習算學，為一生的武學
和算學奠定了基礎。梁蕭出走天機宮，遇到了紅顏知己阿雪、柳
鶯鶯等人。

　　在人生磨礪中，梁蕭武功和算學得以大成。梁蕭為朋友加入

鳳歌《崑崙》書影

蒙古軍隊，在南征過程中和南宋俠客雲殊結下恩怨。在隨後的襄陽戰爭中，梁蕭居功至偉，升任高官。因為厭惡殺戮和保護南宋後裔，梁蕭離開軍隊。

在蕭冷的指點下，梁蕭尋到母親蕭玉翎。蕭玉翎得聞梁文靖的死訊，為化解梁蕭和蕭千絕的爭鬥，死於二人掌下。梁蕭與花曉霜、柳鶯鶯的感情糾葛始終沒有結果。梁蕭遠走西極，足跡遍及歐亞非大洲，經歷諸般險難後，修為日深。遊歷歸來，梁蕭結束與柳鶯鶯的情怨，在尋找花曉霜過程中，達到武學巔峰。天機宮遭蒙古大軍侵犯，梁蕭捨命保護天機宮，了結和蕭千絕的恩怨，天機宮的算學精華也毀於一旦。梁蕭身負重傷，和花曉霜逃亡於海外，不知所終。

《崑崙》在「大陸新武俠」中佔據了制高點，同時也是毀譽交集的一部作品。喜歡的人稱之為經典，不滿者則與前輩作品比較，指出種種不足，稱為「模仿之作」。一位網友在文章中，從人物設置、場景情節設計等，總結了《崑崙》對金庸小說的十餘處模仿 254。事實上，從《崑崙》的全部內容來看，模仿的其實還遠不止此。

客觀而言，武俠小說的創新其實都是基於前輩作家的作品而發展，《崑崙》存在與金庸《神鵰俠侶》、《射鵰英雄傳》、《碧血

---

254. 梅妃買醉，《走進模仿的深淵，磚拍〈崑崙〉》，百度貼吧 http://tieba.baidu.com/p/479874085

劍》等書相似的內容,並不值得詬病。是否為探索抑或是抄襲,
關鍵要看到「化用」的程度。在此點上,鳳歌有所創新,不是單純
的抄襲,事實上,鳳歌也從沒有諱言他模仿金庸,他說:「模仿就
要模仿天下第一,如果學第二,你就可能成為第七、第八。」[255]

作為鳳歌處女作的《崑崙前傳》,篇幅簡短,情節簡單,存
在不少瑕疵,以至於鳳歌在正式出版單行本時,還進行了大幅度
的刪改重寫,但不難看出鳳歌已經形成自我特色:其一,故事情
景緊扣歷史的重大事件,遵守時代邏輯,增強故事的感染力和真
實性;其二,人物構思、場景設計、演武敘情以及兵法謀略等,
秉承傳統文化;第三,人物注重個性張揚,對傳統進行反思和抗
爭。但書主樑文靖是一位儒生,其張揚叛逆的個性的塑造,需要
到其子梁蕭身上才能完成。

韓雲波對鳳歌的作品讚賞有加,認為鳳歌「以傳統的橋段實
現了對於金庸時代武俠小說思想文化內涵的漸變,即所謂『舊瓶
裝新酒』」。「這不僅是民族文化知識的傳承,更是民族審美形式的
彰顯,也是民族敘事風韻的流布」。[256]

在《崑崙》中,鳳歌的寫作技巧漸臻成熟。鳳歌通過一個個
的小高潮,製造成一個大高潮,秉承了中國傳統小說單線敘述的

255.《崑崙》之巔觀《滄海》武漢大學鳳歌作品研討會,見《今古傳奇＊武俠版上半月版》
2007年第七期。
256.韓雲波,《鳳歌:從〈崑崙〉到〈滄海〉》,見《今古傳奇・武俠版下半月版》,2007年
第2期。

方式，走線串珠，環環緊扣。他吸收和運用種種中國傳統文化的因素，包括詩詞歌賦、政治軍事、天文地理，乃至醫卜星相、機關器械等等，這些因素伴隨書主梁蕭的成長，逐步形成了閱讀趣味，既服務於故事情節，也構成了梁蕭跌宕起伏的一生。

如果僅僅於此，鳳歌不過是對傳統武俠小說的繼承，談不上發展和突破。縱觀《崑崙》一書，鳳歌對「大陸新武俠」的貢獻，大致有三方面：

其一，首次將數學概念引入武學之中，並成為重要實踐。此前金庸、司馬翎等人的武俠小說中，「數學」曾經出現過，但只是和陣法、機關一類的道具相關，成為情節進展中的點綴，在《崑崙》中，梁蕭則通過算學領悟上乘武功，為武俠小說此前所無。梁蕭的武功遵循了數學以及物理力學招式的應用，與之前武俠小說中將武功和《易經》、《莊子》等傳統文化典籍的化用相類。但「科學」的解釋，無疑是當代人對世界的認知。小說中，數學除了運用於武功，更實踐在戰陣、機械、建築中，既增添了故事的說服力，也符合今人「數學是一切學科基礎」的觀點。

其二，新時代的民族觀念。在大歷史背景下，鳳歌突破了傳統的民族觀念，宣導「和平主義」這一宏大主題。小說中的戰爭，梁蕭不僅親身參與，並且成了決勝的關鍵。梁蕭退出戰爭，是他對和平追求的開端，直到最後自毀武器才完成了自我救贖。金庸的《天龍八部》中，蕭峰以自殺終止戰爭，為了堅守民族大義將個人的生死置之度外，犧牲小我完成大我。梁蕭和蕭峰都是民族

混血,年幼成長在漢族地區,在經歷重重的波折後,形成了個人
對正義、俠義的認識。梁蕭退出襄陽之戰是對雙方民族生命的尊
重,他強烈反對民族間的殺戮。《崑崙》中的襄陽城最後選擇了投
降,有悖於金庸《神鵰俠侶》為國捐軀的宗旨,卻體現了當今時
代生命至上的價值觀。

其三,對傳統「俠義精神」的困惑和思考。「大陸新武俠」前
的武俠小說,俠客都是以正面形象出現,或經過了重重的磨難,
最終回到「俠義精神」大旗之下,如金庸提出的「為國為民,俠之
大者」,總之是具有極高的道德標準。但在《崑崙》中,鳳歌則對
俠客的行為提出了思考,這與今日社會觀念的多元化分不開。今
天更多的人面對歷史和現狀,可以進行自己的研究和認識,並作
出自己的解釋。但不可避免的是,隨著自我立場的變化,難免會
走向另一個極端,過猶不及。如果武俠小說消解了「俠義精神」,
沒有了積極、正面的精神指導,對武俠小說的發展無疑是不利的。

《崑崙》一書,雖然在美學思想、人生閱歷、人物塑造上有著
種種不足,但其創新的潛質和影響力毋庸置疑,「大陸新武俠」扛
鼎之作不算過譽。

三、滄月和「聽雪樓」系列

滄月(1979—),原名王洋,浙江台州人,浙江大學建築專業
研究生,現居杭州。滄月是王洋登錄「榕樹下」網站取的一個登錄
ID,後成為她的筆名。1998年,浙江大學為歡迎金庸擔任人文學

院院長，舉行武俠小說徵文，滄月以一篇舊作獲獎，這是滄月的武俠小說創作之始。《今古傳奇‧武俠版》創刊後，滄月成為該刊最早推出的女作家之一。

滄月的文字清新自然，具有典型的現代色彩，也充滿了傳統韻味和悲劇性描寫。滄月的小說，擁有動漫的視覺，節奏明朗清晰，但過多動漫化，也使得她的武俠小說人物性格單一，對話也失去了傳統武俠小說的味道。

滄月的作品主要有「雲荒」系列、「鼎劍閣」系列和「聽雪樓」系列，還有一些懸疑、科幻題材的小說。

「聽雪樓」系列是滄月武俠小說中的重要作品，包括《血薇》（含《血薇》、《風雨》、《神兵閣》、《火焰鳶尾》、《病》、《鑄劍師》）、《護花鈴》（原名《拜月教之戰》）、《指間砂》（含《荒原雪》）、《忘川》（上下兩卷）。

幾部作品分別從不同的角度和視覺，記載了「聽雪樓」組織在武林的擴張。故事以書主蕭憶情和舒靖容的恩怨情仇為主線索，在《血薇》裡，從「聽雪樓」的內部以及對手的角度對武林局勢做了綜合描述，講述「聽雪樓」對武林的改變和滲透。在這部短篇集中，展示出人的自私、懦弱、殘酷、冷血等特點，表現出人性的複雜和極端。

《指間砂》是對《血薇》的延續，「聽雪樓」的參與者開始對聽雪樓的專制提出了質疑和反抗，高歡以及葉風砂為了追求兩人的幸福，企圖逃離「聽雪樓」的控制，尋求愛情和自由。雖然最後失

敗了，但是觸發了蕭憶情和舒靖容的矛盾。

《護花鈴》描述了「拜月教」和「聽雪樓」的勢力之爭，「拜月教」的大祭司和「聽雪樓」的蕭憶情達成聯盟，犧牲自我對聖湖的眾多惡靈進行封印。蕭憶情在對舒靖容的愛情中感悟到生命的意義，在諸多邪惡和自私的人性下，對正義和真情的選擇，造就了溫暖又悲傷的結局。這也成為滄月武俠小說結局的典型標誌。

《忘川》於 2008 年 10 月，在《今古傳奇‧武俠版》上連載，連載五期後停稿，直到 2014 年 11 月完稿出版，內容與連載時相比，有較大修改。

小說開場已是蕭憶情和舒靖容這對人中龍鳳逝世三十年後，雖然《忘川》整體結構完整，仍有「聽雪樓」的若干因素，但《忘川》的故事，似乎只是要給「聽雪樓」一個終結。人物和故事情節雖有延續性，但聽雪江湖逐漸厭惡權力，放棄殺戮，生出退隱之心。

滄月的小說皆為女主角「挑大樑」，充滿愛情和命運的衝突，長於情感的渲染，注重人物內心世界的描摹。「聽雪樓」中美麗而冷漠的女領主舒靖容，就體現出女性強烈的獨立人格和凌駕於愛情之上的自尊心。

小說中蕭憶情、舒靖容被稱作「人中龍鳳」，兩人雖然彼此相愛，但雙方性格中的敏感、多疑，使兩人把真實的情感隱藏起來，表現冷淡。這種「深情若無情」的態度，在舒靖容身上體現更為明顯。在《病》中，舒靖容請神醫來看蕭憶情的頑疾，卻說：

「我只是想知道，我們之間的契約還能維持多久？你死了，我就可以離去了。」蕭憶情病發咳血，她「在一邊冷冷地看著，不動分毫」。

然而，當舒靖容得知醫治蕭憶情的靈藥長在洞庭君山絕壁，她卻毅然闖過十一道天塹，拖著重傷之體去取靈藥，蕭憶情卻命令她當眾下跪，嚴重傷害了她的尊嚴。儘管引她動怒的目的是為了逼出淤血，而她並不知情，蕭憶情也不解釋，導致兩人的誤會、猜忌越來越深。直到最後，兩人被孤女石明煙挑撥，人中龍鳳，最終同歸黃泉，永遠沉睡在北邙山青青碧草之下。

滄月筆下的愛情，直面男女愛情中的負面情緒和不安分的因數，折射出的是現代女性對愛情的不信任感、缺乏安全感，以及不願依附於男子的獨立性格。

滄月最顯著的特點是她對流行因素的吸收和利用。無論何種因素，滄月差不多都可以通過情感衝突來解釋，所以不管文字華麗還是樸實，人物內心熾熱而激烈的感情衝突，才是決定小說結局的主旋律。

滄月小說主題單一，乃至有人稱為「披著武俠外衣的愛情小說」，這既是優點，也是缺點。滄月在描寫政治與戰爭等方面，駕馭力較弱，文史知識有所欠缺，在其小說中就表現為虛構歷史情節，缺乏真實感。

滄月寫作的發展軌跡明顯，隨著時間推移，小說篇幅增加，結構愈加繁複。2006 年後，滄月從單純關注愛情慢慢深入到人性

的思考，內涵更豐富，也更成熟，但遺憾的是，滄月作品中關於
武俠的題材，越來越少，2010年之後，滄月的創作方向主要轉向
了奇幻小說。

四、步非煙和「華音流韶」系列

步非煙（1981—），原名辛曉娟，四川成都人。2006年獲得
北京大學古代文學的碩士學位，2012年獲得北京大學中文系博士
學位，導師即是大名鼎鼎的錢志熙教授。辛曉娟本科期間以步非
煙筆名創作武俠小說，其筆名出自唐人傳奇《飛煙傳》。2004年
開始，步非煙陸續在《今古傳奇・武俠版》、《武俠故事》、《新武
俠》等刊上發表百萬字小說。

步非煙的作品，情節豐富又帶有文學性，文采出眾，語言
雅致華麗，給讀者以豐富的想像空間，符合武俠小說所需的奇幻
性。步非煙的代表作品是「華音流韶」系列：首卷《紫詔天音》、
《風月連城》與《彼岸天都》；二卷《海之妖》、《曼荼羅》與《天
劍倫》（二卷中還包括番外《蜀道聞鈴》）；三卷《雪嫁衣》與《梵
花墜影》，在這個大系列前還有「武林客棧」系列。

步非煙已經完成的重要武俠小說還包括「九闋夢華」系列、
「崑崙傳說」系列、《人間六道・修羅道》、《劍俠情緣》和《九華
春秋》等。除武俠題材，還寫作不少奇幻小說。

「華音流韶」系列隱含一個神話背景，源自於印度傳說中破壞
之神濕婆與創生之神梵天的一個賭約，因為這個賭約，諸神轉世

來到人間，引出了這個系列的諸多因緣。

　　小說講述的是華音閣主人卓王孫與武林高手楊逸之之間的種種恩怨，兩人的爭鬥其實都是為了讓武林變得安寧。《紫詔天音》講述的是他們打賭的起因，接著的《風月連城》講述了楊逸之來到漠上的故事，《彼岸天都》是雙方追尋傳說中諸神遺落人間的神器四天令，《海之妖》是海上歷險，《曼荼羅》是穿越西南原野的經歷，《天劍倫》敘述決戰前因及後果，《雪嫁衣》是卓王孫海外尋醫為步小鸞治病失敗，《梵花墜影》是大結局，卓、楊最終的對決。

　　小說的結局，卓王孫失手殺了愛人相思。楊逸之頓悟化為梵天，點化濕婆卓王孫。卓王孫選擇了永遠留在人間陪伴相思。步非煙在後記裡，用一個聲音問卓王孫願不願意失去記憶後重來一次，償還對所有人的虧欠，卓王孫答應，於是命運的輪盤再度轉動，為步非煙另一部「玫瑰帝國」系列的故事拉開序幕。

　　步非煙對「華音流韶」系列小說的結構營造，竭力避免因襲重複，豐富多變。《海之妖》採用推理的方式進行敘寫，揭開謀殺背後的秘密；《曼荼羅》中卓王孫和楊逸之穿越「曼荼羅陣」，佈局極似《鏡花緣》，陣法的排布暗示著人性的缺點，其實是對人性的考驗；《蜀道聞鈴》採取多角度敘述，滲透了純文學的寫作方法。步非煙始終在用不同文學形式挑戰傳統武俠小說的寫作，極具實驗性。

　　「大陸新武俠」作家群裡，雖然優秀的作家都有各自的創作思

路,不過其中完整闡釋創作思維的,只有步非煙。

步非煙的創作理念主要包括:

其一,「古龍在變的時候,曾經鞭笞過他那時的前人的寫作,提出不要寫神,而要寫人,從那之後,『寫人』風行一時,直到現在。既然古龍能將風氣變過來,我為什麼不能將風氣變回去呢?既然寫人是變,為什麼不能再變得寫神呢?也許,武俠寫到了現在,是該寫一個『神』的人物了。」

其二,在步非煙的心目中,「武俠」的定義是心,既是作者的心,又是讀者的心。此心所追求的即「武俠」。另外,她認為,當今時代的俠,可以用「做你自己」四字來概括,這是她對「武俠」定義的變革,展現出80後的生活態度和處世方式。[257]

在這種創作理念的基礎上,步非煙作品中的人物和行為都是比較極端,作者想藉此描繪出人性黑暗的一面,為了利益可以不擇手段。這樣的處理方式,造成她的小說中有很多血腥、殘忍的場景,引起諸多非議。

步非煙強調其要注重「寫神」,但是「神」終究是外衣,「人性」才是終極寫作目標。卓王孫幾近完美,近似神靈,若從人性角度上看,他迷信力量、利慾薰心。楊逸之的生平和武功也帶有神奇色彩,但他的所有行為只是想獲得世人的認可,僅此而已。

---

257. 步非煙,《這個時代,俠是否還需要為國為民》,見步非煙博客 http://blog.sina.com.en/s/blog_483212790l0006h£.html

因此，即使步非煙說「俠是自己，俠即逍遙」，可是她筆下的人物，都與慾望相連，並沒有達到逍遙的境界，與她「俠」的定義並不相符。不過換一種角度來看，通過描述人物與慾望鬥爭的艱難經歷，或許是步非煙對武俠小說的進一步探索。

步非煙的創作理念，直接導致了轟動一時的「步非煙革命事件」的產生。2006 年 11 月 23 日，《今古傳奇‧武俠版》在北京大學授予步非煙「黃易武俠文學獎」，步非煙提出了對「武俠小說」的革命。」[258]

步非煙在獲獎感言中說：「因為有了金庸、古龍等前輩們的不懈努力，武俠創作的品格提高了。我們終於可以理直氣壯地在北大頒發新武俠的獎項，宣讀獲獎感言了，我們必須感謝前代大師們的貢獻，是他們讓我們揚眉吐氣。但是，我們同樣也必須說，最好的敬意就是超越的決心，我們如今的新武俠作者們，要敢於革金庸的命。」接下來，步非煙進一步對其觀點進行解釋：「面對前代的高峰，產生敬畏與讚嘆是對的，但在高峰前面畏縮不前，這是懦弱的，不負責任的。我們今天可以很謙虛，說前代無可超越，但這謙虛謹慎下面，能看到俠義的精神麼？知其不可為而為，敢為天下先，這就是俠。因此，我們必須有使命感，我們應該超越前輩。我們必須革命。」[259]

258.步非煙，《獲獎感言全文，歡迎來找素材》，見步非煙博客 http://blog.sina.com.en/u/483212790l00067g
259.《韓雲波 VS 慕容無言對話錄：寫實‧傳承‧超越》，見《武俠小説》2006 年第 2 期。

由於新聞媒體針對這段言論的報導,只是宣稱:「步非煙要革金庸的命」,立刻引起了巨大影響,互聯網上很多武俠小說愛好者紛紛發表意見,綜合起來可分為幾類:

其一是對步非煙「革命論」的支持;其二是金庸的擁護者們,對步非煙破口大罵;其三是觀點較為中立,對於「革命論」並不表示堅決反對;其四是對「大陸新武俠」種種不足的批評,認為過分的炒作,掩蓋不了「大陸新武俠」創作的缺陷。

步非煙的武俠小說,一直存在爭議,焦點主要集中在:步非煙的小說具有強烈的宗教背景以及各種玄幻,是否可以列入武俠小說範圍?步非煙的小說過於血腥,俠氣缺位。

步非煙的武俠小說充滿了華麗的色彩,但是不免限制了她思想的表達。至於玄幻色彩等流行因素,的確與傳統武俠小說存在不同,但還珠樓主所創作的「奇幻仙俠」被列入武俠小說,那麼步非煙的小說也就不能被排除在外。

五、慕容無言和《大天津》

慕容無言,天津人,目前就職於天津一家房地產企業,創作小說不多,但在「大陸新武俠」作家群中獲得讚譽很高。慕容無言的武俠小說重點在於「現代背景」。

與大多數武俠小說以中國古代作為故事背景不同,慕容無言小說的背景大部分是在民國時期,主人公生活在了「熱兵器」出現的時代。慕容無言自己說:「我這人缺乏想像力,比較死板,就只

好揀現代武俠題材下手了」。[260] 慕容無言明顯是謙辭，她以古代背景創作有《關寧舊將》、《胭脂扣》等作品，出手不俗，顯示出了人性光輝以及思想深度。

慕容無言的代表作品，主要包括《唐門後傳》、《唐門外傳‧埋伏》、《唐門外傳‧熱血傳繼》、《唐門外傳‧摧槍問誰》、《唐門外傳‧解語花》、《唐門外傳之外‧刀鋒如水》等幾個中篇，以及長篇小說《大天津》、《二十年》（出版時更名為《楊無敵》）、《鐵瓦琉璃》。

在武俠小說的寫作經驗中，作家們都表示，距離當今生活越遠的越好寫，畢竟武俠小說闡釋的是一個虛構的「武林」世界，它的詭異情節、奇功絕藝、神兵利器，因為歷史空間的縱深感，顯得不會突兀。很多武俠小說作家，甚至覺得歷史本身就是一種束縛，在創作中完全拋開歷史背景，或者「架空」一段歷史，方便自己小說的情節發揮。

以現代為背景創作武俠小說，無疑面對很大的挑戰。在武俠小說的作家中，民國時期的平江不肖生，以《近代俠義英雄傳》直面了他同時期的「武林人物」，但這種創作最終並未成為主流。溫瑞安的《六人幫傳奇》系列寫的是當代武俠，但情節離奇，成了神怪小說。

慕容無言小說中的人物更貼近生活、貼近普通人，「讓他們

260.《韓雲波VS慕容無言對話錄：寫實‧傳承‧超越》，見《武俠小說》2006年第2期。

舉手投足間都帶著普通人的生活習慣，讓他們成為真實的人，而不是『神』或者虛化的符號。」[261] 其筆下人物的武功，皆為中國傳統武術中的真實拳法和功法，只不過在小說中誇張了些。

慕容無言的武俠小說，因此被韓雲波稱之為「市井武俠」，如韓雲波所言，講述市井的武俠小說，關鍵要把握兩點：現代性和現實性。現實性可以理解為小說不脫離普通百姓的生活，以此與武俠小說的奇幻題材區別開來，現代性則可以理解為，要具有現代人的性格以及精神面貌，與中國傳統小說相區分。

慕容無言的小說對兩者進行了恰當的詮釋。慕容無言早期代表《唐門》系列，以抗日戰爭時期作為小說的背景，描寫民族陷入危機之時，武林人士上陣殺敵以及忍辱負重的故事。以暗器聞名的「唐門」，在抗戰到來之際，沒有遵循祖先留下的規則，憤而出手，斬滅頑敵。《唐門外傳・埋伏》後記中，作者這樣陳述她對於「俠義精神」的理解：

> 但血肉之軀終難擋槍林彈雨，國家太弱，個人太強，這本身就是個悲劇。明知不可為而傾盡全力，是悲壯；明知決無勝算還要迎面而上，是堅毅；一個民族自尊、自強、生生不息的種子就埋藏在這些武者的胸間，在他們奮戰過的地方代代相

---

261. 韓雲波，《從〈大天津〉說「市井武俠」》，見《今古傳奇・武俠版下半月版》，2011年第三期。

傳。武俠，不單單是言出必踐、快意恩仇，更要明理重義，為
國為民！這樣的武俠，令人神往。[262]

在「市井武俠」創作中，慕容無言不再僅滿足於中篇小說的
創作，開始將目光投向視野更為寬闊的長篇小說。2012 年，慕
容無言的長篇小說《二十年》獲得第八屆溫世仁武俠小說大獎；
2013 年，她的長篇小說《鐵瓦琉璃》獲得第九屆溫世仁武俠小說
大獎。但慕容無言長篇武俠小說涉水之初，是 2009 年創作的《大
天津》。

小說共分五個部分：壯懷丹心、肝膽相照、傲骨悵情、雨冷
風寒、我武惟揚。故事發生在 20 世紀 30 年代的天津。

滄州形意門大師兄李林清，將兒子李有泰託付給天津國術
館館長的師弟盧鶴笙。李有泰在同伴李有德的慫恿下犯門規被懲
戒，遂向父親喊冤告狀。護短的李林清與盧鶴笙由誤會引發惡
鬥，幸得商界鉅子聶老幹旋，兩人盡釋前嫌。

李有德挑唆不成，拜入大混混袁文會門下，獨霸海河碼頭。
李有德強扣聶家貨船，引發天津黑白兩道共爭海河播。適逢李林
清與盧鶴笙外出編纂形意刺槍術，以助政府練軍抗敵。聶老因救
抗日英豪吉鴻昌不得，氣鬱成疾。津門豪傑群龍無首，幸得沒落
旗人哈七爺臨危出手，以家傳十三太保扳指壓制袁文會的鋒芒，

262. 慕容無言，《為誰而武，為誰而俠》，見《武俠小說》，2005 年第 5 期。

為國術館打贏海河擂掙來轉機。

袁文會密通日軍特務，擄走李林清與盧鶴笙，《形意刺槍術》失落八里台。李有泰怒闖碼頭遭逢暗算自暴自棄，聶寶釵巧言鼓勵，促其臨危挺身，執掌國術館。

李有泰海河擂力敗李有德，不料引出形意、太極兩家同擂較藝，李有泰折臂落敗。日方藉機縱火生事，便衣隊禍亂天津。聶老彌留之際下令燒毀自家貨船，寧可家亡勿令資敵。

哈七爺尋訪到失落的《形意刺槍術》，物歸原主。李有德投靠日軍，再霸海河碼頭。李有泰與聶寶釵隱身市井，尋找父親與師父下落。盧鶴笙被囚赴東瀛，顯露絕技引得空手道武癡船越專程來津。李有德借刀殺人，安排船越佔據國術館，意欲激怒李有泰。哈七爺為護國術館，不惜舉火焚身。李有泰將計就計，形意拳以繁克簡，三次展露的中國武術折服了船越。

慕容無言的《大天津》延續並深化了「唐門」系列小說的風格，其筆下的江湖宛如一幅廣闊的市井畫卷。小說塑造的人物栩栩如生，民族氣概令人感動。一座國術館、一條海河，一門國術絕藝，共同構成了一幅天津衛的群俠圖。

《大天津》的故事並不複雜，小說的構思、發展，也是武俠小說中最常見的成長模式，一個天資聰穎的青年如何成長為武林高手。但這部作品把天津的一個橫的時代放了進來，國術館和運河幫兩大勢力的背後，是洶湧的暗流。

天津是個江湖城市，有著自己獨有的江湖氣質。小說把天津

的文化寫得很有特色，既不同於北京，也不同於上海，作者對於
世故人情、地域背景的掌握，「津」味十足。《大天津》極力突破
了台港新派武俠小說以來的寫法，不但把拳腳招式寫實，也把故
事脈絡寫實，寫出了舊時代過渡到新時代，舊武俠與新武俠的分
水嶺。慕容無言通過扯不斷的瑣屑，帶起了一個大時代。

　　《大天津》上承白羽和鄭證因的小說餘韻，消解傳統「俠客」
的同時，又給予了市井英雄「俠義精神」新的解讀，充滿了創造
力，重現了一個市井化的江湖。

　　市井的生活往往是散漫的，但在慕容無言的筆下，市井化的
江湖卻空前緊張，情節繁複，環環相扣，一動皆動，讓小說擁有
了更大張力。正如韓雲波所說：

　　《大天津》是一種創新，從空間場景開始，進入更敏感的
時代脈搏之中，從平常人然而是「有本領的平常人」的角度，
帶讀者一起體驗一個人如何完成他的日常生活體驗——「不平
凡的日常生活體驗」。……[263]

　　慕容無言用傳統的筆法，書寫現代背景下的武俠故事，表達
在熱兵器時代習武者的悲壯，這無疑是一種創新，更是一種進步。

---

263. 韓雲波，《從〈大天津〉說「市井武俠」》，見《今古傳奇・武俠版下半月版》，2011年
　　第三期。

六、蕭鼎和《誅仙》

蕭鼎（1976—），原名張戩，福州倉山人。蕭鼎喜讀武俠小說，2001年，他偶然在「幻劍書盟」網站流覽小說，裡面奇幻小說的想像讓蕭鼎找到了「知音」。當時「幻劍書盟」草創一年，作品不多，蕭鼎很快就讀完了網站的全部作品。「當時網路中原創的玄幻武俠小說很少，大概只有幾部，等我都看完了之後，我以前寫武俠小說的夢又萌發了！」[264] 蕭鼎後來所用的筆名，只是他上網時登錄的用戶名。

蕭鼎的寫作始於對當時較為流行的奇幻小說的模仿，設定的是西方背景，其第一部小說《暗黑之路》讓人想到遊戲《暗黑破壞神》。2002年，《暗黑之路》在台灣出版，儘管銷量不好，但是在某種程度上也激勵蕭鼎繼續寫下去，他也將小說的背景轉向了東方。

2003年4月，蕭鼎的《誅仙》開始在「幻劍書盟」連載。蕭鼎在創作《誅仙》過程中，添加了很多玄幻色彩。在故事的大構架上，以神州浩土為背景，針對道、佛、魔三大勢力展開描述，帶領讀者進入一個超自然的世界。

「劍仙」一直是中國武俠小說創作的重要題材，《誅仙》一書的很多元素，不能不讓人想起還珠樓主所作的《蜀山劍俠傳》，蕭鼎

---

264. 吳佳男，《蕭鼎：一根燒火棍的江湖夢想》，見《中國青年》雜誌2006年8月號上半月。

本人也承認《蜀山劍俠傳》對其創作《誅仙》具有極大的影響。[265]

　　《誅仙》在互聯網上產生一股熱潮，引起了眾多關注，隨後在各大文學網站中也不斷轉載，點擊率迅速上升，很快就獲得了「網路奇書」這一稱號。

　　蕭鼎於 2003 年 3 月在台灣出版《誅仙》。2005 年 4 月，由朝華出版社在大陸出版，第七冊開始轉由花山文藝出版社出版。2005 年度「新浪網」評選出的「最佳玄幻文學」中，《誅仙》排名第一。在出版市場方面，《誅仙》前六冊銷量超過了一百多萬冊。

　　《誅仙》全書約二百五十萬字，書敘青雲山附近的平凡少年張小凡因村裡變故，與同村夥伴林驚羽拜入青雲門下，修習道法，偶然得到魔器噬魂棒。隨後參加了青雲門七脈會武，意外連勝四場。最後一場與陸雪琪比試，結下善緣。繼而下山歷練，去萬蝠古窟調查魔教餘孽。

　　在窟中，張小凡與陸雪琪掉入死靈淵，兩人共患難，相扶持。張小凡隨後與鬼王宗宗主之女碧瑤相遇相愛，並得到《天書》第一卷。魔教四大宗派襲擊青雲門，道玄真人出動誅仙劍，魔教敗逃，欲帶走張小凡，道玄真人為不留後患，遂擊殺張小凡，卻被碧瑤用血肉之軀發動癡情咒擋住誅仙劍，一縷魂魄被合歡鈴所收，得以肉身不滅。之後十年，張小凡反出青雲門，改名

265.《誅仙》作者蕭鼎媒體暨網友見面會，2005 年 08 月 22 日，見搜狐讀書頻道 http://book.sohu.com/20050822/n240282243_!shtml

鬼厲，成為鬼王宗副宗主，四處征戰殺伐，同時學會了《天書》
第二卷。十年間，鬼厲千方百計尋找救碧瑤的方法，均告失敗。
西南天地寶庫之行，鬼厲和陸雪琪得到《天書》第三卷。南方妖
獸橫行，獸神攻上青雲門。期間鬼王利用妖獸大軍滅掉了萬毒谷
和合歡派。

　　隨後青雲門會盟天音寺、焚香谷共同抵擋妖獸大軍，道玄
真人出動誅仙劍重創獸神，自身為劍氣所侵，入了魔道。鬼厲在
天音寺療傷，從無字玉璧中得到《天書》第四卷。鬼厲滅殺獸神
奪取饕餮，藉助星盤試救碧瑤。鬼王則意在通過星盤煉成四靈血
陣。四靈血陣完成，引發狐歧山崩塌，碧瑤肉身失蹤。鬼厲悲傷
下失魂落魄，在陸雪琪的照顧下，鬼厲恢復神智。鬼王用四靈血
陣殺上青雲門，青雲門死傷無數。道玄在青雲山幻月之洞去世，
正道無人能抵擋鬼王，眼看要全部毀滅。張小凡在幻月之洞修得
《天書》第五卷，用誅仙劍擊敗鬼王。張小凡從此隱居，陸雪琪
在無意中再次和他重逢，二人度盡劫波，相逢一笑。

　　《誅仙》故事模式並沒有突破傳統武俠小說的窠臼，常見的
同門之戀、正邪之戀、尋寶爭雄等情節都有出現。有人評論《誅
仙》三大俗：愛情俗、描寫俗、情節俗。因此當新浪網在首頁加
封其為「後金庸時代武俠聖經」時，招來罵聲一片。

　　《誅仙》的成功，離不開蕭鼎對《山海經》、《搜神記》、《封
神演義》等神魔小說的「偷師」，並契合了當代人成長的心理以及
性格特點，創造出一個新的東方魔幻世界，增加了讀者的閱讀快

感，使讀者能夠在小說中找到個人成長的痕跡。

　　《誅仙》彙聚諸多中國傳統的文化元素，書中世界劃分出道、佛、魔三大勢力，青雲門的太極玄清道，天音寺的大梵般若真法，焚香谷修煉的苗疆巫術，每個門派都有獨特的信仰以及價值觀，取其玄幻色彩，又注入了現代的思維。

　　小說中主人公的修煉心法、武器裝備，以及記述的種種奇異風物，無一不蘊藏著傳統文化的因素。誅仙劍出自《封神演義》，是通天教主佈置誅仙陣的一柄神劍，威力極大，存在過重的戾氣。這種元素在很多武俠小說都曾出現過，《誅仙》也不例外。青雲門中的幾任掌門由於經不起這柄劍的誘惑，被誅仙劍反噬成魔。只有經過巨大挫折，心志如鋼的人，才能夠掌控誅仙劍。從小說的寓意中也可以看到，心魔（慾望）能夠左右人的心性，誅仙劍的傳說成了小說的隱喻。

　　在劍仙題材的武俠小說中，劍仙們追求的是修仙之路，脫離凡塵，不僅是從武力形式中脫離出來，還讓他們的精神提高到人與自然的境界上。《誅仙》中也有正邪對立，但小說中的「俠義精神」不再是單一的正面含義，更包含了對人性追求的肯定，對正邪矛盾的困惑。

　　張小凡是在青雲山下的普通人，在故事發展中，他的人生出現了很大的磨難。一開始張小凡是修煉青雲門的正派武功，到青年時開始進入了邪道鬼王宗。正邪兩股力量一直在張小凡體內纏繞，由此變成了一個矛盾體。他愛上了魔女碧瑤，墮入魔教，但

又不捨養育他的師門。張小凡沒有守住「俠義」的準則，是因為他的人生信仰已經從「俠義」，變成了挽救為他而死的碧瑤。

小說中天音寺的普智和尚，一生慈悲，曾經為了救一位孩子不惜犧牲自己的性命，但臨死前卻為了得到長生而殺害了一村的無辜百姓。青雲門的萬劍一是公認的正派領袖，但青雲門為了掩飾門主被反噬成魔的事實，將正義的萬劍一當做了犧牲品。青雲門主道玄真人近百年來為青雲門鞠躬盡瘁，但是為了維護所謂的正義去殺害未曾入魔的張小凡，最後為救眾生而被誅仙劍反噬成魔，當遭遇同門追殺時他說出了一句：「不知你可記得，我為何今日變得如此」讓同門無言以對。書中一句「這因果是非，對錯正邪，竟如此這般糾纏難辨，蒼天作弄，乃至於斯！」說盡了書中人物的無盡悵惘。

傳統的武俠小說中，武功境界和道德境界是不可分的，武德也是武的精髓，《誅仙》把人間的七情六欲融入這些「非人」的角色中，修行的高低並不取決於道德，但作者同時又表現出對良知的堅持，讓人物有了一種善惡雜糅、不失奮進的人格，較好地符合了當代讀者的心理需求。

《誅仙》沒有以簡單的正邪對立作為總體構架，更多的是融合了現代的一些思想意識。張小凡加入鬼王宗後，改名為鬼厲，性格發生了很大的改變，修為進步神速，嗜血嗜殺，但在青雲門處於毀滅時，鬼厲卻親自開啟了誅仙劍陣，助青雲門度過劫難，了結正邪恩怨，從中可以看到張小凡的人性依然堅守著善良。

　　以鬥法為主要內容的「仙俠」小說，對男女情慾是予以排斥的。民國以前小說中的劍仙都要拒絕兩性關係，認為要修煉就要摒棄情欲，否則不會修成大道。《蜀山劍俠傳》則主張精神戀愛，男女合籍雙修，只是一種精神依戀，不存在肉體關係。《誅仙》打破了這種創作觀念，書中修道者不僅可以結婚，還可以生兒育女，絲毫也不影響道行的修煉。書中的愛情也寫得很淒婉，吸引了不少女性讀者，這也是這部小說成功的原因之一。

　　《誅仙》對於中國傳統文化雖然進行了想像和再創造，但缺少更深刻的挖掘，同時也被過度重複的鬥法描寫所掩蓋。另外，小說的情節也有很多瑕疵，蒼松道人在前半部分明顯是一位重要角色，但寫到後來，不僅出場越來越少，最後的死亡更是悄無聲息。萬劍一在小說中並非可有可無，他對水月大師、對道玄真人、對誅仙劍都有一段故事，書中說明蒼松道人為了他反出師門，他又隱居在祖師祠堂掃地，這樣重要的人物，書中卻沒有將他的情況交代清楚。

　　造成這種現象的原因，與小說的創作環境有著極大的關係。《誅仙》最初連載於互聯網，創作之初，並沒有明顯的目的性，隨著關注度的提升，作者的壓力也油然而生。網路寫作，作者和讀者是互動性的，讀者的意見往往會潛移默化地影響創作。《誅仙》進入出版市場後，出版商所看重利益，在作者寫作過程中也屢屢對作者提出各種各樣的要求，使作者產生創作上的疲勞。蕭鼎曾經坦言：

我總想著一定要讓讀者滿意，但我現在卻發現，我似乎已
經走錯了路。奇幻文學本應是輕靈的，如同插上翅膀在風中翔
翔，但我卻背負了太多的雜念在寫，心裡有了包袱，下筆也特
別滯重。[266]

網路寫作的興起對於通俗小說創作來說是把雙刃劍，蕭鼎
《誅仙》成功之後，網路上大規模興起了「玄幻小說」「修仙小
說」，基本上都是源於《誅仙》的創作模式和故事模式，進一步消
解了「俠義精神」的定義，情節肆無忌憚，筆下世界，更不著邊
際，雖脫胎於武俠小說，卻已經超越武俠小說的範疇，因此，就
武俠小說和玄幻小說來講，《誅仙》是一條分界線。

第五節　當代「新武俠」的亮點與希望

縱觀「大陸新武俠」十餘年來的發展，雖然湧現了一批又一批
的武俠作品和作家，但是能夠被視作經典、經得起時間和讀者考
驗的作品卻是寥寥，能夠超越此前武俠小說高度的作者也不多。
「大陸新武俠」作家們的最大困擾，依然是面臨超越以金庸為首
的台港新派武俠小說所創造的輝煌。不得不承認，這是一個在相

---

266. 蕭鼎，《〈誅仙7〉燒掉了一半……》，見蕭鼎的博客http://blog.sina.com.en/s/
blog_474£959d0l00053o.html

當長的時期內不可能達到的目標。

社會閱讀環境和個人的經歷，直接制約了「大陸新武俠」的發展。

對於文學創作來講，至為重要的是作家的人生歷練，這一點更是「文革」後生人，成長於校園的「大陸新武俠」作家們所欠缺的。

前輩武俠小說作家們，少年時多半經歷過社會動盪時期，有著豐厚的人生閱歷，這種經歷對作家而言，是一份瑰麗的寶藏，深深融入了他們的作品。像金庸、古龍、溫瑞安等作家雖然人生經歷不同，卻各自坎坷、各有精彩，這些無疑都影響了他們的小說創作。這些時代賦予的機遇，並非人人都能獲得。相較而言，在改革開放時期長大的「大陸新武俠」作家們，時代和平，生活安定，缺乏人生經歷，他們的作品和前輩作家的作品相比，不免相形見絀。

一、憂中有喜，雛鳳新聲

令人擔憂的是，進入 2009 年以後，「大陸新武俠」作家們的作品，較之 2000 年初始階段，整體水準上呈現疲軟和衰退，王晴川、李亮等人的寫作速度減慢。小椴的作品不可避免地自我重複，2009 年的《開唐》之後漸無新作，小說《裂國大王圖》，雖有武俠因素，卻偏向了歷史小說。滄月、步非煙、沈瓔瓔等人在雜誌上的新作陷入低潮，轉向出版實體書，近期作品都以玄幻為

滄月作品書影

主，離「武俠」越走越遠。鳳歌完成《滄海》後，轉向玄幻小說寫
作，偏離「武俠」數年後，開始創作《靈飛經》（2012），完成當初
承諾讀者「山海經」系列的最後一部，經歷過停更，換出版社等風
波，2017年，《靈飛經》（2012）終於完結，「山海經」三部曲最後
一塊拼圖補完。《靈飛經》（2012）一書整體的完成度頗為讓人滿
意，作者在「山海」之間的歷史縫隙中，理清東島、西城的傳承脈
絡，以音樂入武，輔以老莊的自然哲學，堪稱巧思。

矚目《琅琊榜》

　　然而，武俠小說在這一時期，並沒有再掀起相應的高潮，但
「武俠」這一因素並未因為讀者閱讀量的減少而退出類型文學的

舞臺，「武俠」成為一種結構傳奇小說的元素，深入到各種暢銷的作品中。

2015 年，電視劇《琅琊榜》一經播出，便引起收視狂潮，並榮獲第 30 屆中國電視劇「飛天獎」優秀電視劇獎、2015 年國劇盛典年度十大影響力電視劇、第 6 屆澳門國際電視節優秀電視劇、第 12 屆中美電影節金天使獎最佳中國電視劇、第 19 屆華鼎獎中國百強電視劇第一名等各類巨作獎項。[267]

《琅琊榜》（2006）根據作家海宴的同名小說改編，海宴 2006 年 12 月 8 日在起點中文網發佈網路小說《琅琊榜》（2006）。2007—2014 年，完成了三部小說的出版，並且親自擔任了《琅琊榜》的編劇，入圍了第 22 屆上海電視節——白玉蘭獎最佳編劇獎。[268]

《琅琊榜》（2006）講述的是大梁赤焰軍因奸佞陷害而蒙受冤屈，在梅嶺一戰全軍覆滅。赤焰軍少帥林殊僥倖逃生，其間受盡折磨，改易容貌，自稱梅長蘇，以病弱之身重入京師，操縱風雲，輔佐靖王剷除奸佞，為赤焰軍洗刷冤屈。

小說講述著權謀鬥爭，但《琅琊榜》（2006）書中的江湖背景、武林中人、劍客挑戰……滲透著很多「武俠」要素和精神。從武俠小說的角度，《琅琊榜》（2006）不過是襲用了傳統武俠小說

267. 百度百科，電視劇《琅琊榜》https://baike.baidu.com/item/%E7%90%85%E7%90%8A%E6%A6%9C/12700172?fr=aladdin
268. 百度百科，海宴https://baike.baidu.com/item/%E6%B5%B7%E5%AE%B4/10572965

中的江湖世界，並以此為故事
背景，展開廟堂權謀的故事。

　　作者筆下的梅長蘇雖然有
江左盟盟主的江湖地位和武林
威信，在此後的權謀鬥爭中，
也借助了江湖的力量，但作者
很明顯極力保持著與武林的距
離。小說對武林高手的描寫雲
淡風輕，高手們恪守江湖道
義，對功名利祿毫無眷戀。然
而，梅長蘇號令江湖群雄的理
由，是高舉「復仇雪冤」的正

《琅琊榜》書影

義大旗，這種為七萬將士洗刷不白之冤的正義之訴，其實仍然延
續的是「武俠世界」除暴安良的俠客使命。弱不禁風的梅長蘇依然
是在以「俠義精神」集合眾多江湖豪傑，在洗冤的同時，也達到了
輔佐明君上位的目的。在這個故事中，武俠雖然不是主線，但它
推進了整個情節，產生著重要的情理支撐和平衡。

　　事實上，在網路小說的創作中，「武俠」始終是繞不過的重
要元素。2005 年被命名為「奇幻元年」，時至今日，武俠縮小、
泛化為網路奇幻（玄幻）小說的一部分，依然是整體趨勢。[269] 近

---

269. 夏烈，《網路武俠小說十八年》，《浙江學刊》，2017 年 11 月。

年也有一些「純武俠」作品回向，成為網路文學的精品，像 2016 年登上中國作協年度網路小說排行榜的 Priest 的女性武俠《有匪》（2016），以及雨樓清歌的《雲中卷》（2017）等，但總體數量和作品影響力仍無法與玄幻武俠相比。

《雪中悍刀行》

在這些大量的網文作品當中，烽火戲諸侯的《雪中悍刀行》（2012）不能不提。《雪中悍刀行》自 2012 年 6 月 29 日起在「縱橫小說網」連載，2016 年 8 月 31 日發表最終章《小二，上酒》，全書共計 450 萬餘字，完結當月，位居「縱橫小說網」男頻小說月票榜第 7 位。該作還曾於 2015 年獲首屆華語網路文學雙年獎銀獎。[270]

《雪中悍刀行》（2012）從深層次來看，其實是借「玄幻」之殼，完成了向武俠小說的復歸。在這部耗時五年完成的小說中，作者成功地繼承了新派武俠小說各路作家的血脈，構築了烽火戲諸侯心中的「武俠世界」── 有血有肉、有情有義的江湖。

在武俠小說這一類型文學逐漸式微之時，在網路小說創作中重寫「武俠」，顯示「武俠」這一類型其實並未被人忘懷。這部小說雖然是架空歷史，但明顯借鑒了春秋戰國、兩晉南北朝時期的背景。對故事情節中的群雄爭霸、諸子百家、世家風流等歷史片

270.陸正韻，《2016 網路文學觀察》，《文學報》，2017 年 1 月 5 日第 010 版。

段的解讀，展現了作者的文人志趣與書生意氣。書中夾雜了大量作者「私貨」，如在開篇伴隨主角左右的魚幼薇、贈予主人公徐鳳年畢生武藝的武當掌門王重樓、為社稷蒼生操勞卻慘死獄中的張巨鹿等，小說中以大量此類借鑒自歷史與武俠經典的人物，經由作者對其的思考與再詮釋，營造出了宏大又悲涼的氣氛。但是，也正因作者對於各類歷史和經典人

《雪中悍刀行》書影

物，以及精彩橋段的借鑒，使這部小說整體脈絡受到了影響，細節精彩，但整體顯得過於冗長和蕪雜。

《雪中悍刀行》（2012）雖然描繪的是江湖，但卻充滿了市井氣息，高人不是高高在上，不食人間煙火，而是走下了神壇，有生活中的柴米油鹽，也有悲涼與無奈；小人物還是小人物，卻不是一晃而過，面目不清，他們也在認真地活著，也有屬於個人的遠大志向與豪邁氣概。無論是傷心又無能為力的母親、鬱鬱不得志的書生、一生不離沙場的老卒，還是永遠出不了頭的江湖劍客……在作者的筆下，《雪中悍刀行》（2012）的江湖，是「人」的江湖，而不是只屬於「武林」的江湖。

「大陸新武俠」究竟會發展到何種階段，如今一切還在時間的沉浮與變遷中，前景未可定論。在當前閱讀多元化的時代，如果繼續用舊的觀點去討論武俠小說的進與退，存與留、武與俠、通俗性與文學性，恐仍解決不了武俠小說生命力的問題。中國的武俠小說，是中國人想像力和人文素質的綜合體現，只要中國人的「武俠」夢想不滅，在讀者和作家的努力下，武俠小說終會突破當前的困境，迎來新的輝煌。

二、古為今用，舊曲新聲

《明將軍》系列

時未寒（1973— ），原名王帆，據網路上簡述其經歷：「生於湖北，長於青海，常伴大漠孤煙、長河落日，胸有丘壑，腹藏甲兵。16歲入川，20歲出川，從此浮游於桂、蜀、蘇、滬之間，執筆為劍，展紙成兵，演繹江湖風骨，摹寫浪子滄桑。其文構思縝密，佈局多變，豪情迸發，風骨凜然。」[271]

時未寒在「大陸新武俠」中的地位是由其作品《明將軍》系列確立的。此外，還有中篇小說《避雪傳說》（2003）、《遊俠舒眉》（《九龍杯》《紫玉盒》）（2007），長篇《劍氣俠虹》（2005）和中篇《釵頭鳳》（2003）《驚殺局》（2004），後三部發表在《武俠故事》

上，其他作品大多發表在《今古傳奇‧武俠版》上。

《明將軍》系列作品的故事發生的時間順序為:《偷天弓》、
《破浪錐》、《竊魂影》、《換日箭》、《絕頂》、《碎空刀》、《山
河》。除《竊魂影》外，此系列其餘作品皆刊登於《今古傳奇‧武
俠版》。

在這個系列中，又分為「正傳」和「別傳」。據作者提供的
寫作資料，別傳《破浪錐》、《竊魂影》、《碎空刀》，寫作時間為
2001 年—2003 年，在魏公子、蟲大師、葉鋒的鬥爭中，明將軍並
沒有直接出現，有時候僅是配角。作為「正傳」開始的《偷天弓》
反而是 2003 年開始寫作。

前三者是別傳，後三者是連續的正傳部分，講述暗器王「林
青」和明將軍明宗越的決戰過程。

《明將軍》系列作品，代表了「大陸新武俠」架空歷史的創作
一脈。「架空」的本義，是指房屋、器物下面用柱子等撐住而離開
地面，比喻事物沒有基礎。架空歷史，就是不以歷史為依據，根
據少量的史料，憑藉天馬行空的想像力，描述一段屬於虛構或者
自我改編的歷史，建構一個理想中的世界。

架空歷史小說作為一種新的小說類型，新世紀以來盛行於
網路，眾多網路寫手創作了大量作品。它主要有兩種模式:一種
是網路文學中最流行的穿越小說，描述現代人回到正史記載的歷
史時空，憑藉現代知識、民主觀念和世界視野，改變了歷史的進
程;二是模仿歷史小說的寫作，但其中人物，無論主角配角，皆

不見於正史記載，其歷史背景
也是完全虛構的。[272] 後者的寫
作手法，和「大陸新武俠」的
創作頗有相通之處。

　　將架空歷史的手法用於武
俠小說寫作，是大陸新武俠作
者對歷史的特殊處理方式。它
不同於金庸《笑傲江湖》、《俠
客行》中的淡化歷史背景，也
不同於古龍小說完全拋開歷史
背景，而是通過作者的想像，

《明將軍系列》書影

虛擬一個宏大的歷史背景，不受真實歷史的約束，在自己設定
的、獨立自足的世界裡，自由地演繹朝代興衰，群雄爭霸，塑造
帝王將相，江湖英豪。時未寒打造的這個世界，主線就是《明將
軍》，他作品中的人物和故事依託於這個宏大的背景，抒寫了許多
可歌可泣的傳奇。

　　時未寒的《明將軍》系列，共同構建了一個以京城為中心的
天下，它北至塞外，南至海南，西至吐蕃，成為朝廷和江湖的角
力場。明將軍宗越將軍是貫穿整個系列的重要人物。在廟堂，他

272.許道軍，葛紅兵，《敘事模式‧價值取向‧歷史傳承——架空歷史小說研究論綱》，《社
　　會科學》，2009 年第 3 期。

一人之下萬人之上，有七王爺等政敵環伺；在江湖，他是武林公
認的第一高手，有「暗器王」林青等俠客對其發起一波又一波的挑
戰。時未寒在他的創作談裡寫道：「我無法斷言明將軍是英雄或是
梟雄，畢竟對於我們來說，褒貶一個幾百年前的虛構人物畢竟有
失公允。我只知道，明將軍是我所營造的武俠世界中一個不可一
世的權威，一個禁錮了江湖上一切想像力的不敗神話！於是反抗
應運而生；於是才有了《碎空刀》，有了《偷天弓》，有了葉風、
林青、小弦……在這樣一個對抗強權的故事中，有肝膽相照的友
誼，生死不渝的愛情，窮思百變的計謀，撲朔迷離的爭鬥……當
然，還會有英雄。」[273]

　　明將軍並非歷史上真實存在的人物，故事的時代背景也不
明確。吐蕃在唐宋時才建國，明朝以後的京城才將皇宮稱作紫禁
城，但小說中又有吐蕃，又有紫禁城，這種似是而非的歷史，在
傳統的歷史武俠寫作中，很少出現，只有架空歷史，才忽略掉歷
史的真實性，從而將筆力集中在人物塑造和情節推進上，使之呈
現出獨具特色的武俠風格。

　　在《明將軍》系列中，無論那方力量和明將軍的鬥爭，都體
現出兩難的主題：是還江湖以自由，繼續混雜動亂的局面，還是
將之控制在明將軍為代表的朝廷勢力下，對其規範秩序，加以束
縛？在自由和秩序的鬥爭之中，雙方的出發點並非權力爭奪，但

---

273. 時未寒，射向天地的一支箭，《今古傳奇·武俠版》，2004 年 6 月上。

無法避免權力爭奪，身為主角的明將軍，具有身不由己而抱殘守缺的悲壯色彩。反之，他的對手林青和葉風，則體現出挑戰權威的勇氣。小說《絕頂》的名字，寄寓的本就不止是攀登武學的巔峰，更是人生境界的巔峰。

時未寒文氣縱橫，早期作品極具形式美感。《碎空刀》、《竊魂影》的小說回目，情境渲染文字語言都極盡鋪陳。到《偷天弓》和《換日箭》，則逐漸改為平緩的敘述，到《絕頂》更進一步返璞歸真，注重文字背後的張力。其小說的武功較量別具一格，自成一派，有「陽剛技擊」的美譽，在「大陸新武俠」的諸多作品中獨樹一幟。

時未寒在創作藝術上的刻苦探索和改變，是無可質疑的，但他《明將軍》系列，創作時間跨度過長，一些情節，作者自己也難免會記憶模糊，導致情節脫節，缺乏統一。從 2014 年開始寫作的《山河》，自 2018 年進入《終結卷》，迄今仍未完成，希望《明將軍》可以帶給讀者一個的圓滿的結局。

《雁飛殘月天》

王晴川（1972－），原名王軍，天津人，現任職於某天津某國營企業，中國作家協會會員。自大學期間開始在正式刊物上發表作品。2002 年開始專門從事武俠小說創作。作品專攻目前大陸武俠創作中少見的傳統歷史武俠，以「刻劃真實的人物，構造好看的故事，抒發深沉之情感，闡揚奮發之精神」為創作觀，注重作

品的思想性和藝術性。

　　王晴川在《今古傳奇武俠版》和《武俠故事》都有作品發表，
但最主要作品，長篇武俠小說《飛雲驚瀾錄》和《雁飛殘月天》都
發表在後者，由於地域、影響及成就的關係，被武俠迷將之與鳳
歌並稱，號「南鳳歌，北晴川」。除此之外，他還在《今古傳奇武
俠版》發表了《驚鶴潛龍記》、《過河》和《鳳初飛》三部作品，中
篇系列《玄武天機》，在《武俠故事》發表《補天裂》、《怒雪》、
《破陣子》及「暗香傳奇系列」的《雨霖鈴》、《水龍吟》和《滿江
紅》等作品。

　　王晴川的創作手法承襲傳統武俠寫作，從謀篇佈局、情節推
研、人物形象、到歷史背景和創作主題，都充滿傳統武俠味道，
被稱為「梁派傳人」。他說：「其實武俠小說本來就是完全中國化
的產物，何必脫離中國歷史，做異域魔幻、玄幻武俠呢？」[274]

　　王晴川堅持在武俠小說的歷史書寫，也堅持故事性和通俗
性的傳統色彩。

　　不可忽略的是，王晴川作品中始終澎湃著的「家國」浪潮，
他的作品的主要歷史背景有兩個，一是宋金對峙的時期，二是明
中期和蒙古爭鬥的時期，其中，寫宋金對峙的《過河》（2003）和
《補天裂》（2003）諸篇，大氣凜然，充滿民族尊嚴的正氣。「暗
香傳奇系列」的《雨霖鈴》（2005）、《水龍吟》（2005）、《滿江紅》

274.高河金，《大陸新武俠」研究》[碩士學位論文]，廣州：暨南大學，2007年。

（2005），寫的是清朝乾隆年間
的故事，三個故事互相獨立又
互相聯繫，表現出王晴川開始
探索民族衝突的正義性，最後
否定了借民族大義謀取私利的
行為，肯定了「俠之大者，為
國為民」的俠義精神。

　　這種思想不是簡單的「忠
君報國」，而是從普通百姓的角
度出發。

　　《飛雲驚瀾錄》（2004）是

《雁飛殘月天　龍蛇變》書影

王晴川首部長篇小說，描寫
了街頭遊民任笑雲，捲入朝野紛爭和民族矛盾的故事。任笑雲的
個人成長，不僅是武功，更是思想意識上的變化。他從善良的本
性出發，逐漸被沈煉石等人的行為所感染，出於正義和生命的維
護，慢慢成長為一代大俠。

　　　王晴川的另一部長篇小說是《雁飛殘月天》（2006），講述宋
金對峙時期，卓南雁作為宋朝的臥底，混入金國。卓南雁與任笑
雲相比，因為身分和所處身的環境不同，其思考深度也更加深刻。

　　王晴川堅持的是傳統武俠的寫作路線，在作品內容和風格與
之相近的作家中，小林寒風、庹政、王展飛等人也取得了很好的
成績，只是總體上較王晴川稍弱。

　　王晴川的歷史武俠創作最具正統色彩,但其筆下人物的個體
性色彩無疑更加突出,這與此前金庸和梁羽生小說中的相比,無
疑還是有了新的突破。

《逝鴻傳說》

　　碎石,重慶人,電腦專業,畢業於西南師範大學,曾任《電
腦報》編輯,大陸新武俠重要作家之一。其作品《你死,我活》
(2002)在網上連載,聚集了頗高人氣,作為網路武俠開山的
作品之一而廣為人知,出版於台灣鮮網。代表作《逝鴻傳說》
於 2005 年 10 月在《今古傳奇‧武俠版》上刊登。除《逝鴻傳說》
(2005)外,尚有《纖雨刀》(2008)、《相思鑒》(2008)兩篇武
俠小說,其創作數量並不是很大,但其敘事能力極佳,人物塑造
上,既基於人性又超越人性,語言深刻精緻,富於哲學思辨。

　　《逝鴻傳說》全文 50 萬字,最初刊載時,只有 12 萬字,2011
年 1 月由新世界出版社改以《逝鴻傳》出版,才得以完本面世。
2006 年獲得「黃易文學獎」最具實力作品。

　　《逝鴻傳說》選擇了武俠小說很少描寫過的以五胡十六國為
時代背景,在這個亂世中,人的生命 —— 包括個人生命和民族生
命 —— 受到了嚴峻考驗。作者在這樣的前提下,寫的其實就是極
限情境下人的生命體驗。

　　韓雲波曾讚頌《逝鴻傳說》:「大陸新武俠與傳統武俠相比,
從一開始就站在更高的起點上。能將枯燥的佛理生動自然地融入

到作品中，除了金庸的《天龍八部》之外，只有碎石的《逝鴻傳說》做到了。」[275]

書中的主人公是羯族少女阿清，背負個人和族群的命運，另一主人公小靳，小流氓闖江湖，遇名師教誨，得美女垂青，獲武功祕笈……武俠小說經典套路的描寫。

然而，從深層次來看，《逝鴻傳說》中的第一主角應該是道曾。他的身世彷彿金庸《天龍八部》中虛竹的翻版，

《逝鴻傳說》書影

父親是由馬寺的主持，母親須鴻是邪道中人，兩人情不自禁，互相吸引，從而生了他。道曾出生後，先是父親不肯相認，繼而因他被偷走，母親震怒之下，屠盡白馬寺，從此不知所蹤。道曾從小就作為白馬寺的恥辱長大，但他非常豁達，也不怨天尤人，還收養了不羈的少年小靳，教導他助人為善，自己也身體力行，救助他人。

五胡禍亂，生靈塗炭，稱之為拯救眾生的佛法，已埋葬在白

---

275. 百度百科，逝鴻傳說 https://baike.baidu.com/item/%E9%80%9D%E9%B8%BF%E4%BC%A0%E8%AF%B4/9029276

馬寺那些能浮起經書鮮血的中。佛法衰微,需打破陳腐之規則,
才能重重獲新生。這項任務交由白馬寺的恥辱道曾承擔。道曾對
佛法的履行,並非佛經中戒律,而是聽從了真心的呼喚。

小說最後,瘋癲的林哀大徹大悟點醒了白馬寺眾僧,這段跌
宕起伏的情節,昇華了作品的意義,但刻意說教,反而弱化了小
說主題,大量佛教的名詞有堆砌之嫌,顯得極不自然。

碎石的《逝鴻傳說》作為第一部進研究生教材的「大陸新武
俠」作品,受到了極高的禮遇。正如《逝鴻傳》序言所說:「碎石
的《逝鴻》,智慧與情感在作品中糾結,也就是對一個永恆話題
的中國式、智慧式的推陳出新。」[276] 很大程度上,《逝鴻傳說》是在
《天龍八部》之後,武俠小說對佛學的又一重闡釋。

《揮戈》系列

楊虛白(1972—),原名楊澍,湖北武漢人,出生在新疆,9
歲回到武漢,1989年在成都讀大學,畢業在深圳一家銀行工作。
2000—2006年在加拿大工作,2006—2009在美國工作,2010年回
到北京,現在一家上市金融企業任職。2004-2011年在《今古傳
奇・武俠版》發表了系列武俠小說《揮戈》,被譽為「回歸古典意
向,上溯武俠傳統」的代表。楊虛白還擅長舊體詩創作,在詩詞
圈、武俠圈頗負盛名,活躍於清韻、菊齋、光明頂等論壇。

276.《逝鴻傳》,新世界出版社,2011年1月。

　　《揮戈》系列包括：《吳村之戰》（2006）、《風神鎮》（2006）、《金陵殘夢》（2006）、《吳鉤霜雪明》（2007）、《枕戈京華》（2008）、《盜畫》（2011）。2018 年 5 月作家出版社《揮戈》結集出版。《揮戈》取「魯陽揮戈」的典故，相傳魯陽公領兵死戰，日落西山，魯陽舉起長戈，向日揮舞，太陽為其氣概所奪，退行三舍，光明如晝。楊虛白筆下的「揮戈」寓意一人之力挽狂瀾於既倒，雖不見得能達成，但也要奮力揮出那一戈。

　　書中主角吳戈是山陽縣吳老捕頭收養的孤兒，曾為報吳捕頭血仇，隻身斬殺江南大盜，並在此役中頓悟刀法真諦。他武藝高超，才思敏捷，但行事低調，多年來恪守原則，因此連個捕頭也沒有當上。土木堡之變後，朝廷局勢波雲詭譎，但仍是權貴勢力主導。風神鎮一行，吳戈發現自己曾奉為圭臬的《大明律》並非真理，找不到心中出路的他，決意離開公門，浪跡江湖。在他遊俠的數年中，他的兩個髮小分別成為朝中名臣、江南巨富，而他仍是個不合時宜的小人物，甚至懷揣一身武藝，到碼頭上賣藝，在米行裡做挑夫，這一切都源於他的固執。吳戈的老上司曾評價：「他

《揮戈》系列書影

永遠不會有出路,他對抗的不是區區幾個奸商貪官,而是芸芸眾
生心頭的泥濘。」

吳戈就如同「揮戈」的魯陽,「逐日」的夸父,付出絕大的
代價,卻不一定能夠回天,彷彿愚不可及,卻值得歌詠和紀念,
因為作為渺小個體,與必然失敗的命運抗爭,堅守人的尊嚴和勇
氣,正是作者宣導的人類精神。《揮戈》的系列故事,經緯縱橫,
勾勒出一幅大明景泰年間的江山棋局,而吳戈,就是棋盤之上的
小小一枚卒子。

關於武俠小說的寫作,楊虛白自承:「如果想要自己的武俠不
那麼「扯」,一定要找到某種大於武俠的文字;如果想要自己的焦
灼不安得到馴服,則一定要找到某種大於「自己」的意義。要讓自
己重新相信,確實存在某種魔術能點亮人性。」[277]

楊虛白的《揮戈》在金庸的「俠之大者,為國為民」、古龍
的「浪子悲歌」之外,為「俠」找到另一種存在價值:「揮戈向牢
籠,重獲自由身心」。俠,是大明朝的一份子,可也是獨立個體,
吳戈向黑暗揮出一戈,無所謂大義與價值,只為人世間本應存在
的光明。知其不可為而為之,是吳戈一生的執念,也使「俠」這個
字,凜不可犯。

由於工作繁忙,作者多年前就已止筆,創作數量不多,也使
作者未能構建出更為宏大的武俠世界。

277.《揮戈・自序》,作家出版社,2018 年 6 月。

《大唐乘風錄》

金尋者（1975—），原名史願，四川眉山縣人，從小在北京長大，1999 年畢業於清華大學工程力學系熱物理專業，同年赴美留學，在美國內布拉斯加大學林肯分校攻讀工程機械系碩士，其間同時進行小說創作。畢業後專心從事小說寫作和研究，並在愛荷華大學選修小說寫作課程（fiction writing）。

《大唐乘風錄》之五虎斷門刀書影

金尋者的代表作品為《大唐行鏢》，2003 年發表在起點中文網上，受到讀者的歡迎，點擊率達到 3000 萬，是網路小說寫作的初代「大神」。其後，台灣小說頻道出版集團出版了繁體字版《大唐行鏢》。2004-2005 年，春風文藝出版社出版了簡體字版，改名為《鏢行天下》。2008 年 7 月上—2009 年 2 月下，寫作《大唐乘風錄》（2008）在《今古傳奇‧武俠版》連載，受到讀者熱捧，隨後又寫作《大唐御風記》（2011）續寫盛唐傳奇，完成「大唐三部曲」。除了創作武俠小說，作者還廣泛涉獵科幻小說寫作，有《末日之翼》（2011）、《紋章之怒》（2012）、《星紀元》（2013）等。

金尋者寫作筆法簡潔明快，情節流暢，但平心而論，對

傳統武俠小說模仿有餘，創新不足，最富盛名的《大唐行鏢》（2003），其小說故事情節鋪陳太廣，前後聯繫不夠緊密，前面原本設置不錯的情節和支線，最後卻白白浪費，未能發揮應有的作用，表現出作者對長篇小說駕馭能力的不足。小說人物塑造過於刻意，往往被主線情節牽著走，明顯被事先設定的大綱束縛住，缺乏人物生長的必要靈動性。

《大唐行鏢》（2003）停筆多年後，金尋者在寫作的《大唐乘風錄》（2008）有所突破，小說的兩個主人公一莊一諧，故事情節出人意料卻令人忍俊不禁，在這兩個落魄江湖、蒙受冤屈的滑稽小人物身上，讀者感受到了久違了永不屈服、永不放棄的風骨和匹夫有責的天下之勇。其作品吸收了許多西方小說和新文藝的技巧手法，但他在基本的俠義精神和故事情節上推陳出新，成為可以稱道的佳作。小說主人公鄭東霆本是武林世家子弟，天賦極高，卻因拜錯了師父，被騙習得了一身偷來的武功，從此為人不齒，落拓江湖，只能以追捕黑道人物賺取賞金來糊口。即使承受了如此的不公，他仍沒有放棄自己行俠仗義的理想，面對「天下第一刀」柯堪月，雖然知道自己並不足以抵擋，仍然挺身而出捍衛正義。這個人物身上融會了作者的一些人生經歷，有了更扎實的情感基礎和人物性格基礎，感人而沒有距離感。作品中更帶有「大陸新武俠」作品中少見的豪邁張揚之氣，讓人精神為之一振。[278]

278. 王韜，《金尋者筆下的俠客精神》，《世界華文文學論壇》，2009 年 12 月。

三、武幻縱橫，智慧人生

《魔教東來》

李亮（1980－），內蒙古人，畢業於陝西師範大學，北京作家協會會員。2001 年底開始創作武俠小說。十餘年間創作不止，作品大多刊登於《今古傳奇・武俠版》，代表作品有《傀儡戲》（2003）、《魔教東來》（2004）、《入鞘刀》（2004）、《道是無晴》（2012）《反骨仔》系列（2006-2010）、《頭文字 H 系列》（2007-2017），鐵血岳家軍系列《滿江紅》（2012-2014），2014 年，寫作仙俠小說《墓法墓天》。

李亮是「大陸新武俠」作家裡面的一個奇異的存在，他的奇異之處在於，他脫離了傳統塑造俠客的手法，不重視書寫人性中激烈慷慨的一面，走的是反常、叛逆的路線，敢於去表現反對人們習以為常的生活慣象。他筆下的人是「非正常」的，是人性遭遇到絕境時候獸性的爆發，最突出的在於他的「反」。正因如此，李亮的探索，「具有了別的作家所沒有的直面人性最深陰暗的勇氣，作者往往用冷靜而不帶評判色彩的小故事，寄寓了深刻的哲思，雖然無所謂正邪，但褒貶自在其中。」[279]

李亮在《今古傳奇・武俠版》上的第一篇武俠作品是「大學生徵文」比賽的《傀儡戲》，發表在 2003 年 8 月上。這個煞氣很重的

---

279. 李為小，《論大陸新武俠從激進到複歸傳統》，《西南農業大學學報(社會科學版)》，2009 年 4 月。

作品，很容易讓人產生人性的絕望。半身殘疾的陳玉琴飽受欺凌，通過研製傀儡、操控傀儡的方式對眾人進行了殘酷的屠戮和報復。由此帶給我們深思，人成了「人性弱點」或者說「命運」所操縱的傀儡。

李亮《魔教東來》，《今古傳奇‧武俠版》出品

《妖殺》（2003）的殺氣更重，無名的主人公對強盜集團十三狼的徹底殺戮，毫無感情和動機，相對這個強盜集團內部各種各樣的醜事，這樣血淋淋的屠戮，帶有「天罰」的色彩。

《魔教東來》（2004）在這方面表現的更明確。正邪雙方的前輩們個個自以為是，大事臨頭卻遲鈍自大，自然被年輕一代鄙視。年輕人面對困難，敢於打破傳統，而非像老一輩那樣墨守成規，猶豫不決，畏縮不前。其餘《入鞘刀》（2004）、《浴火窮途》（2005）、《風波惡》（2006）、《劫後餘生》（2006）等篇，也都是寄託之言。

李亮代表作《反骨仔》系列的主人公是一批反傳統、反常規、反凡俗的人，他們無法忍受平淡而有規律的生活，但又不想傷害別人，於是選擇了放棄，於是走上了一條漂泊和冒險的道

路。然而，任何「不正常」的行為都很難被具有慣性的社會所接受，他們不得不做許多違背自己心意的事。幸運的是，在他們沒有身陷規則的時候，能夠及時逃脫。然而，對於前路，卻帶有深深的困惑。

李亮的近作鐵血岳家軍系列《滿江紅》（2012-2014），以南宋初年岳飛被殺之後，描寫岳家軍殘部對於俠義精神的堅守。這其中有曾經的棄將，有默默無聞的伙夫，還有傷殘的兵卒……這些人物都具有獨立的生命和共同的俠義本色。李亮沒有去書寫岳飛，反而繞過岳飛，去刻畫岳飛身後的岳家軍小人物，以岳家軍的殘部作為岳飛精神的載體，把岳飛內斂的俠義，寄託在這些人物身上，反而凸顯了「俠義精神」中明知不可為而為之的精神。

李亮的武俠小說試圖通過與精英文學貼近來達到更高的思想境界，他的小說更像是一個武林寓言，一個充滿思辨的故事。李亮的語言運用和故事編排非常巧妙，卻缺少了一些自然美，如何能像前輩金庸一樣，把思想內容融入故事，在結尾提供無窮的回味，從而達到舉重若輕、和諧融合的境界，或許是李亮下一步要解決的問題。

《千門》系列崛起

方白羽，原名卓平，1999 年畢業於山東大學電子工程系，後成為中國人民解放軍裝備部酒泉衛星發射中心（東風航太城）電子工程師，先後從事通訊、安控、衛星遙測跟蹤等工作，後調到

西昌衛星發射中心宜賓衛星觀
測站工作，2003年退役，定居
於四川德陽。

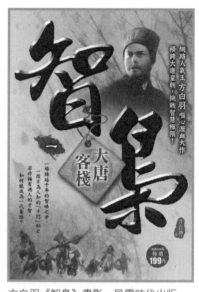

方白羽2001年開始在網
路上發表作品，遊走在武俠、
奇幻之間，代表作有《千門》
系列、《智梟》（2011）、《奇門
兵刃》（2006）等長篇系列和
《鐵血密捕》（2003）、《柳飛揚
傳奇》（2008）等中篇系列，在
「大陸新武俠」中開創「智性流
派」，首倡「智俠」概念，被稱

方白羽《智梟》書影，風雲時代出版

為「智俠之父」。另有玄幻名著《遊戲時代》系列。

方白羽曾說：「我雖然是在寫遊戲，卻決不敢有半點遊戲之
心，其實那個遊戲的世界已經超越了任由遊戲的概念，它已經是
一種生活，一種思考，一種理想，一種抱負，一次生命的體驗。」

方白羽早期作品，明顯生澀，最早發表於《今古傳奇・武俠
版》2002年第七期中的《憨俠》（2002），在精神上對此前的武俠故
事產生了懷疑，在個人和國家方面，他把個人權益和國家放在同
一個層次上，最後把個人的愛情放在優先地位。這與其說是對俠
義精神須犧牲自我的懷疑，毋寧說是對封建國家制度的懷疑。正
因對封建制度的懷疑，才覺得犧牲愛情是不值得的。方白羽最初

寫作，對於情節設定和人物塑造，明顯存在著不足，他早期的寫作主題也缺乏新意，比如《黑靈》（2002），只講述了一個黑暗戰士從殺人機器中醒悟過來的故事。

2006 年後，方白羽開始寫作《千門》系列作品，雖然藝術於法創新性仍有較多不足，但作品題材的創新使讀者眼界為之拓寬。在《千門》系列中，智慧的較量已經取代了武功較量，因此從《千門公子》（2006）開始，方白羽開創了一個「智俠」時代，方白羽的個人創作境界也為之提升，其藝術水準日臻完善。

「所謂的智性寫作，是從作家們的學養和靈性出發，深入到人的本體，成為從現代到後現代人們思考世界的一種深刻方式。」[280]並以此構成了「大陸新武俠」對民國舊武俠和台港新武俠的繼承和發展。

那麼，什麼是智慧以及智性呢？在現代思維科學中，智慧指的是具有產生新思想的思維能力。在文學上，智慧就體現為作家對世界和人生的一種獨特理解。智性則是由作家、作品和讀者共同體現出來的一種文學感受，它是與情性相區別的。

「人，既無虎狼之爪牙，亦無獅象之力量，卻能擒狼縛虎，馴獅獵象，無他，唯智慧耳。」

這是小說中《千門秘典》開宗明義的第一句話，也是《千門秘典》全書出現的唯一一句話，意指「智」的重要性。

---

280. 韓雲波，《中國俠文化—積澱與傳承》，重慶出版社 2004 年。

《千門》系列佈局縝密，嚴格遵循了推理小說的套路，而比之傳統推理小說的規模，《千門》的格局顯然要大許多。這種大格局，主要源於作者關於千門無上境界「謀江山社稷於無形」以及「我以我行證天心」的高起點設定。

《千門》沿用了「千門八將──正提反脫風火除謠」的角色概念。具體到小說人物上，是否真正反映這八個字，確實有待商榷。以「千術」作為武俠小說元素構成的不是沒有，但全篇皆以「千術」做主題的武俠小說，真可謂鳳毛麟角。方白羽一反傳統武俠的習武要素，通篇沒有給主人公公子襄任何武林絕學，最後歷經北伐，他也僅僅是從文弱書生變成一個堅毅的戰士而已。

塑造這樣不討巧的角色，要想吸引讀者，對於小說情節的設置，無疑要有更高的要求。方白羽選擇了讀者熟悉的「賭片」套路。首先讓公子襄在賭坊大展拳腳，既避開了殺手金彪的追殺，又借機會接近南宮豪，為報復南宮放做鋪墊。

在賭術方面，賭博的手法作為次要描寫，將更多筆墨用在「組團」配合上，頗類電影《決勝21點》。這種團隊戰術的賭博描寫，是頗具創意的橋段，在武俠小說中甚為罕見。公子襄通過的高超賭技把讀者吸引進入故事之後，情節撇開賭博，轉向「鷸蚌相爭，漁翁得利」，將千術滲透入商道、兵法中，點出「萬物唯千」的主題。

《千門》系列不僅是各種千術的對決，更是智慧的較量。在方白羽筆下，武功較量相對於智慧的比拚，已經顯得不再重要。從

「力量稱尊」的武俠世界，進化至「智慧為王」的新境界。尤其是在千術和反千術的較量中，方白羽的《千門系列》構建了一個詭計多端的世界，彰顯出現代人的「經濟學」意識。

　　主人公帶著仇恨成長為「千門」高手，在復仇之後，他進而認識到自己的價值和責任，並以所掌握的「千術」主動維護正義。因此，所有的賭博和騙局，都擁有一個具有「道德律」的正義起點，可以幫助讀者重新獲得道德安全感，回歸到武俠小說所宣導的「俠義」的永恆母題。

《浩然劍》獲獎

　　趙晨光，遼寧人，天涯網站的筆名為「清朗喝茶中」。大學主修法律，後進修文學碩士學位，現居北京。2007 年，憑藉《浩然劍》一舉奪得第三屆溫世仁百萬武俠大獎賽首獎，成為第一位女性首獎得主。趙晨光行文簡潔，語言清新，故事精彩，其代表作品：長篇《浩然劍》（2008）、《清明記》（2006）、《浪跡天涯》（2013）、《天子無憂》（2014）。中篇「他日相逢」

趙晨光《浩然劍》書影

系列：《誰許一生悠然》（2009）、《賀蘭雪》（2010）、《如星》
（2010）、《似是故人來》（2011）。民國武俠《隱俠》（2011—
2018）系列。2010年5月在《今古傳奇・武俠版》上發表的《如
星》被譽為「邊城式武俠」。作者曾寫詩自述：「斜風細雨入京
門，衣上風塵雜酒痕。半生疏狂半生笑，前身本是說書人。」

　　趙晨光獲獎作品《浩然劍》，原名《謝蘇》，2008年7月，台
灣明日工作室出版時改為《浩然劍》。《浩然劍》是作者花兩年的
時間寫成，講述了京師第一高手青梅竹，因為右手廢掉，再不能
用劍，落魄改名謝蘇，正當失意之際，遭逢舊識，又遇新知相
助，幾位俠客展開一場無可避免的爭戰。

　　趙晨光的小說文筆優美，評審之一的台灣大學中文系教授方
瑜認為，趙晨光用字優美是《浩然劍》能在眾多作品中突破重圍
勝出的最大原因，他說：「《浩然劍》特別著墨於男性情誼，寫
得深摯動人，傾蓋定交、其淡如水，卻能生死相期、不負平生，
此處最得古龍武俠精髓。但較古龍作品，作者卻又能在『聰明挪
借』後，將全書人物塑造更加生動傳神，用語行文也比古龍更富
詩情。」[281]

　　《浩然劍》的開始設定在謝蘇離京七載後，謝蘇曾經與摯友朱
雀的過往經歷，皆是通過謝蘇的夢境或回憶娓娓道來，伴隨著情
節的推進，如煙往事一點點鋪開，在閱讀上，予人以往事如煙的

281. 豆瓣讀書，《浩然劍》https://book.douban.com/subject/3567802/

詩意之感。除了敘事，作者塑造人物多以白描手法，寥寥幾筆，人物的喜怒哀樂躍然紙上。

2011年後，趙晨光開始創作以民國初年為背景的武俠小說「隱俠」系列，迄今已寫作15篇，並以此連續多年入選《今古傳奇‧武俠版》編選的年度《中國武俠小說精選》。

熱兵器時代的武俠小說很難寫，作者多半都會將目光投注於市井，因為市井中最卑賤的存在，卻有奇骨，更透浩然之氣，承襲「俠」之本源。趙晨光用筆洗練，娓娓道來，淡淡流露出來的市井氣息，恰好映照了「隱俠」這個主題。

盛顏、扶蘭、龍人各據一方

盛顏，原名朱慧穎，貴州人，生於上世紀70年代。2004年，憑藉《連城脆》與《寒鴉劫》在《今古傳奇‧武俠版》上一鳴驚人，被譽為真正在武俠上有所創新有所進境的少數作家之一。盛顏的代表作《三京畫本》系列，奠定了其婉約的大文化武俠書寫地位。《三京畫本》系列，以畫卷的形式，融合了金、遼、宋時的文化特色，塑造了武俠小說中從未有過的新人物形象：觀音奴。士族「八寶崔家」的女兒夜來，因故落入狼窩成為狼孩，而後為異族收養，進而再認祖歸宗。講述了一個逸出傳統社會規範的女子，在回歸名門高姓的家族之後，從而與刻板僵化的制度之間產生了衝突。《三京畫本》以此為線索，串聯起了各國風俗與紛爭，陰謀與愛情。遺憾的是，此系列尚未完結。

　　扶蘭（1972—）原名王蓉，籍貫湖南衡陽。1997年獲華中師
範大學歷史學碩士學位，華中農業大學任教，武漢大學歷史系博
士在讀。她的主要作品有《錦衣衛遊記》（2007-2014）、《巫山傳》
（2008-2013）《瀚海飛雪記》（2013）、《李家橋》（2015—2019）、
《驚濤拂雲錄》（2008）等。

　　《巫山傳》（2008—2013）系列，充滿了「巫術文化」的神
秘、陌生和冷漠。主人公姬瑤花就像巫山的女神，她機智、果
斷、冷酷，在巫山十二峰婉轉迭蕩出一個個一唱三歎的故事。

　　《錦衣行》（2007—2014）系列，背景設定在明朝初年，講述
了少年孟劍卿，在錦衣衛的道路上，一路向上攀爬的故事。與以
往武俠小說不同，是非觀念在《錦衣行》系列小說中常常難以分
清。錦衣衛這個設置，無論是在歷史上的開端，還是在民間的名
聲，負面是肯定的。小說一開始就直指統治者本身朱元璋，出身
於明教，算不上光彩，一朝坐上天子朝堂，就反過來迫害明教。

　　孟劍卿更像是在現實裡奮鬥的一些人，積極向上，如同所
有年輕人一樣，努力證明自己，現實主義的題材，卻用最不現實
的武俠小說來展現。如作者所言：「我是學歷史的，也許是拘謹
慣了，寫不來架空的，於是只好老老實實照著歷史來設計背景，
雖然很多地方加上了自己的理解與設想，基本上都還算是有章可
循，力求合情合理。」《錦衣衛》系列，歷史跨度極大，但細節清
晰明瞭，其行文節奏緊湊，乾淨俐落，書寫人物的絕望和決絕，
迥異於「大陸新武俠」其他女性武俠作家。

　　龍人，本名蔡雷平，浙江溫州人。他於 1983 年開始致力於武俠小說創作，可惜直到新世紀，趁著玄幻之風大行其道，其作品《亂世獵人》憑藉網路初期的強勢傳播，方才展露頭角，被稱為「玄幻武俠小說」的代表性作家，受到了眾多男性讀者的追捧，寫有 20 多部超長篇的小說。

龍人《滅秦》書影，風雲時代出版

　　忽略早期作品不談，其代表作大概分為三個類型：一是《亂世獵人》（2006）、《正邪天下》（2007）等，依然探索武俠小說的江湖模式，書寫英雄傳奇。二是《霸漢》（2014）、《滅秦》（2015）等，其創作漸趨成熟，但對黃易小說模仿太過，數量眾多，原創性略弱。三是《軒轅絕》（2006）、《封神絕》（2006）、《封神雙龍傳》（2014）等，以玄幻模式，摻雜大量的奇幻色彩，將大量通俗小說的橋段彙集在一起，情節緊張，節奏明快，有其創意。

　　龍人後期作品，明顯模仿黃易的小說，雖有乎張乎弛、故弄玄虛的詬病，但文筆控制能力不錯、故事架構宏大有氣勢，唯在原創性及人性刻畫頗為不足，狀若流水線寫作。

　　龍人的作品具有通俗小說的典型特徵，銷量很大，不但於內地市場廣受歡迎，更遠銷港、台、東南亞的通俗文學市場，總發

行量已達 3000 餘萬冊，堪稱武俠小說「爽文」和「通俗化」的代表。

四、台港擊劍，俠義可風

《英雄志》別樹一幟

孫曉（1970─），原名孫嘉德，籍貫山東臨清，出生於台北，1986 年就讀建國中學，1989 年入台灣大學政治系，1996 年入美國羅切斯特大學攻讀公共政策碩士，2000 年創辦講武堂出版社，代表作品《英雄志》、《隆慶天下》等。

孫曉對武俠小說情有獨鍾，2006 年開始出版《英雄志》（1996），到 2008 年，總共完成了 22 冊，約 350 萬字，後因多種原因斷更，迄今已 10 餘年，孫曉 2019 年在「新浪微博」宣佈「己亥功成，年內必竣工」，承諾 2019 年內全書完稿，卻並未完成。

孫曉雖然是台灣作家，但孫曉的《英雄志》在台灣出版之路頗為坎坷，遂自己成立「講武堂」自印自銷，沒有昔日溫瑞安、黃易成名的時代和機遇，孫曉在漫長的十年後，才被中國大陸的讀者所熟悉，被譽為「金庸封筆古龍逝，江湖唯有英雄志」。[282] 這句廣告語流行一時，一方面固然反映武俠小說創作進入了低谷期，另一方面也昭示了孫曉這部《英雄志》有其分量。

這部作品以明代土木堡之變後，明室帝王權力之爭為背景，

---

282. 此語原為 2001 年一名網友在「鮮網」上的評語，後來被廣泛加以運用宣傳。

故事講述四個主人公：捕快出
身的而至大將軍伍定遠，落魄
儒生而至狀元再到江湖流浪的
盧雲，官宦子弟兵部司郎中一
躍而為大學士的楊肅觀，以及
帶兵參將卻逼得落草造反的秦
仲海，他們風雲際會，跌宕起
伏，脫穎而出的傳奇經歷。

孫曉《英雄志》書影

　　孫曉對這一歷史時期的
各種勢力，如帝王、權臣、外
族、江湖、百姓等各階層，作
了全景式的描述和分析。作品
的結構宏大、思考深邃和文字細膩，在寫作中堅持個性，拒絕隨
波逐流，顯示了作者小說寫作的決心和追求。孫曉特於《今古傳
奇・武俠版》寫了《隆慶天下》，作品背景放在中日韓三國的爭
鬥，在武俠外衣的掩蓋下，探求歷史內涵，開局精彩。遺憾的
是，由於作者自身的原因，《隆慶天下》成為未完成的作品之一。

　　孫曉認為《英雄志》是「一部後現代色彩濃厚的文學作品」[283]
孫曉在《英雄志》的寫作過程當中，有意識在向「純文學」寫作學
習，更為關注人性，迥異於一般武俠小說的視角。

283.見習榮火編，《孫曉文集》（眾籌本），2016年。

　　小說的開篇，一個被傳統武俠小說用濫了的滅門血案情節，因為作者的思索，使得讀者不得不重新審視武俠小說文字描寫上的血腥。

　　齊家八十三口被殺，最後一個倖存者齊伯川也沒能逃過毒手。面對凶案，捕快伍定遠說：

> 八十三加一，不是八十四……八十三加一，那是滅人滿門……照你看來，兩者所差不過一條人命，但你何嘗想過，多殺這人，卻是滅人滿門！……在我面前殺一人、殺兩人，我都不會當你們做仇人，可你有膽在我眼前殺人滿門，我伍定遠身為西涼執法，便是爛成白骨，也要追魂到底！

　　武俠小說經常會寫到人的死亡，但是讀者知道這是虛構的，而生活中、新聞裡看到具體的死亡數字，人們會習慣性忽略，以此避免死亡帶來的恐懼，即使這些數字很大。然而，在小說中。伍定遠所說的「八十三加一」會讓人覺得數字也有生命，可以傳達巨大的悲憤，因為這個「一」是緊密聯繫的親密群體中的最後一個人，留住最後一個，才是伍定遠的「人性」。為了執法，他可能會失去官職，也絕不屈服在卓凌昭、江充的淫威下，同樣為了「滅門」二字，伍定遠也可以捨去私仇前嫌，將當年的仇敵搶救出來。只因他心中的「人性」告訴自己，只要他一息尚存，便不容世間有人斗膽滅人滿門。伍定遠的「人性」就是做人的基本底線。

　　孫曉的敘事沒有因襲傳統武俠小說的寫作方式，在龐大的結構、眾多的人物中，其敘述人、敘述視角的多樣化，採用的也是「純文學」筆法，如此寫法，讓讀者進入人物內心，窺知其思想、性格，但作者不作任何道德或價值的評斷，以其人物應有的人性加以發展，讓讀者自己去反思，其寫法不可不謂高明。正因如此，孫曉選擇了四個人作為主人公，從不同的視角去結構一部如此龐大的作品，取得了氣勢宏大，含義深遠的效果。

　　四位主人公分別代表四種人生價值觀的發展和蛻變：伍定遠從只知道追問簡單的對錯，並誓死進行追究責任的衝動，變成抱殘守缺的堅忍，揭示了人生非經歷磨難變故才能蛻變；盧雲經歷了風風雨雨，但始終堅持救世救民的理想，這是儒家傳統救世救民思想的體現。楊肅觀出身官場，對官海的興衰沉浮非常熟悉，為了維護皇權，他視民眾為草芥，成為野心家和偽善者。秦仲海率性而為，為反抗不公，馭使百萬生命，一泄私憤，卻已入魔道。「觀遠雲海」四人，本是一條戰線上的戰友，經歷一番大變，各自走上了命運的岔口，展現了他們人性中的底色。

　　在寫作的過程中，孫曉盡可能讓書中的人物從各自的角度和立場出發，他們的行為方式可能不同，但追求的是同一個理想，即「正義」。但是，當政變復辟後，他們開始追求自己的「合理」理想——從個人利益的角度看，無可厚非，但除了盧雲，其他三人都失去了「人文關懷」，作者其實在向傳統武俠小說所倚重的「正義」，進行著挑戰。

歸根結柢，政治導致了四人的分裂，圍繞著明英帝復辟政變前後的各種政治勢力的鬥爭，四人的命運走上了不同的軌道。他們的價值觀最終通過他們的政治選擇來進行了表達。

盧雲堅持儒道，以民為天，重視個體的生命，從而處於兩難的境地，是眼睜睜看著犧牲無辜的人，避免更多流血？還是竭盡所能，救下能救的無辜的人？盧雲選擇了後者，直接導致了被困幽洞數年，也直接將他剔除出政治鬥爭的漩渦。

伍定遠在完成緝拿兇手的任務過程中，認識到力量的重要性，到後來身負絕世武功，手握數十萬雄兵，直接控制著朝廷的安危，通過手中的力量，維持各方勢力的平衡，為此，不惜做出個人的犧牲，包括妻子的不忠和對饑民的殺戮。

楊肅觀行事狠辣，手中的權力和政治手段是他維護朝廷的平衡的工具，「亂世梟雄」的定義猶未揭曉。同樣，秦仲海駆使饑民，完成復仇，但帶領饑民開倉賑災，雖屬殺官造反，卻解救了大量饑民，爭取生存權，卻是天經地義。

人們處於困厄中，總是認為希望應該如同絕望一樣來勢洶湧，但希望的來臨，卻柔弱如一縷難以察覺的光。在《英雄志》中，這多災多難的人間，其劫餘散落的希望之光，讀者在等待孫曉最後來揭曉。

《武道狂之詩》

喬靖夫（1969—），原名劉偉明，畢業於香港大學城翻譯系，

先後從事新聞翻譯、電腦遊戲
和編劇工作，曾任《快報》翻
譯，目前專注於寫作和跨媒體
創作，偶爾為香港流行歌曲撰
寫歌詞。其主職寫作，兼任武
術教練，代表作品《武道狂之
詩》（2008）、《殺禪》（1997）。

　　喬靖夫 15 歲開始習空手
道，達至棕帶級別，曾獲得全
港公開空手道比賽的 60 公斤亞
軍，按實力有可能進代表隊，
差一點成為職業武者，後因工
作關係以及熱愛寫作而中斷職

喬靖夫《武道狂之詩》書影

業訓練，但他一直堅持練習詠春、魔杖等器械搏擊。

　　1996 年喬靖夫出版首部小說《幻國之刃》，開始寫作一系列風
格暴烈的「影像系」流行小說，包括動作幻想系列《吸血鬼獵人日
誌》。2008 年，喬靖夫開始創作武俠小說，他的武俠小說《武道狂
之詩》和《殺禪》，常常位居香港熱銷書榜單前列，被香港媒體冠
以的「新武俠掌門人」。

　　不同於金庸、古龍等作家以文人的角度寫武俠小說，喬靖夫
帶著武者的心態，繼承了民國舊派武俠的寫法，同時，又借鑒現
代科學，從新的角度解構武術。他的武俠小說中，人物多為身軀

強壯的勇武之士,武功注重實戰,挑戰傳統。

喬靖夫的寫作突破了簡單的江湖恩怨,而是以實戰派武術和江湖為背景,以現代實戰的寫作方法,重新詮釋武俠世界,講述武術的精髓和武術背後的俠義精神。

常年習武的喬靖夫,在筆下融入自己習武多年的體會和感悟,其小說的實戰感非常強烈,人物的武功走的是寫實路線,拳拳到肉,這種寫法較難,因而,喬靖夫的作品,又被眾多武俠迷稱為「復古實戰型武俠」。

《武道狂之詩》(2008)中,真正的習武者一定是追求武學的至高境界,近乎癲狂,所以不同於傳統武俠小說中具有政治意味的武林門派,喬靖夫將武林中的「九大派」以武功修煉為特點,稱作「六山三門」。「六山」為少林派、武當派、華山派、峨嵋派、青城派及崆峒派;「三門」則為八卦門、心意門及秘宗門。二者的區別在於,「六山」的門派傳人,隱居在深山,潛心修練武道;「三門」則將武術廣傳於世,在各地衍生支系,故稱「門」而不稱派。

倪匡曾這樣評價喬靖夫的武俠小說:「細節描寫非常出色,尤其在打鬥方面,更精彩得足可媲美,甚至可以說是超越前人。」

《武道狂之詩》(2008)中,喬靖夫針對武學的某些專業名詞、武功特點、陣形佈局、兵器特色等,專門寫了名為《大道陣劍堂講義》的章節。

他把武學常識做了一次詳盡的歸納和總結:「武功招式,多變有多變的好處,以不變應萬變有以不變應萬變的好處;刀劍短

兵，一寸長一寸強，一寸短一寸險。」這些字句，都可以讓武術外行對真正的武術招數有一個更深刻的瞭解。

在喬靖夫的武俠小說裡，除比武較量較為實在外，還善於用很多篇幅來描寫角色怎麼變強的過程，而不會出現傳統武俠小說中，主人公一夜之間變強的奇蹟。

從這個角度來說，喬靖夫是帶著一種武者的心情寫武俠，可謂是「武者寫武道」。

喬靖夫也自承：「除了跟我自己練武有關係，我想，還跟我成長過程中受到的影響有關。我從小到大喜歡看的李小龍、劉家良的功夫電影，他們都是一招一式，有實際設計的。還有香港的漫畫，在上世紀 70 年代，風格都是很實在。還有就是，我很喜歡日本的劍豪小說。那些小說中對劍道有純粹的美學追求。打鬥很快就結束了，很多都是心理上的對決。」[284]

因此，喬靖夫的小說在實戰描寫方面，更加接近現代搏擊的觀念，他的小說中沒有內功這些概念，就連台港新派武俠中最普遍的「點穴」也予以揚棄，只以實戰論。當然，武俠小說畢竟是小說，小說之「武」還是需要想像。但持平而論，喬靖夫的確開闢了一條實戰武俠小說的新路。

喬靖夫為了更為細緻地描寫武打動作，體現寫實的風格，

284.《專訪喬靖夫：武俠風潮需要一個一個人去努力形成》，《華西都市報‧當代書評》，
　　2016 年 7 月。

文字語言略為淺陋，遣詞造句不夠雅致，其對頂級武者的清高自傲透徹描寫，可圈可點，不過總以天才為主角，人物性格尚有缺陷，而且於情節設定上有所，如同「RPG遊戲」般的結構，重複使用，不免失於老套。

鄭丰的承繼

鄭丰（1973—），原名陳宇慧，籍貫浙江省青田縣，生於台灣，現居香港，祖父是蔣介石時代的「副總統」陳誠，父親是台灣監察院前院長陳履安。鄭丰畢業於美國麻省理工學院，曾任香港荷蘭銀行董事、可換股債券的資深專家。代表作品《天觀雙俠》（2006）、《靈劍》（2010）、《奇峰異石傳》（2013）、《神偷天下》（2014）、《生死谷》（2015）等。

2006年，原創文學網站「紅袖添香」和香港中華書局聯合在網路上舉辦「2006武俠小說大賽」，鄭丰在繁忙的家務和工作之餘，憑著興趣，寫出八十萬字的武俠小說《天觀雙俠》，朋友幫她把稿件上傳過去，考慮到網路文學「搶眼第一」的規則，《天觀雙俠》改名作《多情浪子癡情俠》，獲得了比賽的最高獎項「中華武魂」，被譽為「大氣磅礡而內蘊深厚，深得金庸以來武俠小說之精髓」，並榮獲「最受歡迎作品獎」。兩年後，該作品網路點擊量達到436萬，獲得「女金庸」的外號。

網路上之所以會產生「女金庸」這個外號，一是出版商不無炒作之意，二是如果從創作思路上來看，鄭丰武俠小說的觀念和

語言，無疑是承襲了金庸以來
武俠小說的寫作範式，以作者
首部作品《天觀雙俠》來看，作
品採用了兩位主人公的模式，
展示出作者對宏大結構的駕馭
能力。兩位主人公對「愛」的不
同態度，則生動地表現了長期
以來武俠小說創作中的「浪子」
和「武俠」兩種概念。二者在
故事發展中相輔相成，顯示了
作者對武俠小說優秀基因的繼
承。《天觀雙俠》的故事精彩紛

鄭丰《天觀雙俠》書影

呈，擁有豐厚的文化背景，比武、鬥智、幫會組織等處描寫頗有
可觀，文字語言嫻熟，閱讀流暢，作為一位作家的首部作品，非
常不易。

　　鄭丰自己也不止一次在各種採訪中表示，自己最喜歡的是金
庸的小說，最初寫作武俠小說，就是希望能把金庸的武俠小說延
續下去：「金庸創造的武俠世界，我可以沉湎其中，非常痛快，非
常逍遙，這是讀其他小說所沒有的感覺。當我自己寫小說時，感
覺這個夢延續下去。金庸小說對我影響很大，心裡會想金庸多寫
幾部不好嗎，讀者就可以多享受一點。我的創作初衷也是想把金

庸武俠延續下去。」[285]

鄭丰在《天觀雙俠》（2006）之後，又寫作了前傳《靈劍》
（2010），此後十年間，筆耕不輟，陸續推出了《奇峰異石傳》
（2013）、《神偷天下》（2014）、《生死谷》（2015）等，融歷史懸
疑於一體，別出機杼，吸引了大量讀者。台灣「教育部」2016 年 3
月 3 日公佈台灣 2015 年閱讀習慣調查顯示，武俠小說借閱排行榜
中，黃易、金庸、鄭丰 3 人作品佔據多數席位。[286]

金庸小說對於歷史背景的重視，其中的家國情懷、武林格
局、兒女情長等等，鄭丰也逐一在她的小說中進行了體現。

比如《神偷天下》（2014）描寫了大明時期的跛腿小丐楚瀚
歷盡萬難，與明朝萬貴妃、特務、錦衣衛等競相抗爭，終成一代
神偷，將小皇子朱佑樘，也就是後來的明孝宗送上帝位的傳奇故
事。鄭丰在小說中大幅度參考史料，情節緊湊，事件環環相扣，
前後呼應，體現出駕馭大結構、大故事的能力。

《神偷天下》又不僅僅停留在武俠小說層面，作者試圖將歷
史、懸疑、宮鬥、奇幻融為一體，甚至涉及蠻族和巫術。

其對《明史》的研讀，對於明朝的飲食文化、酒文化、茶文
化，乃至瓷器等雜七雜八的事情都能準確的放到「生活」的時空

---

285. 魏沛娜，《深圳商報‧文化廣場》，《鄭丰：作家不需刻意寫「現代的武俠」─武俠小說
家鄭丰接受本報獨家專訪》，2016 年 8 月 2 日。
286.《台灣閱讀風氣上升 黃易作品小說列借閱「冠軍」》，海峽網 http://www.hxnews.com/
news/la/twxw/201603/04/831947.shtml）

中，描摹生動有趣。從傳統的武俠小說角度來看，主人公楚瀚算不上是人人敬仰的英雄，他出身卑微，背負著命運之重，但在鄭丰的筆下，他尋求靈魂和生命的最大價值，以一顆赤子之心和超凡脫俗的武功顛覆了野心家的陰謀，「偷」回天下。

《神偷天下》（2014）成功跨越正史、野史、朝堂、後宮、民間、江湖以及滇越邊境等真實和虛構的時空界限，上到的帝王，下到乞丐，躍然紙上。它通過主人公楚瀚，寫出了和歷史重疊，又比真實歷史精彩的故事。胡星夜的死亡、三家村財寶的去向、「紫霞龍目水晶」的下落、楚瀚自己的身世等，也為故事增加了強烈的懸疑性。

楚瀚具有傳統武俠小說典型主角特質，心存忠義，心底善良，智慧不高，卻堅毅刻苦，即使經歷生死，心性仍然故我。所以他可以輕而易舉的拿到「紫霞龍目水晶」、不肯放棄追查舅舅胡星夜的死因、甘冒大險去救上官無嫣、全心全意守護小皇子祐樘……哪怕是人生最後一刻，楚瀚依舊是義無反顧的以命換命救下皇子。楚瀚身上的武學是後天歷練而來，但他的純真忠義善良卻是與生俱來。

鄭丰的武俠小說在對「台港新派武俠小說」一脈優秀承繼的同時，也造成了她沒能構築屬於自己的「江湖世界」，依然還是「傳統武林」的想像，文本還有些不夠洗練，自己的風格還不突出，只能寄希望於她接下來的創作。

五、翻空出奇，別塑武英

《城邦暴力團》的世界

張大春（1957─）籍貫山東濟南，自述「好故事、會說書、擅書法、愛賦詩」。輔仁大學中國文學碩士學位，曾任教於輔仁大學和文化大學。現任輔仁大學中文系講師，News98 主持人。曾獲時代文學獎、吳三聯文學藝術獎。著有《雞翎圖》、《公寓導遊》、《四喜憂國》、《大說謊家》、《張大春的文學意見》、《歡喜賊》、《化身博士》、《異言不合》、《少年大頭春的生活周記》、《我妹妹》、《沒人寫信給上校》、《撒謊的信徒》、《野孩子》、《尋人啟事》、《小說稗類》（卷一）（卷二）、《城邦暴力團》、《聆聽父親》、《認得幾個字》、《大唐李白》等。

張大春在寫作中一直喜歡不同的嘗試，其中也在為傳統武俠小說注入新寫法而進行著探索，比如《城邦暴力團》（1999）裡提出「把現實嵌入江湖」，在《歡喜賊》和《富貴窯》中進行語言試驗，在「春夏秋冬」系列中用西方現代主義手法重寫筆記故事。

「現實嵌入江湖」的指導思想下，張大春寫出了長篇小說《城邦暴力團》，被倪匡稱為「在金庸、古龍武俠小說之後，毫無疑問是新的突破」。[287]

《城邦暴力團》（1999 年）寫於 1999 年至 2000 年，在題詞中

---

287. 中天資訊台「中天書坊」倪匡專訪，《倪匡談〈城邦暴力團〉：金庸之後最精彩的武俠小說》，http://book.ifeng.com/shupingzhoukan/special/duyao31/ziliao/detail_2011_01/13/4260832_0.shtml

說：「這是一個關於隱遁、逃亡、藏匿、流離的故事」。如何將自己從「光天化日」中解救出來，像老鼠一樣躲在黑暗中，是這個「武俠」故事試圖解決的顛覆性思考。[288]

許多評論家很難把它定義為武俠小說或歷史小說。作者自己也認為：「這個神奇的、異能的、充滿暴力的世界——無論我們稱之為江湖、武林或黑

張大春《城邦暴力團》書影

社會——之所以不為人知或鮮為人知，居然是因為它們過於真實的緣故。」

《城邦暴力團》（1999）以三條線索構成整體敘述：一是從「竹林七閑」七部著作拼湊出的清代民間會黨的內部鬥爭；二是民國風波，從 1937 年漕幫八千名子弟參加抗日戰爭，至秘密阻止「反攻大陸」計畫的幫主萬硯方遇刺身亡；三是敘述者張大春在追尋歷史線索、搜集資料過程中的歷險與逃亡。有趣的是，這三條線索都滲透著象徵性的「老頭子」，但這個角色始終不正面出場，卻

288. 孫金燕，《武俠小說文體的顛覆：從〈鹿鼎記〉到〈城邦暴力團〉》，《江蘇社會科學》，2011 年 10 月。

又無處不在。從形式上看，似乎回到了俠義公案小說的結構，所有人物和事件總攝於「一大僚」，但實際情況更為複雜。它不僅否定了俠客作為超力量化身的概念，而且通過「廟堂」權力顛覆了「江湖」暴力展示的虛幻特徵。

「江湖」籠罩在「廟堂」之中，所謂的「暴力」並未「下放」給江湖，而「江湖」卻被各種暴力裹挾而行。最終，會黨集團放棄了鬥爭，轉而依靠「被選中」的「星主」。於是，民間英雄傳奇的優越感完全消失。書中武林前輩告誡自己的弟子：「習武之人，力敵數十百眾，最喜逞英豪、鬥意氣，揚名立萬，還洋洋自得，號稱『俠道』。我有一子，便是受了書場戲臺上那些朴刀桿棒故事的蠱毒，如今流落天涯，尚不知落個什麼樣的了局。」即使是《奇門遁甲術》占卜批文中暗示的「星主」孫小六，雖有一身武藝，卻混跡在社會底層，遇事畏懼、退縮。他所學習的才藝不過是為了「逃」，以及幫助敘述人張大春「逃」，「逃離武林至尊、白道恐嚇，還有光天化日之下救國救民的大計。」[289]

《城邦暴力團》一開場，就提出了一個全新的故事背景：竹林市」。主人公孫小六「從五樓窗口一躍而出，一雙腳掌落在紅磚道上；拳抱兩儀、眼環四象、氣吐三分、腰沉七寸，成了個蹲姿」。這一段巧含一二三四五六七的動作描寫，讀起來頗有音樂感，有

---

289. 孫金燕，《武俠小說文體的顛覆：從〈鹿鼎記〉到〈城邦暴力團〉》，《江蘇社會科學》，2011 年 10 月。

一種說書人的口吻。孫小六從五樓跳下，卻還能分毫無恙，這無疑「露」了功夫，喚起讀者對武俠小說的某種心理暗示。由這個跳下窗口的特寫，開始了孫小六的一次逃亡，也暗合了全書的真正主題——「逃」。逃向哪裡？小說很快給出了答案：竹林市，小說中的人物紅蓮所寄身於其中的第二社會、秘密社會，其實就是我們生活社會的倒影，充斥在大歷史的縫隙中。這座「竹林市」成為張大春想要在小說中展現的民國歷史的重要組成部分。

「竹林市」無疑是對傳統武俠小說中的「武俠世界」進行了現代性的重構。

武俠小說中的「武俠世界」是文學的想像。事實上，民國舊派武俠小說作家們已經發現，武俠小說在處理「現代化」問題上是無能為力的，所以，武俠小說構築的「世界」流向虛構的江湖。台港新派武俠小說興起後，金庸、梁羽生、古龍等作家虛構的「武俠世界」：「把那些根本就沒有人相信的非現實世界投入了某些現實性，使之合理了。所以，新武俠強調合理性、邏輯性和現實性，屈就於現實和自然力。」[290]

新派武俠小說作家們合力創造的「武俠世界」在被眾多作家接受和完善的同時，也成為創作上的一種新制約。對此，張大春說：「我認為，我們可以把真正的現實生活放進去，這是金庸從來

---

290. 石劍峰，《張大春談傳奇、俠義和武俠寫作》，《東方早報·上海書評》，2009 年 8 月 16 日。

沒有做過的。武俠小說還能再寫下去，我認為是把每一個我們日常生活世界嵌入江湖。過去是把江湖嵌入現實，現在是把現實嵌入江湖。這個是在方法論上倒了過來。這種寫法是可行的。」

以「竹林市」作為現實背景，《城邦暴力團》構成三組歷史：第一條線索是江湖會黨的內部爭鬥史；第二條線索是風雨飄搖的民國歷史；第三條線索是張大春的個人歷險史。

第二條線索中的歷史，集中表現了一段幾十年來的恩怨史或是血色江湖史，整個故事從老頭子任「天下兵馬都招討大元帥」，在抗戰前夕親臨老漕幫，即所謂「元戎下馬問道情」開始，演出一幕廟堂與江湖的雙重變奏。

張大春所謂的「現實嵌入江湖」，是中國從抗日戰爭到現今——即1999年小說創作時——一段動盪遷徙的歷史，第二是張大春作為外省人第二代的個人成長史。可以說，「竹林市」就是以這兩種意義上的「現實」作為這部武俠小說的背景。

竹林七閑、江南八俠、奇門遁甲、武功秘笈、鬧市隱者、世外高人、蓋世武功、一代宗師，這些根植於的武俠小說的元素，構成了閱讀時有趣的氛圍。

小說開篇即寫萬硯方身亡，複製了傳統武俠小說復仇主題的經典模式。然而，在張大春的小說佈局中，謀殺只是「逃亡」的開始，而非簡單的復仇故事。因為殺死萬硯方的不是別人，而是萬延芳的養子萬熙。追尋殺人兇手並不是懸念，萬熙為何弒父，才是要苦尋的真相。也正是這個原因，成為萬硯方六個好友終身隱

匿躲藏的目的。

在「逃亡」過程中，六位身懷絕技的老人承擔著破譯萬硯方留下死亡資訊任務。在這一過程中，敘述者張大春參與了解謎，最終通過小說來傳遞資訊。解謎，已經取代了「復仇」的主題。即使在寫作的最後，復仇的故事似乎還沒有開始。甚至可以說，這是一部以「復仇」為主題的武俠小說的前傳。

小說以兩個不同的主人公為主線，同時前進。孫小六是竹林六大元老之一孫孝胥的孫子。萬硯方死後，他被選為「星主」。這些橋段頗為符合傳統武俠小說「少年離家學藝復仇」的成長模式，然而，故事中最精彩的段落並不是小說的主線。在《城邦暴力團》上半部分，原本是武俠小說需要大量描寫的孫小六學藝史和成長史，盡付闕如。孫小六的成長，是以跳躍的姿態出現在讀者面前。每隔五年，孫小六就會突然被帶走。從那以後，他在身體和武功修煉上都有了很大的進步。作為對比和補充，小說的另一條主線，敘述者張大春從青年到成年，從大學到研究生，從默默無聞到知名作家的成長歷程和心理發展，以及心理發展，反而都得到了較為連續的展現。

孫小六與張大春的雙重成長史，是對張大春武俠小說「俠義精神」的雙重消解。

《城邦暴力團》（1999）的閱讀體驗並不愉悅，讀者的閱讀節奏，頻頻被橫生的枝節打斷，作者對書中杜撰的一部「武俠小說」《七海驚雷》的評價顯然正是他對自己作品的戲謔：「至於《七

海驚雷》的原文 ── 坦白地說 ── 在深受現代小說結構形式洗禮
的我看來，這樣鬆散駢漫、挾沙跑馬的寫作方法跡近對小說這一
體制的誣衊。」由此可以看出，《城邦暴力團》採用「這樣的」文體
實乃作者有意為之，故而他隨即又借「高陽」之口說：「唯淺妄之
人方能以此書為武俠之作」。

這種寫法，又是張大春故意為之。張大春在《離奇與鬆
散 ── 從武俠衍生出的中國小說敘事傳統》中說：鬆散性質是
中國傳統書場的敘事性質，比如源自清代說話人底本的《七俠五
義》，穿插藏閃，伏筆千里，有時只是為了使「巧合」順理成章，
是利用鬆散的敘述結構來彌縫、救濟離奇的事件結構。他還指
出，上世紀20年代的《江湖奇俠傳》，首次引入了「系譜」這個
「結構裝置」以解決群俠「合傳」的問題，而在武俠小說中這個越
來越大的系譜其實是在另行構建一個在大敘述、大歷史縫隙之間
的世界，進而流露出以傳奇收編史實的企圖。

沉迷於「說書人」身分的張大春，在《城邦暴力團》（1999）中
運用了「穿插、隱藏、閃現」的技巧：

「一波未平，一波又起，或竟接連起十餘波，忽東忽西，
忽南忽北，隨手敘來，並無一事完全，卻並無一絲掛漏；閱之
覺其背面無文字處尚有許多文字，雖未明明敘出，而可以意
會得之：此穿插之法也。劈空而來，使閱者茫然不解其如何緣
故，急欲觀後文，而後文又捨而敘他事矣；及他事敘畢，再敘

明其緣故，而其緣故仍未盡明，直至全體盡露，乃知前文所敘並無半個閑字：此藏閃之法也。」[291]

張大春用「武俠」解決了現實的問題，同時也試圖用現代手段解決「武俠」的問題。現代武林中，俠客們被現實逼迫，隱遁於鬧市，敘述人張大春在竹林市，最後決定用寫小說的方式，把幫會和民國的秘辛公諸於世，傳統俠客「不合作」的精神其實也傳承在了以敘述人張大春為代表的現代知識份子身上了。

正如張大春所言：「《城邦暴力團》跟之前的武俠傳統書寫有聯繫，比如我所使用的功夫、秘技、奇門遁甲離不開原先那個滋養的世界，這也不必另闢蹊徑。但方法論倒過來後，這個世界就大不同了。」[292]

重構「逝去的武林」

徐皓峰（1973—）原名徐浩峰，畢業於北京電影學院導演系，導演、編劇署名徐浩峰，武俠小說署名徐皓峰。2006 年，創作紀實文學《逝去的武林》。2007 年，創作武俠小說《道士下山》。2008 年，創作武俠小說《國術館》，講述了一個當代失意官僚的兒子在非武俠時代練就武功的故事。2010 年，創作以 20 世紀三

291. 韓邦慶，《海上花列傳‧例言》，人民文學出版社，2006 年 12 月。
292. 石劍峰，《張大春談傳奇、俠義和武俠寫作》，《東方早報‧上海書評》，2009 年 8 月 16 日。

四十年代的抗日戰爭期間為背景的武俠小說《大日壇城》。2011年5月，創作口述歷史紀實文學《大成若缺》。短篇武俠小說《師父》，獲2012年《人民文學》短篇小說金獎和《小說月報》百花獎小說雙年獎，並出版短篇武俠小說集《刀背藏身》和長篇武俠小說《武士會》。另外，他還擔任王家衛電影《一代宗師》的編劇和武術顧問。憑藉這部電影，入選第八屆亞洲電影獎最佳編劇獎，並榮獲第三十三屆香港電影金像獎最佳編劇獎。2014年，他創作了非虛構作品《武人琴音》，講述了形意拳三代尚雲祥、韓伯言、韓瑜在各自時代的經歷，凸顯了百年來武術家的命運。2019年3月《收穫》長篇小說專號，發表其最新長篇小說《大地雙心》。

徐皓峰的小說被譽為「硬派武俠接脈之作」。《道士下山》一書的編者按中說：「武俠專業人士所寫的武俠小說，因其技術專業、文筆簡潔，而被看慣了金庸、古龍作品的讀者稱為『硬派武俠』。」[293]

「硬」固然是有語言、技法方面的原因，但根本原因是徐皓峰筆下的武林人物，所具有的武術技能並非虛構，其生存環境寫實，又非教科書般的寫實，而是一個行當的職業者，專注於對其所從事產業生態的描述。這種描述，突破了此前武俠小說設定的「世界觀」，在「廟堂」和「江湖」中取得了對話權。

在徐皓峰看來，他所寫作的不是武俠小說，或者不是傳統意

---

293. 徐皓峰，《道士下山》，百花文藝出版社，2007年10月。

義上的武俠小說，雖然在讀者和評論者的眼中，他的小說還被放在武俠小說的範疇進行關注。徐皓峰對武行的執著，來自生活真實經驗與小說虛構文本之間的巨大落差，他目睹的人、事、物，決定了一條與眾不同的道路。

徐皓峰《逝去的武林》書影

談論徐皓峰的小說，就不能繞過最初使他為人所熟知的作品，一部以形意拳高手李仲軒（1915—2004）為主體的當代武林口述歷史《逝去的武林：一九三四年的求武紀事》。

徐皓峰潛心的是民國時期的武林。徐皓峰畢業之後，曾經有近八年的時間讀書，只跟兩位八十多歲的老人交往。

兩位老人，一位是陳攖甯的弟子胡海牙，道教學者，仙學正脈；另一位則是他的二姥爺李仲軒，正宗形意拳的傳人。因為這樣的因緣，徐皓峰寫下了諸多文字，其中關於道教方面的文章，散見於報章雜誌，而對李仲軒口述的記錄，形成了《逝去的武林》一書，出版之後，曾轟動一時。

與之相關，徐皓峰又參與寫作了兩本口述記錄《武人琴音》（2014）、《高術莫用》（2014），加上他記述「大成拳」的《大成若

缺》（2011年），幾部作品串聯起來，幾乎可以勾勒一幅民國武林的「內景」。

徐皓峰小說中的「武林」，對於武俠小說而言，其實是向史籍的一種回歸，或者是對武術行業存在的溯源。

徐皓峰筆下的武者，與傳統「俠」的定義產生了距離，而是將「武俠」重新恢復成為「武士」。

在先秦時代，「士」的階層本身包含了文士和武士，但是在秦漢之後，由於統治階層對於其統治系統「罷黜百家，獨尊儒術」的法理選擇，「武士」的階層逐漸和「遊俠」相疊合，同時作為社會的不安定因素被打壓。

「武」和「俠」在很長時期中，並不是一個被人尊重和讚揚的身份，其特有的傳奇性，化身為虛幻的想像，存在於文學層面，千古文人俠客夢，「是一種社會學武士向詩化武俠的轉化」。[294]

時近民國，由於革命黨和教育家的廣泛提倡，號召全民習武，深入挖掘武俠精神，提升民族自信，武術遂被稱為國粹，以「國術」稱之。1912年，形意拳宗師李存義在天津創立「中華武士會」，而徐皓峰的小說《武士會》，寫的就是武人在當時民族主義背景下的迴光返照。

如評論家劉大先所言，徐皓峰立意展示一種明知不可為而為之的努力：「在皇權崩潰，紳權上升，進而軍紳勾結，原先具有文

---

294. 劉大先，《從王小波到徐皓峰的武俠想像》，《小說評論》，2018年第4期。

化精英意味的文官紳士階層敗壞蛻變為土豪劣紳之際，武士能夠邊緣崛起、力挽狂瀾。」[295]

《武士會》（2012）的主人公李尊吾，原型即為歷史上的武術家李存義。小說中，李尊吾在成立武士會時，闡述其宗旨是「立新階層立新道德」，有人應合：「武士會就像插在混混和官紳之間的楔子，在中間獨立、在兩頭受力，才能保住社會結構不垮，如果武士會成了官紳的延伸，就像楔子成了一截柱子，不是這塊東西了，會樑塌柱倒。」[296]

這種的努力當然成為癡心妄想，李尊吾的「為國為民」的想法不容於兩個階層，書中的袁世凱說：「不自欺者為豪傑。騙自己的人也很容易受他人騙。」李尊吾終究有武人的理想主義，拒絕成為袁府的隱兵，而這種行為的思想脈絡，直接承襲自先秦「武士」的精神淵藪。

到《師父》（2012）中，徐皓峰對於武人這個行當的認識，更為深刻，書裡的鄒館長說：「我們這一代習武人，都是客廳裡擺的瓷器，一碰即碎，不能實用，只是主人家地位的象徵。」原本雄心勃勃，立志讓南拳北傳的陳識最終明白：「大清給洋人欺負得太慘，國人趨向自輕自賤。到建立民國，政府裡有高人，知道重建民眾自信的重要，但高人沒有高招，提倡武術，是壞棋。」

295. 劉大先，《從王小波到徐皓峰的武俠想像》，《小說評論》，2018 年第 4 期。
296. 徐皓峰，《武士會》，人民文學出版社，2013 年 1 月。

「在一個科技昌明的時代，民族自信應苦於科技。我們造不出一流槍炮，也造不出火車輪船，所以拿武術來替代。練一輩子功夫，一顆子彈就報銷了，武術帶給一個民族的，不是自信，而是自欺。」「開武館，等於行騙——這是我今天開館要說的話，武行人該醒醒啦！」[297]

但是，在徐皓峰看來，武人作為一個行當，與其他三百六十行一樣，也有其自己的規矩。然而，規矩在時代大潮當中，不免要受到外部因素的影響，那麼「立規矩」就成為這個行當的一種執念。

《論語·季氏篇第十六》中說：「有禮則安，無禮則危。故不學禮，無以立身。」儒家思想的核心就是「克己復禮」，西周禮樂制是中國傳統文化的根基和源泉，禮樂制對西周及後來中國文化的發展，有著至關重要的作用，而「禮」要有儀式感、所以「立規矩」體現在對於禮儀的強調。

《武士會》（2012）中李尊吾與沈方壺以命相搏，受傷後仍然讓徒弟夏東來執弟子禮給師叔上藥，這就是傳統禮法中的「尊卑有別、長幼有序」。然而，師徒關係並非「父慈子孝」的溫情，而是彼此提防、相互利用，「學武術沒有陪練制度，但十個徒弟裡有一個好苗子，其他九個師兄弟都得給他做犧牲，他們就是他的陪練。」《道士下山》（2007）裡的彭乾吾與趙心川，《師父》中的

297.徐皓峰，《刀背藏身——徐皓峰武俠短篇集》，人民文學出版社，2013年7月。

陳識與耿良成，揭示的是彼此對於技術的一種殘酷的傳承，而非情感的傳遞。在徐皓峰的習武規矩中，武人要承認這種殘酷：練拳，不是普通人想的那麼簡單。

　　儀式感帶來了秩序與尊嚴，通過日常的行動坐臥走浸染，宣示了當今一直強調的「匠人精神」，「即對細枝末節兢兢業業地從頭做起，對心性空談之外的腳踏實地精雕細鑿，以此救贖蹈空進而浮泛的淆亂世道。」[298]如同國家層面宣導的非物質文化遺產的傳承，傳承的譜系，就是在挖掘各種行當的規矩，從前磕頭敬茶的儀式，在當今的社會又開始重新流行。這種對文化根源的回溯，與傳統武俠小說設立的「武林」規矩又是迥異的，沒有動輒出現的比武較量，所以，徐皓峰在小說中，借人物之口，大量揭秘江湖規矩、拳術口訣，很多時候，作者甚至丟開人物，自己直接發表議論。在徐皓峰看來：

　　「整個東方的民族形象，就是以不動暴力為基礎，通過講理，通過人情世故來解決問題，往往被認為是比較高明的。為什麼要發展文明？就是為了不野蠻。要不，大家都沒有尊嚴。中國一直是講理和法治並行的。在明清時期，一個人如果犯了錯要認錯，眾人得商議；如果罪行不嚴重，那就不把你送官府。這個民間認錯機制，到我小時候都還一直存在。比如兩家

298. 劉大先，《從王小波到徐皓峰的武俠想像》，《小說評論》，2018 年第 4 期。

人起爭執，有一家就跑出來大吼一聲讓大家評評理，這就是我
們的傳統：在法治之外講理，講完理後立刻就得認錯，不能胡
攪蠻纏。」[299]

　　徐皓峰親炙過形意拳的正宗傳人李仲軒，對於中國的傳統武
術，有著他的理解。在徐皓峰的筆下，武術從傳統武俠小說對武
技的簡單描摹，到神功絕藝的瑰麗想像，再次復歸為對武術真實
性和實用性的闡釋。

　　他清了下嗓子，「農民的小推車為何推柄只高到人腰？會
幹農活的人，掄鋤頭鐵鍬，不是以肩為軸，都是後手放在腰
部，以腰為軸。案板上的魚翻翔騰起來，一個壯漢也按不住，
因為魚甩頭甩尾，動了腰勁。」

　　⋯⋯

　　「骨盆盛著腰腹臀──這個大圓球就是渾圓。人用渾圓，
消耗小，可持久。一畝地，農家一個老太婆一個上午就犁完
了，下午接著幹活，不會累趴下。人最強的爆發力也是用渾
圓，懂了渾圓，天下英雄打大半。」

　　⋯⋯

299.危幸齡，《徐皓峰談江湖俠義、民族根性與電影寫作》，燕京書評公眾號，2020 年 10
　　月 9 日。

「人為天之垂—人是天垂下來的東西。現今的人在拜天祭祖，總是一味謙恭，彎腰低首——這便失去了古意，上古先民祭祀，先要站直身體，感到頂骨似有線垂釣，將自己懸掛於虛空中。形意、八卦存著這份古意，兩拳的第一個姿勢都是雙臂高抬，會於頂骨上空，久久站立，感到身中似生出根虛線——不生出不打拳，這根虛線便是中。」

楊放心：「渾圓是骨盆盛著的腰腹臀，是實在骨肉，渾圓發力，尚好理解。中是虛線，如何發力？」

李尊吾：「能起作用，便由虛變實了。」做手勢讓楊放心兩手高抬托舉茶杯，「你不動指腕肘肩，能將茶杯轉動麼？」

茶杯僵在楊放心手中。

李尊吾拿起自己的杯子：「我的武功跟祖師爺沒法比，只能動一點，但讓你見識見識，也夠了。」兩臂豎起，高托杯子。

如中彈弓飛丸，指間杯子轉了兩圈。[300]

徐皓峰小說中所言形意拳的功夫，並非如同此前武俠小說「降龍十八掌」、「獨孤九劍」、「天下武功，唯快不破」等武功的泛泛描寫，而是極為寫實，符合武術運動的原理。

形意拳傳統拳譜中有「周身秘訣十二項」，其中說：

---

300. 徐皓峰，《武士會》，人民文學出版社，2013年1月。

　　「頭一決：頭者身之魁，直豎頂千斤，隨身法而相應，高仰有後倒之病，低視有前僕之虞，宜凜之……臂四訣：臂乃人身之門，宜夾不宜開，用時不可獨用……腰八訣：腰為身體樞紐，宜擰旋，不可歪斜……臀九訣：下身負重在於臀，百法收來無空間，宜與肩相應而成一齊，兩肩隨臀擺，腰自然相衡而帶下之勁節緊貼彼身，謂百法收來無空間。」[301]

　　現代中國武術的技法對於形意拳也總結為：「形意拳動作姿勢講究頭要上頂、頸要豎直；肩要鬆、肘要墜、腕要塌、掌要撐、拳要緊；背要拔、胸要含，腰要塌（立）、脊要正；胯要縮（不挺出）、膝要扣、足要平穩。」[302]

　　這些說法，足可以與徐皓峰小說進行印證。

　　中國傳統武術是與身體有關的技藝，容不得馬虎，遇到師父的真傳，練習者的快慢火候都是問題，一不小心即深受其害。練習者未得詳細傳授，妄自操作，違反了生理，就難免有對身體的負面後果。所以，徐皓峰在小說中說：「在正統的武術門派裡，隨便改拳是要付出血的代價的，甚至一手都不能改」。[303] 這和武俠小說中動輒創編新武功完全不同。

---

301. 郭書民、翟相衛、蔡鵬，《中國形（心）意拳發展知錄》，中國文史出版社，2015 年 9 月。
302. 康戈武，《中國武術實用大全》，今日中國出版社，1990 年 8 月。
303. 黃德海，徐皓峰：武林人物要有勤懇做底子《泥手贈來》，大象出版社 2018 年 3 月。

　　在武俠小說的發展史上，1954 年，香港武術界的吳氏太極拳的吳公儀和白鶴拳的陳克夫因門派之爭相約擂臺比武，這場三分鐘的比武，以陳克夫流鼻血而平手收場，催生了新派武俠小說的開山之作 —— 梁羽生的《龍虎鬥京華》（1954）。擂臺上的比武，顯然是不過癮的，在小說家的筆下，充分發揮了文學想像的特長，對武術進行了藝術的美化，同樣根據這段真實事件寫作太極拳比武，徐皓峰在《道士下山》中則有新的闡釋。

　　小說側寫比武，因為比武發生在千里之外，所以關於現場，僅僅根據寥寥幾字的密電通報，而非現場觀戰，只知道比賽開始後第十一分鐘，彭亦霆一拳將對手打出了鼻血，至於場面如何，只能靠讀者自己想像。接下來卻寫主人公何安下的詫異：「鼻血？不對吧，七爺是一拳斃命的勁道。」接著又借進一步解釋拳理：「太極拳與拳擊不同。拳擊是兩人功夫相差很大，打起來卻顯得差別不大，水準再懸殊也能勉強打滿十二回合；太極拳則是兩人功夫只差一點，比武時卻是天壤之別。太極拳比武都是一拳斃命，不可能糾纏。」

　　徐皓峰的小說從不會濫寫比武，也許兩人架勢已經拉開，卻因一件小事而趣味全無，最終放棄比試。比武的結果最終判定為「不勝不負不和」，沈西坡和何安下給出的解釋是彭家七子不與當地武林撕破臉皮，因為他是有家庭、有孩子的人了，要想在當地

立足只能手下留情。[304] 武人不是小說裡的俠客,要存在於世俗的人情世故中。

不同於傳統的武俠小說作家,徐皓峰在寫作中,頗具文體意識,他的武俠小說寫作自短篇小說開始,在寫了四部長篇小說並取得成功之後,又重新開始寫短篇小說,在短篇小說大放異彩後,又返回頭寫作長篇小說,文體多變,浸潤了作者個人的思考。

2013年,人民文學出版社出版了徐皓峰的短篇小說集,收錄了徐浩峰2012年5月至2013年2月的三部小說《師父》、《國術》、《刀背藏身》。另外三部小說《倭寇的蹤跡》、《民國箭士柳白猿》和《柳白猿別傳》創作於2003年至2005年。

從2003年到2013年,差距正好是10年。如果比較這兩個時期徐皓峰的短篇小說,可以清楚地看到創作技巧的提高和風格的成熟。從藝術表現上看,十年前的作品還處於探索階段,想要表達的東西太多,似乎很雜;後一個階段的小說則清朗了很多,語句變短,留白增多,讀起來更為順暢。

徐皓峰早期的小說《倭寇的蹤跡》講述的是中國式長刀的來源,把明朝抵抗倭寇的歷史背景濃縮到一件兵器上,深層上表達的是歷史記憶如何在民間得以保留。然而由於交代事件背景時敘事繁瑣,情節僵硬,以致語言也很晦澀。而後期的小說,語言張

---

304. 龍會,周志雄,《以純文學的態度寫武俠小説 —— 以徐皓峰的小說創作為例》,《名作欣賞》,2015年5月。

弛有度，故事更加順暢。

從藝術風格上看，徐皓峰小說由濃郁的傳奇色彩向平淡的現實化轉變，《道士下山》（2006）和《大日壇城》（2010），明顯感到徐皓峰積累了大量資料，小說人物和歷史原型拉不開距離，到後來創作《武士會》（2012）時發生明顯變化，小說人物逐漸樹立起來，小說雖然依然蘊含作者的主觀情感和認知，只不過由於保持了距離，文字更加規矩，小說創作由性情抒寫轉向理性寫作，風格也由飄逸走向了凝重。

從人物和情節上說，徐皓峰的短篇小說更為出色，在有限的空間裡，事件與人物之間的張力更加突出。例如，《刀背藏身》（2012）短小精悍，圍繞著孔家的「破鋒八刀」展開，刀法曾在戰場上擊潰日寇。孔家祖孫藏刀法於民間，期間穿插真假沈飛雪、貨郎等人的故事。在經歷了軍閥、抗戰、內戰和解放之後，他們意識到「破鋒八刀」只是傳說。故事情節完整，平實自然，沒有絲毫傳奇性的炫耀。

徐皓峰對短篇小說的偏愛主要受古龍的影響。古龍的最後一部小說《大武俠時代》（1984）是一系列短篇小說，分開獨立成篇，合起來則有千絲萬縷的聯繫。古龍求新，不斷創新武俠小說的新寫法。徐浩峰認為，短篇武俠小說是古龍探索後留下的一條新路，他也是這條路的繼承者，他試圖沿著這條路寫民國的「武林」。此外，徐皓峰對短篇小說的熱愛，與他身為導演密切相關。他大部分的電影都是自任編劇、導演，小說的終點，是為他的電

影服務。他的小說《倭寇的蹤跡》（2003）、《箭士柳白猿》（2005）和《師父》（2012）、《刀背藏身》（2017）都已拍成電影。徐皓峰把自己的思想以文字的形式保存下來，然後拍成電影，這是徐皓峰的執念。因此，徐皓峰的小說也具有劇本的特點，節奏活潑，戲劇張力十足，情節的鋪墊恰到好處。[305]

小說是語言的藝術。徐浩峰在語言表述上追求簡潔，但在簡潔的語言中，卻蘊含著豐富的內涵。

據徐浩峰自己的解釋，這種文字表達是他從古代漢語中學來的。「當標點符號不以語法為基礎，根據語氣，就有了重音，就會被打破。」他自己也說：「我對文字有感覺，始終亂下標點。詩意──不是邏輯推演，是節奏。中文是韻文。」[306]在其小說句式的運用上，徐皓峰經常使用短句和散句，構成了他對行文節奏的特殊追求。但這種寫法與流行的「古龍體」不同。古龍的句型像散文，即一句話是一段話，難免會有閱讀上的歧義，而徐皓峰的寫作是減法，少改甚至不改，追求簡潔、精煉、準確。

徐皓峰的小說《師父》（2012）榮獲 2012 年《人民文學》雜誌短篇小說金獎，頒獎詞這樣寫道：

> 「憑藉武俠小說的敘事形式，以電影剪輯式的明快節奏，

305. 龍會、周志雄，《探索武俠小說的新形式 ── 論徐皓峰小說的創作藝術》，《百家評論》，2015 年 6 月。
306. 徐皓峰，《尋音斷句順筆即真》，《當代》（長篇小說選刊），2013 年第 2 期。

完成了對 1933 年中國社會片斷的文學想像。小說通過人物生
存困境叩問中國文化，涵納豐盈的社會歷史質素，展現了作者
出色的文學建構能力，也賦予了武俠敘事複雜的現代精神向度
和良好的文學品質。」

　　這種歸納性描述符合小說《師父》（2012）的特點，也可以視
為對徐皓峰小說整體特徵的總結，尤其是最後一句「賦予了武俠
敘事複雜的現代精神向度」，揭示了徐皓峰小說創作的獨特性。
　　追求懸念、注重動作的「武俠」敘事。如何與複雜的現代精
神維度相結合，這是一個難題。徐皓峰的小說具有通俗小說的外
觀，由客觀事件和行為構成的情節通俗易懂，然而，當主人公心
理狀態和心理活動出現時，用的都是純文學的寫作技巧，讓人感
受到到敘事背後，有著作者精心思考深刻的內涵。
　　　徐皓峰的小說，以其美學思想、道家仙學、東方雅致，延續
了中國傳統文化的脈絡，並以具有中國特色的「武俠」類型來進一
步呈現。寫作武俠小說，是否只能局限於固有的寫作模式，自仍
存在著爭論，然而，如果把徐皓峰的小說，放在武俠小說的框架
下進行探討，據此可以看到徐皓峰在創作上的獨創性。從風格和
外在精神上，可以得出結論，未來的武俠小說完全能夠不斷吸收
和整合更多的藝術創作方法，擺脫現有的創作模式，進入拓展和
探索的新境界。

跋

始於武俠而不止於武俠者

解璽璋

　　我試圖從記憶深處搜尋武俠小說的身影，然而，所得到的只是些十分模糊的影像。這也難怪，畢竟那是三十多年前的事了。大約是在 20 世紀 80 年代初，金庸、梁羽生、古龍等人的作品，陸續被介紹到內地來，我們才知道，世上還有武俠小說這種東西。那時，《羊城晚報》率先連載梁羽生的《七劍下天山》，我們看得如醉如癡。《羊城晚報》成了辦公室裡最搶手的一張報紙，沒有人不想先睹為快。

　　不久，又讀了他的《萍踪俠影錄》，以及金庸的《笑傲江湖》、《天龍八部》、《鹿鼎記》、《射鵰英雄傳》等一系列作品。記得當時編輯部裡還為金庸、古龍誰寫得更好吵得一塌糊塗，每個人都固執地捍衛自己的所愛，誰也不能說服誰。

　　就在我讀得熱火朝天之際，忽然有一天，我決定與武俠小說分手，我們的緣分到此為止了。唯一的原因，是時間不夠用。那時，孩子還小，工作又忙，對我來說，讀閒書已近乎奢侈，而武俠小說又是那種打開就放不下的作品，太耽誤事兒，只好忍痛割

愛。這也說明，武俠小說對讀者確有一種以抗拒的吸引力。

2016 年夏天，北京作協與懷柔文聯舉辦筆會，住在雲夢仙境。與我同屋的林遙很健談，我們交流讀書的體會和心得，似乎有說不完的話，於是便談到他正在寫的《武俠小說史話》。我很驚訝於他的勇氣，如何能以一人之力獨挑如此龐大而艱巨的工程。史話雖比治史多了些靈活性，但資料的搜集、整理、辨析、考訂，乃至理論框架和操作規則的設計，仍是一件很不容易的事。而中國歷來要求治史者兼備史才、史學、史識三長，可見治史的門檻兒是很高的。

不過，很快我就得為他所取得的成就而表示驚嘆了。他告訴我，書，已經寫完了，正在與出版社商量出版事宜，雖然還要修改，但大體上不會有什麼變化了。接著，他就說了要我寫序的想法，我稍一猶豫，也就答應了。

事後冷靜下來，我才為自己的魯莽和輕率而感到不安。我想，以我的學養，要寫出一篇令人滿意的序文，恐怕是很不容易的。我也曾有過打退堂鼓的想法，但又覺得，既已答應別人，豈能言而無信，有悖俠之所為？故只有勉為其難，盡人事而聽天命。

讀此書的過程還是很輕鬆和愉快的。書中所述，常有出我意料者。比如他對先秦諸子和其他歷史文獻中有關「俠」的來歷的梳理，以我的孤陋寡聞來看，就很豐富。他寫道，戰國時期，社會動盪，人心浮動，遊俠應運而生。此前是否也有俠，按照司馬遷的說法：「靡得而聞已。」他們中有些是破產的士，或失業的農民

和手工業者，也有一些就是昔日的貴族，由於在政權變動中喪失了既有的地位，淪落為自由民，遂加入遊俠這個群體。他們或被君王和公卿貴族養為「私士」，為主人分憂；或以自由之身，為社會公正護法，扶危濟困，捨己救人，路見不平，拔刀相助，輕財重義，守信誠實；後者尤為俠之可稱道者。

但先秦諸子對遊俠似乎都缺乏好感，故司馬遷深以為憾，言道：「然儒、墨皆排擯不載。自秦以前，匹夫之俠，湮滅不見，余甚恨之。」所以，他作《遊俠列傳》，所收俠者，只限於漢興以來的朱家、郭解之流。儒家對俠的態度，以孟子所言最具代表性，在他看來，俠的「好勇鬥狠，以危其父母，一不孝也」，是決不能接受的。

墨家是俠的近親，他們對俠也有所保留，何以故？大約就在於墨子所言的義，是家國、民族的大義，而遊俠所言往往是個人之間的小忠小義，俗稱哥兒們義氣。其實，不僅儒、墨兩家對遊俠持批評態度，韓非子站在統治者的角度，對「俠」的橫行更是不能容忍的；甚至主張清靜無為的莊子，也勸趙王遠離「庶人之劍」。儘管《莊子》中《說劍》一篇，歷來被疑為贗品，但其中對「天子之劍」、「諸侯之劍」、「庶人之劍」的分析，明顯指向對遊俠的批評，是沒有疑問的。

這種敘述是我所感興趣的。還有關於武俠小說敘事源流的敘述，也很有意思。他講到遠古神話傳說，認為「其敘事內容已經頗具『俠』的氣息」，這似乎發前人所未發。而武俠小說的創作源

頭，他則追溯到司馬遷的《遊俠列傳》和《刺客列傳》，以及盛行於魏晉、南北朝時的「雜記體」神異、志怪小說。

他提到的如干寶的《搜神記》，託名陶淵明的《搜神後記》、舊題為曹丕的《列異傳》、葛洪的《神仙傳》、王嘉的《拾遺記》、張華的《博物志》，以及吳均的《續齊諧記》等等，都是很熟悉的書，曾經讀過的，一旦放在武俠小說的背景下，重讀他所引證的那些故事，如《李寄斬蛇》、《三王墓》等，還是覺得很有新意。

於是想到清末文人孫寶瑄在其《忘山廬日記》中所言：「以新眼讀舊書，舊書皆新書也；以舊眼讀新書，新書亦舊書也。」這個道理只有善讀書者才能講得出來，此番讀林遙的大作，我也得到一點體會。

武俠小說固屬於通俗文學，又有著鮮明的舊文學的印跡，蓋著「封建」的紋章，一直為精英和新文學家所不齒，斥為「殘渣餘孽」。但也應看到，中國底層社會的精神信仰，有很大一部分來自武俠小說，包括戲曲。這倒並非如批評者所言，只是一味地把希望寄託於清官和俠客，自己全無責任，還有很好的東西，是民間信仰的主流，如講信義，重然諾，扶貧濟困，見義勇為，尊師敦友，自尊自愛，造成很好的社會風尚。

想到當今社會，世風日下，道德滑坡，人倫顛覆，恩義斷絕，欲壑難填，奢靡成性，自私自利，自甘墮落，不能不令人見邪惡而思所以正之。當年梁啟超作《中國之武士道》，便有感於國民精神信仰的貧弱，思以傳統武士之信仰補救之，而不僅僅強健

體魄而已。他列舉武士信仰之表現，凡十數種，最後要而論之：「則國家重於生命，朋友重於生命，職守重於生命，然諾重於生命，恩仇重於生命，名譽重於生命，道義重於生命，是即我先民腦識中最高尚純粹之理想，而當時社會上普通之習性也。」

因之，我讀林遙的《武俠小說史話》，除了感受一種文學樣式的發生與成長，由萌芽而蔚為大觀外，還聽到了他對一種久違的精神信仰的召喚。這是超越了文學而又紮根於文學沃土的一種企盼。為此，我們應該向作者三鞠躬，以表敬意。

拉雜寫來，勉為序言。

解璽璋，著名文藝評論家、文化批評家、學者、近代史研究者，大陸作家協會會員，北京作家協會第四屆理事，從事報刊編輯、圖書編輯二十餘年，曾獲多種大陸及北京市文藝評論獎

後記

把劍說玄宗　武林何者雄

林遙

【一】

標題是梁羽生的詞句。1959 年，香港武術界知名人士何小孟出版了一本《武林見聞錄》，內中大談霍元甲、黃飛鴻、鐵橋三、孫祿堂等武林人物軼事，梁羽生為這本書填了一闋《菩薩蠻》，此為其中二句。梁羽生曾隨何小孟學了三個月的太極拳，後來不了了之，其武俠小說的武林知識和武術知識，都是從白羽的小說《偷拳》中得來。

這年的一月，梁羽生開始在《大公報》上連載他的代表作《萍踪俠影錄》，其新派武俠小說宗師地位從此奠定。

我讀《萍踪俠影錄》一書，已經是三十年後的 1989 年。那是一本花城出版社出版的書，正文之前繪有人物繡像，以我八九歲的年紀，拿到手中竟然不忍放下，從此知道了有一種專寫「武林俠客」的小說。再後來，我在圖書館借到了一冊《射鵰英雄傳》，這本書因借閱量過高而殘破不堪，書皮補丁摞補丁，已經看不出原始封面。挑燈讀完，掩卷後不禁有了一二分恍惚：「世上竟有這

樣好看的小說？」

　　小時候看武俠小說，如果說廢寢忘食，那只能算是狀態不好的時候。金庸的「射鵰」三部曲十幾二十遍是少的，古龍的《多情劍客無情劍》、《鐵血傳奇》幾乎成了枕邊的常伴之物。在此，要感謝我的父母，沒有像我同學的父母一樣，視武俠小說為洪水猛獸，見一部收繳一部。

　　猶記得當年從一家租書店租來一套武俠小說，厚厚的上下兩冊，因零花錢不夠，只能一日讀完。我和一位同學上下冊分讀，還書之後，兩人在教室中互補情節，以求書情曉暢、脈絡周通。卻不知夜之將至，渾然忘了放學。我心想，《射鵰英雄傳》中，「老頑童」周伯通乍睹《九陰真經》上下卷合一，豁然開朗，亦不過如此吧？

【二】

　　我也算是大陸武俠小說閱讀從興盛到衰退的親歷者。

　　印象中，小時候的租書店和書攤，武俠小說琳琅滿目，無論男女同學，幾乎都翻過幾本武俠小說。及至年過而立，眼界漸寬，深入梳理過武俠小說後，方才驚覺，當年看的大部分武俠小說，作者、書名、內容三者之間，竟然毫無關聯，禁不住嚇出了一身冷汗。

　　然而武俠小說雖然暢銷，卻一直無法躋身中國文壇的主流，這固然符合讀者接受一種新興文學類型時固有的規律。北宋的錢

惟演說：「坐則讀經史，臥則讀小說，上廁閱小詞。」由此可見，在北宋初年，新興的「小詞」只能上廁閱讀。是以武俠小說受到輕視，也是理所當然。古龍曾說：「在很多人心目中，武俠小說非但不是文學，不是文藝，甚至也不能算是小說。正如蚯蚓，雖然也會動，卻很少有人將它當做動物。」古龍曾經在多種場合的文字中，做著類似的抱怨。

上個世紀末，曾經有一股「金庸旋風」席捲大陸，各種研究金庸小說的書籍陸續出版，我躬逢其盛，產生了武俠小說春天要來了的錯覺。本世紀初，各路人馬紛紛殺入網路，伴隨著《今古傳奇‧武俠版》的創刊，武俠小說彷彿真的要「千秋萬載、一統江湖」了。

然而。原諒我又使用了這個轉折詞語。世事變化太快，讓你猝不及防。當玄幻、仙俠、穿越等網路小說大量出現之後，武俠小說的光芒再次黯淡。

我記得當年王朔評金庸時曾經說過：「有一個人對我說：金庸小說的文字有一種速度感，這是他讀其他作家作品感受不到的……什麼速度感，就是無一句不是現成的套話，三言兩語就開打，用密集的動作性場面使你忽略文字，或者說文字通通作廢，只起一個臨摹畫面的作用。」

現在讀起來，我覺得王朔真的冤枉金庸了。

金庸所謂的速度感，如果和今天的網路小說比起來，真的不夠看。金庸的小說如果是高鐵動車的話，網路小說怎麼也是超音

速飛機了。

【三】

　　從民國舊派到台港新派，武俠作家無論有多看不起自己寫作小說這個職業，卻都在小說裡寄託著理想和情懷，其「三觀」未必有多正確，但一招一式，正邪之間，涇渭分明。

　　倪匡在《想起古龍》中說：「或許有人認為他的性格行為不足取，但剛強抗爭，可以把命豁出去，如果化為民族精神，可以斷言，必無暴君可以得逞！」做人如此，其作品亦可想見。

　　古龍在小說裡反覆提到「有所不為」這個詞，金庸則藉《飛狐外傳》來表達孟子「富貴不能淫、貧賤不能移、威武不能屈」的含義。我覺得這些文化基因，才是通俗文學中最重要的組成部分。而中國傳統文化的優秀品質，正依賴通俗文學的流播，才流傳得更廣。

　　王家衛的電影《花樣年華》中有個有趣的情節，梁朝偉在張曼玉的鼓勵下，躲在旅館裡寫武俠小說。可見在當時知識份子的心中，武俠小說亦是一種雅趣。「武俠」這種小說類型，在一個時代，無疑承擔著文化傳承的功用。

　　「著書都為稻粱謀」是一個理由，但並不具有多大的說服力。白羽迫於生計寫了武俠小說，斷了文學家的夢，屢次表示此生的遺憾，卻並沒有在他的小說中喪失這份知識份子的情懷。

　　十五歲時，我寫作自己的第一篇武俠小說，當時以手抄本的

形式在班級中傳閱。後來負笈廣西柳州，蘸著南國煙雨，塗抹了大量「武俠」文字。世紀之交，我也曾在「榕樹下」網站縱馬揮戈，零散撰述一些武俠小說。一篇《戊戌英雄傳》在「幻武江山社」的武俠小說徵文中，居然還拿過一等獎。嗣後，我終因工作變化，難以為繼，徹底離開了武俠小說創作。

　　我常常想，中國人為什麼喜歡武俠小說？後來我慢慢明白，從古至今，一個社會秩序中，如果有一群人擁有合法傷害力卻沒有制衡的話，那麼另外一群人，就會選擇用拳頭來守護最後的尊嚴。《道德經》中說：「六親不和有孝慈，國家昏亂有忠臣。」法治不明，必有俠士仗劍挺身而出，此為市井百姓之心。《水滸傳》名列「名著」之林：一是為「市井細民寫心」；二是闡釋了「亂自上生」之源。

　　可見在某種社會環境下，必然有俠客的價值和光芒。

【四】

　　二十餘年間，我冷觀武俠小說的風雲變幻，眼見武俠小說漸趨奇幻，一個念頭再也按捺不住：「梳理一下武俠小說的發展脈絡，看一看武俠小說的前進方向如何？」

　　從這一年起，我開始有意識地收集曾經讀過的武俠小說以及相關的研究資料，我沒想到，這念頭從產生到實現，竟然相隔了整整十六年！

　　十六年，少女郭襄可以變成峨眉派的祖師，楊過可以等到小

龍女，金庸可以從《書劍恩仇錄》寫到《鹿鼎記》。

我也終於寫完了這本《武俠小說史話》。

這本書實際動筆在 2012 年 7 月，動筆伊始，我絕對沒有想到會斷斷續續寫上六年。當然，在這期間，其他的文字我也一直在寫，不過本書寫作速度之慢，確實超過了我的想像，是以自知其短，斷不敢稱「史」，只敢叫做「史話」。立意之初，亦不過是想為武俠小說發展的歷史做些許梳理性工作，間中寄託著自己二十年來對武俠小說的一份認知和感情。

2019 年，復蒙台灣風雲時代出版社社長陳曉林先生之邀，我對本書進行了增益修訂。初版書（上海文化出版社版）收錄武俠作家作品截止時間為 2010 年，「大陸新武俠」和台港「新世紀」的部分作者，以及相關作品的延伸和網路小說中的「武俠」元素，並未涉及，至於徐皓峰和張大春的小說，另具一格，對於武俠小說的發展，提供了別樣的思路與寫法，亦應給予相應評價，此次一併列入「武俠小說」範疇，進行探討。

作家生平部分，根據新發現之資料，修正了白羽、朱貞木、蹄風等作家的生平，並補寫了此前香港地區殊少言及的部分作家之貢獻。

2018 年歲末，金庸、蕭逸二位「大俠」身歸道山，頓覺碧海紅桑，盡拋劫外，前塵舊夢，紛繞心頭，「風流總被雨打風吹去」，不免潸然。

此次修訂，比之初版增益約有 5 萬餘言，仍不免有遺珠之

憾，但後學如我，才力不及，舛誤之處，自知難免，尚祈讀者諸君海涵。

陳曉林先生是著名作家、文化評論家，更是古龍「大俠」生前摯友，與我素昧平生，迄今仍未謀面，於此「武俠」式微之際，獨具隻眼，出版本書的「海外版」，一身俠氣，思之凜然，後學只能叉手施禮，鞠躬以敬。

感謝韓雲波、解璽璋二位先生的序言，尤其是韓雲波先生，通讀了書稿，提出修改建議，並對全書進行梳理，進而形成了體例完備的學術論文。

我能完成這本書，其實是站在了眾多武俠研究學者的肩頭。張贛生、徐斯年、陳平原、羅立群、陳墨、林保淳、葉洪生、王立、韓雲波、湯哲聲……等前輩學人的著作，惠我良多，限於篇幅，原諒我無法一一列舉。

更要感謝「舊雨樓」網站「清風閣」論壇的眾多俠兄俠弟們，你們的資料收集和田野調查功夫，我自嘆弗如。你們的帖子，為我打開了無數扇關於武俠小說歷史追尋的視窗。

本書關於「大陸新武俠」論述的部分引文，因沒有查到原文作者，並未加以標明，但特此表示鳴謝，另外本書還引用了部分武俠論壇網友們的觀點，同樣表示感謝。

本書所選插圖，一些在武俠小說發展歷史上具有典型意義的文獻和書影，由顧臻、渠誠、趙躍利、楊銳、程維鈞、于鵬等好友提供，除此之外的人物圖像，主要來自三部畫作：陳老蓮《水

滸葉子》、任渭長《劍俠傳》、鄭官應《續劍俠傳》，這三部畫作集中國傳統武俠人物之大成，筆法之外，兼具一種「文人氣」，恰可與我這「文人說劍」相映襯，故此選圖穿插於文內。

寫一本書其實如同一次漫長的修行，尤其是這樣一本需要大量資料支援的著作。從最初的文本構思，到正式動筆，再到修改、刪削、注釋、定稿。所耗費的時間和精力且不說，單是期間付出的情感，外人恐怕很難體會。不過任何事情都如同卦象一樣，充滿著不一樣的變數，關鍵是我們如何來看。稿成之後，心緒難平，無論妍媸與否，能夠接續我與「武俠」的一段因緣，斯可樂也！

我深深知道，世界上沒有任何一本書會滿足所有人的觀感。義大利作家伊塔洛・卡爾維諾說：「這一切都繼續在我們身上起作用，哪怕我們已經差不多忘記或完全忘記我們年輕時所讀的那本書。當我們在成熟時期重讀這本書，我們就會重新發現那些現已構成我們內部機制的一部分的恆定事物，儘管我們已回憶不起它們從哪裡來。這種作品有一種特殊效力，就是它本身可能會被忘記，卻把種子留在我們身上。」如果我的這本談論武俠小說的書，能夠在某日的某時，撥動某些人某處心靈的琴弦，那就有了存在的意義。

這根琴弦，就是曾經關於「武俠」的那份暢想。

參考書目

司馬遷，《史記》，中華書局，2009 年

班固，《漢書》，中華書局，2007 年

韓非，《韓非子》，山西古籍出版社，1999 年

墨翟，《墨子》，山西古籍出版社，2004 年

鄭玄，《周禮注疏》，上海古籍出版社，2010 年

荀悅，《兩漢紀》，中華書局，2002 年

干寶，《搜神記》，中華書局，1979 年

劉敬叔等撰，《異苑·談藪》，中華書局，1996 年

灌園耐得翁，《都城紀勝》，中國商業出版社，1982 年

趙曄，《吳越春秋》，岳麓書社，1998 年

胡應麟，《少室山房筆叢》，上海書店出版社，2001 年

郎瑛，《七修類稿》，文化藝術出版社，1998 年

王夫之，《讀通鑒論》卷三，中華書局，1975 年

李贄，《與焦弱侯》，見《續焚書》卷一，中華書局，1975 年

陸容，《菽園雜記》，中華書局，1985 年

張岱，《陶庵夢憶》，西湖書社，1982 年

李景星，《四史評議》，岳麓書社，1986 年

施耐庵，《水滸傳》，人民文學出版社，1992 年

馮夢龍，《古今小說》，人民文學出版社，1981 年

凌蒙初，《拍案驚奇》，人民文學出版社，1956 年

凌蒙初，《二刻拍案驚奇》，人民文學出版社，1956 年

陳忱，《水滸後傳》，上海古籍出版社，1981 年

吳璿，《飛龍全傳》，人民文學出版社，1981 年

石玉昆，《三俠五義》，上海古籍出版社，1980 年

佚名，《施公案》，寶文堂書店，1985 年

無名氏，顧鳴塘標點，《乾隆巡幸江南記》，上海古籍出版社，1989 年

李百川，《綠野仙蹤》，上海古籍出版社，1996 年

名教中人，《好逑傳》，廣東人民出版社，1980 年

無名氏，《綠牡丹全傳》，浙江古籍出版社，1985 年

文康，《兒女英雄傳》，人民文學出版社，1983 年

唐芸洲，《七劍十三俠》，上海古籍出版社，1993 年

魏禧，《大鐵椎傳》，見《魏叔子文集》卷二十二，中華書局，1965 年

蒲松齡，《聊齋志異》，上海古籍出版社，1983 年

袁枚，《子不語》，河北人民出版社，1987 年

沈起鳳，《諧鐸》，《古體小說鈔・清代卷》，中華書局，2001 年

韓邦慶，《海上花列傳》，人民文學出版社，2006 年 12 月

顧明道，《荒江女俠》，巴蜀書社，1988 年

顧明道，民國武俠小說典藏文庫・顧明道卷，中國文史出版社，2018 年

文公直，《碧血丹心大俠傳》，岳麓書社，1987 年

文公直，民國武俠小說典藏文庫・文公直卷，2020 年

張恨水，《張恨水全集》，北嶽文藝出版社，1993 年

葉小鳳《古戍寒笳記》，吉林文史出版社，1988 年

黃世仲，《洪秀全演義》，人民文學出版社，1984 年

平江不肖生，《江湖奇俠傳》，岳麓書社，1986 年

平江不肖生，《大刀王五、霍元甲俠義英雄傳》，岳麓書社，1984 年

平江不肖生，民國武俠小說典藏文庫・平江不肖生卷，中國文史出版社，2017 年

趙煥亭，《奇俠精忠全傳‧自序》，巴蜀書社，1990 年

趙煥亭，民國武俠小說典藏文庫‧趙煥亭卷，中國文史出版社，2019 年

姚民哀，《箬帽山王》，上海世界書局，1931 年

姚民哀，《江湖豪俠傳》上海世界書局，1929 年

姚民哀，民國武俠小說典藏文庫‧姚民哀卷，2020 年

還珠樓主，《天山飛俠》，北京新華書局，1943 年 7 月

還珠樓主，《蜀山劍俠傳》，岳麓書社，1988 年

還珠樓主，民國武俠小說典藏文庫‧還珠樓主卷，2016 年

白羽，《話柄》，天津正華學校出版部，1939 年

白羽，《十二金錢鏢》，長江文藝出版社，2004 年

白羽，《偷拳》，北嶽文藝出版社，1992 年

白羽，《武林爭雄記》，北嶽文藝出版社，1992 年

白羽，《血滌寒光劍》，花山文藝出版社，1987 年

白羽，民國武俠小說典藏文庫‧白羽卷，中國文史出版社 ，2017 年

鄭證因，《鷹爪王》，北嶽文藝出版社，2013 年

鄭證因，民國武俠小說典藏文庫‧鄭證因卷，中國文史出版社 ，2017 年

王度廬，《寶劍金釵》，吉林文史出版社，1987 年

王度廬，《鶴驚崑崙》，吉林文史出版社，1987 年

王度廬，《劍氣珠光》，吉林文史出版社，1988 年

王度廬，《臥虎藏龍》，吉林文史出版社，1988 年

王度廬，《鐵騎銀瓶》，吉林文史出版社，1990 年

王度廬，王度廬作品大系，北嶽文藝出版社，2016 年

朱貞木，《虎嘯龍吟‧弁言》，中國文史出版社，2017 年

朱貞木，《羅剎夫人》，吉林文史出版社，1990 年

朱貞木，《七殺碑》，北方文藝出版社，1988 年

朱貞木，民國武俠小說典藏文庫‧朱貞木卷，中國文史出版社 ，2017 年

梁羽生，梁羽生小說全集，中山大學出版社，2012 年

梁羽生，《筆花六照》，廣西師範大學出版社，2008 年

金庸，金庸作品集，香港明河出版公司，1984 年

金庸，池田大作，《探求一個燦爛的世紀 —— 金庸與池田大作對話錄》，北京大學出版社，1999 年

郎紅浣，《莫愁兒女》，國華出版社，1955 年

陸魚，《少年行》，真善美出版社，1961 年

臥龍生，臥龍生真品全集，太白文藝出版社，1996 年

諸葛青雲，諸葛青雲武俠小說大系，湖南文藝出版社，1993 年

諸葛青雲，《紫電青霜》，江蘇文藝出版社，1994 年

司馬翎，《劍海鷹揚》，當代世界出版社，2008 年

司馬翎，《血羽檄》，海天出版社，1993 年

司馬翎，司馬翎作品集，浙江文藝出版社，1997 年

古龍，古龍作品集，珠海出版社，1995 年

溫瑞安，《將軍令》，馬來西亞天狼星詩社，1975 年

溫瑞安，《少年冷血》，中國友誼出版公司，1996 年

溫瑞安，《驚豔一槍》，中國友誼出版公司，1993 年

溫瑞安，《破陣》，花城出版社，1999 年

溫瑞安，《溫柔的刀》，中國友誼出版公司，1996 年

溫瑞安，《刀叢裡的詩》，中國友誼出版公司，1993 年

溫瑞安，《骷髏畫》，中國友誼出版公司，1993 年。

溫瑞安，《傷心小箭》，中國友誼出版公司，1993 年

溫瑞安，《刀叢裡的詩》，中國友誼出版公司，1993 年

方娥真，《峨眉賦》，台灣四季出版公司，1977 年

黃易，《大唐雙龍傳》，雲南人民出版社，2010 年

黃易，《破碎虛空》，華藝出版社，2003 年

劉卓，《武俠小說選萃》，春風文藝出版社，1991 年

馮驥才，《新時期中篇小說名作叢書‧馮驥才集》，海峽文藝出版社，1986

馮育楠，《津門大俠霍元甲》，百花文藝出版社，1984 年

周郎，《傷心萬柳殺》，人民文學出版社，2000 年

小椴，《夜雨打金荷》，新世界出版社，2005 年

步非煙，《華音流韶之曼荼羅》，中國戲劇出版社，2005 年

小非，《遊俠秀秀》，朝華出版社，2005 年

王晴川，《飛雲驚瀾錄》，北方文藝出版社，2006 年

碎石，《逝鴻傳》，新世界出版社，2011 年

楊虛白，《揮戈》，作家出版社，2018 年

張大春，《城邦暴力團》，上海人民出版社，2011 年

徐皓峰，《道士下山》，百花文藝出版社，2007 年 10 月

李仲軒口述，徐皓峰整理，《逝去的武林》，人民文學出版社，2014 年 5 月

徐皓峰，《大日壇城》，作家出版社，2010 年 11 月

徐皓峰，《武士會》，人民文學出版社，2013 年 1 月

徐皓峰，《刀背藏身－徐皓峰武俠短篇集》，人民文學出版社，2013 年 7 月

馮志，《敵後武工隊》，解放軍文藝出版社，1991 年。

知俠，《鐵道遊擊隊》，上海文藝出版社，1978 年

曲波，《林海雪原》，人民文學出版社，1991 年

劉流，《烈火金鋼》，中國青年出版社，1994 年

梁斌，《紅旗譜》，中國青年出版社，1979 年

黃鑒衡，《粵海武林春秋》，廣東科技出版社，1982 年

馮友蘭，《中國哲學史補》商務印書館，1936 年

馮友蘭，《中國哲學簡史》，商務印書館，1936 年

劉葉秋，《魏晉南北朝小說》，中華書局，1961 年

王枝忠，《漢魏六朝小說史》，浙江古籍出版社，1997 年

魯迅，《中國小說史略》，人民文學出版社，1973 年

魯迅，《花邊文學》，人民文學出版社，1973 年

魯迅，《二心集》，人民文學出版社，1973 年

中國社會科學院編，《中國文學史》，人民文學出版社，1962 年

托爾斯泰，《藝術論》，人民文學出版社，1958 年

張稔穰，《中國古代小說藝術教程》，山東教育出版社，1991 年

譚正璧，《中國小說發達史》，上海古籍出版社，2012 年

范煙橋，《中國小說史》，台灣漢京文化事業有限公司，1983 年

夏志清，《中國古典小說導論》，安徽文藝出版社，1988 年

朱一玄、劉毓忱主編《中國古典小說名著資料叢刊》，南開大學出版社，2002 年

馬幼垣，《水滸論衡》，生活‧讀書‧新知‧三聯書店，2007 年

孟瑤，《中國小說史》，傳記文學出版社，1980 年

阿英，《晚清文學叢鈔小說戲曲研究卷》，中華書局，1960 年

田毓英，《西班牙騎士與中國俠》，台灣商務印書館，1983 年

于占濤，《一統下的爭鳴——魏晉南北朝哲學》遼海出版社，2006 年

孫楷第，《中國通俗小說書目》，作家出版社，1957 年

石昌渝，《中國古代小說總目》，山西教育出版社，2004 年

魏紹昌《鴛鴦蝴蝶派研究資料》，上海文藝出版社，1962 年

袁進，《鴛鴦蝴蝶派》，上海書店，1994 年

劉揚體，《流變中的流派──新鴛鴦蝴蝶派新論》，中國文聯出版公司，1997 年

陶希聖，《辯士與遊俠》台灣商務印書館，1971 年

劉若愚，《中國之俠》，上海三聯書店，1991 年

梁啟超，《中國之武士道》，中國檔案出版社，2006 年

范伯群，《民國武俠小說奠基人──平江不肖生評傳》，南京出版社，1994 年

范伯群，《中國近現代通俗文學史》，江蘇教育出版社，2000 年

范伯群，《中國現代通俗文學史》，北京大學出版社，2007 年

嚴家炎，《金庸小說論稿》，北京大學出版社，1999 年

汪海林，《中國武俠小說史略》，北嶽文藝出版社，1988 年

陳山，《中國武俠史》，上海三聯出版社，1992 年

徐斯年，《俠的蹤跡：中國武俠小說史論》，人民文學出版社，1995 年

徐斯年，《王度廬評傳》，蘇州大學出版社，2005 年

甯宗一，《中國武俠小說鑒賞辭典》，國際文化出版公司，1992 年

錢理群，《中國現代文學三十年》，北京大學出版社，1999 年

張贛生，《民國通俗小說論稿》，重慶出版社，1991 年

陳平原，《千古文人俠客夢──武俠小說類型研究》，新世界出版社，2002 年

周清霖，《中國武俠小說名著大觀》，1996 年。

葉洪生，《論劍──武俠小說談藝錄》，學林出版社，1997 年

葉洪生，《天下第一奇書──〈蜀山劍俠傳〉探秘》，2002 年

葉洪生，林保淳，《台灣武俠小說發展史》，遠流出版事業股份有限公司，2005 年

羅立群，《開創新派的宗師──梁羽生小說藝術談》，學林出版社，1996 年

羅立群，《中國武俠小說史》，花山文藝出版社，2008 年

羅立群，《中國劍俠小說史論》，暨南大學出版社，2012 年

林保淳,《縱橫今古說武俠》,五南圖書出版股份有限公司,2016 年

林保淳,《武俠小說概論》,國立空中大學,2019 年

陳墨,《中國武俠電影史》,風雲時代出版股份有限公司,2006 年

陳墨,《金庸小說賞析》,百花洲文藝出版社,1996 年

陳墨,《金庸小說藝術論》,百花洲文藝出版社,1995 年

陳墨,《陳墨評金庸——孤獨金庸》,東方出版社,2008 年

陳墨,《臥龍生及其〈絳雪玄霜〉》,見《港台新武俠小說五大家精品導讀》,雲南人民出版社,1998 年

湯哲聲,《中國流行小說經典》,文化藝術出版社,2004 年

湯哲聲,《中國當代通俗小說史論》,北京大學出版社,2007 年

張元卿,王振良主編《津門論劍錄》,上海遠東出版社,2011 年 3 月

王振良、張元卿,《竹心集——宮白羽先生文錄》,天津人民出版社,2015 年

劉秀美,《五十年來台灣通俗小說》,文津出版社,2011 年

方志遠,《彈指驚雷俠客行——港派新武俠小說面面觀》,江西人民出版社出版,1991 年

曹正文,《金庸筆下的一百零八將》,浙江文藝出版社,1992 年

曹正文,《中國俠文化史》,上海文藝出版社,1994 年

韓雲波,《中國俠文化—積澱與傳承》,重慶出版社,2004 年

韓雲波,《「後金庸」武俠》,西南師範大學出版社,2013 年

龔鵬程,《俠的精神文化史論》,山東畫報出版社,2008 年

陳夫龍,《激情與反叛—中國新文學作家與俠文化研究資料》,2017 年

王立,《武俠文化通論》,人民出版社,2005 年

王立,《武俠文化通論續編》,人民出版社,2011 年

程維鈞,《本色古龍——古龍小說原貌探究》,風雲時代出版股份有限公司,2018 年

周志雄,《網路文學的發展與批判》,人民出版社,2015 年

徐國禎，《還珠樓主論》，正氣書局，1949 年

鄭逸梅，《藝林散葉》，中華書局，1982 年

包天笑，《釧影樓回憶錄》，大華出版社，1976 年 6 月第 1 版

費勇，鐘曉毅《梁羽生傳奇》，廣東人民出版社，1996 年

劉維群，《名士風流——梁羽生全傳》，天地圖書。2000 年

冷夏，《文壇俠聖——金庸傳》，廣東人民出版社，1995 年

傅國湧，《金庸傳》，北京十月文藝出版社，2003 年

覃賢茂，《古龍傳》，四川人民出版社，1995 年

丁情，《我的師父古龍大俠》，豐林文化傳播有限公司，2016 年

鐘少異，《龍泉霜雪——古劍的歷史和傳說》，生活‧讀書‧新知三聯書店，1998 年

中國出版科學研究所、中央檔案館編《中華人民共和國出版史料第一卷：1949》，中國書籍出版社，2002 年

中國出版科學研究所、中央檔案館編《中華人民共和國出版史料第八卷：1956》，中國書籍出版社，2002 年

茅家琦主編，《台灣三十年 1949—1979》，河南人民出版社，1988 年

盧受采，盧冬青，《香港經濟史》，人民出版社，2004 年

史全生，《台灣經濟發展的歷史與現狀》，東南大學出版社，1992 年版

成湯口述、成英姝編輯整理，《我曾是流亡學生》，聯合文學出版社有限公司，2009 年。

司馬芬，《中國電影五十年》，皇鼎文化出版社，1983 年

李文庸《中國作家素描》，遠景出版事業有限公司，1984 年 6 月

瞿秋白，《瞿秋白文集》，人民文學出版社，1985 年

顧頡剛，《人間山河：顧頡剛隨筆》，北京大學出版社，2009 年

張枬、王忍之，《辛亥革命前十年間時論選集》，生活‧讀書‧新知三聯書店，1960 年 4 月

宗白華，《美學散步》，上海人民出版社，1981 年

費孝通，《鄉土中國》，生活・讀書・新知三聯書店，1985 年

倪墨炎，《周作人：中國的隱士與叛徒》，上海文藝出版社，1990 年

譚正璧，《評彈通考》，中國曲藝出版社，1985 年

程繼康，《少林棍法闡宗》，中國體育出版社，1983 年

郭紹虞等主編，《中國歷代文論選》，上海古籍出版社，1980 年

陳去病，《秋瑾女俠遺集》，貴州教育出版社，2014 年

宋原放，《中國出版史料》，山東教育出版社，2006 年

白先勇，《驀然回首》，文匯出版社，1999 年

連闊如，《江湖叢談》，當代中國出版社，2005 年

楊匡漢主編，《中國文化中的台灣文學》，長江文藝出版社，2002 年

參考文獻

覺我，《余之小說觀》，小說林，第九期（1908 年正月）

向愷然，《三個猴兒的故事》，紅，第 50 期，1923 年 6 月 14 日出版

振振，《向愷然返湘省親記》，上海畫報，524 期，1929 年 11 月 6 日出版

素民，《火燒國片》，百幔，1931 年第 6 期

杏呆，《舊戲的立場》，中華畫報，1932 年 12 月 12 日

鄭逸梅，《武俠小說的通病》，小品大觀，1935 年 8 月校經山房出版

徐文瀅，《民國以來的章回小說》，萬象，1941 年第 6 期，1941 年 12 月 1 日出版

金受申，《我恨白羽？》，立言畫刊，1942 年第 14 期

巴人，《論白羽的武俠小說》，新天津畫報，1943 年 7 月 10 日

毅弘，《天津武俠小說作家朱貞木》，三六九畫報，第二十三卷第 1 期，1943 年 9 月 3 日

王燎熒，《我的印象和感想》，文藝研究，1958 年第 2 期

還珠樓主，《一個荒誕、神怪小說製造者的自白》，北京日報，1955 年 12 月 25 日第三版

樹平，《評還珠樓主的武俠小說〈劇孟〉》，讀書月報，1958 年 3 月第 3 期

佟碩之，《新派武俠小說兩大名家：金庸梁羽生合論》，海光文藝·創刊號，1966 年 1 月

歐陽瑩之，《泛論古龍的武俠小說》，香港·南北極月刊，1977 年 8 月號

梁羽生，《從文藝觀點看武俠小說》，新加坡寫作人協會上的講話，1977 年。

胡正群，《細說武俠小說作者·司馬紫煙篇》，民生報，1978 年 6 月 12 — 16 日，署名過來人

胡正群《細說武俠小說作者·蕭逸篇》，民生報，1978 年 6 月 25 日，署名過來人

唐魯孫，《我所認識的還珠樓主 兼談〈蜀山〉奇書》，民生報，1982 年 6 月 20 日

馮立三，《與香港作家一夕談——中國作協第四次會員代表大會側記》，光明日報，1984 年 1 月 3 日

許尊五，《他是霧中一棵樹》，華夏影視·創刊號，1984 年 11 月

周次吉，《六朝志怪小説研究》，文津出版社，台北 1985 年 6 月

柳蘇，《俠影下的梁羽生》，讀書，1988 年，第 3 期

何新，《俠與武俠文學源流研究》，文藝爭鳴，1988 年第 2 期

竺洪波，《俠義小説與文代觀念──關於明清俠義小説的思考》，明清小説研究，1989 年 4 期

一勺，《漫説任渭長的〈卅三劍客圖〉》，瞭望週刊，1990 年 37 期

陳平原，《江湖仗劍遠行游──唐宋傳奇中的俠》，文藝評論，1990 年 02 期

陳平原，《俠情義膽英雄志──清代俠義小説論》，文藝評論，1990 年 03 期

李忠昌，《論王度廬的文學史地位及貢獻》，滿族研究，1990 年 03 期

王克增，《〈津門大俠霍元甲〉的啟示》，當代作家評論，1990 年 06 期

梁軍，《以奇制勝意趣深厚〈七劍十三俠〉的思想與藝術》，明清小説研究，1992 年 01 期

王俊年，《俠義公案小説的演化及其在晚清繁盛的原因》，文學評論，1992 年 04 期

孫生，《鬼道‧談風‧女鬼魏晉六朝志怪小説女鬼形象獨秀原因探析》，西北民族學院學報，1997 年 06 期

羊羽，《民國武俠小説鳥瞰》，民國春秋，1994 年 03 期

高永利，《中華俠義精神的形成》，中華武術，1994 年 06 期

嚴家炎，《在北京大學授予查良鏞先生名譽教授儀式上的講話》，南方週末，1995 年 1 月 13 日

邵燕君，《中國文化界的金庸熱》，華聲月報，1995 年第 6 期

陳平原，《説書人與敍事者──話本小説研究》，上海文學，1996 年第 7 期

丁進，《中國大陸新武俠小説研究述評》，江蘇社會科學 1996 年第 1 期

岡崎由美，《方世玉故事形成初探》，中國文學研究，1996 年第 22 期

徐斯年，劉祥安，《中國武俠小説創作的「現代」走向──民國時期武俠小説概述》，中國現代文學研究叢刊，1996 年 02 期

葉洪生，《回首「神州」遠──追憶平反「溫案」始末》，聯合文學，1997 年 1 月號（總第 147 期）

劉祥安，《科學精神與詩意的交融——評徐斯年著〈俠的蹤跡〉》，蘇州大學學報，1997年02期

鄭其興，《偏激與嗜血——從俠的角度看〈水滸傳〉》，明清小說研究，1997年02期

胡正群，《臥龍生與玉釵盟》，中央日報，1997年4月1日

《人物專訪：無限的可能性——九〇年代的武俠旗手》，台灣‧高手雜誌‧試刊號，1997年12月

昌滄，《南京中央國術館始末》，體育文史，1997年第5期

陳墨，《金庸小說與二十一世紀中國文學》，當代作家評論，1998年第5期

韓雲波，《論清末民初的武俠小說》，四川大學學報，1999年第4期

丁帆，何言宏，《論二十年來小說潮流的演進》，文學評論，1998年5月

嚴曉呈，《俠客行程域外風——「新派武俠」化用的外國文藝典故》，世界華文文學論壇，1999年01期

趙稀方，《市場消費與文化提升——論香港新派武俠小說》，中國社會科學院研究生院學報，2000年第5期

王開文，《〈水滸〉武術用語詮釋》，體育文史，2000年，第1期

余丹，《〈水滸傳〉與中國古代俠文化》，淮北煤師院學報，2001年2月第22卷第1期

張初，《在「梁羽生講武論俠會」上的發言》，香港‧香港文學，2002年第3期

舒可文，《英雄無用武之地張藝謀：「什麼時候我能一柄劍走天下」》，三聯生活週刊，第222期封面故事，2002第51期

余慧明，《武俠小說二十年回眸》，人民日報海外版，2002年1月21日

焦若薇，《靈魂的另一面——中國俠義精神的傳承與衍變》，長春師範學院學報，2002年6月第21卷第2期

郭武群，《回歸與超越——宮白羽武俠小說論》，天津大學學報，2002年6月第4卷第2期

曹亦冰，《論中國武俠小說從古至今的演變》，明清小說研究，2003年第1期

鄧詠秋，《「才氣宏闊」的出版家沈知方》，編輯學刊，2003年第6期

吳秀明，陳潔論，《「後金庸」時代的武俠小說》，文學評論，2003年第6期

林保淳，《風塵異人隱市井──訪武俠名家秦紅》，中華武俠文學網，2003 年 9 月 29 日，署名「knight」

張兵，《武俠小說發端於何時?》，復旦學報，2004 年第 3 期

趙牧，《俠義精神與中國想像──論溫瑞安早期的詩文創作》，台灣研究集刊，2004 年第 3 期

韓雲波，《「大陸新武俠」與武俠小說的文體創新》，西南師範大學學報，2004 年六期

尚繼武，《〈水滸傳〉梁山好漢綽號的文化審視》，學海，2004 年 02 期

劉全宗，《傳統與現代的迷離──論臥龍生武俠小說的文化內涵》，蘇州大學，2004 年碩士學位論文

金斌，《司馬翎武俠小說的情感世界──兼論武俠小說的俠情傳統及其發展方向》，蘇州大學，2004 年碩士學位論文

馬愛民，《古代雙兵武藝的發展演進》，中華武術，2004 年 05 期

時未寒，射向天地的一支箭，《今古傳奇 ·武俠版》，2004 年 6 月上

韓雲波，《論 21 世紀大陸新武俠》，西南師範大學學報，2004 年 7 月第 30 卷第 4 期

施愛東，《大陸新武俠與武俠小說的民間性》，西南大學學報，2004 年 7 月

嚴家炎，《文學的雅俗對峙與金庸的歷史地位》，西南師範大學學報，2004 年 9 月第 30 卷第 5 期

王猛，劉香環，《明清神魔小說與俠文化》，集美大學學報，2004 年 12 月第 7 卷第 4 期

郭玉成，許傑，《精武體育會與中央國術館的武術傳播研究》，體育文化導刊，2005 年第 2 期

陳國和，《新「故事」、老「模式」傳奇性革命歷史長篇小說與武俠小說研究之三》，咸寧學院學報，2005 年 2 月第 25 卷第 1 期

馮湘湘，《古龍「偷師」柴田煉三郎?》，世界華文文學論壇，2005 年 02 期

陳國和，《復仇：從「快意恩仇」到「禦敵雪恨」傳奇性革命歷史長篇小說與武俠小說之關係》，武漢理工大學學報，2005 年 6 月第 18 卷第 3 期

慕容無言，《為誰而武，為誰而俠》，武俠小說，2005 年第 5 期

曠新年，《人民文學：未完成的歷史建構》，文藝理論與批評，2005 年第 6 期

宋巍，董惠芳，《神話敘事與武俠小說淵源初探》，社會科學家，2005 年 9 月第 5 期

韓雲波，《論 90 年代「後金庸」新武俠小說文體實驗》，重慶大學學報，2005 年 11 月

施鮮麗，蔡仲林，《民國時期的武術及其對近代中國武術的影響》，搏擊，2005 年 11 月第 2 卷第 11 期

王立，《中國大陸地區武俠史論著芻議》，西南師範大學學報，2005 年 11 月第 31 卷第 6 期

陳國和，《俠客：從「草莽英雄」到「革命英雄」政治語境下的武俠文化流變》，湖北社會科學，2006 年 5 期

郭武群，《文學商品化運作的成功範例──論民國時期的報載小說》，天津社會科學，2006 年第 3 期

《韓雲波 VS 慕容無言對話錄：寫實・傳承・超越》，武俠小說，2006 年第 2 期

胡燕，《奇詭荒誕至情至性──評玄幻武俠小說〈誅仙〉》，當代文壇，2006 年第 5 期

朱丕智，《大陸新武俠小說崛起之我見》，《西南師範大學學報》，2006 年 1 月第 32 卷第 1 期

李如，《神州劍氣升海上，武林群雄逐港台──論港台武俠小說流變》，安徽大學，2006 年碩士學位論文

宋巍，《中國古典武俠小說史論》，陝西師範大學，2006 年博士學位論文

曾曉峰，《從〈尋秦記〉看武俠小說發展的新方向》，高等函授學報，2006 年 6 月第 19 卷第 3 期

吳佳男，《蕭鼎：一根燒火棍的江湖夢想》，中國青年，2006 年 8 月號上半月

李軍輝，《古龍小說的反傳統意識》，信陽農業高等專科學校學報，2006 年 9 月第 16 卷第 3 期

湯哲聲，《英雄和美女：古龍小說的創新和危機》，西南師範大學學報，2006 年 11 月第 32 卷第 6 期

韓雲波，《鳳歌：從〈崑崙〉到〈滄海〉》，今古傳奇武俠版下半月版，2007 年第二期

李亞旭，《論古龍後期小說的俠義精神》，世紀橋，2007 年第 08 期

李時人，《〈水滸傳〉的「社會風俗史」意義及其「精神意象」》，求是學刊，2007 年第 1 期

秦宇慧，《試論網路傳媒中的武俠小說》，西南大學學報，2007 年 5 月第 33 卷第 3 期

葉余平，《華麗古裝下的現代狂歡——歡樂英雄論》，讀與寫（教育教學刊），2007 年 2 月第 4 卷第 2 期

朱乾，《明清神魔小說、俠義小說的互動影響分析》，溫州職業技術學院學報，2007 年 3 月第 7 卷第 1 期

王立，隋正光，《古龍小說復仇模式及其對傳統的突破》，東南大學學報，2007 年 3 月第 9 卷第 2 期

高河金，《「大陸新武俠」研究》，暨南大學，2007 年碩士學位論文

韓雲波，《史心血性新北派》，今古傳奇武俠版月末版，2007 年 8 月

張筱南，程翔章，《錢基博的〈技擊余聞補〉簡論》，高等函授學報，2007 年 10 月第 20 卷第 10 期

王韜，《關於〈英雄志〉中可道的「道」》，世界華文文學論壇，2008 年 01 期

衛婷，《網路傳媒中的中國玄幻武俠文化》，蘇州大學，2008 年碩士學位論文

劉保鋒，《中國當代玄幻小說與文化思潮研究——以蕭鼎的小說研究為例》，首都師範大學，2008 年碩士學位論文

范正群，《清代俠義公案小說研究》，揚州大學，2008 年博士學位論文

曲麗麗《民國通俗小說暢銷狀況及其原因分析》，黑龍江教育學院學報，2008 年 8 月第 27 卷第 8 期

董國炎，徐燕，《論〈綠牡丹〉在俠義小說發展史上的價值》，明清小說研究，2009 年第 2 期

石健，《民國武俠小說對中華武術的弘揚》，吉林體育學院學報，2009 年第 25 卷第 6 期

許道軍，葛紅兵，《敘事模式‧價值取向‧歷史傳承——架空歷史小說研究論綱》，社會科學，2009 年第 3 期

李為小，《論大陸新武俠從激進到複歸傳統》，西南農業大學學報，2009 年 4 月第 7 卷第 2 期

李想，《都市民間欲望的烏托邦敘述——論黃易的〈大唐雙龍傳〉》，山東大學，2009 年碩士學位論文

袁軍，《清代文言武俠小說研究》，蘇州大學，2009 年碩士學位論文

李為小，《後金庸時代的俠義「江湖」》，蘭州大學，2009 年碩士學位論文

李偉，《「英雄」的悲情回歸──從現代性角度看王度廬的「鶴──鐵」五部作》，天津師範大學，2009 年碩士學位論文

馮淩，《論〈七殺碑〉的成就與影響》，現代語文(文學研究版)，2009 年 06 期

韓雲波，《盛世武俠：大陸新武俠發輾轉型的第二階段》，西南大學學報，2009 年 7 月第 35 卷第 4 期

石劍峰，《張大春談傳奇、俠義和武俠寫作》，東方早報》，2009 年 8 月 16 日

張元卿，《論朱貞木及其武俠小說》，西南大學學報，2009 年 9 月第 35 卷第 5 期

滄浪客，《答〈生活新報〉記者四問》，生活新報，2009 年 11 月 14 日

方剛，《由「俠與儒」的融合到「俠與法」的合流──從〈水滸傳〉到〈三俠五義〉看明清武俠小說的精神流變》，信陽師範學院學報，2010 年 9 月第 30 卷第 5 期

逢汲濱，《作為「隱喻」的傳統武藝〈斷魂槍〉與〈神鞭〉的比較性釋義》，名作欣賞，2010 年 17 期

陳燁，《淺析〈兒女英雄傳〉藝術成就》，現代語文(文學研究版)，2010 年 01 期

高玉，《金庸武俠小說版本考論》，武漢理工大學學報，2010 年 2 月第 23 卷第 1 期

李京飛，《溫瑞安武俠小說的文體實驗》，重慶師範大學，2010 年碩士學位論文

程小林，朱靜霞，《試論唐傳奇小說中的俠客形象》，牡丹江大學學報，2010 年 4 月第 19 卷第 4 期

張丹丹，《從模仿、蛻變到成蝶──古龍武俠小說創作歷程及特色研究》，浙江師範大學，2010 年碩士學位論文

劉明芳，《仗劍江湖，只影天涯──論王度廬〈鶴──鐵五部曲〉》，西南大學，2010 年碩士學位論文

宋琪，《武俠小說從「民國舊派」到「港臺新派」敘事模式的變遷》，山東大學，2010 年博士學位論文

彭成廣，《敘事策略的極變──古龍小說特徵微探》，常州工學院學報，2010 年 8 月第 28 卷第 4 期

徐華，《論古龍小說的藝術表達》，浙江大學，2010 年碩士學位論文

段斌，《大陸新武俠的相容性》，南開大學，2010 年碩士學位論文

韓雲波，《從〈大天津〉說「市井武俠」》，今古傳奇‧武俠版下半月版，2011 年第三期

韓雲波，我看《煙雨殺》，韓雲波的博客，http://blog,sina,com,cn/hanyunbo

孫金燕，《標出翻轉與武俠小說文體的顛覆：從〈鹿鼎記〉到〈城邦暴力團〉》，江蘇社會科學，2011 年第 5 期

談祥柏，《我所知道的梁羽生》，人物寫真，2011 年第 1 期

張永久，《應慚俠氣消磨盡──宮白羽的心情》，書屋 2011 年第五期

張樂林，《現代性的凸顯：論平江不肖生〈近代俠義英雄傳〉》，西南大學學報，2011 年 1 月第 37 卷第 1 期

鄭保純，《大陸新武俠的軌跡》，蘇州教育學院學報，第 28 卷第 1 期 2011 年 2 月

肖顯惠，《傳媒視闕下的「大陸新武俠」──以〈古今傳奇 · 武俠版〉和〈武俠故事〉為例》，蘭州大學，2011 年博士學位論文

劉衛英，《《蜀山劍俠傳》女性因愛生恨復仇的主題史開創》，西南大學學報，2011 年 5 月

侯曉靜，《武俠小說視角下的〈水滸傳〉研究》，河北大學，2011 年碩士學位論文

石志敏，《「尋根小說」中的「根」隱喻與俠文化》，貴州社會科學，2011 年 7 月總 259 期第 7 期

孟抗美，《市井風情與文化反思──論〈神鞭〉的創作主旨》，長城，2011 年 12 期

黃健，《論名士風度對梁羽生武俠小說的影響》，重慶郵電大學學報，2012 年 7 月第 24 卷第 4 期

李昫男《俠 · 情 · 傳統：〈誅仙〉的三個關鍵字》，重慶三峽學院學報，2012 年第 4 期

魏思妮，《俠義公案小說中官、俠的結合及其原因──以「三俠五義」為例》，學術探索，2012 年 1 月

鄭保純《武俠文學的歷程與大陸新武俠的復興──兼論〈今古傳奇 · 武俠版〉》，華中師範大學，2012 年碩士學位論文

宋巍，《中國武俠小說的民族心理接受基礎探析──以上古神話為中心》，渤海大學學報 · 哲學社會科學版，2012 年 2 月 27 日

曾麗芹，《傳承、解構與創新──古龍武俠小說簡論》，海南師範大學，2012 年碩士學位論文

方明連，《論張恨水小說中的俠義精神》，華中師範大學，2012 年碩士學位論文

田龍，《論大陸新武俠小說的新取向》，浙江師範大學，2012 年碩士學位論文

曾小月《論當代台灣武俠小說在大陸的傳播》，集美大學學報，2012 年 7 月第 15 卷第 3 期

黃健，《左翼文學視野中的梁羽生武俠小說創作》，凱里學院學報，2012 年 8 月第 30 卷第 4 期

何穎義，《21 世紀大陸網路原創武俠小說研究》，福建師範大學，2012 年碩士學位論文

王嘉然，《廟堂江湖——徐皓峰作品研究》，北京電影學報，2013 年 01 期

徐皓峰，《尋音斷句順筆即真》，當代‧長篇小說選刊，2013 年第 2 期

王逸人，《硬派武俠小說的接脈——與徐皓峰談〈一代宗師〉和〈武士會〉》，新文化報，2013 年 2 月 3 日

黃幼甦，《現實嵌入江湖——試論〈城邦暴力團〉》，世界華文文學論壇，2013 年 04 期

李海燕，《民國武俠小說流變研究》，西南大學，2013 年碩士學位論文

杜留荷，《萬年青》研究，四川師範大學，2014 年碩士學位論文

何瑞涓，《徐皓峰、李敬澤、止庵、史航、張譯談徐皓峰武俠小說——武俠小說，何處覓江湖？》，中國藝術報，2014 年 7 月 7 日第 003 版

秦紅原作，顧臻整理，《我和武俠小說》，品報，第 28 期，2014 年 10 月 1 日

趙大偉，《徐皓峰：他們寫武俠，我寫武行》，中國企業家，2014 年第 24 期

龍會，周志雄，《探索武俠小說的新形式——論徐皓峰小說的創作藝術》，百家評論，2015 年 03 期

龍會，周志雄，《以純文學的態度寫武俠小說——以徐皓峰的小說創作為例》，名作欣賞，2015 年 13 期

渠誠，《書攤武俠是「正規」盜版？》，北京晚報，2015 年 4 月 24 日

私家偵探，《海外統戰促生香港新派武俠》，北京晚報，2015 年 5 月 8 日

龍會，《徐皓峰小說創作論》，山東師範大學，2015 年碩士學位論文

王平，趙曄，《試論濟公小說從話本到小說文本的傳播》，山東青年政治學院學報，2015 年 11 月第 6 期(總第 178 期總第 31 卷)

楊秋，倪祥保，《「琅琊榜」對武俠元素的借用、顛覆和昇華》，2016 年第 3 期

陳霄元，《用「武行」代替「武林」從〈師父〉與〈火燒紅蓮寺〉的互文性談起》，視聽，2016 年 09 期

周清霖，顧臻，《還珠樓主李壽民先生年表》，《紫電青霜》附錄，中國文史出版社，2016 年 1 月

《專訪喬靖夫：武俠風潮需要一個一個人去努力形成》，華西都市報‧當代書評，2016 年 7 月

魏沛娜，《鄭丰：作家不需刻意寫「現代的武俠」─武俠小說家鄭丰接受本報獨家專訪》，深圳商報，2016 年 8 月 2 日

熊曉瑩，《玄學對魏晉南北朝時期女子服飾的影響》，藝術品鑒，2016 年 10 期

秦秀宇，《徐皓峰：不在江湖的大陸新武俠》，視聽解讀，2016 年 10 期

金常德，《大陸「武林小說」瑣議》，文化學刊，2016 年 11 月第 11 期

陳大為，《徐皓峰論：「武行」或逝去的民初武術世界》，東吳學術，2017 年第 3 期

相明，《「武士會」與徐浩峰電影中的民國武林敘事》，德州學院學報，2017 年 2 月第 33 卷第 1 期

陸正韻，《2016 網路文學觀察》，文學報，2017 年 1 月 5 日第 010 版

張珍珍，《網路武俠小說的發展及其特色》，青海師範大學，2017 年碩士學位論文

夏烈，《網路武俠小說十八年》，浙江學刊，2017 年 06 期

韓雲波，《論黃易及其武俠小說》，蘇州教育學院學報，2017 年 8 月第 34 卷第 4 期

林保淳，《「鬼派」小說平議》，山東師範大學學報，2018 年第 63 卷第 3 期

林保淳，《台灣查禁武俠小說之「暴雨專案」始末探析》，西南大學學報，2018 年 3 月第 44 卷第 2 期

林保淳，《顛覆與創新──孫曉〈英雄志〉述評》，蘇州教育學院學報，2018 年 4 月第 35 卷第 2 期

羅駿揚，李一如，《〈白馬嘯西風〉〈越女劍〉兩短篇武俠小說中的愛情主題》，六盤水師範學院學報，2018 年 10 月第 30 卷第 5 期

岳煒《越女劍的真相》，中小學心理健康教育，2018 年第 9 期（總第 356 期）

張元卿，《白羽新論》，蘇州教育學院學報，2019 年第 3 期

顧臻，《朱貞木及其武俠小說特色》，蘇州教育學院學報，2019 年第 3 期

倪斯霆，《武俠小說以外的另面白羽》，蘇州教育學院學報，2019 年第 3 期

林保淳《武俠小說與歷史》，太原學院學報，2020 年第 1 期

李光貞，《金庸小說在日本的翻譯與傳播》，山東師範大學學報(社會科學版)，2020 年 02 期

倪匡，《我是怎樣寫故事的？》，搜狐網站 http://www.sohu.com/a/159413047——693248

台灣中天資訊台「中天書坊」倪匡專訪，《倪匡談〈城邦暴力團〉：金庸之後最精彩的武俠小說》，http://book.ifeng.com/shupingzhoukan/special/duyao31/ziliao/detail——2011——01/13/4260832——0.shtml

佚名，《黃易武俠小說創作論》，見 http://www.3600oc.com/content/10/1221/10/4711109——79986659.Shtml

中國互聯網發展史(大事記)，見中國互聯網協會網站 http://www.isc.org.cn/ihf/info.php?cidG218

步非煙，《這個時代，俠是否還需要為國為民》，見步非煙博客 http://blog.sina.com.en/s/blog——483212790l0006h￡.html

步非煙，《獲獎感言全文，歡迎來找素材》，見步非煙博客 http://blog.sina.com.en/u/483212790l00067g

沈瓔瓔，晉江文學網友交流區發帖談武俠觀念，http://bbs.Fwxc.net/showmsg.php?board=118id=182msg=晉江文學城網友交流區陌上花.2004-4-6

梅妃買醉，《走進模仿的深淵，磚拍〈昆侖〉》，百度貼吧 http://tieba.baidu.com/p/4798 74085

《崑崙》之巔觀《滄海》武漢大學鳳歌作品研討會，《今古傳奇*武俠版上半月版》

蕭鼎，《〈誅仙 7〉燒掉了一半……》，見蕭鼎的博客 http://blog.sina.com.en/s/blog——474￡959d0l00053o.html

龍乘風生平，據西門丁口述，諸葛慕雲記錄，《問答西門丁》，見震煌昀庭的博客，http://blog,sina,com,cn/s/blog54bd96b70100zgq5,html

碧血汗青，《〈水滸傳〉作者的武功門派及活動地域小議》，天涯論壇 http://bbs.tianya.cn/post-nol7-5212-1.shtml

【新修版】武俠小說史話
（下）從台港諸大師到當代新高手

作者：林遙
發行人：陳曉林
出版所：風雲時代出版股份有限公司
地址：10576台北市民生東路五段178號7樓之3
電話：(02) 2756-0949
傳真：(02) 2765-3799
執行主編：劉宇青
美術設計：許惠芳、吳宗潔
專業校對：林遙、許德成
書名頁插圖：李志清
行銷企劃：林安莉
業務總監：張瑋鳳

初版日期：2021年4月
版權授權：郭強
ISBN：978-986-352-930-9

風雲書網：http://www. eastbooks. com. tw
官方部落格：http://eastbooks. pixnet. net/blog
Facebook：http://www. facebook. com/h7560949
E-mail：h7560949@ms15. hinet. net
劃撥帳號：12043291
戶名：風雲時代出版股份有限公司

風雲發行所：33373桃園市龜山區公西村2鄰復興街304巷96號
電話：(03) 318-1378
傳真：(03) 318-1378
法律顧問：永然法律事務所 李永然律師
　　　　　北辰著作權事務所 蕭雄淋律師
行政院新聞局局版台業字第3595號 營利事業統一編號22759935

定價：450元

版權所有　翻印必究

國家圖書館出版品預行編目資料

武俠小說史話 / 林遙著. -- 新修版. -- 臺北市：風雲
時代出版股份有限公司, 2021.01
　冊；　公分

　ISBN 978-986-352-930-9 (下冊：平裝)

　1.武俠小說 2.文學評論

857.9　　　　　　　　　　　　　　　109019922